Kate Quinn est née en Californie du Sud. Elle est diplômée de Boston University et passionnée d'histoire depuis toujours. Ses romans sont traduits dans le monde entier. Après le succès retentissant du *Réseau Alice*, la sortie de chaque nouveau roman de Kate Quinn crée l'événement.

Janie Chang est née à Taiwan et a vécu aux Philippines, en Iran, en Thaïlande, en Nouvelle-Zélande et au Canada. Sa famille et des histoires ancestrales constituent ses sources d'inspiration pour l'écriture de ses romans. Elle est diplômée en informatique et du *Writer's Studio Program* de l'université Simon Fraser.

De la même autrice :

Le Réseau Alice
La Chasseresse
Le Code Rose
(Grand Prix du roman historique 2023)
Le Diamant d'Odessa
La Couronne du phénix
(en collaboration avec Janie Chang)
Les Mystères du Briar Club

Kate Quinn
& Janie Chang

La Couronne du phénix

Traduit de l'anglais (États-Unis) par Agnès Jaubert

Hauteville

Hauteville est un label des éditions Bragelonne

Titre original : *The Phoenix Crown*

ISBN : 978-2-38122-851-8

Bragelonne – Hauteville
58, rue Jean Bleuzen – 92170 Vanves

E-mail : info@editions-hauteville.fr
Site Internet : www.editions-hauteville.fr

Prologue

Juin 1911
Londres

— « Une rose d'un tout autre nom », cita quelqu'un. Alice Eastwood dut se retenir de lever les yeux au ciel. En matière de citations florales de Shakespeare, *Romeo et Juliette* n'était pas sa référence. Elle préférait *Jules César*. « La nature doit obéir à la nécessité. »

Parce que Mère Nature était une carnivore : elle mangeait ce qu'elle voulait quand la faim se faisait sentir. Une certitude qui l'habitait tout entière depuis ce jour où, cinq ans auparavant, la terre avait tremblé et qu'une ville s'était fendue en deux.

— Vous avez fait un bien long pèlerinage dans les jardins et les serres d'Europe, mademoiselle Eastwood ! Pensez-vous regagner bientôt San Francisco ?

Elle se dirigeait vers la serre des palmiers des Jardins botaniques royaux de Kew, une immense bâtisse vitrée qui ressemblait à un gâteau de mariage en cristal. Sur ses talons, le directeur poursuivit :

— Je crois comprendre que vous avez été invitée à reprendre votre poste à l'Académie des sciences de Californie. Celui de conservatrice du département de botanique ?

— Pas encore.

Elle savait toutefois que l'invitation à reconstituer l'herbier perdu ne tarderait plus. L'accepterait-elle ? Elle n'avait encore rien décidé. Aussi pressa-t-elle le pas pour échapper à son compagnon et à ses questions. Bien entendu, elle n'avait rien perdu de sa vigueur de travail. Malgré ses cinquante-deux ans, il était incontestable que le passage des années n'altérait en rien son énergie. Qu'il s'agisse d'escalader une montagne de Californie pour aller étudier un champ de coquelicots, de se mettre en selle sur une mule pour une expédition dans les Rockies, ou d'arpenter le gravier bien ratissé des allées d'un jardin ordonné, Alice Eastwood était toujours la première sur les lieux.

Non, ce n'était pas l'énergie qui lui manquait. C'était le courage. Remettre le pied sur cette terre traîtresse de San Francisco, après ce qui s'y était passé ?

Le directeur hâta le pas derrière elle. Un peu essoufflé, il reprit :

— L'herbier de l'Académie a été détruit pendant le tremblement de terre de 1906, je crois ? Quelle perte pour la science !

— En effet, se contenta-t-elle de répondre.

Elle examinait la serre des palmiers comme s'il s'agissait d'un spécimen épineux qu'elle devait arracher sans gants protecteurs. Depuis cette journée fatidique de 1906, les serres lui inspiraient toujours un certain malaise (qu'elle n'irait pas jusqu'à qualifier de peur). Or, une botaniste ne pouvait se permettre de se laisser perturber par une serre. Aussi refoula-t-elle fermement ses appréhensions et entra d'un pas décidé. Ah… l'odeur de la végétation, la chaleur moite, les feuilles des fougères. La vie. Le soleil scintillait à travers les panneaux de la verrière au-dessus d'elle, les allées serpentaient à l'ombre des palmiers, et elle sentait comme un furtif parfum d'orchidée.

—Vous avez ici un spécimen d'*Encephalartos altensteinii* que je serais curieuse de voir.

—En effet. Si vous voulez me suivre. Un jour, j'espère mettre la main sur un *Epiphyllum oxypetalum* mais…

—Une reine de la nuit ?

Alice ne déviait que rarement des noms scientifiques. Cela lui paraissait un peu cavalier, comme d'appeler une femme par son surnom avant de lui avoir été présentée officiellement. Mais l'*Epiphyllum oxypetalum* était une plante tout à fait particulière.

—Oui !

Le visage du directeur des Jardins botaniques royaux s'éclaira tandis qu'il tirait sur ses favoris.

—Je n'ai jamais eu la chance d'en voir une, encore moins éclose, hélas. La chose est ardue quand une plante ne fleurit que le temps d'une nuit, n'est-ce pas ?

—J'en ai vu une fleurir.

Alice se la remémora : une fleur blanche, exotique, qui, lentement, se déployait dans une pièce obscure, comme diffusant sa propre lumière, et dont émanait un parfum capiteux, indicible. Elle se revoyait effleurer l'un des délicats pétales d'un doigt tremblant, se rappelait l'expression des visages des femmes autour d'elle. Quatre femmes qui n'auraient pu être plus différentes, unies dans un émerveillement absolu devant le miracle que constituait cette fleur. Le mot « miracle » n'avait pas paru excessif après ce qu'elles avaient enduré.

—Où avez-vous vu… ?

—Oh, c'était il y a longtemps.

Ses mains se posèrent sur sa loupe Zeiss qui pendait à son cou, à la même chaîne que ses lunettes. Elle la porta à ses yeux pour examiner une tache sur une feuille de palmier.

—Voyons un peu cet *Encephalartos altensteinii*.

Plus tard, après avoir été présentée à une dizaine de botanistes et avoir échangé les adresses pour correspondre (« Je connais votre intérêt pour le *Genista genus*, mademoiselle Eastwood, et je serais heureux de vous en envoyer des spécimens ! »), Alice prit congé. Retenant d'une main son chapeau fleuri pour l'empêcher de s'envoler dans la brise d'été, elle se mit à déambuler sur les pelouses entourant la serre aux palmiers.

Le chapeau venait de Paris. Il était l'œuvre d'une maîtresse brodeuse de la maison Callot Sœurs. C'était la seule note d'élégance que s'autorisait cette femme qui préférait se déplacer avec une presse à plantes plutôt qu'un sac à main de velours. Elle marchait d'un pas vif mais la question : « Pensez-vous regagner bientôt San Francisco ? » lui trottait toujours dans la tête.

Elle trouva un banc, s'y assit, ramassa un journal qui traînait et s'en éventa. Plus tard, elle se dirait que le hasard était bien étrange. Elle, qui ne lisait jamais la chronique mondaine, n'aurait jamais dû tomber sur cet article. Mais le journal abandonné avait été plié sur l'un de ces exubérants comptes-rendus sur la haute société qui racontaient d'un trait à quel bal lady Machin-Chose avait assisté avec ses huit rangs de perles dans une robe de satin liberty vert pâle, ou quelle fille de comte s'était mariée dans un nuage de mousseline et de dentelle de Valenciennes…

À ceci près qu'en ce limpide matin d'été, ce ne fut pas la description d'une robe ou d'un bal qui attira l'attention d'Alice.

- un rare jade bleu et blanc,
- cinquante-sept saphirs et quatre mille perles,
- sept phénix en plumes de martin-pêcheur,
- des reines de la nuit ciselées dans l'ivoire.

Elle dévora l'article, agrippant le journal si fort qu'il se froissa entre ses doigts. Les mains tremblantes, elle lut les lignes une première fois, puis une deuxième. Elle le reposa enfin et regarda sans les voir les enfants qui poussaient leurs cerceaux, les femmes qui flânaient dans leurs robes d'été en mousseline blanche. Les plates-bandes de roses en fleur s'étaient transformées en un mur de flammes, les pépiements d'oiseaux, en bruit de verre brisé.

Elle se leva et, sans prendre la peine de présenter une excuse polie, s'approcha du premier homme à chapeau haut de forme qui passa d'un pas leste devant son banc.

— Pardon, monsieur, je ne connais pas bien Londres. Où pourrais-je envoyer un télégramme à l'étranger ?

L'homme la dévisagea, mal à l'aise, avant de bredouiller des indications. Alice ne pouvait l'en blâmer. Le visage livide, secouée de frissons, elle avait beau se sentir glacée, elle transpirait à grosses gouttes.

Alice Eastwood, qui avait escaladé sans trembler la rampe d'un escalier de six étages, au-dessus d'un atrium dévasté, dans l'ancienne Académie de Californie, qui avait ri alors qu'elle avait failli périr, emportée par une cascade au Cataract Gulch, avant de ressortir de l'eau avec une poignée d'échantillons botaniques mouillés.

Alice Eastwood ? Peur ?

Affreusement peur, se dit-elle en se hâtant de sortir des Jardins botaniques de Kew, réfléchissant déjà à la formulation de son télégramme. Elle devait en envoyer trois, en fait. Un à New York, un à Buenos Aires, un à Paris… Mais tous commenceraient par les mêmes cinq mots :

La couronne du phénix.

Retrouvée.

Acte premier

Chapitre premier

4 avril 1906
Treize jours, quatre heures, douze minutes
avant le tremblement de terre de San Francisco

Sur la banquette, dans la cage d'où s'échappaient maintenant des piaillements indignés, l'oiseau commençait à s'agiter. Gemma Garland souleva légèrement la couverture.

— Nous sommes presque arrivés, promis ! déclara-t-elle.

La femme qui venait de s'asseoir dans le siège en face d'elle lui jeta un coup d'œil sévère. Mais Gemma avait fait tout le trajet depuis New York dans un compartiment de troisième classe. Elle était sale, fatiguée, sentait le poids de chacune de ses trente-deux années, et ne faisait plus grand cas des regards réprobateurs. Tout particulièrement ceux venant d'une institutrice au visage en lame de couteau, vêtue de bombazine marine et coiffée d'une toque gris souris. Ce genre de femme la tançait du regard depuis qu'elle avait douze ans.

— Il ne fait pas chaud, aujourd'hui, finit par dire sa nouvelle compagne de voyage.

Elle était passée de compartiment en compartiment avec une liasse de brochures. Gemma appréhendait déjà la tournure qu'allait prendre cette conversation.

— Vous descendez à San Francisco, je suppose ?

Eh bien non, envisagea-t-elle de répondre. *Je vais juste rester dans le train qui continuera droit dans la baie.* Pouvait-on aller plus à l'ouest que San Francisco ?

— Oui, acquiesça-t-elle néanmoins.

Elle n'avait plus l'énergie de se montrer caustique. Dans un vacarme assourdissant, le train traversait déjà la périphérie de la ville. Elle n'aurait plus à supporter bien longtemps ce compartiment étouffant qui empestait le cigare, et son occupante trop curieuse.

— Oui. San Francisco, murmura-t-elle.

— C'est une ville d'impies, reprit la femme, méprisante. Corrompue par le péché et la dépravation. Qui pullule de catins peinturlurées, de païens chinois et de millionnaires abjects.

Exactement la ville qu'il nous faut !

Gemma imagina le rire de sa plus vieille amie, Nellie. En fait, sa première lettre de San Francisco décrivait l'endroit un peu dans ces termes :

C'est une ville du genre turbulent. San Francisco a fait fortune et maintenant elle veut faire bonne figure. Galeries, théâtres, hôtels particuliers... sans parler des hommes riches qui sont partout, comme des lingots d'or n'attendant que d'être ramassés !

— J'espère que vous n'allez pas y rester longtemps, ma chère, poursuivit la femme. Le Cloaque de l'Ouest est maudit, vous savez. Le prince Benjamin l'a prédit.

— Mmm, dit Gemma.

Elle ne demanda pas qui était le prince Benjamin. Mais elle savait déjà que cela n'allait pas la sauver pour autant.

— Le patriarche des *Flying Rollers* de la maison de David, dit la femme. À Benton Harbor, Michigan.

— Benton Harbor, Michigan, vraiment !

Voilà qui expliquait la toque couleur souris.

— Le patriarche en personne m'envoie ici. Ma mission est de mettre en garde les gens de San Francisco, de les exhorter à renoncer à leurs mœurs dissolues.

Manifestement, rien ne ferait taire cette femme. Gemma se rabattit donc sur ses talents de comédienne : le menton au creux de sa main, ses grands yeux bleus écarquillés avec une candeur de poupée, elle feignit d'être fascinée.

C'était l'expression qu'elle adoptait quand elle interprétait l'Olympia des *Contes d'Hoffman*, avant de se lancer dans l'air de la poupée, ce qui déchaînait toujours un tonnerre d'applaudissements.

— S'ils ne renoncent pas à leurs ignobles péchés, dans le mois qui vient, Dieu leur infligera le feu et des tremblements de terre.

La femme finit enfin sa diatribe.

— Juste ciel ! Le feu *et* des tremblements de terre, répéta Gemma, sans se départir de son expression innocente. L'un des deux ne suffirait-il pas ?

— S'ils ne se repentent pas, avant le mois de mai, le sol va s'ouvrir sous leurs pieds et ils finiront en enfer !

— Quelle chance que je ne reste que jusqu'à fin avril, murmura Gemma.

La *Flying Roller* la détailla de haut en bas. Visiblement, elle approuvait son tailleur de voyage gris fumée et sa tresse d'un noir d'ébène.

— Vous allez voir de la famille, ma chère ? J'espère que ce n'est pas un triste événement qui vous amène de si loin.

— Au contraire, je vais faire mes débuts.

— Débuts… ? s'étonna la *Flying Roller*. Dans le monde ?

— Oh, non.

Elle savait que sa peau de pêche était toujours fraîche, que ses cheveux blonds nourris au lait du Nebraska n'avaient pas besoin de teinture, mais personne n'aurait pu lui donner dix-huit ans.

— Sur scène ! Je suis cantatrice.

La femme eut un mouvement de recul, comme si elle se trouvait face à une vipère. Gemma lui décocha son plus étincelant sourire.

— Dans deux semaines, je vais faire mes débuts avec la troupe itinérante du Metropolitan Opera, sur les planches du Grand Opera House. Dans la *Carmen* de Bizet avec, pour partenaire, le grand Caruso.

Pour la *Flying Roller*, ce fut le coup de grâce. Après avoir vivement posé un tract sur le siège, elle passa dans le compartiment suivant sans cesser de maugréer.

Quand elle fut seule dans le compartiment, une petite voix intérieure lui chuchota : *« Ce n'est pas l'exacte vérité, tu ne fais pas vraiment tes débuts avec Caruso. »*

— Presque ! répliqua-t-elle à voix haute en ramassant le tract.

Elle faisait ses débuts avec la compagnie itinérante du Metropolitan Opera. Dans *Carmen*. Et, par-delà les feux de la rampe, Caruso lui donnerait la réplique de sa magnifique voix dorée de ténor... À elle et au reste du chœur. Car c'était dans le chœur qu'elle faisait ses grands débuts. Sanglée dans un corset de cigarière, elle ferait virevolter ses jupons espagnols. Peut-être aurait-elle un petit rôle dans la scène de la taverne, peut-être agiterait-elle un éventail devant un toréador.

Enfin, c'est toujours le Met. C'est toujours Caruso. Mais chanter dans les chœurs ! Une jeune femme de trente-deux ans qui n'était plus si jeune avait d'autres ambitions. Quand la voix atteignait son niveau d'excellence, abordait ses meilleures années pour l'art lyrique… on espérait qu'alors on pourrait sortir des rangs des cigarières.

— Et ce sera le cas, l'année prochaine, à la même période ! lança-t-elle sur le ton implacable de la matrone de Red Hook, le seul orphelinat du Nebraska.

Sa voix résonna dans le compartiment vide. Gemma savait parfaitement que cette dureté ne lui était pas naturelle. C'était le problème quand vous aviez grandi dans une ferme, avec des vaches, au milieu des plaines semées d'églises à clocher blanc. Élevée par des parents qui vous avaient nourrie de la conviction que la bonté et la générosité envers votre prochain vous garantissaient une belle vie. Hélas, quand à quatorze ans, ayant tout perdu, ses parents, la ferme, les vaches, elle avait été envoyée à l'orphelinat, elle avait vite été rattrapée par la dure réalité. La vérité était qu'une femme ne pouvait compter que sur elle-même. Alors autant se montrer dure de crainte de finir seule, humiliée et fauchée comme les blés.

Elle ferma les yeux pour enrayer le flot des souvenirs. Surtout ne pas revivre en pensée ces horribles dernières semaines à New York. Quand elle les rouvrit, elle parcourut le tract de la *Flying Roller* couvert d'illustrations macabres (orages, boules de feu, crevasses s'ouvrant dans la terre de San Francisco pour engloutir une foule de pécheurs hurlant). Un nouveau départ, c'était tout ce qu'il lui fallait. Même si ce n'était que dans le chœur, c'était un nouveau départ.

Et quelques jours de vacances aussi. Caruso et le reste de la troupe étaient en route et n'arriveraient pas à San Francisco avant une quinzaine de jours.

Plusieurs semaines auparavant, elle avait écrit à Nellie :

J'ai été envoyée pour remplacer une soprano du chœur qui, après les représentations à Kansas City, a démissionné pour épouser son amoureux.

Je rejoindrai la compagnie quand ils arriveront à San Francisco et ferai mes débuts dans Carmen. J'ai entendu dire que la première serait chantée devant l'élite de la bonne société de San Francisco (la bonne société de San Francisco a-t-elle précisément une élite ? Certainement, si elle peut s'offrir les tarifs de Caruso !). Bref, et si j'arrivais avant eux ? Je ne t'ai pas vue depuis presque un an et, pour être honnête, j'ai besoin d'une bonne dose de ton optimisme infaillible. Tu n'imagines pas l'horrible période que je viens de vivre, Nell. Je n'ai pas simplement besoin de ton optimisme, j'ai besoin de toi.

Sa Nellie chérie était une correspondante sporadique. Chaque fois qu'elle était aspirée par une nouvelle passion, un nouveau projet, ses lettres s'interrompaient pendant des semaines, voire des mois. Pourtant, cette fois, elle avait répondu immédiatement. Bien entendu. Sa plus vieille amie avait beau être écervelée, désorganisée, elle savait lire le désespoir entre les lignes.

De ses pattes de mouche, elle avait répondu :

Saute dans le prochain train pour San Francisco, campagnarde, et viens chez moi en attendant Caruso ! Je ne sais pas quelles épreuves tu as traversées dernièrement, mais je te promets que nous allons tout arranger. J'ai une chambre dans Taylor Street sur Nob Hill ; ce sera comme quand nous logions ensemble dans le Bronx à l'époque où nous étions deux gamines candides. Les cafards en moins !

Gemma sourit. Elle revoyait cet appartement sordide, sans eau chaude, où elles s'étaient rencontrées pour la première fois. Nellie était une grande brune de seize ans, maigre et anguleuse, qui brandissait un carnet de croquis d'artiste et un rouleau de pinceaux, et lançait à la ronde des mots comme « cubisme » et « perspective ». Gemma, de son vrai nom Sally Gunderson, une terne jeune fille de dix-neuf ans, était sortie de l'orphelinat un an auparavant. Même si sa voix pouvait quasiment soulever le clocher de l'église de Red Hook, elle était terrifiée à l'idée de ne pas avoir les cordes vocales appropriées pour percer à New York. Et encore plus terrifiée à l'idée de passer le reste de sa vie comme employée de ferme, avec les mains calleuses d'une trayeuse de vaches, dormant sur une paillasse à la cave et recevant des coups de ceinture quand elle ne travaillerait pas assez vite.

Debout dans cet appartement du Bronx grouillant de cafards, Nellie et elle s'étaient jaugées du regard. Feignant toutes deux d'être des professionnelles blasées, elles faisaient leur possible pour dissimuler leur frayeur respective. Nellie, la première, avait éclaté de rire.

— Je ne sais pas du tout ce que je fais, avait-elle avoué avec l'un de ses irrésistibles sourires, si contagieux. Et je pense que toi non plus, campagnarde. Si ce n'est que nous avons toutes les deux besoin de nouveaux noms. Qui nous prendra au sérieux dans cette ville avec des noms comme « Nellie Doyle » et « Sally Gunderson » ?

Elles avaient choisi de nouveau noms sur-le-champ. Mais, malgré les années écoulées, elles étaient toujours Sally et Nell l'une pour l'autre.

Oh Nell, songea Gemma. *Que deviendrais-je sans toi ?* Elle n'avait pas été capable de coucher sur le papier toutes les épreuves qui l'avaient poussée à fuir New York. (Les cris, les regards méprisants, la honte. Non, ce n'était pas le moment d'y penser.) Mais elle pourrait les raconter à Nellie, une fois qu'elle serait devant elle. Son amie la comprendrait. Elle était la seule personne au monde qui échappait à la règle qui voulait que, au bout du compte, tout le monde vous laissait tomber.

Un crissement de roues assourdissant interrompit le fil de ses réflexions. Le train commença à ralentir. D'un geste preste, elle froissa le tract de la *Flying Roller* en boule et le fourra à travers les barreaux de la cage à oiseaux.

— Amuse-toi bien, dit-elle à Toscanini.

Elle remit la couverture en place et ramassa son sac à main. Elle était arrivée.

Chaque ville a son humeur propre. Après plusieurs tournées au sein de différentes troupes d'opéra, Gemma en avait la certitude. New York était cynique, Chicago énergique, Red Hook endormie… Debout sur le quai de gare, sa jupe longue effleurant des mégots de cigare, elle respirait les odeurs d'iode, de crottin de cheval et de fumée de San Francisco. L'humeur qui se dégageait de la grande cité dorée de l'Ouest était la gaieté. Dans la foule en contrebas, chacun semblait se précipiter quelque part, dans un brouhaha animé de voix bruyantes. Leurs vêtements se mélangeaient en un bouquet de couleurs éclatantes : les tuniques boutonnées de nœuds des Chinois, les foulards imprimés de motifs criards au cou des matelots, les châles à franges dansant sur les épaules des prostituées qui se frayaient un chemin en direction des docks. Et la musique… L'oreille entraînée de Gemma perçut immédiatement la musique. Un chant de marins que braillaient les clients d'un bar un peu plus loin… une berceuse dans une tonalité mineure, fredonnée par une femme qui se hâtait en poussant un landau… *Kathleen Mavourneen* chanté en une harmonie étonnamment mélodieuse par deux lavandières qui déambulaient, chargées de leurs paniers.

— Vous cherchez quelque chose à boire et à manger, mademoiselle ? la héla un cocher en la voyant tendre le cou devant la file des fiacres. Je vous emmène chez *Sully's*, la meilleure bière vapeur au sud de la Fente.

— Au sud de la Fente ? répéta Gemma, désorientée.

— Ça veut dire au sud de Market Street, madame. Parce qu'il y a des fentes entre les rails des tramways. Montez et je vais vous montrer.

— Ce n'est pas la peine. Je vais à Taylor Street.

Gemma énonça l'adresse indiquée par Nellie et resta bouche bée devant le prix annoncé par le cocher.

— Vous comptez passer par le pôle Nord pour aller à Taylor Street ? Je ne suis pas née de la dernière pluie, vous savez.

— Bonne chance pour traîner cette malle jusqu'au sommet de Nob Hill toute seule ! lui lança-t-il avec un sourire narquois.

Ravie de le voir dépité quand elle souleva la cage à oiseaux d'une main et prit la courroie de sa malle de l'autre, elle s'engagea dans la rue en la traînant.

Les dents serrées, elle était presque arrivée au coin de la 3e Rue et de Mission Street quand, derrière elle, l'extrémité de sa malle rebondit sur les pavés. Dans un opéra, un jeune ténor galant lui aurait proposé de la lui porter et ils auraient atteint le sommet de Nob Hill en chantant un duo passionné. Hélas, la vie n'était pas aussi simple qu'un opéra.

— Silence ! lança-t-elle à Toscanini qui protestait à l'intérieur de sa cage. Je ne te demande pas de m'aider à tirer ma malle.

Le théâtre de l'Opéra ne devait plus être loin. Un mur de saloon arborait une affiche flambant neuf sur laquelle le nom « CARUSO » s'étalait en lettres chantournées. Sentant son cœur battre un peu plus vite d'un espoir prudent, elle s'arrêta pour la regarder. Les flancs des immeubles étaient envahis d'affiches. Des centaines de panneaux publicitaires se dressaient au-dessus des échafaudages des chantiers de construction. Visiblement, à San Francisco, tout le monde avait quelque chose à vendre. C'était la ville pour faire fortune.

Un Chinois, âgé, qui poussait une charrette à deux roues, passa à côté d'elle en trottinant. Il trébucha sur un pavé inégal et la bouscula. Gemma sentit la poignée de sa malle lui glisser de la main. Elle l'empêcha de justesse de se renverser. Le jeune et svelte Chinois qui courait à côté de son aîné s'arrêta pour la remettre d'aplomb. Il porta une main à l'étrange borsalino qui lui couvrait le chef et s'inclina.

— Excusez-nous, madame. Vieux Kow n'avait pas l'intention de vous bousculer. Il implore votre pardon.

Surprise, elle remarqua son anglais sans accent.

Un flot de paroles en chinois jaillit de la bouche du vieil homme, qui avait retiré vivement sa casquette et, l'air incertain, souriait de sa bouche édentée, comme s'il espérait ne pas se faire invectiver.

— Mais je vous en prie. Ces rues ! reprit-elle en regardant la charrette. Seriez-vous d'accord pour que je vous engage pour monter ma malle jusqu'au sommet de Taylor Street ?

Ils eurent tôt fait de tomber d'accord sur un prix (bien plus raisonnable que celui du cocher de fiacre). Une fois la malle et la cage à oiseau perchées sur la charrette, le vieil homme s'empara des poignées et s'élança d'un pas étonnamment agile. Pleine de gratitude, Gemma le suivit, imitée par le jeune homme qui avait repoussé son borsalino sur une longue tresse brune, brillante.

— Votre anglais est excellent, ne put-elle s'empêcher de le complimenter.

— Je suis né ici, madame.

Il avait un visage lisse, aux traits fins, une bouche aux lignes fermes. Ses yeux noirs, méfiants, évoquaient deux boucliers identiques.

Elle lui sourit.

— Dans ce cas, vous pourriez peut-être m'en dire un peu plus sur San Francisco. Cet immense dôme en marbre, là-bas, qu'est-ce que c'est ?

— C'est l'hôtel de ville, madame.

Derrière sa charrette, le vieil homme s'esclaffa en chinois. Le garçon ne paraissait pas désireux de traduire, mais Gemma lui signifia sa curiosité.

— Vieux Kow dit que l'hôtel de ville a plus de valeur que les hommes qui l'occupent, madame. Il dit qu'ils sont tellement cupides qu'ils pourraient manger la peinture sur une maison.

L'image la fit rire. Elle s'arrêta brusquement pour laisser passer une automobile qui déboulait d'un coin de rue à vive allure, bringuebalant comme un jouet d'enfant.

— Et Nob Hill, qu'est-ce que c'est, exactement ?

— C'est le quartier où habitent les gens les plus élégants, madame. Dans des grandes maisons.

Ils dépassèrent les pâtés d'immeubles, la rue pavée se faisant plus raide sous leurs pieds. Sans vraiment se départir de sa réserve, le garçon lui nomma tout ce qu'elle montrait.

— C'est l'entrée de Chinatown, madame… C'est le drapeau qui flotte sur le *Palace Hotel*.

— J'ai entendu dire que c'était le plus grand hôtel de l'Ouest.

Elle savait que Caruso et la troupe du Met descendraient au *Palace*, à leur arrivée. Mais, même si elle avait pu se l'offrir, elle n'y aurait pas pris de chambre. Elle avait vu trop de sopranos aux goûts de luxe finir dans les dettes et la disgrâce parce qu'elles vivaient la grande vie. Et buvaient du champagne au lieu de se limiter aux bières vapeur que leur permettaient leurs moyens. Non, elle se contenterait volontiers de loger avec Nellie, même si cela signifiait camper sur le canapé de son amie.

— Nous sommes encore loin de Taylor Street ?

Les maisons de bois des quartiers les plus pauvres, penchant les unes sur les autres comme des amis ivres, laissaient peu à peu place à des hôtels particuliers aux façades de pierre, couronnés de coupoles dorées et entourés de grilles en laiton à piques. Moins de joyeux vacarme, mais plus de panneaux « pelouse interdite ».

— Pas loin, madame.

La charrette ne tarda pas à s'arrêter devant une maison en bois de quatre étages, bien entretenue, encastrée dans la colline rocheuse la plus proche. Ce n'était pas la partie la plus chic de Nob Hill, devina Gemma. Essayant de reprendre son souffle après cette raide ascension, elle ouvrit son sac et compta les pièces pour le jeune Chinois. *Pas de sentiments*, se rappela-t-elle en regardant son mince porte-monnaie. Ce qui ne l'empêcha pas de le dédommager avec générosité. Se montrer économe ne voulait pas dire lésiner sur les pourboires.

— Merci, madame.

Le jeune Chinois s'inclina. Son bref sourire illumina soudain son visage solennel, le métamorphosant. Gemma s'interrogea : et si celui qu'elle prenait pour un jeune garçon était en fait une jeune fille ? Toutes ces histoires d'opéra dans lesquelles les filles s'habillaient en garçons devaient bien avoir une origine, après tout. Mais déjà son guide se retournait pour s'adresser au vieil homme dans un chinois mélodieux. Ils redescendirent la colline en poussant leur charrette. Elle les suivit du regard. Après tout, fille ou garçon, ce n'étaient pas ses affaires.

En outre, elle était enfin arrivée à destination : la maison de Taylor Street où Nellie l'avait invitée, lui promettant de *tout arranger*. À travers la fenêtre ouverte où voletait un rideau amidonné s'échappait le son d'un gramophone : le « Duo des fleurs » de *Lakmé* qu'une belle voix de contralto chantait à l'unisson. Elle frappa une première fois. Personne ne répondit. À sa deuxième tentative, le chant et le gramophone s'interrompirent, remplacés par un bruit de pas légers, et la porte s'ouvrit.

— *Paeonia officinalis anemoniflora*, lui déclara la femme qui se tenait sur le seuil.

Tenant toujours son sac à main et sa cage, Gemma cligna des yeux, perplexe.

— Pardon ?

— Sur votre chapeau, précisa-t-elle en montrant son feutre gris à bords étroits, orné de fleurs de soie noires. Des pivoines. Le seul genre de la famille des *Paeoniaceae*. Même si elles sont plus généralement roses, mauves, blanches, jaunes ou rouges, du moins quand on les trouve dans la nature et non sur un chapeau. Quoique, qui sait ? Nous ne connaissons jusqu'ici que trente espèces de pivoines. Mais qui dit qu'il n'en existe pas une noire qui fleurit quelque part ? La science ne traite que de l'inconnu et nous en savons toujours moins que nous ne le pensons.

— Je croyais que c'étaient des camélias, répondit Gemma. J'essaie toujours de porter des chapeaux fleuris de camélias. En hommage à *La Traviata*, vous savez, étant donné que l'opéra s'inspire de *La Dame aux camélias*.

— Juste ciel ! Personne ne peut confondre une *Paeonia officinalis anemoniflora* avec une *camellia japonica*.

Son interlocutrice semblait avoir la quarantaine bien sonnée. Ses cheveux grisonnants tirés en un chignon pratique dégageaient un visage dont les rides trahissaient une nature souriante. Hâlée par le soleil, elle devait oublier régulièrement de coiffer son chapeau avant de sortir. Sa jupe courte ne frôlait même pas ses chaussures et un bouquet de violettes fraîches était piqué à son corsage empesé.

— Alice Eastwood, se présenta-t-elle en lui tendant la main, avec une simplicité toute masculine.

Elle ne portait pas d'alliance.

— Gemma Garland, répondit Gemma, l'imitant. Était-ce vous qui chantiez avec le gramophone, mademoiselle Eastwood ?

— Oui, c'était moi. Je ne suis pas chanteuse, mais j'aime chanter quand j'essaie de résoudre un casse-tête.

— Quel casse-tête ?

Gemma suivit Mlle Eastwood à l'intérieur. Cette conversation insolite lui plaisait.

— J'ai trouvé une nouvelle fleur que je n'arrive pas à identifier.

Mlle Eastwood la précéda dans un salon envahi d'un vrai bric-à-brac : des porcelaines, des têtières crochetées, un piano droit drapé d'un châle chinois à franges.

— Je suis tombée sur ces spécimens épars, au bord d'un terrain vague, en partant travailler.

Sur un guéridon encombré, des petites fleurs mauves séchées étaient collées à une feuille de papier dur. Gemma les examina.

— Phlox des prairies, annonça-t-elle. Je n'ai pas la moindre idée de leur nom latin, mais elles pullulaient près de la ferme de ma famille, dans le Nebraska.

— Vraiment ?

Radieuse, Mlle Eastwood se pencha sur la fleur, sous laquelle elle écrivit soigneusement les mots « Phlox des prairies » sous la tige, au crayon de papier.

— Je me demande si elle a voyagé depuis le Nebraska. Je suis émerveillée par la distance que peuvent parcourir les graines transportées par le vent. Elles vont se loger dans les endroits les plus inattendus. J'ai écrit un article sur la flore de Nob Hill, qui ne traite que des plantes que je vois chaque jour sortir des fentes entre les pavés. Soixante-quatre espèces, dont cinquante-cinq ne sont pas originaires de cet État, toutes déterminées à s'épanouir entre les pierres ! La vie est stupéfiante.

— En effet, acquiesça Gemma en regardant à la ronde, en quête d'un signe de Nellie. Vous dirigez cet établissement, mademoiselle Eastwood ?

— Grands dieux, non ! Je loue la chambre mansardée du dernier étage. Depuis 1892. Ce qui fait de moi la plus ancienne locataire de notre propriétaire.

Elle repoussa une mèche grisonnante et sourit.

— Je suis botaniste, mademoiselle Garland. Conservatrice du département de botanique à l'Académie des sciences de Californie.

Gemma n'était pas sûre d'avoir déjà rencontré une femme botaniste. D'un autre côté, la plupart des gens n'avaient jamais non plus vu de près une chanteuse d'opéra. Ils ne les voyaient généralement que de la salle, au-delà de la rampe, comme des créatures dans un zoo.

— Si vous êtes ici depuis si longtemps, mademoiselle Eastwood, j'espère que vous connaîtrez une autre plante que le vent aura portée jusqu'ici. Mlle Nellie Doyle. Vous pourriez la connaître sous un autre nom.

Contrairement à Gemma, qui était restée fidèle à « Gemma Garland » depuis l'âge de dix-neuf ans, Nellie changeait son pseudonyme artistique presque aussi souvent qu'elle changeait de vêtements.

— Elle pourrait s'appeler Donatella Disogno.

Une conséquence de la passion dont s'était prise Nellie pour le portrait italien.

— Ou bien Thomasina Cray.

Ce pseudonyme correspondait aux années où elle avait peint des paysages de l'Hudson River.

— Ou encore Danielle LeMarq.

Sa période impressionniste française.

— Mlle LeMarq, oui. Celle qui ressemblait à un coquelicot de Californie ? Sous une apparence fragile, une petite plante très coriace.

Mlle Eastwood sourit et, l'espace d'un moment, Gemma pensa que Nellie était sur le point d'entrer dans la pièce d'un pas nonchalant, dans l'un de ces pantalons extravagants qu'elle avait adoptés en découvrant les œuvres de George Sand. Mais la botaniste secoua la tête.

— Votre amie est partie, je dirais, il y a six semaines environ. Elle occupait la chambre en dessous de la mienne. Mais elle a déménagé pour de nouveaux horizons.

Gemma sentit son sourire s'évanouir.

— A-t-elle laissé une adresse ?

— Non… Les six derniers mois, elle passait de moins en moins de temps ici. Elle travaillait sur une exposition, laissait entendre que de grands projets l'attendaient. Je crois qu'il était également question d'un homme, ajouta Mlle Eastwood avec tact.

Cela ressemblait tout à fait à Nellie. Peut-être avait-elle déménagé et sa lettre l'en informant s'était-elle perdue ? Soudain désorientée, Gemma se mordit la lèvre. Sa malle était toujours sur le perron et elle commençait à voir légèrement troubles les lampes de la pièce et les fenêtres, signe précurseur d'une migraine. *Oh non ! Pas maintenant !* Elle se massa discrètement les tempes, mais Mlle Eastwood était distraite par la cage qui s'agitait de nouveau.

— Vous avez un oiseau à l'intérieur ? Ou subissons-nous un petit tremblement de terre ?

Gemma souleva la couverture.

— C'est Toscanini.

— Vous avez un célèbre chef d'orchestre italien dans vos bagages ?

Si c'était le cas, je ne serais pas encore dans le chœur à trente-deux ans, songea-t-elle.

— Non, juste une perruche.

Toscanini salua la lumière du jour d'un cri strident et secoua ses plumes vertes, l'air carrément furieux. Il avait saccagé le tract de la *Flying Roller*, qui gisait en lambeaux sous son perchoir.

— C'est bien, approuva Gemma.

Elle passa un doigt entre les barreaux de fer pour l'inviter à venir se percher sur sa phalange pour un câlin. Mais la perruche se contenta de la foudroyer du regard.

— Allons bon. Il n'apprécie pas les voyages en chemin de fer.

Les deux femmes regardèrent Toscanini voleter autour de sa cage et faire craquer quelques graines dans sa mangeoire.

— Famille des *Psittacidae* ? La faune n'est pas ma spécialité mais ne sont-ils pas semblables aux perroquets ? Parle-t-il ?

— Non, mais il imite mes vocalises. Et il a une gamme encore meilleure que la mienne, ce qui me contrarie ! Je sais qu'une chanteuse d'opéra est censée voyager avec un petit chien qui jappe, mais...

— Une « chanteuse d'opéra », mademoiselle Garland ?

Gemma attendit le « regard ». Comme celui que lui avait décoché la *Flying Roller*. Le regard qui disait « débauchée ». Mais l'admiration qui brillait dans celui de la botaniste lui fit l'effet d'un baume à l'âme, son âme cabossée, meurtrie par New York.

— Soprano, murmura-t-elle.

Incapable de résister, elle fredonna un vers ou deux du passage le plus aigu du *Duo des fleurs* que Mlle Eastwood chantait à l'unisson avec le gramophone, à son arrivée.

— « Sous le dôme épais, où le blanc jasmin… »

Sa voix pleine, chaude, résonna dans le salon, l'illuminant comme un soleil. Gemma pouvait le *sentir*, et une boule se forma dans sa gorge. Avec le voyage en train et tous les préparatifs, elle n'avait pas pu chanter depuis des jours. Un jour ou deux sans pratique et elle avait toujours la peur absurde que sa voix ait disparu la prochaine fois qu'elle essaierait de s'en servir. Non celle qui lui donnait l'usage de la parole. Mais le fragile appareil de muqueuses et de cordes vocales grâce auquel elle pouvait inonder une pièce de lumière quand elle chantait.

Eh bien, elle ne l'avait pas perdue. En dépit de l'adversité qu'elle avait dû affronter à New York, elle la possédait toujours. Et elle était ici, dans une toute nouvelle ville, prête pour un tout nouveau départ.

Mais où étaient Nellie et sa promesse de l'accueillir à bras ouverts ?

Sans se douter du bouillonnement de ses pensées, Alice Eastwood la complimenta :

— Vous avez une voix d'une telle beauté.

Toscanini glissa le long de son perchoir et consentit à venir frotter sa tête sur son doigt. Elle ravala sa boule d'angoisse et, avec délicatesse, gratta la gorge de sa perruche.

— La chambre de mon amie ne serait-elle pas à louer, par hasard ?

Chapitre 2

5 avril 1906
Douze jours, six heures, huit minutes
avant le tremblement de terre

Suling ne devait pas être vue entrant dans *Le Palais des Plaisirs Infinis*. Si quelqu'un rapportait à son oncle qu'elle avait été aperçue à proximité de la maison close, il l'enfermerait jusqu'au jour où il la marierait. Heureusement, elle avait plus d'un tour dans son sac et savait contrecarrer les souhaits de Troisième Oncle. Elle enfila une tunique terne et discrète, sans la moindre broderie, et un pantalon large, noir. Puis, devant le miroir de la porte de sa chambre, elle enroula ses nattes en chignon sur sa nuque. Juste une Chinoise banale, qui partait faire des emplettes. Elle se demanda si la femme blonde de la veille reconnaîtrait le livreur de la blanchisserie qui avait accepté de porter ses bagages jusqu'au sommet de la colline. Suling repensait à elle parce qu'elle s'était montrée plus sympathique que la plupart des étrangers et lui avait donné un très généreux pourboire. Et parce que cette adresse de Taylor Street lui était familière, une pension de famille cliente de sa blanchisserie familiale.

Elle prit une profonde inspiration, ouvrit la porte, et avança d'un pas rapide sur le plancher en direction de l'escalier. L'écœurante odeur douceâtre qui s'échappait par la porte entrouverte de Troisième Oncle lui indiqua que ses précautions étaient inutiles. Plongé dans un lourd sommeil dû à l'opium, il était affalé sur le divan de rotin et n'aurait rien entendu. Il remarquait bien peu de choses ces derniers temps, et faisait preuve d'une négligence qui était la cause du déclin de la blanchisserie que ses parents avaient créée à Chinatown, à la sueur de leur front. Désormais, cela lui était égal. La distraction de son oncle était à son avantage. Quand elle s'absentait de la blanchisserie, il supposait qu'elle se consacrait à l'une de ses activités de couture à mi-temps. Comme chaque adulte capable de Chinatown, Suling jonglait avec un mélange d'emplois irréguliers pour gagner plus d'argent. Elle faisait du travail à la pièce au-dessus de la droguerie *Fung Tai* ou cousait pour les *Tailleurs Hing Chong*. Il lui arrivait d'enseigner la broderie à la Mission. Elle ne se consacrait qu'à des travaux convenant à une jeune femme respectable, à proximité de chez elle et dans l'enceinte de Chinatown. Ce qui lui permettait d'aller et venir sans éveiller la curiosité de Troisième Oncle.

Il était encore tôt quand elle s'engagea dans Washington Street pour se rendre chez les *Tailleurs Hing Chong*. À cette heure matinale, les commerçants s'affairaient à s'installer pour la journée. Les marchands de fruits et légumes disposaient la récolte rapportée des potagers de l'extérieur de la ville. Sur leurs pas-de-porte s'alignaient les cageots de légumes de printemps : des bottes d'oignons verts et d'asperges, des oignons, des petits pois, des épinards, des radis. Chez le boucher, des côtes de porc pendaient à des crochets, jouxtant des poulets et des canards fraîchement tués et plumés. Bien avant d'arriver à la hauteur du magasin d'aliments séchés, Suling sentit leur odeur familière et pénétrante lui chatouiller les narines : crevettes séchées, navets en bocaux, haricots noirs fermentés, saucisses sèches.

Les hommes en route pour leur journée de travail se bousculaient en blaguant. Certains allaient prendre leurs postes dans des hôtels et des restaurants à l'extérieur de Chinatown, d'autres prenaient la direction des quais pour décharger les crevettes des chalutiers. Ils s'entassaient dans les usines pour rouler des cigares, confectionner des vêtements ou coudre des chaussures et des bottes. Les bâtiments dans lesquels ils travaillaient auraient pu être gratifiés de noms ronflants comme « Usine de balais increvables », mais les manufactures de Chinatown étaient loin d'être de grosses affaires. Elles n'étaient guère plus que de petits ateliers clandestins.

Aux étages supérieurs, des fenêtres des maisons de jeu ouvertes pour laisser entrer la fraîcheur de l'air d'avril s'échappaient le bruit du claquement des carreaux de mah-jong et les cris de triomphe des parieurs qui avaient joué toute la nuit. Aguichés, certains passants se laissaient tenter.

Les seuls commerces encore bien fermés à cette heure de la journée étaient les bordels. Chinatown en comptait des dizaines, plus de bordels blancs que de chinois, mais quand les journaux partaient en croisade contre le péché et la corruption, ils ne dénonçaient que les maisons closes chinoises. Suling jeta un coup d'œil aux fenêtres fermées au-dessous d'une enseigne en bois laqué : *Palais des Plaisirs Infinis*. C'était le bordel le plus cher de San Francisco et il appartenait à une femme.

Une fois passé le coin de la rue, elle arriva chez les *Tailleurs Hing Chong* où le propriétaire s'affairait à draper du tissu sur un mannequin rembourré. De la tête, elle fit un signe interrogateur vers la porte au fond du magasin et il acquiesça imperceptiblement.

La porte ouvrait sur un escalier étroit qui menait aux étages supérieurs du bâtiment, derrière la boutique du tailleur. C'était une entrée dérobée du *Palais des Plaisirs Infinis*, connue seulement de certains clients, les plus importants de Madame Ning. Et de ses amis. Suling cousait pour les *Tailleurs Hing Chong*, ce qui lui permettait d'entrer dans le bordel sans susciter de haussements de sourcils réprobateurs. Un subterfuge bien inutile du vivant de sa mère. En effet, son père n'avait jamais empêché son épouse adorée de rendre visite à sa meilleure amie. Mais Troisième Oncle n'était pas aussi compréhensif.

L'escalier était obscur, la lumière du soleil peinant à traverser une verrière sale. Elle traversa le palier du deuxième niveau et passa par sa porte peinte en un rouge laqué. Les pièces somptueusement meublées de cet étage étaient destinées à distraire les clients. Le suivant était celui où vivaient les femmes, où elles se reposaient et prenaient leurs repas. Le troisième étage était strictement privé. Suling tira la chaîne de la porte marron, neutre, et entendit une cloche tinter à l'intérieur. Bientôt, des pas lourds firent trembler le plancher et la porte s'ouvrit sur une silhouette féminine corpulente, un visage grassouillet, et une bouche qui bâillait.

— Quelle visite matinale, Jeune Demoiselle ! s'exclama Amah Chung. La maîtresse vient tout juste de se réveiller. Bien, vous savez où la trouver. Je dois préparer son petit déjeuner.

Elle glissa dans le couloir sur ses semelles de tissu, avec un nouveau bâillement sonore.

Dans l'entrée silencieuse flottait le parfum de bois de santal et de roses de l'encens si particulier de Madame Ning, le seul qu'elle achetait. Rien n'était trop beau pour Baimei Shen, la divinité protectrice des prostituées. L'autel du dieu se dressait au fond du vestibule. Des offrandes, pièces, petits bijoux, jonchaient le brocart de soie jaune devant la statue de porcelaine. Seules huit femmes travaillaient au *Palais des Plaisirs Infinis*, huit femmes qui se vendaient très cher.

Suling frappa à la porte qui faisait face à l'escalier.

— Tatie ? C'est moi.

Une voix rauque l'invita à entrer. La pièce était austère. Les murs peints d'un pâle vert sauge n'étaient ornés que de quelques aquarelles, uniquement des paysages. À côté du grand bureau à casiers en bois de rose qui dominait l'espace se dressait un haut lampadaire. Suling savait que les tiroirs du bureau étaient toujours verrouillés et que Madame Ning gardait constamment la clé sur elle.

Assise devant sa coiffeuse, Madame Ning essuyait une épaisse couche de crème blanche sur son visage.

— Tu arrives bien tôt, fit-elle remarquer sans se retourner.

Suling prit place à même le sol, à côté de celle qu'elle appelait « Tatie », bien qu'elles ne soient pas parentes. Elle posa sa tête sur les genoux de Madame Ning.

— Je n'arrivais pas à dormir.

— Encore ces mauvais rêves ? lui demanda cette dernière.

Suling hocha la tête. Elle n'avait pas besoin d'en dire plus. Sa Tatie savait tout de ces rêves. Ceux où elle se tenait au bord d'une falaise surplombant la plage de Mile Rock, muette, incapable de s'enfuir ou d'appeler à l'aide. Une répétition sans fin de l'atroce moment de cette atroce journée où, sur le sentier abrupt qui descendait de la falaise, elle avait imaginé, pétrifiée, la longue chute jusqu'aux rochers et à la plage si elle glissait. Incapable de courir, paralysée à la vue de ses parents happés par le Pacifique. Cela faisait huit mois que sa mère était tombée de la falaise où elle ramassait du lichen et que son père s'était avancé en pataugeant dans l'eau pour la sauver. Pris dans le contre-courant, tous deux avaient été emportés vers le large. Madame Ning avait été la plus proche amie de sa mère. Depuis, en dehors de ses heures de travail, elle trouvait toujours du temps pour Suling.

Elle leva les yeux vers le reflet de Madame Ning dans le miroir de la coiffeuse. Dans la quarantaine, la propriétaire de la maison close avait de magnifiques sourcils arqués et une peau parfaite. Ses lèvres pulpeuses esquissaient une moue perpétuelle qui donnait à son visage ovale un charme enfantin. Mais seuls les moins observateurs auraient pu la penser facile à duper. La formidable ambition qui l'avait menée de sa condition de prostituée à celle de propriétaire du bordel le plus sélect de Chinatown pouvait se déceler à la lueur d'intelligence dans ses yeux noirs, à son menton volontaire.

— Tu veux emporter un peu de cette crème pour le visage chez toi, Suling ? demanda Madame Ning. C'est un nouveau produit que j'essaie. Des perles écrasées en poudre mélangées à du ginseng et à de l'huile de graines de camélia. Tu es encore jeune, mais il est toujours bon de prendre des mesures avant que cela devienne nécessaire.

Madame Ning aimait discuter de frivolités avant d'aborder les questions importantes. De sa voix mélodieuse, envoûtante, elle lui donnait des nouvelles, lui racontait des potins, lui confiait ses soucis avec ses « filles ». Ils n'étaient jamais bien graves car, avec une femme avertie de sa trempe, le moindre problème surgissant dans son établissement était résolu avec rapidité et discrétion.

La porte s'ouvrit et Amah Chung la poussa d'une épaule pour entrer, chargée d'un grand plateau.

— Deux bols de lait de soja chaud, annonça-t-elle. Un sucré pour toi, Jeune Demoiselle, l'autre salé pour Madame. Un petit pain vapeur garni de pâte de haricots rouges sucrée, l'autre de jaune d'œuf de canard, salé. Vous verrez de quelle façon vous les partager. J'ai du travail à la cuisine.

La cuisinière sortit à pas feutrés et ferma la porte de la chambre.

— C'est mon employée la plus précieuse, fit remarquer Madame Ning. Les prostituées vont et viennent, mais la cuisine d'Amah Chung est toujours fiable et délicieuse.

Elle mordit dans le petit pain au jaune d'œuf de canard avec délectation.

— Bois ton lait de soja, ma chérie. Amah Sung feint l'indifférence, mais elle sera très triste si tu ne manges rien. Et maintenant, dis-moi ce qui t'amène de si bon matin ?

Son sourire plein d'affection était plus réconfortant que le lait de soja sucré. Suling sentit l'étau qui lui oppressait la poitrine se desserrer un peu. Au moins, elle pouvait tout dire à sa Tatie. Du moins, presque tout.

Ignorant le plateau du petit déjeuner, elle annonça :

— Mes cousines sont arrivées. Leur bateau a accosté hier. Il ne leur reste plus qu'à passer l'immigration. Et, une fois que ce sera fait, je serai obligée d'épouser le docteur Ouyang.

Elle s'assit sur le lit et se laissa tomber en arrière avec un gémissement.

Les services de douane américains ne facilitaient pas l'entrée des Chinois dans le pays. Ils étaient connus pour retenir les immigrants dans les terminaux du *Pacific Mail Steamship* pendant plusieurs semaines, voire plusieurs mois. Mais, à terme, l'objectif était que ses cousines la remplacent à la blanchisserie. Troisième Oncle n'aurait alors plus besoin d'elle et la marierait au docteur Ouyang. Qui avait déjà deux épouses.

— Tu as dix-neuf ans, il est temps que tu te maries.

Madame Ning porta son bol à ses lèvres et but une longue gorgée de lait de soja.

— Le docteur Ouyang est l'un des hommes les plus respectés de Chinatown, reprit-elle. C'est un homme bien, un homme bon. En outre, il n'est ni vieux ni affaibli. Ses cheveux commencent tout juste à grisonner et, malgré ses cinquante ans, il est aussi svelte et robuste qu'un homme de trente ans.

Suling leva les yeux au ciel.

— Mais ses femmes ! Elles étaient si méchantes avec ma mère. À quoi ressemblera ma vie avec elles, en tant que troisième femme, la plus basse dans la hiérarchie ?

— Tu seras sa favorite, affirma Madame Ning. Je le sais. Quand nous étions tous beaucoup plus jeunes, Ouyang Lin était épris de ta mère. Il n'était pas riche, à l'époque, mais chaque fois qu'il venait ici, il demandait toujours : « Est-ce que Ming Lee est disponible ? » Pourtant, ta mère était l'une des femmes les plus chères de la maison.

Il n'y avait pas de secrets à Chinatown. Ming Lee et Madame Ning avaient été vendues par leurs familles à des hommes qui les avaient fait venir à San Francisco, en bateau, avant de les revendre à des bordels. Dans une industrie dans laquelle la plupart des filles mouraient brutalisées, malades, ou se suicidaient, elles avaient noué une amitié indéfectible et avaient survécu. Ming Lee s'était enfuie et Madame Ning avait gravi les échelons jusqu'à prendre la direction de sa propre maison close.

— Dans ce cas, pourquoi le docteur Ouyang n'a-t-il pas racheté ma mère au bordel ? demanda Suling. Ou pourquoi ne l'a-t-il pas épousée après qu'elle s'est enfuie à la Mission, comme mon père l'a fait ?

— Il aurait racheté son contrat s'il avait eu assez d'argent. Mais parfois, dans la vie, tout peut se jouer sur une question de calendrier.

Le docteur Ouyang était retourné en Chine réunir l'argent pour fonder sa propre herboristerie juste au moment où le gouvernement américain avait voté la loi d'exclusion des Chinois, rendant toute tentative d'immigration presque impossible. Ouyang avait enduré des mois de questions et d'obstacles pour prouver qu'il était commerçant. L'une des rares professions permettant d'entrer dans le pays.

— Et tu connais la suite, reprit Madame Ning. Pendant ce temps, ta mère s'est enfuie à la Mission, ton père, Feng, l'y a vue en livrant la lessive et, quelques semaines plus tard, il lui a demandé sa main.

Feng était indifférent au fait que Ming Lee ait été prostituée. Il y avait si peu de Chinoises disponibles que les hommes étaient prêts à racheter des contrats de prostituées ou d'esclaves domestiques. Et personne ne les méprisait pour autant. Si un homme voulait une femme et une famille, Chinatown offrait très peu d'autres options.

— Tu penses donc que le docteur Ouyang serait bon avec moi, en souvenir de ma mère ?

Sa Tatie secoua la tête.

— Non, ma précieuse. Pas en souvenir, mais parce que tu ressembles à ta ravissante mère.

— C'est plutôt inquiétant, répondit-elle avec un frisson.

— Les femmes d'Ouyang savent qu'il était amoureux de ta mère. Voilà pourquoi elles étaient désagréables avec elle. Mais tu n'aimes pas Ouyang. Tu resteras donc lucide. Avec de la patience et de l'intelligence, tu trouveras le moyen de t'imposer au sein du foyer d'Ouyang. L'amour fait perdre tout discernement.

Suling se redressa.

— Je pourrais être une épouse abominable. Je pourrais être désagréable, refuser de coopérer avec ses autres femmes, ignorer ses enfants, lui résister au lit. Jusqu'à ce qu'il demande le divorce.

— Ou bien te vende à un bordel. Ou à quelqu'un qui fournit les bordels.

Les mots claquèrent comme un coup de fouet.

— Ce ne serait pas la première fois qu'un mari se débarrasserait d'une femme difficile en la vendant.

— Je suis citoyenne américaine, je suis née dans ce pays, j'y ai été élevée. Je pourrais m'enfuir, aller à la Mission. Signaler ma situation aux autorités.

— Tu n'aurais aucune chance de t'enfuir, grogna Madame Ning. Tu serais enfermée jusqu'à ce que la transaction soit conclue, et même après. C'est ce que je ferais.

— Je pourrais m'enfuir avant le mariage. Mlle Cameron me prendrait comme elle a pris Tye Leung. Et maintenant, Tye aide Mlle Cameron à sauver des filles de bordels et d'employeurs cruels.

— Et Tye doit habiter la Mission, répondit Madame Ning. Où un policier monte la garde à l'entrée parce qu'ils reçoivent des menaces de mort de ceux à qui ils ont volé ce qui leur appartenait.

Les prostituées et les domestiques esclaves. Pourtant, Tye n'était-elle pas la preuve qu'une Chinoise américaine pouvait tracer son chemin ? Que les temps changeaient, surtout pour les Chinois nés aux États-Unis, instruits et parlant anglais couramment ?

— Tu ne peux pas te cacher à la Mission pour le reste de ta vie, Suling, reprit Madame Ning. Les parents de Tye ont fini par accepter de ne pas la forcer à faire un mariage arrangé. Voilà pourquoi elle est libre d'aller et de venir à sa guise.

Suling le savait. Tout comme elle savait que la plupart de celles qui quittaient la Mission le faisaient après que Mlle Cameron leur avait arrangé un mariage avec un Chinois chrétien. Ces hommes venaient d'autres États pour y rencontrer des épouses potentielles. La protection juridique du mariage était l'un des moyens les plus sûrs de décourager les anciens employeurs et propriétaires de poursuivre les femmes recueillies. Mais un mariage avec un inconnu n'était pas ce que Suling voulait, pas plus qu'un mariage avec le docteur Ouyang.

— Tu fais ta tête de mule, Suling.

Madame Ning poussa un soupir.

— C'est Reggie, c'est ça ? Tu n'as pas de nouvelles depuis des semaines. Combien de fois t'ai-je dit que ces démons blancs considèrent les Chinoises comme des nouveautés, une expérience exotique à tenter ?

Tout comme Reggie avait été une nouveauté pour elle. Des boucles brunes courtes, des yeux vert émeraude, une bouche pulpeuse au sourire langoureux, si tentante. Suling refoula le souvenir.

— Et toi et Clarkson ? Vous êtes amants depuis dix ans maintenant, rétorqua Suling. C'est bien un démon blanc ?

— C'est un arrangement professionnel et, heureusement, il s'est pris d'affection pour moi, répliqua Madame Ning d'un ton pincé.

Heureusement aussi que Michael Clarkson était le chef de la brigade des mœurs chargée de Chinatown. *Le Palais des Plaisirs Infinis* était rarement visité et, s'il l'était, les conséquences étaient minimes.

— Écoute, ma chérie, reprit Madame Ning, dans ce monde, les chemins qui s'ouvrent devant les femmes ne sont pas nombreux. Pire encore, nous sommes des femmes chinoises dans un pays qui hait les Chinois.

Elle posa le plateau sur le sol et se tourna vers elle.

— Quoi que tu fasses, garde à l'esprit que tu ne peux dépendre de personne. Que de toi-même.

— Je comprends, acquiesça Suling.

Elle pensait à Reggie. Dont la disparition confirmait ce que Madame Ning disait souvent, ce que sa propre mère, Ming Lee, croyait : que ceux que vous aimiez étaient ceux qui avaient le pouvoir de vous faire souffrir. Leurs propres parents ne les avaient-ils pas vendues comme prostituées ? Aussi, si Feng avait été très épris de Ming Lee, cette dernière lui avait montré de l'affection, de la courtoisie, mais pas de l'amour.

Elle non plus ne s'était pas donnée cœur et âme à Reggie, se rappela-t-elle. Et elle avait eu raison de ne pas s'abandonner à l'amour romantique. Hélas, Reggie se révélait difficile à oublier.

Il était 12 h 30 quand Suling finit de donner son cours à la Mission. C'était un plaisir d'enseigner à ces jeunes filles, motivées par la promesse que, si elles réussissaient leurs travaux de broderie, elle essaierait de vendre leurs pièces. Pour la première fois de leur vie, elles garderaient l'argent qu'elles auraient gagné. Malheureusement pour elles, songeait Suling en rentrant chez elle, des revenus si maigres ne leur suffiraient pas si elles espéraient en vivre. Ses ventes de manchettes et de cols brodés aux ménagères à qui elle livrait la lessive en étaient la preuve.

Elle grimpa l'escalier qui menait de la blanchisserie aux appartements. La porte de la chambre de son oncle était grande ouverte. À peine eut-il entendu le plancher craquer sous ses pas qu'il la pria d'entrer.

— Ma nièce, j'ai de bonnes nouvelles, annonça-t-il, rayonnant presque de plaisir. Le docteur Ouyang nous a fait une énorme faveur. Tu viens de le manquer.

— Quel genre de faveur ? demanda-t-elle, pas mécontente d'avoir échappé à la visite de l'herboriste.

— Il est allé aux services de l'immigration des terminaux du *Pacific Mail Steamship*. Il s'est porté garant pour tes cousines et a fait quelques… euh… dons, en argent, çà et là. Le traitement de leurs dossiers va être accéléré et elles seront sorties dans deux semaines. Garanti.

— Deux semaines ?

Elle se mordit la lèvre. *Si vite. Bien trop vite.*

— Ah, encore une chose. Le docteur Ouyang me dit que la voyante a choisi la date la plus favorable pour votre mariage. Le 19 avril. Tu dois donc te dépêcher de travailler à ton trousseau.

Sans répondre, Suling entra dans sa chambre et ferma la porte. Elle approcha la chaise de bois à côté de son lit de l'armoire, y grimpa et palpa le pochon en tissu sur le dessus. Il contenait l'argent qu'elle avait économisé, ce qu'elle avait commencé à faire avant même sa rencontre avec Reggie. Elle secoua la tête, repoussant l'image qui s'imposait à sa mémoire : leurs yeux brillants consultant les horaires de trains.

Pendant le court laps de temps qu'il lui restait avant la date supposée de ses noces, elle avait besoin de gagner autant d'argent que possible. Parce qu'elle allait mener à bien son projet de quitter San Francisco.

Avec ou sans Reggie, elle allait échapper à son mariage, à Chinatown. À cette vie.

Chapitre 3

Dès qu'elle entra dans le Grand Opera House, Gemma reconnut le travail de Nellie. Elle ne connaissait rien à la peinture. Même le fait de partager un appartement pendant cinq ans avec son amie artiste, dans le Bronx, ne lui avait pas appris la différence entre l'impressionnisme et l'Art nouveau ni pourquoi la peinture à l'huile et l'aquarelle étaient deux techniques bien distinctes. (Si ce n'était que l'odeur de la peinture à l'huile s'imprégnait dans leurs jupons). Mais elle connaissait la peinture de Nellie. Qui lui avait écrit, environ huit mois plus tôt, de son griffonnage négligent.

J'ai été engagée pour retoucher les fresques au Grand Opera House. Je doute qu'ils aient souhaité recruter d'emblée une femme, mais leur peintre habituel est parti du jour au lendemain à San Diego sans terminer le travail, donc j'ai pris le relais. Juste les habituels trompe-l'œil affligeants, des chérubins sur des nuages dans des couleurs pastel écœurantes.

Même s'il s'agissait d'un travail de routine, Nellie ne résistait jamais à l'envie d'ajouter ses propres touches impertinentes à son œuvre. Les angelots de la fresque à l'entrée de l'opéra avaient tous été gratifiés d'expressions cocasses : l'un d'entre eux avait un sourire narquois, un autre battait des cils, celui aux yeux écarquillés s'était vu doter d'un nuage derrière les fesses, comme s'il venait de lâcher quelque odeur nauséabonde. Gemma leva alors la tête vers les muses dans leurs robes drapées grecques. Celle à la lyre, à l'air guindé, ressemblait à la propriétaire de la pension de Taylor Street. Et ne reconnaissait-elle pas là Alice Eastwood, avec la couronne de fleurs ? C'était bien elle, son sourire amical, son bouquet de violettes à la boutonnière. Nellie avait toujours su croquer les gens.

Gemma s'aventura plus avant dans le bâtiment. Ignorant les doubles portes donnant sur les rangées de sièges en terrasse, elle franchit les portes latérales qui menaient en coulisses. Il lui suffit de montrer sa carte de toute dernière recrue de la troupe itinérante du Metropolitan Opera et d'une rapide explication au portier somnolent pour passer. Combien d'opéras, de théâtres, avait-elle explorés jusqu'à aujourd'hui ? Le labyrinthe habituel de passages défraîchis, les posters gondolés d'anciennes productions flottant sur les murs du corridor, les seaux épars en prévention des fuites occasionnelles…

Elle souleva l'ourlet de sa robe à franges pour s'aventurer dans les coulisses, dans lesquelles flottait une odeur de résine de violons, de velours poussiéreux, de vieilles partitions. Il n'y avait pas âme qui vive. Le matin, un théâtre d'opéra était aussi calme qu'une crypte. Existait-il un musicien vivant qui se levait avant 9 heures ? Avant midi, même, s'il pouvait se le permettre ?

En temps normal, elle se rangeait dans cette catégorie. Si ce n'était que, dans son nouveau logement de Taylor Street, elle avait à peine fermé l'œil. La migraine de cette nuit n'avait pas été si terrible. Elle avait juste passé la moitié de la nuit blottie dans sa chambre obscure, une compresse froide pressée sur le front, à souffrir le martyre. Et quand, épuisée, engourdie, elle avait pu s'endormir, sa tête lui faisant l'effet d'être aussi fragile que du verre, elle avait revécu en cauchemar cette horrible journée à New York, se traînant à quatre pattes tandis que les gens riaient. Au matin, levée à l'aube, après avoir donné une poignée de graines et quelques morceaux de pomme à Toscanini, elle était sortie, les yeux bouffis, dans la ville déjà animée.

Elle entendait maintenant le son lointain d'un piano. Son esprit embrumé commençait à s'éclaircir. C'était l'air « Habanera » de *Carmen*, joué avec un panache insensé. Fredonnant en cadence, elle suivit la musique pour arriver devant une salle de répétition et passa la tête par la porte entrouverte.

L'homme sur le tabouret de piano tourna la tête vers elle, ses larges mains courant sur les touches pour exécuter le difficile final en fanfare de l'« Habanera ».

— Vous cherchez quelqu'un ?

— On dirait bien que j'ai trouvé quelqu'un.

De forte carrure, les manches retroussées, il avait la peau mate, les cheveux bruns, en bataille.

— Je suis la dernière recrue de la compagnie itinérante du Metropolitan Opera.

Elle se fendit d'une version allégée de sa révérence de scène. Un sourire éblouissant, un léger coup de reins et les genoux gracieusement ployés. Son armure pour arriver dans un nouvel opéra. Après tout, personne à San Francisco ne se doutait de ses déboires new-yorkais.

— Gemma Garland.

— Vous avez quelques semaines d'avance sur *il Signor* Caruso et le reste de la compagnie, fit remarquer l'homme baraqué, en pivotant sur son tabouret de piano.

— Je dois remplacer la soprano qui part pour Kansas City. J'ai voulu arriver en avance pour visiter la ville.

Ce matin, j'ai déjà descendu une colline aussi abrupte qu'une montagne des Alpes, vu une Chinoise aux pieds les plus minuscules imaginables en passant à proximité de Chinatown, et entendu le dernier potin de la ville sur la disparition d'un certain détective local de l'*Agence Pinkerton*. On soupçonne quelque chose de louche, selon le conducteur du tramway qui m'a déposée après Market Street. C'est-à-dire, au sud de la Fente, précisa-t-elle. La Fente, c'est bien comme ça qu'on dit, ici ?

— En effet.

Le pianiste porta une main à sa tête, comme s'il venait tout juste de se rendre compte qu'il n'avait pas de chapeau à soulever.

— George Serrano.

Il prononça son nom en roulant les « r », comme un Espagnol, un Brésilien, peut-être. Même s'il parlait anglais sans accent.

— Je suis l'un des répétiteurs de la maison. C'est moi qui vous ferai travailler dans les salles de répétitions une fois la compagnie arrivée.

Gemma se félicita de lui avoir fait du charme. Les répétiteurs, ces pianistes et accompagnateurs inestimables, étaient d'excellents alliés à avoir dans un opéra. Si vous les amadouiez, ils vous faisaient répéter une demi-heure supplémentaire si vous vous sentiez hésitante dans votre récital de l'acte III. Si vous vous les mettiez à dos, ils démarraient votre air sur la mauvaise clé, dans le simple but de vous mettre au supplice.

— Je suppose que vous ne…, commença-t-elle en penchant la tête sous son chapeau à bords étroits, orné de roses rose pastel.

Son visage s'éclairant d'un sourire, il l'interrompit.

— Vous voulez essayer la scène ? Les sopranos le font toujours.

— Les mezzos aussi, protesta Gemma, en lui rendant son sourire. Vous croyez que ça dérangerait quelqu'un si... ?

— Faites-vous plaisir. Tout droit et en haut de l'escalier.

Il lui adressa un signe de la main amical et s'apprêtait à se retourner vers son piano quand elle l'arrêta sur une impulsion.

— Vous ne vous souviendriez pas par hasard d'une artiste peintre qui travaillait ici, monsieur Serrano ? Elle a été engagée pour retoucher les fresques de l'entrée. Une brune, qui portait souvent un pantalon ?

— Je me souviens d'elle. Elle est partie l'été dernier. Son travail à moitié achevé, ce qui a mis la direction dans la panade.

Elle avait envie de répondre que cela ne ressemblait pas à Nellie. Mais c'était faux. *« Ils me paient la moitié de ce qu'ils paieraient à un homme, Sal,* disait-elle lorsqu'elle partait en quête de meilleures propositions. *Ils ne devraient donc pas s'étonner que je ne fasse que la moitié du travail. »* Et, bien sûr, l'opéra n'aurait pas la nouvelle adresse de Nellie, quelle qu'elle soit. Après leur départ de l'appartement qu'elles avaient partagé dans le Bronx – elle pour suivre une troupe d'opéra itinérante à Boston, Nellie pour passer l'été dans la vallée de l'Hudson à peindre des paysages –, elles avaient entretenu leur amitié par courrier. Elles reprenaient leur cohabitation chaque fois qu'elles passaient toutes les deux par New York, ce qui arrivait assez souvent. Et Gemma se remettait à taquiner Nellie sur ses mugs à pinceaux remplis d'eau qui traînaient partout. Et Nellie taquinait Gemma sur ses pastilles pour la gorge. Néanmoins, leurs lettres étaient devenues leur lien vital : une conversation qu'elles avaient poursuivie pendant presque huit ans. Et pendant ces huit ans, combien de fois Nellie l'étourdie avait-elle oublié de laisser une adresse de suivi ?

Elle aurait dû en laisser une, cette fois, ne put-elle s'empêcher de penser. *Elle savait que je venais à San Francisco et elle savait que je n'allais pas bien. N'aurait-elle pas pu laisser une lettre ?* Mais ce n'était ni l'endroit ni le moment pour se laisser perturber par cette blessure lancinante. Se ressaisissant, elle dit :

— Merci, monsieur Serrano.

— George, la reprit-il, avec un salut joyeux, en retournant à son piano. Revenez chaque fois que vous voudrez répéter des airs.

Elle rebroussa chemin dans la direction qu'il lui avait indiquée, monta l'escalier, franchit plusieurs entrées des artistes, jusqu'à arriver dans les coulisses. Et soudain, elle s'ouvrit devant elle.

La scène.

« C'est un espace splendide, Sal. Je peux t'imaginer là-haut, couverte de diamants, lançant ton *do* aigu dans la salle ! » avait écrit Nellie.

Gemma se surprit à retenir son souffle, comme elle le faisait chaque fois qu'elle découvrait une nouvelle scène. Une étendue de planches en pente, poussiéreuses sous la lumière crue du matin qui en dévoilait chaque rayure. Sans trace des lumières, des décors, des costumes, de la musique, qui en faisaient un espace enchanté. Juste une scène nue. Cet endroit qu'elle imaginait derrière ses paupières closes depuis que, alors qu'elle avait sept ans, dans une petite église du Nebraska, Sally Gunderson avait chanté *Abide with Me* en un flot de sons si purs, si mélodieux, que presque toute la congrégation avait fait silence. En ouvrant les yeux, quand elle avait compris que tout le monde la regardait, elle avait pensé : *Oui !*

Oui.

C'est ce que je veux.

Debout devant les paroissiens de Hard Rock, dans ses guêtres douloureusement blanches sous sa robe du dimanche à fanfreluches… Ce banc d'église à dos dur avait été sa première scène et elle n'avait pas eu besoin d'être éclairée par un projecteur pour savoir que c'était là qu'elle voulait être.

« Les petites filles doivent être vues, mais pas entendues », lui avait dit sa mère, dans son enfance.

Pourtant, dès sept ans, Gemma avait su qu'elle voulait être vue *et* entendue. Ni les gentilles réprimandes maternelles ni la baguette de bouleau de la matrone du pensionnat n'avaient étouffé ce désir en elle.

Elle promena son regard sur les rangées obscures de sièges vides (deux mille cinq cents, lui avait dit sa nouvelle propriétaire avec cet étrange accent, mélange de ceux de Boston et de Brooklyn, qui semblait être celui de San Francisco) et imagina la salle dans deux semaines, bondée jusqu'aux combles, scintillante de diamants, l'odeur de tabac coûteux se mélangeant aux effluves de parfums encore plus luxueux, le bourdonnement de cent conversations différentes ne s'interrompant que lorsque le chef d'orchestre levait sa baguette… Tous les notables de cette ville aussi impétueuse que dynamique, venus entendre le grand Caruso. Peut-être ne la remarqueraient-ils pas dans les rangs du chœur. Il se pouvait pourtant qu'elle attire l'attention du ténor. N'avait-il pas la réputation d'être homme à apprécier une jolie soprano ?

Elle s'avança vers le centre de la scène, fredonna quelques notes pour réveiller sa voix, fit quelques gammes et vocalises. Elle n'avait pas besoin de piano, elle avait une hauteur de voix parfaite. Elle s'était échauffée avant les auditions dans des salles de bains carrelées, dans des couloirs encombrés de monde, et même, une fois, dans un placard à balais. Ses cordes vocales maintenant vibrantes, elle démarra par Mozart, l'air de Chérubin dans *Les Noces de Figaro*, simple et familier. Puis passa à celui de la Comtesse, dans l'acte III du même opéra. L'un de ses préférés, la peine laissant place à l'espoir, et cette chute exaltante du *la* aigu... Elle entendait sa voix résonner, s'élever dans les rangées vides, sonder les moindres recoins. Elle passa alors à du Händel, testa son registre le plus aigu, en dépit de sa migraine qui couvait toujours. Que n'aurait-elle pas donné pour interpréter la Reine de la Nuit ici, lancer ses *fa* aigus dans le vide comme des perles de cristal...

De lents applaudissements s'élevèrent lorsque la dernière note de l'envolée finale se tut. Gemma scruta la salle.

— Il y a quelqu'un ?

Sans cesser d'applaudir, l'inconnu s'avança du fond de l'opéra vers la scène. À cette distance, elle distinguait juste que c'était un homme, en costume sombre.

— Zerlina, dit-il.

— Pardon ? demanda-t-elle, surprise.

— New York City Opera, 1898 ou 1899. *Don Giovanni*.

Il hocha la tête comme s'il rassemblait ses souvenirs.

— Vous interprétiez Zerlina.

— C'était en 1898. Je n'ai chanté le rôle qu'un seul soir. J'étais la doublure.

Elle avait vingt-quatre ans et passait graduellement du chœur à de petits rôles. Cette soirée où elle avait interprété Zerlina avait été sa première chance de décrocher un rôle important. Peinant à croire à sa bonne fortune, elle était ivre de joie.

— Comment diable pouvez-vous vous souvenir de moi ? C'était un remplacement au pied levé.

— Je n'oublie jamais une voix, et la vôtre n'est pas banale.

Il avança dans la fosse d'orchestre, sortant de l'ombre, et retira son chapeau. Elle put enfin le voir vraiment. Un visage mince, plutôt avenant. Des cheveux bruns un peu trop longs. Un long menton que couvrait une barbe naissante. Il portait un costume de prix avec décontraction, le col ouvert sur une gorge hâlée, des gants fins à moitié enfoncés dans sa poche. Debout, la tête penchée en arrière, son haut-de-forme dans une main, il jouait de l'autre avec une breloque à sa chaîne de montre et la fixait d'un regard intense.

— Votre voix a un timbre argenté. Mais la plupart des voix argentées sont froides. La vôtre est chaude, comme l'encens de Noël.

— Vous me flattez, monsieur. Je dois vous dire, je ne suis pas du tout contre le fait d'être flattée.

Les compliments avaient été rares ces derniers temps.

— Je ne vous flatte pas le moins du monde.

Il parlait en homme d'affaires, comme s'il énonçait des chiffres lors d'un conseil d'administration.

— Je ne perds pas mon temps avec les gens en quête de flatteries. Je cherche le meilleur, ceux qui n'en ont pas besoin. Vous avez une tessiture de voix exceptionnelle. Meilleure qu'il y a huit ans. Elle s'est étoffée. A gagné en gravité. Vous devriez chanter Donna Anna, aujourd'hui. Pas Zerlina. Les rôles principaux, pas les ingénues.

— Juste ciel ! répliqua Gemma, essayant de suivre cette étrange conversation. J'ignorais qu'un homme pouvait dire à une femme qu'elle s'était étoffée sans avoir l'air d'un goujat, mais je me trompais.

— Je vous prie de m'excuser, je n'ai aucune manière. Une doléance que j'entends souvent.

Il sourit, son regard toujours rivé sur elle. Elle se félicita soudain d'avoir opté pour sa plus belle toilette de ville ce matin-là, en faille rose pastel avec col et manchettes de satin or, exactement de la couleur de ses cheveux.

— Puis-je vous demander votre nom, Zerlina ? Le programme d'il y a huit ans ne donnait pas la liste des doublures.

Elle se présenta et lui exposa son histoire. Les chœurs du Metropolitan Opera, son arrivée précoce à San Francisco, sa visite à l'opéra, où elle cherchait une amie. Toutefois, son récit, plein de verve, était bien plus pétillant que celui qu'elle avait fait à Alice Eastwood ou à George le répétiteur. *« Encens de Noël »...*

— Les chœurs ? répéta l'homme au costume froissé en inclinant la tête. Pourquoi ?

Gemma éluda sa question.

— Je ne crois pas avoir saisi votre nom, monsieur.

— Henry Thornton de Thornton Ltd. Également Chemins de fer Thornton et Aciéries Thornton.

Un homme fortuné, donc. Peut-être. Les gentlemen aimaient exagérer leur statut quand ils cherchaient à impressionner une femme.

— Un homme d'affaires féru de musique. Comme c'est rare !

— Les affaires sont d'un ennui mortel. Elles ne servent qu'à financer ce qui compte dans la vie.

— Comme... ?

— Je ne sais pas trop comment répondre à cela.

Il se frotta le menton, pensif.

— Si je dis « l'art », j'ai l'air d'un fat prétentieux. Mais c'est ce que je crois. Les affaires ne représentent pas grand-chose dans le cours du temps. L'art, la beauté, la musique : ce sont les choses qui comptent.

Avec un haussement d'épaules, il ajouta :

— Vous allez donc peut-être me prendre pour un fat prétentieux. Je n'y peux rien.

Gemma était encline à le trouver sympathique, mais elle se rappela qu'elle devait faire preuve de dureté ! Les belles phrases n'étaient pas synonymes de sincérité.

— Êtes-vous musicien, vous-même ?

— Oh non. Une cause perdue, s'empressa-t-il de répondre. Je ne peux ni chanter, ni jouer, ni dessiner, ni danser. Mais je reconnais le bel art quand je le vois. Et les grands artistes.

Il s'inclina légèrement.

— Votre opéra préféré ? le provoqua Gemma.

— *Pelléas et Mélisande*. Je l'ai vu à Paris.

— Comme vous êtes moderne. J'étais sûre que vous alliez me donner une réponse banale. *Le Barbier de Séville*.

— Surfait.

— Je dois admettre qu'il n'a jamais été mon opéra préféré.

— Parce que le rôle principal n'est pas un rôle de soprano.

Gemma éclata de rire.

— Votre rire est aussi cristallin qu'un tintement de clochette, fit-il remarquer. Je vous donnerais un chemin de fer pour que vous me chantiez *L'Air des clochettes*.

— Je chante *L'Air des clochettes* divinement. Mais que diable ferais-je d'un chemin de fer ?

— Je vous inviterais plutôt à dîner, mais…

— Mais ?

— Vous avez l'air d'une jeune femme convenable, mademoiselle Garland.

Il sourit de nouveau.

— Je ne suis pas un homme bien. Il est préférable de m'éviter.

— Je mets un point d'honneur à éviter les Don Juans qui font le planton devant l'entrée des artistes, répliqua Gemma.

« Une jeune femme convenable » ? Ce n'était pas vraiment ainsi qu'une femme rêvait d'être appelée quand elle essayait de

se réinventer en un personnage dur, intraitable. Elle farfouilla dans son sac à main et traversa la scène dans un bruissement de jupons de taffetas.

— Si vous avez terminé, monsieur Thornton…

— Bon sang ! Je vais quand même vous inviter à dîner. Disons qu'il s'agit d'un rendez-vous d'affaires.

— Je devrais quand même refuser. Maintenant que je sais que vous n'êtes pas un homme recommandable.

— En effet. Mais au moins, vous êtes prévenue.

Il s'avança à sa rencontre et leva la main pour l'aider à descendre l'escalier.

— Demain vous conviendrait-il ?

Quand elle posa sa main dans la sienne, nue, elle remarqua qu'elle avait été gravement brûlée. Ce n'était pas une blessure récente. Ses doigts étaient légèrement repliés vers l'intérieur, comme si la peau avait cicatrisé sans pouvoir se détendre, les deux derniers n'avaient plus d'ongles et les phalanges marquées étaient aussi rugueuses qu'une racine d'arbre. Il aurait pu aisément le dissimuler avec un gant. Pourtant, ce n'était pas le cas. Impassible, Gemma ne montra aucune curiosité et crut voir ses yeux se plisser en réaction. Manifestement, il était habitué aux regards surpris.

— Le *Palace Grill*, dit-il. Demain ?

Le meilleur restaurant de San Francisco. Elle le savait déjà. *Accepte.* Elle entendait presque Nellie la presser. *« Commande les huîtres et le champagne ! Il faut soutirer tout ce que l'on peut à un admirateur riche, Sal ! »* Nellie avait toujours été plus douée qu'elle pour se montrer pragmatique.

Néanmoins… Elle descendit la dernière marche.

— Je vais peut-être dîner avec vous, monsieur Thornton. Cela dépend vraiment de ce que vous possédez d'autre.

— Dois-je vous montrer mes certificats d'actions ?

— Votre acte de mariage, si vous en avez un. Voyez-vous, je n'accepte pas d'engagements pour dîner avec des gentlemen qui ont déjà des engagements familiaux.

Elle n'était pas vraiment assez dure pour franchir cette limite, ne l'avait jamais été. « *Les riches protecteurs paient les factures*, lui avait dit Nellie, à maintes reprises. *Et la plupart d'entre eux sont mariés. Tu penses que leurs femmes ignorent qu'ils entretiennent des danseuses, des chanteuses et quelquefois des artistes peintres ? Avec cette voix et ce buste, tu pourrais avoir ta propre suite au* Park Avenue Hotel *et ta propre voiture pour te conduire aux répétitions tous les jours.* »

« *Je suis une artiste*, avait-elle protesté, sachant qu'elle parlait comme une prude. *Pas une courtisane.* » Sa réponse avait paru blesser son amie qui, visiblement, s'était sentie jugée. Ce en quoi elle n'avait peut-être pas eu tort. Gemma jugeait. Elle avait presque tout laissé de Red Hook, Nebraska, derrière elle. *Presque tout.* Néanmoins, de toute sa carrière, elle n'avait jamais accepté ne serait-ce qu'une paire de gants d'un homme marié.

Et pourtant, où l'avaient menée sa morale et ses principes du Nebraska ? Elle s'était retrouvée dans un très sale pétrin, à New York.

La voix de M. Thornton interrompit le fil de ses pensées.

— Pas d'épouse à la maison. Ni ici, ni à New York, ni nulle part.

La dépassant d'une bonne tête, il avait les yeux baissés vers elle. Bien sûr, il pouvait raconter des salades.

— Vous vous demandez probablement si je mens.

Il lisait clairement dans son esprit, ses doigts couverts de cicatrices tenant toujours les siens. Sans faire la moindre tentative pour l'attirer plus près.

— Il m'arrive de mentir. Mais jamais en affaires. Et c'est une proposition d'affaires que je souhaite vous faire, mademoiselle Garland.

Elle haussa les sourcils.

— Oh, vraiment ? persifla-t-elle.

— Pas du genre que vous imaginez. Une vraie proposition d'affaires, d'un homme pragmatique à une femme intelligente.

— Je suis donc intelligente, maintenant ?

— C'est mieux que « convenable ».

Il continuait à tripoter la breloque à sa chaîne de montre : un disque de jade blanc troué en son centre, lisse et brillant.

— Cet objet a-t-il une histoire ? demanda-t-elle.

Il lui lâcha la main.

— Je vous la raconterai demain. Au *Palace Grill*, à 20 heures.

— Vingt heures.

Elle acquiesça d'un signe de tête raide, pensant à son mince portefeuille. En vérité, elle ne pouvait pas vraiment se permettre de refuser un dîner gratuit. Elle garderait juste sa fourchette à huîtres sous la main pour le cas où sa proposition deviendrait indécente. Et n'était-ce pas souvent ainsi, hélas ? Elle passa à côté de lui et se dirigea vers la porte, comme toute artiste réaliste qui connaît sa valeur, une femme de bon sens, qui n'allait pas se laisser embobiner par de belles paroles. Il ne fit pas le moindre geste pour la retenir ou la frôler, comme le faisaient si souvent les hommes. Il se contenta de rester sur place, à la regarder, et elle sentit des picotements à la main gantée qu'il avait tenue.

Ne te retourne pas. Une femme dure ne le ferait pas.

Aussi s'abstint-elle.

En outre, elle n'avait pas besoin de se retourner pour savoir qu'il la suivait toujours du regard.

Chapitre 4

6 avril 1906
Onze jours, dix heures, cinquante-six minutes
avant le tremblement de terre

Troisième Oncle était à sa salle de mah-jong préférée et Suling ne l'attendait pas avant minuit. Elle pouvait se préparer pour les livraisons de l'après-midi sans qu'il découvre son subterfuge.

Il était plus sûr pour elle de quitter le quartier habillée en garçon. Trop d'hommes blancs continuaient à supposer qu'une Chinoise, hors des limites de Chinatown, était une prostituée. La première fois qu'elle avait mis des vêtements masculins, elle avait utilisé des bandes de coton pour comprimer ses seins. Avant de s'apercevoir que le processus était trop long. Elle s'était donc confectionné un gilet sans manches, qu'elle boutonnait étroitement afin d'aplatir sa mince silhouette. Par-dessus, elle enfilait maintenant une veste droite de garçon. Ses cheveux étaient déjà tressés en une natte soignée, il ne lui restait plus qu'à se coiffer d'un borsalino. Trop grand, les bords lui obscurcissant presque les yeux, il avait appartenu à son père. Mais il dissimulait le fait qu'elle n'avait pas le crâne rasé comme cela aurait été le cas si elle avait vraiment été un garçon.

Son père aurait été consterné de la voir accoutrée de la sorte. Mais il n'était plus là pour la protéger. Il devenait encore plus impératif désormais qu'elle accompagne Vieux Kow dans sa tournée de livraisons, ce qui lui donnait l'occasion de sortir de Chinatown et de vendre ses broderies pour gagner un peu plus d'argent. De l'argent pour ses billets de train. Pour se loger, se nourrir. Pour soudoyer, au besoin.

D'un geste machinal, Suling frôla le cordon de soie rouge autour de son cou, sentit l'anneau qu'il supportait. Une flèche de douleur lui transperça le cœur. Avec un frisson, elle envisagea de jeter cordon et bague. Mais elle avait décidé de la porter jusqu'au jour où elle n'éveillerait plus l'ombre d'une émotion en elle. C'était un rappel utile de la folie qui l'avait poussée à croire qu'elle avait un avenir avec Reggie.

Montant du rez-de-chaussée, l'odeur caustique de la soude du savon à lessive envahissait l'escalier. Les conversations bruyantes des employés et le grincement métallique des essoreuses étouffaient tous les autres bruits, y compris le crissement de la porte quand elle sortit dans la rue. Vieux Kow l'attendait au tournant, à côté de sa charrette à deux roues sur laquelle s'empilaient les sacs de linge propre. Le vieil homme la salua de son sourire édenté. Son animosité envers Troisième Oncle faisait de lui un allié enthousiaste dans cette supercherie.

— Au sommet de la colline ou vers le front de mer, Jeune Demoiselle ? demanda-t-il.

De ses mains calleuses, il agrippa les bras de la charrette. Huit mois auparavant, avant la mort de ses parents, elle était la fille de ses employeurs. Même si l'affaire avait changé de propriétaire, étant désormais dirigée par Troisième Oncle, Vieux Kow lui montrait toujours la même déférence.

— Le front de mer.

Il commença à pousser la charrette sur la chaussée inégale de Washington Street et elle l'aida en le guidant. En ce début d'après-midi, il ne faisait pas encore trop chaud.

Suffisamment pourtant pour que la puanteur du crottin de cheval s'élève des pavés. Quand ils tournèrent dans Stockton Street, vers le sud, le vieil homme déclara :

— Mademoiselle Feng, vous devez avoir hâte que vos cousines passent l'immigration. Vous allez enfin pouvoir vous marier. Dix-neuf ans est un âge avancé, si vous me permettez ma franchise. Quand ma femme avait dix-neuf ans, nous avions déjà trois enfants.

Il continua de parler, s'adressant plutôt à lui-même qu'à elle. Kow faisait partie de ces centaines d'hommes vieillissants qui s'étaient retrouvés sans emploi une fois finie la glorieuse époque de la ruée vers l'or et de la construction des chemins de fer. L'ayant pris en pitié, Ming Lee l'avait engagé à mi-temps pour aider le garçon livreur de la blanchisserie. Puis, trois mois auparavant, le garçon livreur avait démissionné, laissant Vieux Kow seul responsable des livraisons. Mais son anglais était si pauvre, sa mémoire si défaillante, qu'il rentrait avec des messages incompréhensibles, des requêtes bizarres qui créaient la confusion parmi les employés et provoquaient l'irritation des clients.

— Et que vais-je faire quand vous serez mariée et partie ? poursuivit-il. Vos cousines ne parleront pas encore anglais. Comment pourront-elles m'aider avec les livraisons aux clients étrangers ?

— Je suis sûre que mon oncle trouvera une solution, le rassura Suling.

Elle savait pourtant pertinemment que Troisième Oncle n'avait jamais eu d'idée utile, que ce soit avant ou après la mort de ses parents.

Pendant plusieurs semaines après leur disparition, elle était restée des journées entières prostrée dans sa douleur, submergée par des vagues d'un chagrin intense, incontrôlable. Troisième Oncle avait fait un effort pour administrer seul la blanchisserie. Mais, bien trop vite, malgré la profondeur de sa peine, Suling avait compris pourquoi son père avait été si réticent à confier à son frère cadet les tâches de la gestion, à l'exception des plus simples. Pour Troisième Oncle, diriger la blanchisserie consistait à haranguer le personnel, même quand tout allait bien. Des employés diligents, accomplis, qui travaillaient pour ses parents depuis longtemps. Hélas, l'un après l'autre, ils avaient donné leur démission. Non content de les accabler d'insultes inexcusables, Troisième Oncle baissait leurs salaires à mesure que ses dettes de jeu augmentaient. Désormais, seuls les désespérés et les fainéants acceptaient de travailler à la *Blanchisserie Fenghuang*: des drogués à l'opium, des joueurs qui s'évanouissaient dans la nature dès qu'ils avaient empoché la somme suffisante pour une nouvelle pipe remplie de rêves ou une nouvelle partie de mah-jong.

Par respect pour cette affaire que ses parents avaient créée de toutes pièces, à la sueur de leur front, Suling s'était obligée à descendre à la blanchisserie tous les jours et à faire de son mieux pour faire tourner le commerce. Le travail semblait l'aider à oublier son chagrin. Plongée dans les registres de comptabilité de son père, elle avait passé des heures à essayer de comprendre comment tenir les comptes, un travail censé être celui de Troisième Oncle. C'était elle qui avait suggéré de faire venir ses cousines de Chine pour remplacer les incapables qui défilaient à la blanchisserie. Les familles n'abandonnaient pas une affaire familiale, elles prenaient les mesures nécessaires. Les familles ne demandaient pas de salaires, elles vivaient ensemble, mangeaient ensemble, et ne touchaient une part des bénéfices que si l'affaire était florissante.

Peu de temps après, Troisième Oncle avait accepté la demande en mariage du docteur Ouyang. Une offre qui incluait un paiement substantiel. Qu'importait les termes qu'il avait choisis pour expliquer l'opération, le fait était que Troisième Oncle la vendait à l'herboriste. Ses parents, aimants, indulgents, ne l'avaient jamais poussée à se marier. Ils lui avaient toujours dit que la décision lui appartenait. Ils avaient pourtant reçu plusieurs demandes en mariage lucratives. À Chinatown, une jeune femme en âge d'avoir des enfants était plus rare qu'un paon blanc. Avoir de tels parents avait été une bénédiction.

Troisième Oncle étant désormais son parent masculin le plus âgé, il était, aux yeux de la communauté, autorisé à contrôler sa vie. Ses pleurs et ses plaidoiries le laissaient de marbre. Elle n'avait en fait jamais vraiment compté pour le jeune oncle affable de son enfance, qui l'emmenait assister aux festivités de Chinatown. Pour lui, une seule chose importait : elle représentait la solution à ses dettes. Tous les après-midi, il vidait la caisse avant de partir pour la salle de jeu. Au moins, il avait la décence de ne pas réclamer plus. Il savait qu'elle gardait de l'argent pour payer les salaires et acheter des fournitures.

En revanche, il ignorait qu'à son instar, elle aussi se servait. Elle ne se reconnaissait désormais plus aucune obligation d'être loyale envers Troisième Oncle.

Suling et Vieux Kow commencèrent les livraisons de l'après-midi à des commerçants blancs de Stockton Street, à la limite de Chinatown. Leurs enseignes en lettres anglaises se démarquaient : une épicerie, une pension de famille, une écurie et un atelier de charpentier. Chinois ou Blancs, les membres des familles qui vivaient au-dessus de leur propre boutique étaient entassés dans des pièces confinées, trop exiguës pour contenir les baquets et calandres nécessaires à leur lessive. Sans parler du séchage. Aussi, tous les foyers, même les plus pauvres, envoyaient leur linge à la blanchisserie.

Quand ils traversèrent California Street pour sortir de Chinatown, la démarche indolente de Kow se fit à la fois plus décidée et plus humble. Comme s'il cherchait à passer inaperçu.

Quand Suling avait commencé à faire les tournées avec lui, il lui avait expliqué : « L'astuce, c'est d'avoir l'air affairé, comme si vous aviez une course importante à faire pour un client. Et de ne jamais rien fixer des yeux, de ne jamais avoir l'air surpris. Il faut regarder droit devant soi, s'écarter si nécessaire, comme si nous habitions deux mondes différents. »

« Deux mondes différents. » Elle aurait dû se rappeler ces mots avant de tomber amoureuse de Reggie. Un instant, elle pressa un poing contre son cœur. Elle ne pouvait pas y penser. Ni maintenant ni plus jamais. Et certainement pas pendant la tournée de livraisons.

Les bras chargés de paquets attachés avec des ficelles, elle se dirigea vers l'entrée de service de la maison suivante. Quand la porte s'ouvrit, elle salua poliment la gouvernante.

— Attendez un instant, dit la femme en la regardant de plus près. Vous n'êtes pas le garçon livreur habituel.

— Non, madame, répondit Suling. Il est parti. Je suis le nouveau livreur.

Cela faisait maintenant trois mois qu'elle accompagnait Vieux Kow. Et cette femme ne l'avait jamais remarquée jusqu'à ce jour. Ne les avait-elle jamais vraiment regardés, son prédécesseur et elle ?

— Eh bien, au moins, vous parlez anglais. Ne filez pas tout de suite.

Elle déchira l'un des paquets pour l'ouvrir et agita son index dans sa direction.

— Bien, vous direz à vos patrons d'utiliser plus de bleu à lessive sur ces draps la prochaine fois. Je veux un beau blanc, éclatant.

— Je le leur dirai, madame.

— Ça fait des mois que votre travail est bâclé. J'ai bien envie d'aller voir ailleurs. La seule raison qui me retient est que, chez les autres blanchisseurs, on ne parle pas anglais et que je ne peux pas supporter leur charabia. Pourquoi les Chinois ne peuvent-ils pas parler correctement s'ils veulent vivre ici ? Vous et l'autre garçon êtes les seuls que je comprends.

— Je suis née ici, madame, expliqua Suling. Je vous souhaite une bonne journée.

Elle redescendit les marches de bois en faisant abstraction de la remarque. Le conseil de son père lui revint en mémoire : un jour, à la blanchisserie, alors qu'un client venait de leur hurler des insultes, elle lui avait demandé pourquoi il n'était pas en colère. Feng avait haussé les épaules. Ils habitaient au milieu de gens qui les détestaient, lui avait-il dit. S'ils accordaient de l'importance à chaque remarque blessante, s'ils se laissaient émouvoir par chaque insulte, ils n'arriveraient jamais à vivre leur vie.

Elle revint à la charrette et, devant le regard inquisiteur de Vieux Kow, esquissa une grimace.

— Je pense que nous risquons de perdre aussi cette cliente. Les draps ne sont pas assez blancs.

Il secoua la tête.

— J'ai dit à ces bons à rien de laisser tremper le blanc plus longtemps, mais ils bâclent tout ce qu'ils font pour aller parier. Ils ne tirent aucune fierté de leur travail. Ce n'est pas comme autrefois, Jeune Demoiselle. Pas comme du temps où vos parents tenaient une vraie blanchisserie.

Mais Suling ne l'écoutait pas. Un cabriolet tiré par un cheval avait attiré son attention, laissant entrevoir une chemise blanche bouffante, des boucles brunes, un visage obscurci par le capot de la voiture. Quand il passa devant elle, le soleil éclaira des traits inconnus. Ce n'était pas Reggie. Elle laissa échapper un soupir. Jusqu'à cet instant, elle ne s'était même pas rendu compte qu'elle avait cessé de respirer. Elle ne pouvait pas continuer ainsi.

Dans la maison suivante, une femme était penchée sur un carré de jardin. Jeune et menue, elle portait une robe de vichy et une capeline assortie. Quand Suling s'approcha, elle se releva et lui fit signe de poser les ballots de linge sur le perron. La jeune Chinoise lui remit alors une petite boîte.

— Oh, très bien, vous m'avez rapporté mes cols.

La cliente souleva douze ensembles de cols en lin blanc, tous brodés de points d'une exquise délicatesse.

— Des marguerites, des roses, des violettes. Du beau travail, comme d'habitude. Dites à votre patronne qu'il m'en faudra douze de plus, la semaine prochaine. N'importe quelles fleurs. Au même prix.

Elle plongea sa main dans sa poche.

— Voilà. Et un petit extra pour vous, mon garçon.

— Merci madame.

Elle effleura le bord de son feutre d'un doigt. Cette entreprenante femme au foyer revendait les cols à ses amies deux fois le prix qu'elle les achetait à Suling. Laquelle, n'arrivant jamais à obtenir de meilleurs prix d'une cliente blanche, avait au moins l'assurance de lui vendre presque toutes ses broderies : cols, manchettes, bordures, c'était un travail simple auquel elle pouvait se consacrer pendant ses heures de repos et tard dans la nuit. Tandis que son aiguille courait sur le tissu, son cerveau calculait combien elle allait encore devoir économiser avant d'être certaine de pouvoir acheter un billet pour quitter San Francisco.

Leur dernière livraison était attendue à Hyde Street, sur Nob Hill. Ils s'arrêtèrent devant une maison octogonale de quatre étages, aux innombrables fenêtres, surmontée d'une coupole. Une spacieuse véranda, au décor alambiqué, courait tout autour du rez-de-chaussée. Un solarium faisait office de vestibule et donnait sur une longue serre remplie de plantes et de fleurs que Suling n'avait jamais vues nulle part ailleurs.

Ils traversèrent la rue et elle prit une profonde inspiration. Elle voulait oublier toutes les fois où elle était venue ici, non pour livrer du linge propre, mais pour s'accorder des instants volés en compagnie de Reggie. Des souvenirs vains, qu'elle s'empressa de refouler. Leur seul intérêt était de la rendre désormais plus méfiante.

Loin de se douter du flot d'émotions qui s'agitaient derrière son visage impassible, Kow se hâta vers la barrière. Il aimait livrer à cette adresse où travaillaient des amis. Le valet et l'aide-cuisinier, connus sous les noms de Grand Fong et Petit Fong, n'avaient été engagés que quelques semaines auparavant, recommandés par Suling qui avait surpris la gouvernante en train de se lamenter sur le besoin de personnel supplémentaire. À Chinatown, le savoir-faire et les relations créaient des liens, des dettes d'honneur et de loyauté, des transactions qui n'impliquaient pas d'argent.

L'entrée des fournisseurs s'ouvrait sur un petit escalier qui descendait au sous-sol, où travaillaient les domestiques. Dans la cuisine, le rythme soutenu et les ordres aboyés par la cuisinière indiquaient clairement qu'une grande réception se préparait. Tandis qu'une viande rôtissait dans le four, un plat mijotait sur l'un des fourneaux, dans une grande marmite de cuivre. À la grande table, une fille de cuisine écossait une montagne de petits pois, en face de Petit Fong qui, penché sur une planche, découpait un canard.

Il répondit au salut de Suling d'un vague signe de la main avant de revenir à sa tâche.

Au fond de la cuisine, Suling poussa la porte de la buanderie et Vieux Kow empila les ballots de linge au bout d'une autre longue table. À l'autre extrémité, une servante s'escrimait à faire disparaître une tache sur une veste en laine grise. La jeune femme leva les yeux. Des petites boucles auburn s'échappaient de son bonnet, son front criblé de taches de rousseur était moite de transpiration.

— Vous prendre ça, dit-elle en montrant deux sacs de linge en toile dans un coin. Vous mettre plus amidon sur serviettes. Pas bon la dernière fois. Si vous refaire pareil nous envoyons linge à l'hôpital.

De nombreuses maisons de Nob Hill envoyaient leur lessive au couvent et hôpital St Christina, qui possédait sa propre blanchisserie. Leur service était gratuit, le travail étant considéré comme faisant partie de la thérapie de leurs malades psychiatriques. Suling était plus préoccupée par cette concurrence que par le charabia de la servante.

— Je le dirai aux blanchisseurs, mademoiselle, répondit-elle. Est-ce que Mme MacNeil est ici ? J'aimerais la voir.

— Pourquoi ?

Suling étouffa un soupir.

— C'est le premier lundi du mois. C'est le jour où elle règle la facture de blanchisserie.

— Moi, occupée, rétorqua la domestique. Toi attends, elle descend. Maintenant, dehors de ma buanderie.

Ils obéirent.

— Je vais voir si Grand Fong peut faire une pause, suggéra alors Vieux Kow. Il dira à la gouvernante que vous êtes ici.

Il lui prit les deux sacs des mains et ils sortirent de la pièce. Après un instant d'hésitation, elle tourna et se hâta le long de l'allée en briques qui contournait la maison octogonale, maudissant sa faiblesse. La porte principale de la serre se trouvait dans la véranda. Mais elle ignora les marches qui y menaient. Poursuivant son chemin, elle tourna en direction de l'entrée réservée au jardinier, protégée derrière deux lauriers-roses. La porte ouvrait sur le débarras de la serre, caché derrière des bougainvillées rouges grimpants, en fleur. Un jour, Reggie lui avait montré cette entrée dérobée. C'était ici, le lieu de leur premier baiser, en face des bougainvillées, derrière un écran de lys gingembre. Le regard perdu sur les longues tiges aux fleurs blanches, elle huma le parfum épicé désormais associé à jamais à Reggie.

Mais elle s'était promis de ne pas s'abandonner à Reggie totalement. De garder le contrôle de son cœur, de ses sens. Suivant les conseils de Tatie, elle s'était maîtrisée. Parce qu'elle ne voulait plus jamais vivre les affres d'un deuil. La douleur qui l'avait submergée quand elle avait perdu ses parents. La douleur, moins aiguë, qu'elle avait ressentie plutôt comme une déception, quand elle avait compris qu'elle n'avait jamais compté pour son oncle. Le deuil qu'elle allait bientôt affronter quand elle quitterait Chinatown, sa communauté, et San Francisco, sa ville.

Elle effleura le cordon en soie rouge autour de son cou, sentit le métal frais de l'anneau entre ses seins. Si, au contact de la bague, son cœur se serrait, comme pris dans un étau, ce n'était rien par rapport au chagrin qui la broyait en revoyant la serre. Des larmes brûlantes lui piquaient les yeux. Comme elle peinait à refouler ses émotions ! Il était temps d'accepter le départ de Reggie, qui les avait abandonnés, San Francisco et elle, pour quelque nouvelle inclination. Mais, en se rappelant la sensation de ses lèvres sur les siennes, elle n'arrivait pas à croire qu'elle n'avait représenté pour l'objet de ses tourments que l'attrait de la nouveauté exotique. Elle s'essuya les yeux et regagna la maison.

À côté de l'entrée des fournisseurs, Vieux Kow partageait une cigarette avec les deux Fong. Ces derniers, qui, bien sûr, savaient qui elle était, lui étaient reconnaissants de les avoir recommandés dans cette maison. Jamais ils ne dévoileraient son subterfuge. Elle regrettait de ne pas les avoir fait engager plus tôt, quand Reggie habitait encore ici. Ils auraient peut-être pu la renseigner sur ce qui s'était passé.

— ... et la police a fait irruption chez Ah Ling, racontait Kow, comme si une famille de six, vivant dans une seule petite pièce, pouvait cacher un homme disparu. Ils sont vraiment sur les dents avec cette histoire.

— L'homme disparu est un détective de l'*Agence Pinkerton*, déclara Grand Fong. Et la rumeur veut que le coupable soit de Chinatown.

Avec un reniflement de dédain, Kow répliqua :

— Il faut toujours qu'ils fassent porter le chapeau à quelqu'un de Chinatown. La police veut résoudre l'affaire avant l'*Agence Pinkerton*. C'est comme un concours.

Quand il aperçut Suling, Grand Fong la héla d'un geste de la main.

— La gouvernante veut vous voir, Jeune Demoiselle. Elle est dans son bureau.

Comme il convenait à son statut, la gouvernante jouissait d'une pièce spacieuse qui faisait office à la fois de bureau et de chambre à coucher. Un haut paravent pliant dissimulait le lit. Assise derrière une petite table de travail, une femme corpulente, imposante, cochait des articles sur une liste.

— Madame MacNeil, la salua Suling. Vous vouliez me voir au sujet de la facture mensuelle ? Je l'ai ici.

La gouvernante se leva.

— Cela peut attendre. Le maître a demandé à vous voir. Montons.

Mme MacNeil s'arrêta devant le miroir de la porte pour tapoter ses cheveux et ajuster le camée à son corsage. Puis Suling la suivit dans l'escalier arrière qu'utilisaient les domestiques pour gagner les couloirs de service des étages. Arrivée au deuxième, la gouvernante ouvrit la porte donnant sur la mezzanine dallée de marbre. Au centre, un escalier en colimaçon, aux rampes en fer forgé dorées, montait de l'étage principal au sommet de l'hôtel particulier. Aucun des domestiques, pas même Mme MacNeil ni le majordome, ne l'utilisait jamais. Alors qu'elles traversaient la mezzanine, Suling risqua un coup d'œil vers l'escalier et trébucha, prise d'un bref vertige. La rampe en spirale avait réveillé sa peur des hauteurs. Elle préférait de loin l'escalier de service, encastré dans de solides lambris.

La gouvernante s'arrêta devant une porte grande ouverte, flanquée de deux palmiers dans des pots de porcelaine géants. À l'intérieur, le bureau de M. Henry Thornton était aussi animé que la cuisine du rez-de-chaussée. Assis à une table, un secrétaire faisait courir ses doigts sur un clavier de machine à écrire. Un autre marquait une grande carte qui couvrait presque tout un mur tandis qu'un troisième, debout derrière lui, griffonnait sur un bloc-notes.

— Portez immédiatement ces documents au bureau d'enregistrement des titres fonciers, lança une voix autoritaire. Je veux bloquer cette parcelle de mille acres avant que Felix Brisac change d'avis.

Après lui avoir assuré d'une seule voix qu'ils allaient régler l'affaire immédiatement, plusieurs jeunes hommes en costume de laine grise et chemise à col amidonné sortirent dans un bruissement de papiers. Agrippant leur serviette d'une main, ils dévalèrent l'escalier circulaire. Tout comme Reggie à une époque, ils habitaient chez leur employeur et étaient à sa disposition, à n'importe quelle heure du jour ou de la nuit.

Suling connaissait Thornton de réputation. Il avait des relations d'affaires partout, même à Chinatown. Mais Reggie, qui vivait dans la maison octogonale, en savait plus.

— Il a un bureau dans le quartier financier, avait expliqué Reggie. Mais quand il organise une fête, comme ce soir, il lui préfère son bureau chez lui, ce qui lui permet de travailler jusqu'à l'arrivée des invités.

Elle savourait quelques précieux instants d'intimité dans la serre, avant que Reggie ne doive remonter.

— Il t'oblige à assister à beaucoup de soirées, avait fait remarquer Suling en enroulant une des boucles brunes de Reggie autour d'un doigt.

Le noir de jais de sa chevelure était plus sombre encore que le brun profond de celle de Suling. Avec une admiration réticente, Reggie avait répondu :

— Il est d'une obstination implacable quand il veut quelque chose. Et je fais partie des moyens qui lui permettront d'atteindre ses objectifs.

Qu'il s'agisse d'acheter un lopin de terre, un chemin de fer, une mine d'argent, une œuvre d'art, Thornton montrait toujours la même intense persévérance.

Et pourtant, si surprenant que ce soit, il avait laissé Reggie partir. Ses projets avaient-ils changé, l'amenant à pouvoir s'en passer ? Ou, déçu, lui avait-il signifié son congé ? C'étaient autant de questions qui trottaient dans la tête de Suling.

Mme MacNeil la prit par l'épaule et la tira jusqu'au seuil.

— Le livreur de lessive est ici, monsieur Thornton.

— Faites-le entrer, et vous pourrez nous laisser, répondit une voix posée, assurée.

Suling se retrouva debout sur le tapis persan, en face d'une grande table de travail. Elle regarda autour d'elle. Le mur en face de la carte était tapissé d'étagères remplies de livres, qui atteignaient presque le plafond. Leurs rangées continues étaient interrompues par une porte qui donnait sur une pièce plus petite, un bureau privé. Il en sortit et lança, sans préambule :

— Porte un message à Madame Ning.

Lui accordant à peine un regard, il posa une pile de documents sur la table.

Suling comprit immédiatement. Quand leur livreur avait donné sa démission, c'était à elle qu'il s'était adressé. Pas à Troisième Oncle. Se confondant en excuses, il lui avait aussi expliqué l'arrangement entre Thornton et Madame Ning. Madame Ning parlait l'anglais mais ne le lisait pas. Aussi le garçon jouait-il le rôle de messager entre la maison octogonale et le bordel. C'était la première fois que Suling était appelée à l'étage pour prendre un message. Thornton n'avait pas donné de réception depuis un certain temps, du moins pas le genre de soirée pour lequel il requérait les services de Madame Ning.

— J'aimerais comme d'habitude, une demi-douzaine de filles. Pour lundi, déclara-t-il en feuilletant des papiers sur son bureau. C'est une réception d'après-midi. Elles doivent arriver à 13 heures et pourront partir à 16 heures. Mêmes travail et rémunération.

— Bien, monsieur Thornton.

Il leva les yeux.

— Tu n'es pas le garçon de courses habituel.

— Il a démissionné. Mais il m'a expliqué ce qu'il faut faire.

— Bien, dans ce cas.

Un silence.

— Assure-toi qu'elle envoie Susie. Ou, si Susie n'est pas disponible, une autre fille qui parle anglais.

— Bien, monsieur Thornton.

La première fois que Thornton avait fait cette étrange requête, il avait envoyé un mot écrit. Madame Ning avait retourné le papier à en-tête gaufré, avait effleuré de ses doigts son épaisse trame crémeuse, puis avait fait venir Suling pour qu'elle lui lise le message. Sa première réaction de méfiance passée, la propriétaire du bordel était restée perplexe. Thornton voulait que ses filles portent des tenues chinoises, de somptueuses robes qu'il fournirait, et qu'elles servent à boire à ses invités.

« De l'exotisme vivant », avait-il formulé.

Cette entrée en matière avait débouché sur un échange de messages, transmis chaque semaine par le livreur, jusqu'à ce que Thornton, comprenant sûrement qu'il avait trouvé son égale en matière de négociations, accepte toutes les conditions de Madame Ning.

Il ferait envoyer une voiture pour chercher les filles et les ramener à la maison close, les protégeant ainsi de tout risque de se voir harcelées, enlevées ou menacées, hors du périmètre de Chinatown.

Il paierait Madame Ning le même tarif horaire que celui que les filles pouvaient raisonnablement espérer au bordel, même si elles ne faisaient que servir à boire.

Il paierait le double pour l'une des filles qui, parlant anglais, traduirait ses ordres aux autres.

Madame Ning avait posé cette dernière condition en pensant à Suling.

— Pour lui, c'est un avantage, pour moi une garantie, puisque aucune de mes filles ne parle bien l'anglais, lui avait-elle dit. Si tu es là-bas, tout le monde évite les malentendus. Et pour toi, c'est un revenu supplémentaire. Tu as besoin de ta propre rémunération maintenant que tu n'as plus tes parents, et ton oncle est un parfait incapable.

— Mais mon oncle, justement ? Comment puis-je lui expliquer pourquoi je sors le soir ?

Après un instant de réflexion, Madame Ning avait souri.

— Laisse-moi faire. Il ne le saura même pas.

Lorsque le jour de la première réception était arrivé, Troisième Oncle avait eu soudain un coup de chance à la salle de jeu. Accumulant les gains et avide de tenter de nouveau le sort, il lui avait fait envoyer un message à la blanchisserie disant qu'il était occupé et la chargeant d'assurer la fermeture. Madame Ning avait garanti à Suling qu'il ne rentrerait pas avant le matin.

Une heure plus tard, le visage fardé de poudre de riz blanche, les sourcils dessinés dans la forme classique du saule pleureur, les lèvres maquillées d'un rouge carmin éclatant, Suling était montée dans la voiture en compagnie de cinq des plus jolies prostituées de Madame Ning. À la maison octogonale, le visage impassible, la gouvernante de M. Thornton les avait conduites jusqu'au troisième étage par l'escalier de service. Là, d'une voix brusque, elle leur avait intimé d'entrer dans une pièce dans laquelle se dressait un portant chargé de tuniques somptueusement brodées et de vestes à haut col. Un deuxième portant présentait un assortiment de pantalons colorés et de jupes à panneaux. Une sélection de chaussures brodées en coton, certaines plates, d'autres à semelle en bois compensée, étaient alignées contre un mur.

Dans un vacarme de rires et de plaisanteries, les femmes s'étaient habillées, se poussant du coude pour se regarder dans le haut miroir, près de la fenêtre. Les vestes étaient larges, les tuniques s'évasaient jusqu'aux genoux, confortables, faciles à porter. Elles avaient essayé les chaussures, une paire après l'autre, pour trouver la meilleure taille. Suling avait regretté de ne pas avoir le temps d'étudier les broderies alambiquées : des points dont certains lui étaient parfaitement inconnus.

— Vous croyez vraiment qu'on ne va pas nous demander de rapports sexuels ? Comment un homme peut-il être d'accord pour payer autant sans vouloir les jeux des nuages et de la pluie ? avait demandé Butterfly.

Son vrai prénom était bien moins gracieux.

— Attendons de voir, avait répondu Hyacinth. Peut-être veut-il regarder des femmes coucher ensemble. Ne serait-ce pas agréable ?

Elle avait pris Butterfly par la taille et l'avait attirée pour un baiser passionné.

— Pas devant l'enfant, avait protesté Butterfly en riant.

Ce qui ne l'avait pas empêchée de répondre au baiser de son amie.

— L'enfant a vu pire, avait rétorqué Suling. Mais la gouvernante va être choquée. Alors, ça suffit ! Elle frappe à la porte.

Ce n'était pas la gouvernante qui était entrée. Mais Thornton.

— Laquelle d'entre vous est celle qui parle anglais ?

— Moi. Je m'appelle Suling, s'était-elle présentée.

— Sue Ling ? Bien, Susie. Mes invités seront ici dans un quart d'heure. Dites aux filles qu'elles vont aller dans le Salon Chinois. Les domestiques feront en sorte qu'il ne manque jamais une coupe de champagne sur leurs plateaux. Il leur suffira de sourire et d'offrir du champagne à tous les invités qui passeront à côté d'elles.

En entrant dans le Salon Chinois de Thornton, elles n'avaient pu réprimer leurs soupirs extasiés. L'un des murs était couvert de boiseries en laque noire sur lesquelles étaient peints des paysages parsemés de ponts en arc et de pagodes dorées. Le mur opposé était lambrissé de panneaux de laque rouge, incrustée d'orchidées et de papillons en nacre. Contre un troisième mur, des cabinets vitrés exhibaient les collections de Thornton : des flacons à priser, des figurines de jade, des vases en émail. Mais c'était la vitrine à l'extrémité de la pièce qui avait captivé leur attention : une tiare bleu et or reposait sur un socle.

— Oh, une couronne de phénix, avait murmuré Butterfly. Elle a dû appartenir à une princesse. Ou à une reine consort.

Seules les femmes de la famille royale avaient pu posséder une telle tiare. La base de la couronne était incrustée de saphirs, de perles, de rubis. Des phénix sculptés dans du jade bleu pâle et blanc voletaient sur la face avant et les côtés. À l'arrière, de lourdes franges qui, de plus près, se révélaient être des rangs de minuscules perles blanches soutenaient des fleurs ciselées. Des volutes en perles plus grosses paraient les côtés. Mais le bleu ! Sur la partie supérieure du diadème, des centaines de fleurs et de papillons frémissaient sur des fils d'or. Leurs pétales et leurs ailes étaient incrustés de plumes de martins-pêcheurs d'un bleu iridescent, éclatant, plus intense encore, plus ensorcelant que le bleu de la plus rare des pierres précieuses, des fleurs. Si vibrante que Suling avait eu l'impression de découvrir ce que pouvait vraiment être la couleur bleue.

La soirée s'était déroulée comme promis. Suling et les autres n'avaient eu qu'à sourire et présenter leurs coupes de champagne. Les invités avaient déambulé en bavardant, regardant avec envie les trésors de la collection de Thornton. Les hommes avaient dévisagé sans vergogne les Chinoises.

— Votre brigade de gourgandines est vraiment unique, Thornton, avait dit l'un d'entre eux. Les hommes sont titillés et les femmes seraient scandalisées si elles n'étaient pas aussi curieuses des prostituées chinoises. À quel bordel avez-vous fait appel et puis-je supposer qu'elles… euh, seront disponibles plus tard ?

L'homme ignorant que Suling non seulement entendait mais comprenait, la dernière question n'avait pas été chuchotée.

— Ces jeunes femmes sont ici dans le but d'apporter une touche d'exotisme à la soirée. Ça ne va pas plus loin, Curran ! avait rétorqué Thornton. Un seul geste déplacé et vous êtes rayé à vie de ma liste d'invités !

Un tonnerre de rires s'était élevé du groupe d'hommes qui l'entourait. Suling s'était mordu la lèvre.

— Quel odieux petit crapaud, n'est-ce pas ? avait plaisanté une voix basse, chaude, avec une pointe d'amusement. Et je doute qu'il puisse payer les tarifs de Madame Ning, de toute façon. Je m'appelle Reggie.

Suling chassa le souvenir. Le souvenir de la première fois qu'elle avait entendu cette voix, qu'elle avait vu ce visage. De la première fois qu'elle s'était noyée dans ces yeux vert émeraude. La voix de Thornton la ramena au présent.

— À propos de Susie, encore une chose.

Il disparut dans le bureau et revint avec dans une main un bouquet de camélias rose pâle, dans l'autre, un classeur en carton. Il posa les fleurs sur la table.

Suling reconnut les camélias en soie. Elle connaissait par cœur la coupe, les points de chaque feuille, de chaque pétale. Ils étaient son œuvre. Le camélia était la fleur préférée de Reggie. Elle en avait donc confectionné six. Des fleurs qui ne se faneraient jamais. Fleurs éternelles, amour éternel : c'était ce qu'elle avait attendu de Reggie, même si elle ne le lui avait jamais dit.

Thornton sortit un dessin du classeur : c'était un croquis d'une fleur d'un blanc pur qui, à première vue, ressemblait à la fleur de camélia. Un second croquis montrait la même fleur sous trois angles différents. Elle voyait maintenant le singulier calice de longs pétales minces qui auraient pu appartenir à une tout autre plante.

— Je crois savoir que Susie fabrique des fleurs de soie, dit-il en montrant les camélias artificiels. Dis-lui que si elle peut en confectionner vingt-cinq à épingler sur une robe, à partir de ces dessins, pour le 18 avril, je la paierai un dollar par fleur.

Elle étouffa un cri de surprise. Le chapeau le plus cher qu'elle avait jamais vu dans une vitrine coûtait cinq dollars. Vingt-cinq dollars pour vingt-cinq fleurs, cela représentait une somme extravagante.

— Je le lui dirai.

Puis, osant à peine poser la question, elle poursuivit :

— S'il vous plaît, monsieur, comment savez-vous que Susie confectionne des fleurs en soie ?

— Je l'ai appris par une personne qui était à mon service.

Il roula les dessins, les entoura d'un élastique, puis lui tendit le rouleau.

— Dis à Susie de prendre soin des dessins. Je veux les récupérer. Et elle n'a pas besoin d'attendre le 18 pour livrer toutes les fleurs. Si elle peut m'en apporter quelques-unes pour la réception de lundi, je les lui paierai immédiatement.

Quelle autre preuve lui fallait-il pour comprendre qu'elle ne comptait pas pour Reggie ? Le fruit du travail qu'elle avait exécuté par amour était entre les mains de Thornton. Laissé sans un regard en arrière, abandonné, comme elle.

Chapitre 5

Gemma passa la tête par sa porte entrouverte pour regarder dans le couloir.

— Mademoiselle Eastwood ? Mais qu'est-ce que c'est que cette tenue ? s'étonna-t-elle.

— Ma tenue de randonnée. Je rentre juste d'une expédition dans les collines.

La botaniste, qui descendait l'escalier, s'arrêta sur une marche pour regarder sa jupe, en denim bleu délavé sur un caleçon long, en laine.

— Je l'ai dessinée moi-même. Un jour, à Denver, j'ai failli glisser sur un rocher en haut d'une cascade. Avec ma jupe longue en velours côtelé, qui frôlait mes bottes, j'aurais été entraînée jusqu'en bas si j'étais tombée. Celle-là n'est peut-être pas à la mode, mais elle est bien plus pratique pour escalader et redescendre des montagnes, mademoiselle Garland.

Je vous en prie, appelez-moi Gemma, faillit elle répondre. *La plupart des gens de théâtre paradent en se qualifiant de « chéri » d'un ton terriblement affecté*. Il aurait été si facile de prononcer ces paroles, de demander à Alice de l'aider à lacer son corset, peut-être de partager une tasse de thé… Mais c'était ainsi que l'on se liait d'amitié avec ses colocataires et ce n'était pas une si bonne idée. Dans sa dernière pension de famille, à New York, Gemma avait sympathisé avec tout l'immeuble. Elle n'avait pas compté les heures passées à écouter d'une oreille bienveillante les doléances sur les hommes peu fiables ou les employeurs avares, le nombre de fois où elle avait prêté deux dollars pour des remèdes contre les maux d'estomac, cinq dollars pour un loyer. Et combien de ces « amis » avaient pris sa défense quand elle en avait eu tellement besoin, au cours de ces horribles dernières semaines ?

Aucun. Pas un seul. Aussi était-il vraiment préférable de garder ses voisins à distance. Alice Eastwood semblait tout à fait sympathique. Mais n'en allait-il pas de même pour tout le monde jusqu'au jour où vous aviez besoin de soutien ? Ce jour-là, on vous laissait tomber.

— Vous joindrez-vous aux autres pensionnaires pour dîner ce soir, mademoiselle Garland ? s'enquit Alice.

Gemma répondit :

— Non, j'ai d'autres projets.

— Dans ce cas, peut-être nous rejoindrez-vous au salon pour notre petite séance musicale ? Nous aimons nous réunir autour du piano, le soir, pour chanter. Mme Browning espérait vivement que vous nous feriez profiter de votre voix, mais elle est trop timide pour vous le demander.

— Je suis une professionnelle, mademoiselle Eastwood. Je n'ai pas de temps pour les soirées musicales d'amateurs, répliqua-t-elle d'un ton ferme.

Elle ferma la porte pour batailler avec les lacets de son corset. Elle les fit passer autour de la colonne du lit et se pencha en avant jusqu'à ce que sa taille soit compressée. Jamais elle n'aurait un tour de taille de quarante-trois centimètres. Ni même de soixante-huit centimètres : pour chanter, une soprano devait pouvoir respirer. Mais ce soir, il s'agissait juste de dîner au restaurant avec un bel homme. Elle pouvait faire un effort.

— Ça vaut la peine de compresser jusqu'à cinquante-huit, déclara-t-elle, le souffle court, à Toscanini.

Libéré de sa cage pour la soirée, l'oiseau était perché sur son miroir.

— *Do ré mi fa sol la si*, chanta-t-il, parfaitement juste, en battant des ailes.

— Inutile de se pavaner, le rabroua Gemma.

Elle remonta sa guêpière sur son corset et se débattit avec les crochets. Comme dans toutes les anciennes chambres de Nellie, une légère odeur d'huile de lin flottait dans la pièce. Mais Gemma avait déballé son vieux couvre-lit en patchwork, sa pile de partitions cabossées, les jolies boîtes peintes, pleines de pastilles et de thé, qu'elle gardait sous la main pour apaiser sa gorge. Les artistes apprenaient à se créer un chez-soi partout où ils passaient.

Bien entendu, *un* chez-soi n'était pas comme *son* chez-soi.

Tu auras ton chez-toi, se dit-elle farouchement en passant un bracelet de perles de jais autour de son poignet. Un appartement en ville, inondé de soleil, avec une terrasse protégée par un store pour Toscanini et un piano à queue dans le salon pour répéter. Des perles dans le coffre à bijoux, de l'argent à la banque et personne, jamais, pour lui dire : « Tu ne chantes pas, tu miaules, stupide garce ! »

— Seigneur ! s'exclama Alice Eastwood sur le seuil de la cuisine. Vous êtes très élégante, mademoiselle Garland.

Une assiette de porridge à la main, elle était en route vers la salle à manger où les autres pensionnaires dînaient en bavardant. Gemma portait une robe en mousseline noire transparente, sur un fond de soie d'un bleu électrique, marquée d'une ceinture de soie du même bleu, des perles aux oreilles et un ruban de velours noir au cou.

— Vous allez à une soirée ? s'enquit-elle, visiblement pas découragée par sa froideur lors de leur précédent échange.

Gemma fit passer sa traîne sur son bras. C'était sa plus belle robe du soir. Elle avait bien deux ans, mais toute cantatrice savait entretenir sa garde-robe. Une diva qui ne se présentait pas comme telle ne tardait pas à être au chômage. Bonne à être mise au rebut.

— J'ai rendez-vous pour une proposition de travail, mademoiselle Eastwood.

Ou, tout au moins, pour déguster gratuitement des huîtres et essayer de ne pas se faire pincer les fesses.

— Vous avez sans doute l'habitude de vous voir offrir des diamants, déclara Henry Thornton. Moi, je vous offrirai des plumes de martin-pêcheur.

— Pardon ? demanda Gemma en penchant la tête sur le côté, décontenancée.

— Les plumes de martin-pêcheur sont exactement de la couleur de cette robe. Depuis deux mille ans au moins, la famille royale chinoise en pare ses bijoux. Les plumes sont coupées puis collées sur du vermeil avant d'être montées sur des peignes, des broches, des couronnes... Elles sont d'une telle fragilité que seuls les meilleurs artisans peuvent les travailler. Le bleu électrique de la plume ne s'estompe jamais, car ce n'est pas une teinture mais une illusion d'optique.

— Juste ciel ! jamais je ne m'en serais doutée. Vous qui vous occupez de chemins de fer et de fonderies, d'où tenez-vous ces connaissances sur les bijoux en plumes de martin-pêcheur ?

— Je suis fasciné par l'art chinois. Je collectionne des objets d'art depuis des années. Des jades, des porcelaines, des paravents.

Il lui montra la breloque en jade blanc attachée à sa montre.

— Mon tout premier achat. Il me porte bonheur.

Gemma sourit. Cette fois, il portait une veste de smoking. Mais avec la même décontraction qu'il avait porté sa jaquette, la veille : sa cravate négligemment nouée, ses cheveux bruns ébouriffés et toujours trop longs. Pourtant, le personnel du *Palace Grill* rampait presque en sa présence. Il lui suffisait de lever un doigt de cette main couverte de cicatrices de brûlures pour les envoyer dans toutes les directions. Ils étaient en train de se précipiter pour remplir de nouveau les flûtes de champagne Veuve Clicquot et Gemma promena son regard sur les colonnes de marbre alignées le long des murs de la salle à manger, le plafond à caissons, les lumières qui scintillaient dans une salle remplie de tables nappées de blanc et de clientes parées de bijoux.

— Qu'est-ce que votre porte-bonheur vous a apporté d'autre, monsieur Thornton ?

— Une maison octogonale sur Hyde Street, en haut de Nob Hill.

Un quartier de Nob Hill beaucoup plus cher que Taylor Street, devina Gemma.

— Octogonale. Votre maison a huit côtés ?

— Le chiffre huit porte bonheur dans la tradition chinoise. Depuis que j'ai emménagé, je la remplis de belles choses.

— Comme… ?

— Des peintures. J'ai un faible pour l'Art nouveau. J'ai un Toulouse-Lautrec et un Beardsley. Des plantes rares. J'ai fait installer une serre pour abriter mes plantes. L'une d'entre elles est une fleur connue sous le nom de reine de la nuit.

Il leva son verre pour un toast.

— L'une des fleurs les plus rares au monde. Elle ne fleurit que le temps d'une nuit, le saviez-vous ?

— Non, je l'ignorais.

Ce qui ne devait pas être le cas d'Alice Eastwood.

— Vous êtes orpheline, n'est-ce pas ? demanda Thornton à brûle-pourpoint.

Elle cligna des yeux sous l'effet de la surprise.

— Pardon ?

— Une orpheline. Les orphelins ont un regard particulier. Ils évaluent tout ce qui leur est proposé, parce qu'ils ont appris qu'on pouvait le leur arracher.

Le potage arriva, un répit pendant lequel Gemma chercha une réponse. Elle avait choisi une vichyssoise froide et crémeuse et Thornton une soupe au gombo.

— Au contraire, j'ai eu une enfance heureuse, dit-elle d'une voix posée, en prenant bien garde à ne pas regarder son bol comme s'il pouvait lui être arraché. Dans le genre de ferme de la campagne du Nebraska que tout le monde considère comme « un des piliers de la nation ». J'ai grandi avec des pis de vache entre mes mains calleuses, entre les soirées de dégustation de glaces et la chorale de l'église. Je crains donc que vous fassiez fausse route, monsieur Thornton.

— Excusez-moi, dans ce cas. J'ai la mauvaise habitude de cerner les gens en un regard. C'est utile en affaires, mais il paraît que c'est très impoli.

Il prit sa cuillère à soupe de la main gauche. Sa main droite, observa-t-elle, tenait sans peine la flûte à champagne ou le verre à eau, et il s'en servait sans le moindre embarras. Mais visiblement, la manipulation plus précise des couverts était douloureuse.

— Je vous avais avertie que je n'avais aucune manière.

— Comment savez-vous à quoi ressemblent les orphelins ? reprit-elle à la hâte, avant qu'il puisse élaborer une nouvelle théorie sur son passé.

— Parce que j'en vois le regard dans mon miroir tous les jours, répondit-il sans esquiver la question, sans s'apitoyer sur son sort. Mon père était un vaurien, mademoiselle Garland. Certes, il portait le nom d'une grande famille new-yorkaise, mais il est mort criblé de dettes. Ma mère est morte peu après, de honte. Et un garçon qui voit la maison de son enfance vendue aux enchères, avec son contenu, apprend vite que tout dans la vie peut vous être arraché, sauf ce que vous construisez et protégez vous-même.

Il n'y avait pas tellement de différence avec la manière dont sa propre enfance s'était désintégrée. Même si aucune fortune ni aucun vieux nom n'avait été en jeu. Juste une petite ferme et quelques vies insignifiantes. Néanmoins, la ruine avait été tout aussi totale.

— Je suis vraiment navrée, monsieur Thornton.

— Je m'en suis bien sorti.

Jouant avec sa cuillère, il se cala contre le dossier de sa chaise.

— Je suppose que cela m'a endurci, mais est-ce une mauvaise chose ? Nous vivons dans un monde dur, après tout. Dans lequel les doux sont broyés. Je m'assure donc que je n'en serai jamais un.

— Moi non plus, renchérit-elle. La scène est un monde tellement dur pour qui veut s'y frayer un chemin…

Elle avait compris dès le début à quel point il était précaire de compter sur sa voix et son talent comme tremplins pour, elle l'espérait, sortir du Nebraska et de la vie de servitude d'une fille de ferme. Mais c'était sa seule planche de salut, sa seule compétence hormis étaler des pâtes à tarte et traire les vaches. Elle s'était donc lancée et elle avait prié.

— J'ai vu tellement de cantatrices rester sur le carreau. Elles tombent toujours dans les mêmes pièges : un mari cupide, des amis dépensiers, des imprésarios malhonnêtes, de mauvaises habitudes. En un clin d'œil, elles n'ont plus rien.

— Et vous avez décidé que cela ne vous arriverait pas ?

Elle le défia du menton.

— Exactement.

Ils burent à cela. Quand il allongea le bras sur le dossier de sa chaise, elle ne put s'empêcher de remarquer tous les regards discrets qu'ils suscitaient dans cette grande salle à manger remplie de la meilleure société de San Francisco. Il était loin d'être le plus bel homme dans cette pièce et n'était certes pas le mieux habillé… Pourtant, tout le monde ici semblait connaître son nom. Pas seulement le personnel.

— Et que pensait votre famille de sa Jenny Lind personnelle, dans cette ferme idyllique du Nebraska ?

— Ma mère avait une voix magnifique. Sans doute plus belle que ne le sera jamais la mienne. Elle m'a appris à chanter et, quand j'en ai eu l'âge, elle m'a même permis de prendre de vraies leçons avec un bon professeur dans la ville voisine. Mais elle n'a jamais envisagé que mes ambitions puissent aller au-delà de la chorale de l'église. Quand j'ai eu quatorze ans, elle était à bout. Elle ne pouvait pas comprendre pourquoi je rêvais de la scène alors que je pouvais épouser Arne Nilsson, à deux fermes de la nôtre. Pour avoir un jour de gros bébés qui parleraient aussi bien le suédois que l'anglais et, tous les ans, gagner le premier prix de la compote de pommes, à la foire du comté.

— Votre carrière est manifestement une grosse perte pour la foire du comté et pour la chorale de l'église, fit respectueusement remarquer Thornton.

Gemma avala une cuillère de vichyssoise, qui coula dans sa gorge comme du satin.

— Au moins, Arne Nilsson s'est vite consolé. Il a épousé ma cousine Etta.

Après que ses parents avaient été emportés par la grippe et que tout s'était écroulé comme un château de cartes, Arne avait bizarrement disparu à son tour. À l'instar des autres voisins, l'idée d'aller rendre visite à une jeune fille qui vivait dans un orphelinat n'avait jamais semblé l'enthousiasmer outre mesure. Il était étrange de constater que, du jour au lendemain, tous les habitants d'une ville, censés être vos amis, pouvaient vous effacer ainsi de leur quotidien.

— Visiblement pas un homme de goût.

— Il est coincé avec Etta, ce qui est une punition suffisante. Elle élève des chèvres de concours. Son clafoutis à la myrtille est réputé dans tout le comté et elle a la langue si acérée qu'elle pourrait affûter un rasoir.

Thornton se mit à rire. Ce visage mince, agréable, devenait presque beau quand il riait.

— Avez-vous jamais trouvé un remplaçant à M. Nilsson ?

— Pas de mari jusqu'ici, si c'est ce que vous voulez dire.

Et elle ne répondrait pas à des questions sur des amants, si c'était *ça* qu'il voulait dire. Elle avait trente-deux ans et elle travaillait dans le milieu du théâtre. Si, contrairement à de nombreuses cantatrices, elle avait toujours refusé de se faire entretenir par un homme riche pour payer ses factures, cela ne voulait pas dire non plus qu'elle passait toutes ses nuits seule. Après tout, la jeune fille fleur bleue de dix-neuf ans qui avait débarqué du Nebraska à New York était bien loin. Néanmoins, rien de tout cela ne le regardait.

— Vous n'avez jamais été tentée de vous marier, alors ? persista-t-il.

— J'ai bien failli convoler avec un ténor de Swampscott. Nous avons interprété ensemble le ravissant duo de Suzanne et de Figaro dans *Les Noces de Figaro*, à Worcester. Il est facile de tomber amoureux pendant une série de représentations. La musique est une affaire très intime. Tout ce temps passé à trouver le diapason idéal avec son partenaire, tous ces soupers tardifs après les répétitions.

Le ténor l'avait fait beaucoup souffrir. Elle s'était prudemment préservée toutes ces années et il avait été sa première histoire d'amour sérieuse. Elle avait vingt-quatre ans. À la fin de la dernière représentation de *Figaro*, après avoir déposé un baiser au creux de son poignet, il était parti pour Boston, où il devait chanter *Le Messie* tandis qu'elle gagnait New York pour interpréter *La Chauve-Souris*. Il lui avait promis de lui écrire pour discuter de leurs projets de mariage, mais ne l'avait jamais fait.

Elle était allée pleurer sur les genoux de Nellie, qui lui avait dit en lui caressant les cheveux dans un geste réconfortant :

— Sal chérie, ils n'écrivent jamais. Les hommes de ce milieu sont d'une inconstance totale en amour. Prends tout ce que tu peux, mais ne t'attends pas à les voir rester.

— Je ne vois aucune des filles qui défilent chez toi rester non plus, avait-elle répliqué en se frottant les yeux. Tu as une nouvelle conquête chaque semaine, Nell.

D'un côté, Nellie enchaînait les propriétaires de galerie et les collectionneuses d'art, de l'autre les danseuses pulpeuses et les sculptrices couvertes de taches d'argile. (Et quel choc pour la petite Sally Gunderson, la première fois qu'elle avait vu dans leur appartement de Brooklyn une modèle à moitié nue sortir de la chambre de Nellie en bâillant !)

— C'est peut-être aux artistes en général qu'on ne peut pas faire confiance en amour, avait reconnu Nellie. Hommes ou femmes, quand on partage une répétition ou un atelier, c'est toujours « je t'aime pour la vie ». Mais ils passent au spectacle suivant sans un regard en arrière. Oublie ce ténor, paysanne ! Il ne mérite pas tes larmes.

Et elle avait eu raison. Gemma avait retenu la leçon.

Sur un ton enjoué, elle reprit :

— C'est une mauvaise idée de se marier entre chanteurs d'opéra. La moindre parcelle de votre maison est envahie de foulards et de pots de pastilles pour la gorge, sans parler des incessantes chamailleries pour savoir qui aura le piano le premier pour s'échauffer. Vraiment atroce.

Après tout, les liaisons passagères, le temps d'une série de représentations, étaient sans doute la solution. Aussi longtemps que personne ne tombait amoureux, personne ne souffrait. En effet, il était préférable de savoir que, lorsqu'il était question d'engagement, les hommes de théâtre vous décevaient deux fois plus que le commun des mortels.

— Vous êtes mariée à votre carrière, dit Thornton en hochant la tête.

Il prit sa dernière cuillerée de soupe au gombo.

— La plupart des hommes le désapprouvent.

— La plupart des hommes sont des imbéciles. Ils n'ont pas la moindre idée des efforts et du travail que doit fournir une femme pour se hisser au sommet.

— Parce que vous le savez, vous ? s'étonna-t-elle.

— Pas le moins du monde. Je sais juste à quel point il a été difficile pour moi, jeune homme sans fortune, de me propulser au sommet. Je ne peux qu'imaginer que cela l'aura été deux fois plus pour vous, en tant que jeune femme pauvre. Au moins, j'ai la loi de mon côté. Le monde privilégie les hommes. Rien dans ce monde n'est destiné à avantager les femmes.

Il avait fait cette déclaration avec un tel détachement qu'elle ne sut pas vraiment quelle réaction adopter. Aussi, posant sa cuillère, déclara-t-elle :

— Monsieur Thornton, je pensais que, ce soir, vous aviez une proposition de travail à me faire. Vous pourriez peut-être me l'exposer.

Il esquissa un sourire en coin.

—En temps voulu.

—Je vous ai déjà beaucoup parlé de ma carrière.

Des premiers temps où elle partageait un appartement avec Nellie dans le Bronx, des auditions, des leçons. Elle avait maintenant quelques questions à lui poser. Mais M. Thornton faisait signe au serveur de retirer les assiettes à soupe.

—Quelle chance j'ai, que votre amie ait porté San Francisco aux nues et vous ait attirée ici, lui dit-il quand ils se retrouvèrent seuls. Je devrai la remercier, si je la rencontre un jour.

—Peut-être l'avez-vous déjà rencontrée. Une peintre qui a tendance à faire sensation partout où elle passe. Elle est brune et elle porte des pantalons.

Gemma énuméra au moins six des divers pseudonymes de son amie. Si ce nouveau compagnon de dîner se révélait être celui qui lui dévoilerait où elle s'était envolée, Nellie pouvait s'attendre à passer un sale quart d'heure quand elles se retrouveraient enfin.

—Je ne connais personne correspondant à cette description, à San Francisco.

Il lui resservit du champagne lui-même. Manifestement, Nellie ne l'intéressait pas.

—Puis-je vous poser une question ? Ce n'est pas une question agréable mais je n'en suis pas vraiment désolé, car je vous ai déjà prévenue que je n'étais pas très sympathique. Pourquoi n'êtes-vous pas célèbre, mademoiselle Garland ?

Le sourire de Gemma s'évanouit et elle sentit ses joues s'enflammer.

—Si j'avais la réponse à cette question, n'aurais-je pas déjà trouvé la solution ?

— Je suis très sérieux. Vous êtes dotée d'une tessiture exceptionnelle Quelqu'un aurait dû déjà la reconnaître comme telle.

— New York grouille de sopranos.

— Pas comme vous. Vous devriez donner la réplique à Caruso au lieu de faire virevolter vos jupons dans les chœurs.

Gemma fit tourner sa flûte de champagne entre ses doigts. La flatterie lui était familière, tout comme les soupirants, à la sortie des artistes, qui s'extasiaient : « Votre talent, mademoiselle Garland, est tout à fait incomparable ! » Elle savait quel crédit accorder à ces paroles. Elle n'était pas habituée en revanche à l'admiration exprimée d'un ton aussi détaché. Thornton ne cherchait pas à la flatter, il énonçait une évidence. « Le soleil se lève à l'est. La royauté chinoise porte des plumes de martin-pêcheur pour bijoux. Vous êtes extraordinaire. »

— Je travaille dur, s'entendit-elle répondre.

Vous n'étiez pas censée l'admettre. Une voix était censée être « un don divin ». Ou plutôt être une déesse. Une divinité capricieuse, versatile, faite de muqueuses et de cordes vocales, malicieusement placée dans votre gorge et que vous aviez le devoir d'apprivoiser puis d'entretenir.

— Les gens pensent qu'une vie de cantatrice se limite aux soirées arrosées de champagne et aux amants, mais je chante presque deux heures par jour et j'en consacre facilement quatre de plus à étudier les rôles, les langues, la diction. À entraîner mes poumons.

Des assiettes raffinées, en porcelaine de Meissen, arrivaient ; un pigeonneau doré aux champignons, nappé de sauce madère pour elle, un filet mignon béarnaise, saignant, pour lui. Le menu qu'elle avait consulté n'affichait aucun prix, mais elle était prête à parier que le repas entier coûtait plus cher que le mois de loyer qu'elle venait de régler.

M. Thornton coupa son filet, manipulant son couteau de sa main abîmée, sans aucune grâce mais avec dextérité.

— Comment entraîne-t-on ses poumons ? voulut-il savoir.

— Je vais courir dans le parc le plus proche tous les matins.

— Courir ?

— Oui, courir. Mais je retiens mon souffle entre les réverbères et je vois combien je peux en enchaîner avant d'être obligée de respirer.

Elle prit sa fourchette et goûta un morceau de pigeonneau. La volaille fondait sur la langue.

— C'est la méthode d'Olive Fremstad pour entraîner ses poumons, donc c'est la mienne.

— Vous mettre Olive Fremstad au chômage au lieu de copier ses méthodes d'entraînement.

Il dévorait son filet mignon, comme un homme qui aimait manger. Il prit un instant pour savourer la sauce béarnaise, et le petit son d'appréciation qui sortit du fond de sa gorge fascina Gemma.

— Si je me fie au soir où je vous ai vue interpréter Zerlina, vous étiez en bonne voie pour chanter des premiers rôles à New York. Alors pourquoi, huit ans plus tard, vous retrouvez-vous dans des chœurs ?

Elle but une gorgée du vin clairet qui accompagnait leur dîner. C'était comme boire un rubis liquide. Mais un arrière-goût d'amertume persista dans sa bouche.

— Je chante au Metropolitan Opera. Pas vraiment une chute de carrière.

— Certes, mais vous chantez dans les chœurs. Certains pourraient dire que votre temps est compté.

— Une cantatrice n'a pas la trajectoire d'une danseuse ou d'une actrice, monsieur Thornton.

Elle s'exhorta à répondre avec calme.

— Les voix mûrissent plus tard, tout comme les carrières. Une soprano de mon âge a ses meilleures années de chant devant elle. J'ai encore tout le temps pour faire une carrière de soliste.

— Mais si, depuis dix ans, vous n'êtes toujours pas sortie des chœurs…

Il se cala contre le dossier de sa chaise et soutint son regard.

— Je devine que, soit vous n'êtes pas très douée – or, je sais que vous l'êtes –, soit il y a autre chose.

— Quoi ?

— Peut-être que vous n'avez pas eu de chance.

Sans répondre, Gemma regarda une femme dans une robe Worth bordeaux qui passait devant leur table et, à une autre, un serveur qui présentait avec un geste théâtral un plat de crêpes Suzette.

— En effet, finit-elle par admettre en poussant son dernier morceau de pigeonneau sur le bord de son assiette. Je n'ai pas eu de chance.

— Comment ça ?

Elle essayait de trouver une réponse polie, une façon d'esquiver l'horrible vérité. Quand, soudain, un sifflement de flamme s'éleva à la table voisine. Le serveur faisait flamber les crêpes Suzette en un geste ample. Gemma n'avait jamais compris l'intérêt de mettre le feu à la nourriture. Elle se tourna vers M. Thornton avec un haussement d'épaules. Son visage avait pâli sous son hâle et il serrait son poing meurtri sur la nappe.

— Pardon, s'empressa-t-il de dire avant qu'elle ait pu prononcer un mot. J'ai besoin d'un instant. Je vous en prie, accordez-moi juste un instant.

Il ferma les yeux et elle remarqua que son pouls battait à son cou. Il avait détourné la tête de la poêle à crêpes où déjà les flammes s'éteignaient, sa main repliée sur la table ; à la lumière des bougies, ses cicatrices rougeoyaient de manière impressionnante. Spontanément, Gemma la couvrit de la sienne.

C'était arrivé très vite. Personne dans le restaurant n'avait dû voir son geste. À la table voisine, les clients s'étaient attaqués à leurs crêpes. Thornton ouvrit les yeux, comme s'il venait tout juste de sentir sa main. Elle la retira doucement. De son pouce il pressa brièvement le sien, puis la libéra.

— Vous les avez remarquées, dit-il avec une nouvelle flexion douloureuse de la main.

— Oui…

— Merci de ne pas m'avoir demandé d'explications. Je suis surpris du nombre de gens qui ne pensent absolument pas franchir les limites de la bienséance en restant bouche bée et en posant des questions déplacées.

Il leva la main concernée pour faire signe au serveur de débarrasser.

— Cette blessure est due à l'incendie du *Park Avenue Hotel*, à New York, en 1902.

Gemma avait entendu parler de cette catastrophe. Un brasier incontrôlable dans l'un des plus beaux hôtels de la ville. Des femmes et des hommes titubant dans les couloirs enfumés dans leurs tenues de nuit, toussant, cherchant une issue. Le feu avait fait presque vingt victimes.

— Vous n'avez pas besoin de m'expliquer quoi que ce soit, monsieur Thornton.

Mais il parlait déjà.

— Cela me rend vulnérable. Et je le regrette. Je me moque de la main. Ce que je déplore, c'est de me mettre à trembler comme un enfant chaque fois que je suis surpris par l'odeur du feu.

Il essaya de sourire. Mais, visiblement, il était encore secoué. Il commençait à peine à reprendre des couleurs.

— Un feu de cheminée dans une chambre ou dans un fourneau de cuisine est une chose. Mais ce *sifflement* quand les flammes s'élèvent…

Il s'interrompit – ce que, Gemma le devinait déjà, il ne faisait pas souvent. Elle baissa les yeux sur ses genoux et plia sa serviette entre ses doigts.

— La vulnérabilité n'a rien à voir avec la faiblesse.

Il pencha la tête, l'air perplexe.

— Je ne comprends pas.

— Je suis orpheline, monsieur Thornton. Vous aviez raison sur ce point. À l'époque où j'ai perdu mes parents, j'ai commencé à souffrir de migraines. Pas de maux de tête, précisa-t-elle, devançant l'inévitable question. De migraines. C'est très différent. Elles durent des heures et des heures, et la seule solution est de rester allongée dans une pièce obscure jusqu'à ce qu'elles s'estompent. Voilà pourquoi je ne suis pas célèbre, monsieur Thornton. Je ne peux jamais prévoir ces crises. Mais si elles me frappent, je ne peux pas monter sur scène. Le jour où je devais interpréter la Comtesse des *Noces de Figaro* pour la première fois, j'ai dû annuler dix minutes avant le lever du rideau. L'année suivante, ma doublure a dû me remplacer au beau milieu d'un air de *La Bohème*. Le chef d'orchestre a décrété que j'étais paresseuse et il m'a renvoyée. L'année dernière, j'ai perdu un contrat à Boston parce que le chef d'orchestre avait ouï dire que j'étais une ivrogne, ou peut-être une hystérique. Bref, que je n'étais pas fiable.

Elle leva les yeux au ciel.

— Le manque de fiabilité est le péché le plus impardonnable au théâtre, monsieur Thornton. Les compagnies d'opéra vous pardonneront vos crises de nerfs, de frapper votre pianiste, d'exiger des roses dans votre loge. C'est ce que font les divas. Mais jamais elles ne pardonnent le manque de fiabilité. Il y a toujours une autre soprano. Peut-être n'a-t-elle pas une aussi belle voix que la vôtre, mais elle ne va pas s'écrouler en tremblant parce que son crâne est en feu quand elle est censée entrer en scène vingt minutes plus tard. Alors elle décroche le rôle et, à trente-deux ans, vous faites toujours partie des chœurs.

Gemma était incapable de déchiffrer l'expression de son visage. Concentration ? Férocité ? Elle baissa les yeux vers la serviette tordue sur ses genoux.

— Mais je ne suis pas responsable, reprit-elle non sans difficulté. Même en étant un peu plus disciplinée, âpre au travail, je ne pourrais pas l'empêcher. Quand j'ai des migraines, je ne peux pas chanter. Vous avez vécu un incendie, et maintenant vous avez besoin d'un moment pour reprendre votre souffle dès que vous êtes surpris par l'odeur de la fumée. C'est une vulnérabilité, monsieur Thornton. Pas une faiblesse.

Généralement, ce n'était pas le genre de confidence qu'elle faisait aux hommes. Ni à personne, d'ailleurs. Nellie était la seule à connaître la gravité de ses migraines. Son amie faisait alors l'obscurité complète dans la pièce et lui massait doucement les tempes avec de l'huile de lavande, quand la douleur atteignait son paroxysme. « Tu n'es pas responsable, Sal. » Elle avait été la première à prononcer ces mots, et Gemma l'avait crue. Curieusement, tous les autres semblaient penser qu'elle feignait ces crises. Ou que, si elle s'y appliquait suffisamment, la douleur disparaîtrait. « La prière soulagera votre inconfort », lui avait dit la matrone de l'orphelinat quand, à quinze ans, elle avait vomi au beau milieu d'une classe de catéchisme. Des médecins new-yorkais consultés, elle avait entendu : « Ces vapeurs féminines s'estompent avec le temps, ma chère. Avez-vous essayé la tisane d'écorce de saule ? » Ou encore : « Il y a un remède pour les fièvres féminines, mademoiselle Garland. C'est le mariage et la maternité ! »

— Comment pouvez-vous faire une carrière avec…

Il fit un geste de la main et poursuivit :

— … ça, planant au-dessus de vous ?

— Je fais au mieux, répondit-elle avec un haussement d'épaules. J'essaie des médicaments qui ne fonctionnent pas. Je prie que cela ne me frappe pas au pire moment possible. Je vis avec. Que puis-je faire d'autre ?

Elle voyait qu'il luttait pour ne pas parler. Sans doute pour éviter d'insister sur le fait qu'il devait exister une solution. Un remède qu'elle n'aurait pas encore essayé. Des mots qu'elle entendait si souvent. Mais il secoua légèrement la tête et reprit :

— Je ne vous donnerai pas de conseils. J'imagine que vous en êtes inondée. Les gens bien intentionnés adorent donner des conseils, n'est-ce pas ? Comme s'ils en savaient beaucoup plus que vous sur une croix que vous portez depuis des années.

— Oui, acquiesça Gemma en se redressant. Exactement. « Faire disparaître la douleur, c'est une question de volonté. » Comme si je n'y avais jamais pensé avant !

— Précisément. J'ai peur du feu depuis 1902 et, bizarrement, les gens pensent que je n'ai jamais envisagé de « juste contrôler ma peur ».

Ils échangèrent un sourire entendu.

— Je déteste les imbéciles. Pourtant, le monde en grouille… C'est à cette époque que j'ai décidé de faire fortune. Le genre de fortune qui me permettrait d'envoyer paître les imbéciles.

— Y êtes-vous arrivé ?

— Oui. Je travaille de longues heures. Je crois au fait d'être impitoyable et je ne supporte pas les crétins. Je suis loin d'être la bonté incarnée, mais je suis honnête.

— Va pour l'honnêteté, monsieur Thornton.

Le dessert arriva : des pêches Melba dans des coupes de cristal. Une onctueuse glace à la vanille, des pêches dorées nappées d'une dentelle de coulis de framboises, accompagnées de minuscules tasses d'un café noir d'encre. Une fois le serveur parti, Thornton déclara :

— Je veux vous faire une proposition.

Seigneur ! Le moment était arrivé : la proposition déplacée. Gemma réprima un soupir. Dire qu'elle avait tellement apprécié ce dîner. Même si « apprécié » n'était peut-être pas le mot exact. Les vieilles blessures et les enfances solitaires n'étaient pas vraiment les sujets de conversation les plus gais. Mais c'était assurément son dîner le plus intéressant depuis longtemps.

— Monsieur Thornton…

— Je ne vous offre pas de faire de vous ma maîtresse. Vous êtes une femme ravissante, ajouta-t-il, en laissant ses yeux glisser sur ses épaules que découvrait la mousseline noire diaphane. Mais je ne mélange pas les affaires et le plaisir. Et ma proposition est strictement une proposition d'affaires. Je compte organiser sous peu une petite réception pour présenter certaines de mes dernières acquisitions. Quelques rares chinoiseries, sans parler de ma plante, la reine de la nuit. M. Schmitz, le maire, sera présent, ainsi que les Flood, les Kohl, les Young…

Il énuméra plusieurs noms que même Gemma, malgré sa maigre connaissance du gratin de San Francisco, reconnut.

— Je veux que vous chantiez à cette occasion, mademoiselle Garland.

— Je suis donc censée être le divertissement ?

Elle savait à quoi s'attendre. Elle devrait emprunter l'entrée de service. Attendre pendant des heures dans un couloir étouffant, avant d'enchaîner un répertoire d'airs d'opéra classiques pendant que les invités, pompettes, bavarderaient en grignotant des tartelettes aux pommes.

M. Thornton fit tourner sa tasse de café.

— Vous serez mon invitée d'honneur. Une voix comme la vôtre mérite un écrin digne d'un joyau et un public de connaisseurs. Je peux vous assurer que, chez moi, pendant les concerts, on n'entend pas une mouche voler.

Gemma sentit son pouls s'accélérer. Cela n'aurait donc rien à voir avec les habituels dîners et leurs divertissements banals. Mais ce serait peut-être le genre de concert qui réunirait de vrais connaisseurs et qui pouvait changer le cours de la carrière d'une soprano.

— Combien d'invités ?

— Une cinquantaine, je pense. Je vais inviter le directeur du Grand Opera House pour vous, ainsi que les directeurs des théâtres Tivoli et Columbia.

— Pourquoi feriez-vous cela ?

Et si c'était un cadeau empoisonné ? *Suis-je ensuite censée vous remercier en nature jusqu'au petit matin ?* Malgré toutes ces belles phrases sur le fait de ne pas mélanger plaisir et affaires ?

— Je ne suis qu'un simple homme d'affaires. Je ne peux pas créer l'art mais je peux le financer. À New York, Rockefeller, Gould, Carnegie donnent leurs noms à des salles de concert et à des musées. Je veux faire de même à San Francisco. J'ai travaillé dur. Je peux donc être un mécène des arts dans cette ville. Et je suis tout à fait disposé à vous inclure dans ce mécénat.

« Qu'un simple homme d'affaires. » C'était la toute première fois depuis le début de sa carrière que Gemma

entendait un homme se décrire en ces termes. Les hommes d'affaires étaient beaucoup plus susceptibles de dire qu'elle n'était *qu'une simple* chanteuse. Un échelon au-dessus du cheval de course, peut-être, mais pas tout à fait un être humain.

— Quand donnez-vous votre soirée ?

— Lundi.

Elle laissa tomber sa cuillère dans la glace à moitié fondue.

— Dans trois jours ?

— Vous êtes une professionnelle accomplie, mademoiselle Garland. Ne me dites pas que vous ne pourriez pas chanter à cet instant précis, si vous le deviez.

Elle le pouvait. Néanmoins, trois jours ! Elle allait avoir besoin d'un programme, d'un pianiste, de répéter…

— Je suis une professionnelle, acquiesça-t-elle. Il y a donc la question de mon cachet.

La coquette somme qu'il lui annonça allait généreusement gonfler ses maigres réserves.

— Merci, je serai ravie de…

— Non, l'interrompit-il. Vous ne serez pas « ravie de ». Vous connaissez votre valeur, mademoiselle Garland. Alors, doublez votre prix. Mettez-moi sur des charbons ardents. Je peux payer. Extorquez-moi mon argent.

Incapable de se retenir, elle éclata de rire.

— Vous me *demandez* d'exiger un plus gros cachet ?

— Je vous implore. Vous êtes bien trop gentille pour votre bien, mademoiselle Garland. Il faut vous endurcir puisque, vous me l'avez dit vous-même, le monde de la scène est un monde impitoyable. Mais je ne pense pas que ce soit facile pour vous, une fille de la campagne pétrie de catéchisme.

Le menton au creux de sa main, il la dévisageait sans ciller.

— Je ne suis pas gentil et vous n'avez pas à me charmer. Demandez-moi le double.

Gemma soutint son regard.

— Le triple.

— Marché conclu.

Chapitre 6

7 avril 1906
Dix jours, dix-huit heures, trente-quatre minutes
avant le tremblement de terre

Suling avait rencontré Alice Eastwood à la deuxième réception de Thornton, un mois après la première. Cette fois-ci, il s'était agi d'une soirée caritative pour l'Académie des sciences de Californie, donnée dans la spectaculaire serre de l'hôtel particulier. L'attraction principale avait été une collection de plantes grasses. Suling avait néanmoins eu l'impression que les invités étaient plus occupés à s'impressionner mutuellement qu'à admirer les plantes rares.

Debout près de la porte de la serre, sous une arche de bougainvillées rouges, elle avait observé la pièce. Son regard avait été attiré par une femme d'une quarantaine d'années qui examinait une plante. En partie parce que sa robe noire et sobre contrastait avec les somptueuses toilettes et les bijoux des autres invitées. Mais surtout parce que Thornton lui accordait toute son attention.

— Les plantes grasses ne sont pas ma spécialité, avait-elle dit. Mais je suis certaine que je n'en ai jamais vu aucune de cette espèce. Très insolite. Elle provient d'Argentine, disiez-vous ? J'aimerais revenir et en faire un croquis pour David Prain, le directeur des Jardins botaniques royaux de Kew. Il se passionne particulièrement pour les plantes grasses.

— Inutile de vous déplacer, mademoiselle Eastwood, avait répondu Thornton. Demain, je vous ferai livrer votre propre bouture à l'Académie.

Mlle Eastwood lui avait décoché un sourire radieux qui avait creusé les rides de son visage buriné par le soleil.

— C'est très aimable à vous. Eh bien, je suis restée plus longtemps que prévu, captivée par les si nombreux et si beaux spécimens de votre serre, monsieur Thornton. Mais maintenant, je dois vraiment prendre congé.

— Vos aimables compliments sur ma collection resteront le point d'orgue de cette soirée !

Thornton semblait tout à fait sincère. Ils s'étaient dirigés vers la porte de la serre et il s'était incliné devant Mlle Eastwood. À son poste, Suling s'était redressée et avait levé légèrement le plateau des flûtes de champagne. Thornton lui avait souri, en avait pris une, puis était allé se joindre à ses autres invités.

La botaniste, toutefois, s'était attardée. Perplexe, elle avait observé Suling. Ou, plus exactement, ses cheveux.

— C'est un iris ? lui avait-elle demandé. Mais nous sommes en octobre, comment est-ce possible ?

Elle s'était penchée un peu et avait regardé les fleurs. Il en émanait un parfum végétal qui évoquait le romarin et le laurier.

— Ce sont des fleurs artificielles, madame, avait répondu la jeune fille. En soie.

Sentant là une opportunité, elle avait ajouté :

— Je les ai confectionnées moi-même.

— Comme c'est surprenant. À moins de s'approcher tout près, on dirait de vraies fleurs. En avez-vous fait d'autres ?

— Oui. Pour des arrangements floraux dans des vases ou des parures pour cheveux comme la mienne. Je brode, aussi.

— Je suis Alice Eastwood, s'était présentée la femme en tirant une carte de visite de son sac. Pourriez-vous venir me voir, à l'occasion ? J'aimerais vous commander quelques fleurs de soie, si vous avez le temps. Maintenant, je dois vraiment y aller.

Alice Eastwood.
Conservatrice du département de botanique.
Académie des sciences de Californie.

Une femme à responsabilités. Comme c'était curieux !

Quelques jours plus tard, Suling s'était rendue à l'Académie. À l'entrée du musée, les gardiens avaient toisé ses vêtements masculins et ses bottes râpées de livreur d'un air dédaigneux et avaient refusé de la laisser entrer.

— L'Académie est ouverte au public, avait-elle fait remarquer. Et elle est gratuite.

— Il y a le public et il y a les gens comme vous, avait répondu l'un d'entre eux, sans acrimonie. En ce moment, des dames du *garden club* font une visite et elles ne tiendraient pas à vous voir ici. Patientez une heure, jusqu'à ce qu'elles soient parties, jeune Chinois.

Son trajet depuis Chinatown, même s'il avait été plutôt court, n'avait pas été facile, et elle n'était pas d'humeur à attendre à cause des dames de la bonne société. Elle leur avait tendu la carte d'Alice.

— Mlle Eastwood veut me voir.

— Mlle Eastwood, avait répété le gardien avec un soupir résigné. Bien sûr. Sam, reste ici. J'accompagne ce jeune homme à la botanique.

Elle l'avait suivi le long des couloirs de service et dans des escaliers jusqu'au sixième étage, où une plaque, sur une porte peinte en noir, indiquait « Botanique ». Il l'avait ouverte et Suling avait été submergée par l'odeur des aiguilles de sapin mêlée à une autre, puissante, de résine, et à un parfum de roses. Assis à de longues tables, des hommes en chemise et un certain nombre de femmes travaillaient en silence. Les uns écrivaient des notes, d'autres fixaient délicatement sur d'épaisses feuilles de papier, à l'aide de bandes de papier collant, ce qui ressemblait à des feuilles séchées.

— Ce petit Chintok demande à voir Mlle Eastwood, avait annoncé le garde à la cantonade. Je peux le laisser ici ?

Une jeune femme s'était levée de la table.

— Je vais l'accompagner.

La porte du bureau d'Alice était ouverte. Assise devant une grande fenêtre, elle examinait quelque chose dans un microscope.

— Mademoiselle Eastwood, vous avez un visiteur, avait annoncé la jeune femme.

— Merci, Emily.

Alice avait levé les yeux, souriante. Puis, perplexe, elle l'avait examinée.

— Entrez. Où vous ai-je rencontré ?

Suling avait regardé avec surprise l'étrange accoutrement de Mlle Eastwood : une veste cintrée marron aux grandes poches plissées et un pantalon en denim si ample que, si elle restait immobile, on pouvait le confondre avec une jupe. Surprise de voir la botaniste pieds nus dans ses bas, elle avait balayé les lieux du regard et aperçu des bottes boueuses qui séchaient sur une caisse en bois. Un parfum de rose flottait dans l'air, plus prégnant encore. Pourtant, il n'y avait aucun rosier en vue.

Elle avait retiré son feutre.

— J'étais à la réception de M. Thornton, mademoiselle Eastwood. Je m'appelle Suling. Suling Feng.

Le sourire d'Alice était revenu, puis s'était élargi.

— La jeune beauté avec des iris hors saison dans les cheveux ? Entrez. Mais pourquoi êtes-vous habillée en garçon, aujourd'hui ?

— Il est préférable de passer pour un garçon, avait répondu Suling d'une voix aussi nonchalante que possible.

Elle ne lui avait pas parlé des hommes qui avaient tiré sa queue-de-cheval et qui, hilares, l'avaient poussée à terre en chantant *Ching Chong Chinaman*. Elle avait eu de la chance qu'ils n'aient pas vu qu'elle était une fille. Et que ce soit arrivé dans la journée, avant qu'ils aient commencé à boire. Non qu'ils aient besoin de boire pour devenir dangereux. Une femme blanche ne pouvait pas comprendre.

Pourtant, Alice avait compris. Suling l'avait décelé à son changement d'expression, à ses joues qui s'étaient colorées de rose quand elle avait pris conscience d'à quel point sa question banale avait été maladroite.

— Bien, mademoiselle Feng, avait-elle déclaré sur un ton professionnel. Voici ce à quoi je pensais : des modèles de plantes en soie. Je ne sais pas dans quelle mesure vous pouvez affiner les détails ni quel degré de précision vous pouvez atteindre, mais voyons ce qui est possible. À propos, avez-vous déjà senti un géranium au parfum de rose ?

Elle s'était levée, avait contourné la table et pris une petite plante en pot sur le bord de la fenêtre.

— Sentez ces feuilles, lui avait-elle intimé. Délicieux !

Un coup discret mais pressant à la porte l'avait interrompue. Un jeune homme se tenait sur le seuil, l'air interrogateur.

— Qu'y a-t-il, Seth ? Oh, la livraison du Colorado. Attendez-moi ici, mademoiselle Feng. Je n'en ai pas pour longtemps.

Elle s'était précipitée hors de la pièce et avait remonté à la hâte le couloir en compagnie du jeune homme.

Alice Eastwood avait une démarche si déterminée que chacun de ses pas donnait l'impression qu'elle était prête, *impatiente* même, de relever un défi. Quel genre de femme était-elle pour occuper ce poste de conservatrice dans une institution aussi prestigieuse ? Pour inspirer le respect à un homme comme Thornton ?

Après cette première rencontre, Alice avait fait venir Suling à sa pension de famille, dans Taylor Street.

— Après tout, je n'habite qu'à trois rues de la limite de Chinatown, avait déclaré Alice. Le trajet sera plus court pour vous.

Plus court et plus sûr.

Quand la jeune fille se présenta à la pension avec ses dernières créations, Alice s'exclama :

— Elles sont remarquables !

Assise à la table de la salle à manger, elle examina attentivement les étamines d'un coquelicot jaune de Californie en soie. Approchant la fleur de ses yeux pour en inspecter les feuilles, elle esquissa un geste vague en direction de sa coiffeuse.

— Pouvez-vous me donner mon sac, ma chère ?

La conservatrice du département de botanique de l'Académie des sciences de Californie habitait une pièce spacieuse, au dernier étage de la maison. Un studio équipé de sa propre kitchenette, assez grand pour accueillir un canapé et une table de salle à manger. Laquelle était, en permanence, jonchée de livres et de piles de spécimens de plantes séchées. Des rideaux fanés à motif cachemire encadraient les fenêtres qui donnaient sur la ville.

La première commande d'Alice à Suling avait été une fleur blanche. Un lys *Calochortus catalina* qu'elle avait fabriqué à partir de photos et de dessins fournis par sa nouvelle cliente. Puis une mauve de brousse rose, pour laquelle elle s'était également basée sur des dessins, et sur une vraie plante. Elle avait ensuite proposé à la botaniste de lui réparer son unique sac de soirée. Elle avait commencé par copier les broderies perlées sur un demi-cercle d'épais satin noir puis avait doublé la pochette. Et quand Thanksgiving était arrivé, Alice avait convaincu sa propriétaire, Mme Browning, d'avoir recours aux services de la *Blanchisserie Fenghuang* pour le linge de la pension.

Suling tendit à Alice un sac de cuir vert, dont la botaniste sortit deux pièces de vingt-cinq cents.

— Non, non, mademoiselle Eastwood, protesta-t-elle. Vingt-cinq cents suffisent amplement.

Secouant la tête, Alice déclara :

— Suling, vous devez reconnaître votre propre valeur et celle de votre travail. Prenez cet argent.

— Mademoiselle Eastwood, je suis affreusement gênée de ce que je dois vous demander. M. Thornton m'a passé une commande urgente pour des fleurs de soie. Puis-je vous demander de différer celle des iris Douglas ?

Elle s'en voulait terriblement. Elle exécuterait aussi rapidement que possible les fleurs de Thornton mais, le lendemain, elle prendrait un train pour Boston. Ou pour New York. Elle n'honorerait jamais la commande d'iris d'Alice.

— Bien entendu. Je ne suis pas pressée. Puis-je vous demander en quoi consiste la commande de M. Thornton ?

— C'est une fleur blanche, aux feuilles vraiment étranges. Et je ne peux m'appuyer que sur des dessins. La planche indique le nom « *Epiphyllum oxypetalum* ».

Elle trébucha sur le mot latin.

— La reine de la nuit! jubila Alice en applaudissant. Il a dû en acquérir un spécimen. Je n'ai jamais pu en voir une, épanouie. Ces feuilles étranges ne sont pas du tout des feuilles, figurez-vous. Ce sont des étamines aplaties. Il faut que j'aille chez Thornton pour la voir. Ce sont des fleurs très compliquées. J'espère qu'il vous paie en conséquence.

— Il paie très bien, acquiesça Suling. Et il a commandé vingt-cinq fleurs, mademoiselle Eastwood. Si je pouvais gagner autant d'argent tous les mois, je quitterais la blanchisserie. Mais je ne fais de la broderie et des fleurs de soie que pendant mes heures de repos. Comme un passe-temps.

— Vous êtes bien trop douée pour considérer votre talent comme un passe-temps, gronda Alice.

Son compliment donna du courage à Suling.

— Puis-je vous demander un service, mademoiselle Eastwood? avança-t-elle, le cœur battant.

Alice avait été si bonne avec elle. Mais jusqu'où pouvait aller sa bonté? Avec un signe d'assentiment, la botaniste répondit:

— Je vous en prie, ma chère.

Après une brève hésitation, Suling déclara:

— J'aimerais vivre de mes propres revenus et quitter la blanchisserie de Chinatown. Peut-être partir pour le Midwest ou l'Est. Connaîtriez-vous quelqu'un qui emploierait une domestique sachant coudre et broder?

Elle avait entendu dire que dans l'Est, dans les familles blanches, on engageait de préférence des femmes plutôt que des hommes comme domestiques. Peut-être Alice avait-elle des amis à Chicago ou à New York.

Alice parut réfléchir. Puis, s'éloignant de sa coiffeuse, elle lança:

— En fait, j'ai une idée. Attendez un instant.

Suling sentit une pointe d'espoir. Alice était si pragmatique. Jamais elle ne suggérerait une solution irréaliste.

Elle sortit de sa malle un long carton emballé avec soin. C'était une robe.

— Attendez, je vais l'accrocher à un cintre pour vous montrer le drapé, déclara-t-elle en la dépliant.

Simple, modeste, c'était une robe du soir en velours satiné noir. Le bustier en V était voilé d'une soie blanche translucide, sous une couche de dentelle crème qui montait jusqu'au cou. Un pli de la même dentelle ornait chacune des manches cloches. La jupe était sobre, plate à l'avant, avec, dans le dos, des rangs de fronces produisant l'effet d'une courte traîne. Ce fut toutefois l'encolure qui retint l'attention de Suling.

Deux bandes de velours se croisaient pour former le col en V du bustier. Elles étaient brodées d'une multitude de minuscules perles de jais qui reproduisaient les motifs de la dentelle crème. L'effet était à la fois subtil et d'une fastueuse élégance.

— Cette robe a presque dix ans, déclara Alice. Je ne la porte que pour aller à l'opéra ou à des soirées exceptionnelles. Elle vient de France, de la maison Callot Sœurs. Regardez les broderies, le perlage. Votre travail sur ma pochette de soirée n'a rien à leur envier, Suling. Je sais que l'atelier des sœurs Callot, en France, emploie six cents petites mains. Il paraît qu'elles ont l'intention d'ouvrir une boutique et un atelier à New York.

Suling examina la robe, puis regarda Alice.

— Les femmes qui font cela, peuvent-elle en vivre ?

À Chinatown, les femmes faisaient des travaux de couture, brodaient des panneaux de lin et de soie que les usines de vêtements utilisaient pour faire des robes. Les salaires complétaient les revenus du foyer, mais étaient trop bas pour que les brodeuses puissent en vivre.

— Ma chère, les femmes qui font cela dans des maisons de couture sont considérées comme des artistes. Et votre aiguille fait de vous une artiste.

Avec soin, Alice replia la robe dans le tissu de soie et la remit dans la malle.

— Votre talent est digne d'une carrière, Suling. Il serait reconnu à sa juste valeur par des maisons de mode de New York et de Chicago.

— Avez-vous des connaissances dans ces maisons ? demanda-t-elle timidement.

Dans son monde, rien n'arrivait sans *guanxi*, sans relations. À moins qu'Alice ne fasse jouer ses propres relations en sa faveur, elle ne pouvait s'imaginer être engagée dans une maison de couture.

— Laissez-moi m'en occuper. Certaines dames du *garden club*, avec lesquelles je me suis liée, sont aussi des femmes de la haute société qui, chaque saison, font venir leurs toilettes de Paris. En attendant, prenez ceci.

Elle lui tendit un catalogue de la maison Callot Sœurs.

Suling essaya de masquer sa déception. « Laissez-moi m'en occuper » ne lui donnait pas l'impression que sa chance tournerait bientôt. Et elle voulait absolument quitter San Francisco et gagner sa vie. Non seulement pour fuir le mariage avec le docteur Ouyang mais parce que, dans cette ville, à chaque coin de rue, le souvenir de Reggie la narguait.

— Fais-moi connaître ton monde, avait dit Reggie.

Suling avait accepté, à la condition de ne voir que des gens normaux. Pas de fumeries d'opium, pas de salles de jeu.

— Le mal et la décadence, avait-elle déclaré. Voilà à quoi pensent les Blancs quand ils évoquent Chinatown. Et, oui, le quartier regorge de ce genre d'endroits. Mais, Reggie, les gens normaux y vivent aussi, les gens comme moi.

Des commerçants, des ouvriers, des écoliers, des hommes qui vont pêcher la crevette en bateau. Des familles parfaitement ordinaires, qui mènent des vies ordinaires et décentes. C'est ce que je veux que tu voies.

Il leur était impossible de marcher côte à côte sans attirer les regards et les commérages. Mais, avant chacune de leurs promenades, Suling décrivait les rues, les bâtiments, dans quel magasin, quel établissement entrer, que chercher à l'intérieur. Puis marchait devant, s'arrêtait devant les vitrines, sur le seuil des endroits qu'elle avait suggérés. Reggie y entrait et Suling l'attendait devant la porte.

Le théâtre chinois. Les temples que les Blancs appelaient les « maisons d'encens ». Les herboristeries, les restaurants, les usines à balais, les boutiques de barbier. Le dispensaire Tung Wah, une grande herboristerie avec une clinique à l'arrière, ce que Chinatown avait de plus proche d'un hôpital. Des quartiers où les enfants marchaient sur les trottoirs main dans la main, des restaurants en sous-sol d'où montaient des odeurs de cuisine qui aiguisaient leur appétit. À tel point que Suling achetait des brioches chaudes farcies de porc haché et de feuilles de moutarde marinées. Puis Reggie et Suling se hâtaient vers le bord de mer et les dévoraient en riant de leur gourmandise.

À la fin de l'une de ces journées, Reggie avait fait remarquer :

— Il y a tellement de maisons de jeu ! Est-ce dans la nature de tous les Chinois de parier ?

Suling s'était arrêtée net.

— Non. Pas plus que nous ne sommes attirés par l'opium. Mais il y a des centaines de célibataires à Chinatown. Des hommes sans famille, qui ne parlent pas bien l'anglais et qui ne se sentent pas à l'aise pour aller dans des théâtres américains ou des stades. Comment peuvent-ils se distraire autrement qu'en pariant, en allant au bordel ou au théâtre chinois ? La plupart de ceux qui fument de l'opium le font pour oublier la misère de leur existence.

Elle était tellement indignée qu'elle en tremblait presque.

Après un long silence, Reggie avait murmuré :

— Je suis stupide et j'ai l'esprit étroit, Suling. Je t'en prie, pardonne-moi.

Suling avait noyé son regard dans ces yeux verts et, devant l'inquiétude et l'affection qu'ils exprimaient, elle avait fondu en larmes. Des larmes qui avaient trempé le manteau de Reggie quand elle s'était réfugiée au creux de son étreinte chaude et réconfortante. À cet instant précis, Suling avait compris qu'elle était en train de tomber amoureuse. Ce qui n'était pas censé arriver, surtout pas avec un diable d'étranger.

Mais Reggie lui avait clairement fait comprendre que le sentiment était réciproque.

D'abord en la taquinant gentiment, en lui donnant des surnoms un peu bêtes, tels que « ma poupée chinoise », « mon lotus d'Orient ». Comprenant à quel point cela lui était désagréable, Reggie avait appris à prononcer son prénom en chinois. Puis à dire, dans sa langue : « Bonjour. » « Bonsoir. » « Au revoir. » À employer des mots tendres comme *bao be*, *airen*. « Mon trésor. » « Ma chérie. »

Et puis, un jour, avait su lui dire : « Je t'aime. »

Transportée de joie, Suling avait senti son cœur se gonfler de bonheur. Un bonheur teinté de peur. Elle avait été incapable de prononcer les mêmes mots. S'y était refusée. Pourtant, ses états d'âme n'avaient pas paru décourager Reggie. Qui ne lui en avait jamais voulu de se retirer quand leurs baisers se faisaient trop fougueux, leurs caresses trop avides. Parfois, leurs corps étaient si étroitement pressés, si délicieusement lovés l'un contre l'autre, que Suling ne souhaitait qu'une chose : s'y abandonner entièrement. Mais elle luttait contre son désir et Reggie se contentait de lui murmurer : « Quand tu te sentiras prête. »

Et Suling s'était sentie prête à s'abandonner à cet amour. Or, en février, le jour de la Saint-Valentin, Reggie avait manqué le rendez-vous. Suling avait attendu, était retournée plusieurs fois à l'endroit convenu, avait cherché un message. À chacune de ses livraisons à l'hôtel particulier de Thornton, avec Vieux Kow, elle se renseignait aussi discrètement que possible auprès des domestiques, qui se contentaient de hausser les épaules avec indifférence. Ils avaient l'habitude. Les protégés de leur maître allaient et venaient.

Tout cela était très étrange. Reggie avait été si enthousiaste à l'idée d'obtenir le soutien de Thornton. Cela devait donner à sa carrière un élan aussi inattendu qu'exaltant. Si Reggie pouvait faire preuve d'impulsivité, parfois au point d'exaspérer Suling, quand il s'agissait de responsabilité professionnelle elle lui avait toujours connu une détermination implacable. Son départ était sûrement lié à une décision de Thornton. Reggie avait dû ressentir un grand découragement pour quitter San Francisco sans le lui faire savoir.

Et maintenant, dans les rues familières de Chinatown, Suling était assaillie par les souvenirs. Reggie se penchant en arrière pour regarder les lettres dorées de l'enseigne du restaurant *Wah Hing*. Reggie regardant le danseur de sabre faire son numéro devant les touristes. Reggie s'agenouillant pour bavarder avec la fille du poissonnier, une jolie fillette de dix ans qui portait des tresses.

— Je ferais mieux de rentrer, déclara Suling à Alice. Plus vite je finirai les fleurs de M. Thornton, plus vite je serai payée.

Elle ouvrit la porte et une cascade de notes de musique monta de l'escalier. Quelqu'un chantait. Une voix magnifique, sans nul doute professionnelle. Une voix qui, loin de se limiter à des gammes, faisait naître des émotions.

— Notre nouvelle locataire, expliqua Alice, qui l'avait rejointe sur le seuil. Une cantatrice. Merveilleuse.

Avec un soupir de bonheur, elle s'assit sur la première marche.

— Je vais rester un moment à l'écouter.

Il y eut une pause, puis la voix s'éleva de nouveau en une mélodie qui emplit le cœur de Suling d'une nostalgie indéfinissable. Elle se surprit à vouloir s'asseoir sur les marches avec Alice, pour savourer ne serait-ce qu'une minute de beauté. Mais elle devait partir. Elle avait besoin de ces vingt-cinq dollars. Dans moins de deux semaines, elle aurait quitté San Francisco.

Une dernière chose. Elle refusait de continuer à se languir de Reggie. Elle ne laisserait plus aucun souvenir surgir dans sa mémoire. Plus de regrets, plus de désirs. Seuls comptaient ses projets d'avenir et les étapes à franchir pour les concrétiser. Le catalogue Callot Sœurs fermement calé sous le bras, elle descendit l'escalier d'un pas décidé.

Chapitre 7

En entendant Gemma le saluer lorsqu'elle arriva pour sa répétition, Serrano fit remarquer, sa cigarette à moitié fumée entre les doigts :

— Vous vous rappelez comment on prononce mon nom, en roulant les « r » comme il faut.

— Il n'est pas si difficile de rouler les « r » en espagnol. J'ai étudié l'italien, le français, l'allemand.

Il enleva une pile de partitions du pupitre et demanda :

— Comment se fait-il que vous parliez ces trois langues ?

La salle de répétition du pianiste, où elle l'avait trouvé pour la première fois en train de répéter, dans les coulisses du Grand Opera House, ressemblait à la tanière d'un passionné de musique : des feuilles de partition éparpillées comme des flocons de neige, des tasses de café froid à moitié vides, des accessoires d'opéra abandonnés (la cage à oiseaux de Papageno et la couronne de mariage de Susanna, si elle ne se trompait pas) traînaient dans la pièce, comme de vieux amis.

— Oh, comme tous les chanteurs lyriques, je suis multilingue. D'un point de vue pratique, ma conversation est extrêmement limitée, je suis incapable de commander un repas dans un bistrot ou de demander où se trouve la gare. Mais je peux soupirer, mourir ou pleurer au pied levé, monsieur Serrano.

Il exhala un nuage de fumée.

— *Muere mañana, practica hoy.* Qu'aimeriez-vous répéter ? Et appelez-moi George.

— Ne préférez-vous pas *Jorge* ? demanda-t-elle, prononçant le prénom à l'espagnole.

— Je suis arrivé à San Francisco à dix-neuf ans. Les Américains, pour la plupart, ne pouvaient prononcer Jorge. Je suis habitué à George, maintenant.

Il réitéra sa question :

— Que répétez-vous, mademoiselle Garland ?

— Gemma, je vous en prie. Et je chante demain dans une maison sur Hyde Street à Nob Hill…

Elle n'avait pas de temps à perdre. Depuis le vendredi soir, elle était totalement absorbée par le concert en matinée à la maison octogonale. Elle avait passé la journée de la veille à parcourir des partitions, à dresser des listes de chansons pour les déchirer ensuite, à faire des vocalises. Elle n'allait pas laisser filer cette chance d'éblouir la crème de la haute société de San Francisco. Sans parler des directeurs musicaux de deux grands théâtres, au moins.

— Je travaille des classiques. Je n'ai pas le temps de peaufiner quoi que ce soit de nouveau. Mais, bien sûr, j'aurai besoin d'un accompagnateur de qualité. Je vous paierai le double du tarif pour ce préavis aussi court.

Il écrasa sa cigarette dans le vieux gobelet pailleté de strass qui, songea Emma, ressemblait à la timbale du philtre d'amour de l'acte I de *Tristan et Iseut*.

— Marché conclu.

En un rien de temps, ils avaient entamé *Mon cher marquis* de Strauss.

— Je chanterai en anglais pour un début pétillant et enlevé, dit-elle en repoussant ses cheveux ébouriffés, moites de transpiration.

Elle avait couru tout le long du chemin jusqu'à l'opéra, presque cinq kilomètres. Ce qui lui avait attiré bien des regards surpris. Même à San Francisco, dont les rues grouillaient de marins ivres et de garçons de courses chinois, il n'était assurément pas banal de voir une femme en corsage et jupe de patineuse – raccourcie par ses soins – courir (sans qu'elle soit poursuivie, tout au moins), le visage cramoisi, en comptant : « six réverbères... sept réverbères... » Mais, même si elle était arrivée en nage, ressemblant à un épouvantail, sa voix était frémissante, prête à chanter.

— Je ne suis pas sûr d'avoir jamais joué pour une soprano qui chantait cette dernière phrase sans reprendre son souffle, commenta George à la fin du premier essai. Vous avez des poumons d'éléphant.

— J'aimerais bien voir un éléphant entonner un air de Mozart. Vous avez la musique de *Vorrei spiegarvi* ? Je pensais enchaîner avec cela, après Strauss.

— C'est un peu long pour un concert court. Avez-vous *Non curo l'affetto* dans votre répertoire ? s'enquit-il d'un ton vif.

Elle poussa un soupir de soulagement. Il existait toutes sortes de pianistes de répétition. On pouvait tomber sur un cynique épuisé qui bâillait sur chacun des phrasés. Ou sur un parfait incompétent qui n'arrivait pas à trouver le bon accord avec votre voix. Mais George jouait magnifiquement : avec sensibilité, à son rythme, ralentissant quand elle respirait. Quand elle lui demanda où il avait appris le piano, il répondit en riant :

— Je ne suis pas un produit de conservatoire. J'ai eu quelques bons professeurs par-ci, par-là, mais j'ai appris à jouer sur des pianos de bar, quand j'étais gamin, à Buenos Aires. Par quoi comptez-vous conclure votre programme ?

J'ai le sentiment que vous pourriez faire un tabac avec *Marten aller arten*.

— Je pourrais, mais pas pour ce public, décida Gemma. Ce n'est pas un concert assis, il faut donc que j'arrive à retenir leur attention. J'ai pensé au brindisi de *La Traviata*. Je le chanterai en solo plutôt qu'en duo. Ils pourront le fredonner en buvant leur champagne.

Avec un hochement de tête, George entonna l'entraînante mesure à 3/8. Assis devant son piano, son pan de chemise flottant négligemment dans son dos, il était plus trapu que grand, mais était doté des mains les plus longues, les plus larges, qu'elle ait jamais vues. Son empan était si ample qu'il semblait pouvoir jouer une onzième sur le clavier sans le moindre effort.

— Idéal pour étrangler quelqu'un par une nuit noire, plaisanta-t-il quand elle le lui fit remarquer, en posant sa main gauche sur un cou imaginaire tout en laissant courir la droite sur l'ensemble du clavier.

Elle riait tellement qu'elle rata son ouverture. Qu'est-ce qu'on pouvait s'amuser pendant une répétition ! Et comme ça lui avait manqué !

Quand ils eurent fini, il suggéra :

— Puis-je vous inviter à déjeuner ? Rien de tel, après une longue répétition, qu'une assiette de limandes à l'*Oyster Grotto*.

— Non merci. J'ai trop à faire avant le récital de demain.

Le sourire de George exprimait une admiration si chaleureuse qu'elle jugea préférable de l'étouffer dans l'œuf. Il n'était pas question d'envisager la moindre idylle avec des hommes de théâtre en ce moment. Les liaisons intempestives étaient le talon d'Achille de toutes les sopranos. Et elle n'avait nulle intention de se laisser distraire alors qu'une telle chance se présentait à elle.

— *Crudele*, dit-il en jouant des accords tragiques. Que les sopranos sont cruelles !

— Dures comme de la pierre, renchérit-elle en souriant.

Si elle pratiquait autant cette dureté que ses vocalises, ce pouvait même devenir une réalité.

Ils finissaient leur session. Gemma était en train de chercher son porte-monnaie dans son sac en peau de phoque pour le payer quand elle sentit les premières pulsations d'une migraine imminente. *Oh non, pas maintenant.* Mais depuis quand son corps se préoccupait-il du moment opportun pour la lâcher ?

— Quelque chose ne va pas ?

George jouait l'ouverture de l'un de ses airs, ajustant aisément la longue introduction orchestrale en une ouverture soignée à trois barres, plus adaptée à un récital.

Elle lui tendit une poignée de pièces.

— Tout va bien, parvint-elle à répondre. Voulez-vous me retrouver demain à ma pension de famille, sur Taylor Street ? M. Thornton doit m'envoyer une voiture. Nous pourrons y aller ensemble…

Sur ces mots, elle se rua hors de la pièce en enfonçant son vieux chapeau de paille sur sa tête. *Pourvu que ce ne soit pas l'une de ces migraines galopantes…*

Alors qu'elle passait d'un pas rapide devant le responsable de l'accueil, il la héla :

— Vous avez reçu un paquet, mademoiselle Garland. Vous ne devriez pas vous faire envoyer de correspondance personnelle à l'opéra.

Le paquet emballé dans du papier kraft sous le bras, Gemma prit la direction de Taylor Street, sans s'arrêter. Sa nuque la lançait déjà. Le supplice commençait toujours par des martèlements dans le cou et à la base du crâne, qui montaient graduellement. La lumière autour d'elle se mettait à vibrer, les sons s'amplifiaient à ses oreilles, des nausées lui soulevaient l'estomac. Cette phase pouvait se prolonger pendant une bonne heure. Sa vision se rétrécissait à mesure que la douleur montait dans sa nuque et s'y installait comme un chat malaxant un coussin devant une belle flambée. Recourbant ses griffes, s'enfonçant plus profondément, jusqu'à ce qu'elle se soit bien propagée au côté gauche de sa tête, prête à s'y installer pour les trois prochaines heures au moins. *Laisse-moi juste le temps de rentrer*, pria-t-elle.

À peine avait-elle franchi le seuil de la maison de Taylor Street qu'elle entendit sa propriétaire l'appeler :

— Mademoiselle Garland.

Elle était en train de tendre une liasse de lettres à Alice Eastwood. Mais, en la voyant passer devant le salon, elle se redressa avec empressement.

— Puis-je vous demander de vous joindre à nous dans le salon, ce soir, pour un petit concert ? J'aime rassembler mes pensionnaires autour du piano pour quelques chansons ! Connaissez-vous *Bill Bailey, Won't You Please Come Home* ? ou *Break The News To Mother* ?

— Non ! répondit-elle sèchement. Ce soir, je me prépare pour mon récital de demain.

— Le *Call* y fera-t-il référence ? s'enquit Alice, intéressée. Je lis toujours le *Call* en buvant mon thé le matin. En ce moment, tous les articles spéculent sur ce détective de l'*Agence Pinkerton* qui a disparu. Je préférerais de loin lire un papier sur les concerts.

— Ce sera un concert privé. Pas de compte-rendu dans la presse.

Elle sentait la douleur monter de son cou.

— Si vous voulez bien m'excuser. Je dois repasser ma robe pour le spectacle.

Elle fit mine de se diriger vers l'escalier, mais Mme Browning lui tapota le bras.

— Dans ce cas, peut-être nous ferez-nous l'honneur d'une chanson juste après votre récital ? Vous n'imaginez pas le plaisir que vous nous feriez à toutes…

Le martèlement montait maintenant à ses oreilles.

— Mais qu'est-ce que cela m'apporterait, à moi, madame Browning ? répliqua-t-elle d'un ton brusque. Une réduction de loyer, peut-être ?

Sur ces mots, elle s'enfuit dans l'escalier, évitant le regard surpris d'Alice Eastwood.

— *Oùù ééétais-tuuu ?* chanta Toscanini quand elle entra dans sa chambre.

— Oh, tais-toi ! lui lança-t-elle.

Il s'envola comme une petite balle verte, voleta deux fois autour de la pièce pour finir par se poser sur le miroir. Gemma lui tendit la main avec un gazouillement enjôleur. Mais, l'ignorant, il se mit à faire sa toilette, glissant sa tête sous ses ailes avec un petit battement des plumes vertes de sa queue.

— Dommage que les perruches ne soient pas plus câlines.

Avec un soupir, elle retira ses épingles à cheveux. Elle ne supportait pas la moindre pression sur son crâne quand la migraine s'installait vraiment. Et elle était de plus en plus violente. Elle baissa le store de la fenêtre, se laissa tomber sur son lit et regarda enfin le paquet qu'elle avait rapporté de l'opéra. Elle ne reconnut pas l'écriture sur le papier. Elle hésita un moment en se massant la nuque, avant de le déchirer.

C'était une peinture de trente centimètres carrés environ, sans cadre, dont le papier à dessin épais était tendu sur un carton rigide. L'aquarelle aux couleurs vives représentait un jeune Chinois et une jeune Chinoise debout, côte à côte, avec, à l'arrière-plan, des formes et des symboles chinois. C'était un travail de Nellie. Non seulement elle reconnaissait son style, mais le tableau était frappé de son sceau. Le signe dont elle marquait toutes ses œuvres. Elle le retourna et sentit son cœur se serrer. Une enveloppe était fixée au dos. *Enfin*, une lettre de son amie, sa plus vieille amie. Elle ne s'était pas autorisée à s'appesantir sur la douleur d'avoir été ainsi laissée en plan. Mais maintenant qu'elle s'apaisait, elle sentait à quel point elle avait été vive. Avec un sourire, elle fit sauter le cachet.

Bienvenue à San Francisco, Gemma ! Qui sait où tu habites maintenant que tu es arrivée, mais je savais que tu commencerais par aller droit à l'opéra. Je suis désolée de ne pas être ici pour t'accueillir – bon, à vrai dire, je ne suis pas vraiment désolée. En effet, une occasion d'aller dessiner des paysages de montagne dans le Colorado s'est présentée et je l'ai saisie. Tu peux comprendre. Du moins, tu comprendrais si tu voyais la nature, ici ! Quoi qu'il en soit, j'ai pensé que tu aimerais ce dessin, le dernier que j'ai fait avant de sauter dans le train du départ. Il faut que je me sauve !

Gemma regarda les lettres tapées à la machine sur un papier couleur crème, onéreux. Elle sentit son sourire s'évanouir.

— Je vais très bien, merci sincèrement de t'en enquérir, Nellie, murmura-t-elle.

Elle remit la peinture dans son emballage. C'était tout ce à quoi elle avait droit après avoir été abandonnée dans une ville inconnue par sa plus vieille amie ? Un dessin et un « je ne suis pas vraiment désolée » désinvolte ?

La douleur qui éclata entre ses tempes lui fit oublier un moment la cruelle indifférence de Nellie. Elle se prit le crâne entre ses paumes, comme pour le contenir. Il fallait vraiment qu'elle commence à repasser avec une pattemouille la robe de faille qu'elle avait l'intention de porter à la maison octogonale, le lendemain. Elle avait été écrasée dans sa malle et elle allait devoir en marquer chaque pli. Or, comment savoir combien de temps la migraine allait la garder allongée, une fois qu'elle se serait installée ? Sa vue se brouillant soudain, elle fut prise de nausée. Elle ne put que tremper une serviette dans son lavabo, l'essorer et se pelotonner sur son lit en la pressant sur son visage. Les paroles d'un médecin lui revirent : *« Ce ne sont que des maux de tête,* lui avait-il dit, d'une voix qui se voulait réconfortante. *Nous avons tous mal à la tête, mademoiselle Garland. Alors essayez de vous secouer ! »*

Je suis si fatiguée de me secouer, songea-t-elle en fermant les yeux sous la serviette mouillée. N'était-il pas assez difficile d'être une femme seule qui essayait de faire carrière dans un milieu difficile, dans un monde qui l'était encore plus, sans avoir à endurer ce calvaire ? Sans ce monstre assoupi qui habitait sa tête et menaçait, à tout moment, de se réveiller et d'enfoncer ses crocs dans son cerveau ?

Ne t'apitoie pas sur ton sort, la réprimanda une dure petite voix intérieure. *Il ne s'agit pas que de la migraine. Ce n'est pas la seule raison pour laquelle tu chantes encore dans les chœurs à trente-deux ans.*

— Assez ! marmonna-t-elle, en écoutant Toscanini gazouiller, au sommet du miroir.

Même derrière ses paupières closes, elle sentait sa vision se rétrécir. Si elle les ouvrait, ce serait comme regarder dans un tunnel, à la fois flou et brillant. Et si elle essayait de se concentrer sur un point devant elle, la douleur flamberait.

— Assez !

La vérité, c'est que si tu n'étais pas une gentille nunuche aussi candide...

—Assez!

...tu ne serais pas dans un tel pétrin, non?

—J'étais malade.

Tu étais stupide.

Malade et stupide, se dit-elle en repensant à son ancien agent, l'homme qui l'avait sélectionnée dans une audition ouverte quand elle avait vingt ans et qui l'avait fait engager dans les chœurs d'une production de second ordre de *La Bohème*.

«Je ne l'aime pas. Il est plus mielleux qu'un canard laqué», avait déclaré Nellie.

Mais Gemma lui avait ri au nez. Il ne lui avait jamais fait d'avances indécentes (une première, pour elle qui s'était fait pincer les fesses dans tout New York en essayant de décrocher un rôle). Lui avait fait enchaîner les contrats. Consulter médecin après médecin pour tenter de contrôler ses migraines. Bien sûr, elle l'avait gardé comme imprésario. Il ne lui avait pas paru déraisonnable, quand il l'avait suggéré, de lui donner une commission sur ses cachets. Elle était si prudente avec son argent, lui avait-il fait remarquer. Et si, immobilisée pendant des jours par une migraine, elle ne pouvait plus payer son loyer ni faire venir un médecin? Il pourrait s'en occuper pour elle. Elle était si déterminée à ne pas être la diva qui achetait des étoles de vison et du champagne sans jamais économiser pour l'avenir qu'elle avait amassé un petit pécule au fil des années. Pensant toujours à cette maison qu'elle voulait posséder un jour, avec son piano, sa terrasse, son jardin.

Elle se demanda vaguement ce que cet escroc avait acheté avec ses économies, quand il lui avait tout pris. Certes, il avait bien calculé son coup. Au début d'une représentation des

Noces de Figaro, à New York, elle avait été terrassée pendant près de quatre jours par une crise particulièrement violente. Pour la première fois de sa carrière elle devait interpréter la Comtesse, un rôle qui lui allait comme un gant, dans une somptueuse production. Sa première véritable chance d'occuper la loge A. Or, sa doublure l'avait remplacée. Et quand, quatre jours plus tard, elle avait réussi, titubant, à se lever, elle avait découvert, non seulement qu'elle avait été renvoyée par la compagnie, mais que son compte en banque avait été entièrement vidé.

Ce n'est pas ta faute, essaya-t-elle de se dire. *Ce n'est pas ta faute.* Mais était-ce vrai ? Bien entendu, elle n'était pas responsable des migraines. Juste d'avoir fait confiance à la mauvaise personne. C'était une histoire vieille comme le monde : la stupide Sally Gunderson, d'une honnêteté sans faille, qui avait été si aisément dupée. Lorsqu'elle avait raconté son parcours à M. Thornton devant son verre de vin clairet qui avait une robe de rubis, elle s'était fait passer pour plus intrépide qu'elle ne l'était vraiment : l'orpheline devenue diva malgré son vaillant combat contre sa santé fragile. C'était une version tellement meilleure que la fille de la campagne bête et crédule qui s'était fait escroquer.

Arrête de ruminer, se tança-t-elle. *Tu n'es pas vraiment à la rue. Tu t'es prise en main et le mois était à peine fini que tu avais décroché le contrat dans les chœurs du Met. Où tu chantes toujours, non ? Tu es dans une toute nouvelle ville où tu prends un tout nouveau départ. N'est-ce pas le rêve américain ?*

La nausée lui soulevant l'estomac, elle vomit dans le pot de chambre rangé sous le lit, puis se rallongea. La douleur s'était emparée d'elle maintenant et ne se dissiperait pas avant des heures. Elle se tourna doucement sur le dos, ce simple mouvement lui vrillant le crâne.

— Pourquoi n'étais-tu pas là, Nell ? chuchota-t-elle dans l'obscurité. Tu avais promis d'être là pour moi. Tu avais dit que nous arrangerions tout.

Elle n'avait pas pu se résoudre à lui écrire pour lui annoncer qu'elle avait perdu toutes ses économies. Elle avait espéré le lui avouer devant une bouteille de cognac, au cours de l'une de leurs tardives conversations cœur à cœur. Nellie aurait été furieuse pour elle, elle aurait fait les cent pas en promettant une vengeance sanglante, elle l'aurait fait rire. Puis lui aurait juré que tout cela n'avait aucune importance, qu'à San Francisco elle gagnerait le double de sa fortune perdue.

Mais Nellie n'était pas ici. Elle était dans le Colorado. Que diable faisait-elle dans le *Colorado*, franchement ? Et Gemma était allongée dans une pièce obscure avec une perruche pour toute compagnie. Seule dans une ville nouvelle, sur une côte nouvelle, n'ayant pas encore retrouvé la troupe de l'opéra, la routine réconfortante des répétitions et des représentations, les cafés ou les restaurants familiers des soupers après les répétitions ou après le baisser de rideau. Seule. Alors que Nellie était censée être avec elle.

« J'ai vraiment besoin de toi. »

N'était-ce pas ce qu'elle lui avait écrit dans sa dernière lettre, après avoir été renvoyée, escroquée ? Elle avait même mis de l'emphase sur sa phrase en la soulignant… et sa plus vieille amie avait pris la route du Colorado sans un regard en arrière.

Tu n'as pas besoin d'elle, se rabroua-t-elle en se forçant à ouvrir les yeux sur la pénombre floue, scintillante, douloureuse. Se forçant à être dure, pragmatique, à ne plus jamais se faire qualifier de « gentille ». Parce que les amis, même les plus anciens, vous laissaient tomber. Les hommes vous laissaient tomber. Les collègues vous laissaient tomber.

Mais sa voix, elle, lui était encore fidèle. Et, demain, elle aurait une occasion de la faire briller. Aussi, dès qu'elle pourrait se lever sans vomir, dès qu'elle pourrait bouger sans sentir l'atroce douleur derrière ses yeux, elle aurait intérêt à faire chauffer les fers à repasser, et à lisser à la perfection tous les plis de sa robe de faille crème.

Chapitre 8

9 avril 1906
Huit jours, huit heures, treize minutes
avant le tremblement de terre

Suling remonta en catimini l'escalier de service des *Tailleurs Hing Chong* et tira la chaîne sur le côté de la lourde porte de bois. Cette fois, ce fut Hyacinth et non Amah Chung qui vint lui ouvrir. Elle portait une tunique en coton fleuri et un pantalon large, confortable. Désormais, les femmes engagées pour les réceptions de Thornton mettaient des tenues très ordinaires, faciles à enfiler. Elles savaient qu'une fois arrivées à la maison octogonale, elles se changeraient pour revêtir de somptueux vêtements. Elles prenaient néanmoins grand soin de leurs cheveux et de leur maquillage. D'un pas leste, Hyacinth entraîna Suling dans la grande pièce où ses collègues mettaient la dernière main à leurs préparatifs.

— C'est différent, cette fois-ci, n'est-ce pas ? fit-elle remarquer en la faisant asseoir devant un miroir. Une réception en matinée plutôt qu'en soirée.

Elle commença à lui brosser les cheveux. Suling acquiesça :

— Oui, et un lundi au lieu d'un week-end. Mais le salaire est le même. Où est Madame Ning ?

Butterfly se mit à rire.

—Elle a confié la maison à Pearl, en bas. M. Clarkson vient d'arriver pour une, hum… inspection surprise.

S'il n'était pas un ami, Suling considérait tout au moins Michael Clarkson comme l'un des policiers les plus bienveillants de la ville. C'était lui qui l'avait ramenée chez elle le jour de l'accident, fatal à ses parents, à Mile Rock. Il l'avait enroulée dans une couverture et, tout le long du trajet, avait respecté son silence. Hébétée, elle était assise dans la voiture, ses yeux secs fixant un point droit devant elle. Une fois à la blanchisserie, il avait attendu avec elle, pendant que l'un des ouvriers se lançait à la recherche de Troisième Oncle. À Chinatown, les nouvelles se propageaient plus vite que par le télégraphe et les badauds s'étaient déjà rassemblés devant le magasin. La petite foule s'était écartée pour laisser passer une femme qui criait comme si elle avait été poursuivie par des démons. Échevelée, son maquillage coulant sur ses joues, Madame Ning s'était ruée à l'intérieur.

—Dites-moi que ce n'est pas vrai. Ça ne peut pas être vrai !

Elle s'était laissée tomber à genoux à côté de Suling, qui continuait à regarder dans le vague. Se tournant alors vers Clarkson, elle l'avait questionné :

—Mike, que s'est-il passé ? La mère de la petite. C'était ma meilleure amie.

—Je suis désolé, Nina. Tout porte à croire que ses parents se sont noyés.

Suling n'avait pas eu besoin de frapper le torse du policier de ses poings, de hurler son chagrin. Sa Tatie s'en était chargée pour deux. Clarkson l'avait serrée dans ses bras en lui chuchotant des paroles apaisantes, avec une tendresse qui avait révélé que leur relation n'était pas seulement professionnelle.

Plus tard, le docteur Ouyang Lin était arrivé avec un sachet d'herbes et lui avait préparé une tisane calmante que Madame Ning l'avait persuadée d'avaler. Quand Suling s'était réveillée, sa Tatie était endormie sur une chaise au chevet de son lit. La silhouette du docteur Ouyang se détachait sur le seuil de la porte ouverte. Il l'observait en silence.

La gorge serrée, Suling refoula ce souvenir, vérifia une dernière fois son maquillage et suivit les autres dans la voiture. Elle jeta un coup d'œil à la fenêtre ouverte du troisième étage du bordel. Madame Ning les regardait, s'assurant que ses protégées étaient en route, qu'elles seraient à l'heure pour leur mission. Un sourire éclaira alors son visage sévère et elle se tourna vers l'intérieur. Tandis que la voiture s'éloignait, Suling la vit lever la tête et offrir ses lèvres à Clarkson. Peut-être certains démons blancs étaient-ils fidèles en amour, après tout.

Arrivées à la maison octogonale, elles suivirent comme d'habitude Mme MacNeil jusqu'à la pièce où elles se changeaient. Cette fois, Thornton leur avait procuré des tenues différentes. De simples tuniques de soie, toutes de couleur bleue, dont seuls les ourlets, les encolures et les manches étaient ornés de bordures de broderie blanche.

Suling prit une jupe plissée avec une tunique assortie, en tissu damassé bleu tissé d'un motif de nuages et de chauves-souris. Sur le devant et le dos, les panneaux plats de la jupe étaient brodés de fleurs, de fruits et de papillons. Jamais elle n'avait vu des points d'une telle complexité. Les panneaux latéraux étaient plissés, chacun des minuscules plis exactement de la même largeur que les autres. Combien d'heures de travail à l'aiguille avait bien pu demander cet ensemble ?

—Avec ses mille plis, on l'appelle la jupe à écailles de poisson, parce que, quand tu marches, les plis des côtés ondulent comme des poissons dans l'eau, lui expliqua Butterfly en nouant les rubans de la sienne dans son dos.

Les rampes en fer forgé du majestueux escalier en colimaçon étaient décorées de guirlandes de fougère, de lierre et de fleurs de la serre. Les invités qui arrivaient montaient les marches de marbre jusqu'au troisième étage, où un buffet était dressé sur des tables nappées de lin : des plats d'huîtres sur des lits de glace, des tranches de tourte à la viande, du saumon froid en gelée, des salades de homard, des fromages, des fruits. Des niches dans les murs abritaient des fontaines de marbre où des bouteilles de vin, des pichets d'eau et de jus de fruits baignaient dans des glaçons.

Suling et ses compagnes commencèrent à déambuler dans les salons, chargées de plateaux de boissons aux fruits pétillantes et de champagne. Foulant le sol marbré à pas aussi feutrés que possible, elles passaient lentement entre les invités.

Le tintement d'une clochette coupa court au brouhaha des conversations. Le majordome s'éclaircit la voix.

—Mesdames et messieurs, M. Thornton vous prie d'avoir l'amabilité de gagner le salon de musique, à l'étage au-dessus.

Suling rassembla les filles et elles empruntèrent l'escalier de service pour gagner l'étage supérieur. Les tentures des hautes fenêtres du salon de musique, en velours d'un bleu profond, avaient été tirées pour le protéger du soleil de l'après-midi. Les six lustres scintillants suspendus au plafond à caissons conféraient à la spacieuse pièce une ambiance théâtrale. Un piano à queue trônait sur l'estrade. Des assiettes à dessert et de l'argenterie étaient disposées sur les tables rondes, drapées de nappes damassées bleu et or.

Un valet échangea le plateau de Suling contre un autre, en argent, couvert de mignardises : de minuscules tartes aux fruits, des meringues, des petits-fours carrés couverts de tortillons de glaçage fins comme de la dentelle.

Salué par une salve d'applaudissements, M. Thornton s'avança devant le piano. La veste de son costume gris était ouverte sur une chemise d'un blanc immaculé. Une jeune femme blonde se tenait à côté de lui en silence. Il posa une main sur le piano.

— Mes chers amis, mes honorés invités, monsieur le maire Schmitz, déclara-t-il, en vous conviant à cette réception, mon but premier était de vous faire admirer une nouvelle plante, un *Epiphyllum oxypetalum*, aussi connu sous le nom de « reine de la nuit ». Et, en effet, elle est exposée dans le Salon Chinois. Toutefois, la découverte de ce rare spécimen, si fascinante qu'elle soit, a été détrônée par une autre découverte. Merci de bien vouloir accueillir Mlle Gemma Garland.

La jeune femme blonde s'inclina sous les applaudissements polis, prit une profonde inspiration et sourit. Le pianiste, un homme à la large carrure, à la peau mate et aux cheveux bruns indisciplinés, déroula une phrase musicale.

Suling avait reconnu Gemma Garland. C'était la femme à qui elle avait apporté son aide pour porter ses bagages jusqu'à la pension. Elle l'observa : blonde comme les blés d'été, elle avait un teint de pêche, une silhouette pulpeuse, un sourire modeste.

Le sourire modeste se fit éblouissant, assuré, et elle commença à chanter. Immédiatement, Suling reconnut la voix de la nouvelle pensionnaire de Taylor Street qu'Alice avait écoutée, extasiée.

Limpide, admirable, la voix de la soprano s'éleva vers le public, faisant taire même les invités les plus odieusement bavards. Subjugué, émerveillé, chacun d'entre eux se tourna pour admirer l'artiste. Suling ne comprenait pas les paroles, mais le timbre clair et élégant de Gemma éveillait en elle une inexplicable mélancolie. Comme si elle prenait soudain conscience que, se jouant des malheurs de ce monde, la beauté pure existait. Cette voix divine qui la frappait en plein cœur en était la preuve.

Après lui avoir fait une ovation, certains membres du public s'avancèrent vers l'estrade. D'autres redescendirent au buffet qui, pendant le récital, avait été regarni de sandwichs raffinés, de sorbets, de nouvelles bouteilles de champagne. Suling dirigea ses compagnes vers le rez-de-chaussée, où le majordome leur désigna des plateaux d'argent remplis de petits-fours et de mignardises, et elles reprirent leur travail.

Elle aperçut Thornton qui, d'un côté de la pièce, suivait Gemma des yeux. Entourée d'admirateurs, elle descendait l'escalier. Il la contemplait d'un regard intense, triomphant. Elle décelait une autre lueur dans ce regard, une lueur qu'elle n'arrivait pas à analyser. Pas encore.

— Merveilleuse, monsieur Thornton. Elle était tout simplement merveilleuse !

Thornton n'était plus seul. Il venait d'être abordé par une matrone de la haute société dont les multiples rangs de perles témoignaient du statut.

— Où diable l'avez-vous dénichée ?

Sans attendre sa réponse, elle l'entraîna vers la mezzanine en bavardant avec animation.

Suling entra discrètement dans le Salon Chinois. À chacune de ses visites à la maison octogonale, elle allait voir la couronne de phénix. Aujourd'hui, néanmoins, les portes de sa vitrine étaient closes. Mais la vitrine voisine présentait un nouvel objet, dont la vue lui coupa le souffle. C'était une robe divinement brodée. Une robe de dragon, en lourd brocart de soie bleu. Les détails en étaient si recherchés, si délicats, que, fascinée, elle ne pouvait en détacher les yeux. Provenait-elle directement de la Cité interdite ? Par quelle impératrice, quelle concubine impériale, avait-elle été portée ? Peut-être avait-elle été touchée par les propres mains d'un empereur lorsqu'il l'avait offerte à son épouse favorite.

Suling inspecta les broderies d'un œil aussi critique que lorsqu'elle avait examiné les élégantes robes portées par les invitées de Thornton. Il n'y avait aucune comparaison entre ce qu'elle avait vu sur les toilettes de ces femmes et l'exceptionnel travail de cette robe de dragon. Bien sûr, à cette heure de la journée, elles ne portaient pas leurs plus belles robes du soir. Elle devrait donc réserver son jugement. Néanmoins, elle observa les points de Boulogne presque invisibles qui fixaient les fils d'or et d'argent sur la lourde soie bleue. Les points de tige destinés à souligner les formes, les minuscules points de nœud de Pékin colorant les petits espaces.

En nommant tous ces points, elle entendait la voix douce de sa mère, ses patientes consignes : « Le point de nœud de Pékin est aussi appelé "point semé" et parfois le "point interdit", car il est si délicat qu'il se raconte que des femmes ont perdu la vue à force de l'utiliser. »

Elle s'éloigna de la robe. Un groupe d'invités entrait dans le Salon Chinois. Gemma à son bras, Thornton ouvrait la marche. Ils passèrent d'une vitrine à l'autre, leur hôte leur faisant admirer ses trésors. Enchantée, Suling vit Alice Eastwood surgir à la suite du groupe, tenant une assiette de pâtisseries qu'elle examina d'un regard approbateur avant de mordre à pleines dents dans l'une d'entre elles, visiblement indifférente aux miettes qui se répandaient sur son bustier. Quand Suling lui tendit son plateau de petits-fours, elle en choisit encore deux.

— Je me suis invitée, chuchota-t-elle avec un clin d'œil. J'ai téléphoné pour dire que je voulais voir la reine de la nuit. Thornton m'a suggéré d'assister à la réception et d'en profiter pour aller examiner la fleur.

Elle s'avança vers une alcôve dans laquelle une plante aux luxuriantes feuilles vertes poussait, dans un pot de porcelaine.

— Regardez-la, Suling, dit la botaniste, en enveloppant d'un regard affectueux les tiges supportant les bourgeons. La reine de la nuit ! Plus intéressante que la plupart des gens de l'assistance. Oh, que ne donnerais-je pas pour la voir éclose. Ses fleurs dégagent un parfum délicieux, vous savez.

Elles reculèrent lorsque Thornton et son entourage se déplacèrent dans leur direction, pour s'arrêter devant la robe bleue.

— Cette robe porte le nom de « robe de dragon », déclara-t-il.

— Mais pourquoi ? s'étonna la matrone aux perles.

— Les dragons sont les symboles de la royauté en Chine, expliqua-t-il. Et les robes de dragon portent ce nom en raison de leur dessin si particulier. Elles ne peuvent être portées que par un membre de la famille de l'empereur ou un membre de la Cour. Tous les symboles brodés, même les couleurs, sont régis par le rang de son propriétaire. La couleur bleu turquoise de celle-ci indique qu'elle était destinée à une impératrice consort. Mais elle n'est décorée d'aucun symbole officiel. Uniquement des papillons et des fleurs. Ce qui signifie que c'était une robe réservée aux occasions privées, comme des célébrations familiales.

— Elle est de toute beauté, s'extasia Gemma, fascinée. Je ne peux même pas l'imaginer portée. C'est une œuvre d'art.

— Eh bien, mademoiselle Garland, je dois avouer que je l'ai sortie de ma collection en votre honneur. Vous pourrez peut-être la porter un jour pour chanter *Madame Butterfly*. J'ai vu cet opéra, l'année dernière, à Covent Garden, à Londres, et je serais disposé à financer une troupe pour le faire donner à San Francisco.

Dans un brouhaha de murmures enthousiastes et de conversations, les invités sortirent du salon par petits groupes. Laissant Gemma seule avec Thornton. Elle aperçut Alice et la salua d'un sourire. Affichant son air le plus godiche, Suling, qui essayait de ne pas montrer qu'elle écoutait, tendait son plateau de petits-fours aux invités qui passaient devant elle.

— J'ai tellement entendu parler de *Madame Butterfly*, dit Gemma. Je vous envie terriblement de l'avoir vu à Londres, Henry.

Henry. Ils s'appelaient déjà par leurs prénoms.

— Je suis certain qu'une production dans laquelle vous auriez le rôle de Cio-Cio San serait encore plus sublime que la production londonienne.

C'est alors que Suling remarqua de nouveau la lueur de triomphe dans ses yeux. Cette fois, elle pouvait l'analyser. Elle exprimait l'ambition, l'avidité, le désir de possession. Comme s'il avait fait l'acquisition d'une antiquité ou d'un tableau précieux que personne d'autre n'avait eu le discernement de découvrir. Gemma avait-elle remarqué ce regard ? Elle-même l'aurait-elle remarqué si Reggie ne lui avait pas parlé de l'ambition dévorante qu'avait Thornton de se faire un nom comme mécène ? Danse ou musique, peinture ou sculpture, le millionnaire était toujours à l'affût d'un nouveau talent. Visiblement, il avait jeté son dévolu sur Gemma Garland. Elle était son nouveau projet.

Un homme trapu, avec des traits de hibou, interrompit la conversation en s'inclinant devant les dames.

— Mademoiselle Garland, mademoiselle Eastwood, je vous présente M. Martin Beck, dit Thornton. Le propriétaire et directeur de l'Orpheum Theater.

Après leur avoir fait le baise-main, l'homme à lunettes prit Gemma à part pour lui parler en privé.

Alice finit par épousseter son bustier couvert de miettes.

— *Madame Butterfly* se passe au Japon, pas en Chine, souligna-t-elle. Cette robe de dragon ne serait pas authentique dans le décor.

Thornton haussa les épaules.

— La seule chose qui compte pour moi est la musique. Quand j'ai vu cet opéra à Covent Garden, croyez-moi, l'authenticité des costumes a été le cadet de mes soucis. La musique était sublime.

Il regarda la robe de dragon et poursuivit avec un soupir :

— Mais cette robe n'est pas près de figurer dans un opéra. Le dos a été abîmé, et ma gouvernante n'a toujours pas trouvé de brodeuse capable de restaurer les broderies. Visiblement, il n'existe pas de telles compétences de ce côté du Pacifique. Je vais peut-être l'envoyer à Hong-Kong.

— Sornettes ! s'exclama Alice. Ce sera un jeu d'enfant pour Suling. Jamais je n'ai vu des travaux de broderie aussi délicats que les siens. Je doute que vous trouviez mieux, même à Paris. Si quelqu'un, de ce côté du Pacifique, peut raccommoder cette robe, c'est bien Suling.

Elle lui fit signe d'approcher. Thornton la regarda, ébahi.

— Vous voulez dire *cette* Sue ? De cet… établissement à Chinatown ? Qui fait des fleurs en soie ?

— Ce n'est pas une prostituée, soyons bien clairs sur ce point. Sa famille est propriétaire d'une blanchisserie. Qu'en pensez-vous, Suling ? Pourriez-vous restaurer les broderies de cette robe ?

Suling posa son plateau sur une table incrustée de nacre et s'approcha de la vitrine.

— Puis-je voir les dégâts qu'a subis le vêtement, monsieur Thornton ?

Sans hésiter, il sortit un trousseau de clés et ouvrit la porte en verre. Puis il retourna le mannequin et désigna la partie endommagée. Une partie de la bordure brodée de l'ourlet était déchirée, comme arrachée par des mains avides. Suling s'agenouilla pour l'examiner des deux côtés.

Ce n'était pas un travail important. Néanmoins, la complexité de la mission l'enthousiasmait. Elle leva les yeux vers Thornton.

— Le motif de nuage, de vague et de montagne du bas est brodé séparément, sur une bande de soie fixée à l'ourlet. J'aurai besoin de fil d'argent et de bourre de soie des mêmes couleurs pour broder une réplique du dessin sur une bande de soie. Par laquelle je remplacerai l'originale en la cousant des mêmes points, afin de fondre le neuf dans l'ancien.

— Bon sang ! s'exclama Thornton. Votre voix. Vous êtes le livreur de linge !

Il paraissait plus amusé que choqué.

— Bon, quand pouvez-vous vous attaquer à cette tâche ?

— Je suis toujours occupée à fabriquer vos reines de la nuit, monsieur Thornton. Pas avant une semaine.

— Dans ce cas, je préférerais que vous travailliez sur la robe.

La réponse de Thornton vibrait d'une excitation à peine contenue. Il regarda dans la direction de Gemma, qui bavardait toujours avec le directeur de l'Orpheum.

— J'ai une idée, mademoiselle Eastwood. Elle concerne cette robe et la première de *Carmen.* Huit jours, Sue. Pouvez-vous la raccommoder en huit jours ?

Après une hésitation, Suling répondit :

— Ce serait possible. Mais il me faudrait travailler quasiment jour et nuit.

— Donnez-moi votre prix, dit-il.

Elle calcula mentalement les heures, les dollars, se demandant combien Thornton serait prêt à payer. Il pouvait tout s'offrir, bien sûr, mais quelle somme considérait-il comme raisonnable ? Comment traitait-on avec les très riches ?

Sans lui laisser le temps de répondre, Alice intervint :

— Je vais vous donner un prix. Cent soixante dollars.

« Cent soixante dollars » ! Toujours à genoux devant la vitrine, Suling étouffa un petit cri. Si elle avait été debout, ses jambes se seraient dérobées. Elle se força à se relever. Thornton n'accepterait jamais un tel montant.

— Marché conclu, déclara-t-il pourtant. Dans huit jours, quand vous aurez terminé. Mais cette robe ne quitte pas la maison. Elle a bien trop de valeur. Je vais vous faire installer une salle de couture. Vous viendrez travailler tous les jours.

Grâce à Alice, elle savait désormais que, quelle que soit la somme qu'elle demandait, elle ne représentait rien pour lui.

— Je préfère vingt dollars par jour, lança-t-elle. Un règlement à la fin de chaque journée de travail.

Pour le cas où elle devrait prendre la fuite avant d'avoir fini la robe.

— Marché conclu, répéta Thornton. Vingt dollars par jour, pendant huit jours.

Avec un petit rire, il ajouta :

— Sacrés Chinois, aussi durs en affaires que les Juifs.

La pendule sonna 16 heures. Après avoir adressé un signe de tête à Alice, Thornton se dirigea vers l'escalier pour, en hôte parfait, prendre congé de ses invités.

— Vraiment, jamais je ne me serais attendue à l'entendre dire ça, murmura Alice, une ride creusant son front.

Mais Suling l'écoutait à peine. Elle devait se mordre la lèvre pour s'empêcher de hurler de joie. Huit jours pour gagner plus que la somme qu'elle aurait pu voler dans la caisse de la blanchisserie, plus que lui rapporterait jamais la vente de ses petits cols et manchettes. Elle allait trouver le moyen d'échapper à Troisième Oncle. Oh oui, coûte que coûte, elle trouverait le moyen.

Chapitre 9

Gemma fredonnait toujours un air de Verdi quand elle raccompagna Alice Eastwood, à la fin de la réception. Sa traîne bruissait délicieusement sur le tapis de la Savonnerie tandis qu'elles descendaient l'imposant escalier en colimaçon qui menait à la grande porte d'entrée à double battant. Cela avait valu la peine, ce matin, de repasser méticuleusement les volants de sa robe de gala en faille, avec ses bordures de velours bronze. Son récital avait été un triomphe absolu.

Elles arrivaient dans le grand vestibule.

— Je sais que les cantatrices ont souvent des admirateurs. Mais vous aviez omis de me dire que le vôtre était le propriétaire de la collection botanique de la maison octogonale !

Elle lança un regard plein d'envie vers les portes vitrées de la serre et Gemma se mit à rire.

— Je ne savais pas que vous viendriez, Alice, mais je me réjouis que vous ayez été là.

Un peu gênée de s'être montrée si sèche avec leur propriétaire, la veille, elle avait fait ce soir un effort d'amabilité. Sans néanmoins être parvenue à dissimuler sa surprise lorsqu'elle avait vu la botaniste parmi les prestigieux invités de M. Thornton. Dans sa robe noire démodée, Alice détonnait comme une fleur de soie moisie au milieu d'un bouquet de fleurs de serre. Pourtant, M. Thornton l'avait saluée, les deux mains tendues.

— La dernière fois que nous nous sommes rencontrés, c'était à ma collecte de fonds pour l'Académie, si je ne m'abuse, mademoiselle Eastwood ? Ensuite, je vous ai fait parvenir une bouture de l'une de mes plantes grasses. Pousse-t-elle bien ?

Plein de respect, il l'avait interrogée sur sa dernière expédition, lui avait demandé de lui parler des récentes acquisitions de l'Académie, avait répondu à ses questions sur la rose jaune qui refleurissait dans le jardin de devant.

— La plupart des hommes ne verraient en Alice Eastwood qu'une vieille fille démodée, avec un passe-temps étrange, avait fait remarquer Gemma pendant qu'Alice retournait admirer la reine de la nuit. Vous l'avez traitée comme une reine, monsieur Thornton.

— Je la préfère à la moitié de mes invités, avait-il répliqué. Je m'entoure de gens qui ont un but dans la vie. Une passion. Il n'y a rien de plus ennuyeux que les gens qui s'ennuient constamment.

L'air toujours aussi éblouie par l'extraordinaire plante, la botaniste enfilait sa cape.

— Voulez-vous partager mon fiacre jusqu'à Taylor Street ? proposa-t-elle alors à Gemma.

Les voitures s'arrêtaient devant la porte d'où s'écoulait le flot des invités, en route pour les représentations théâtrales, leurs dîners, leurs soirées.

— Merci, mais ne m'attendez pas. Je dois m'assurer que mon accompagnateur reçoit son cachet.

Alice partit dans la lumière déclinante du soleil de fin d'après-midi. Gemma lui adressa un salut de la main puis se mit en quête de George parmi la foule qui quittait cette incroyable maison. Toujours aussi abasourdie, elle admirait les sols aux mosaïques de marbre et d'onyx, les panneaux d'acajou sur lesquels se détachaient des tapisseries aux couleurs chatoyantes comme des joyaux, les lustres de cristal étincelant de milliers de lumières semblables à des diamants…

Ils se retrouvèrent à la moitié de l'escalier.

— Vous voilà ! lança George, son dossier de partitions sous le bras. Vous n'étiez pas en train de remonter cette montagne artificielle pour me trouver, j'espère ?

Gemma virevolta sur le palier.

— Figurez-vous que j'aime escalader ce genre d'escalier. Les hommes se demandent ce que veulent les femmes. Eh bien, je n'ai jamais rencontré une femme qui n'ait pas rêvé de monter un escalier vraiment grandiose dans une robe vraiment élégante.

Elle fit tournoyer sa traîne bordée de velours, qui s'évasa comme une cape de toréador, et elle faillit rater une marche.

— Doucement, dit George en la rattrapant par le bras. Combien de coupes de champagne avez-vous bues ?

— Quasiment aucune, si vous voulez savoir.

Elle avait été trop accaparée par la moitié des hommes de la salle, venus lui baiser la main à la fin du récital. Les yeux embués de larmes, le directeur du théâtre Tivoli lui avait même déclaré n'avoir jamais entendu une telle Violetta. Il avait pressé sa carte de visite au creux de sa paume et lui avait demandé si elle serait d'accord pour venir dans son bureau discuter de ses futurs projets à San Francisco. Sachant qu'il était plus avisé de masquer son enthousiasme devant une chance pareille, elle l'avait remercié d'un sourire modeste et avait glissé la carte dans sa manche. Mais, triomphante, elle avait senti son cœur cogner dans sa poitrine. Jamais elle n'avait aussi bien chanté.

Elle tendit à George l'enveloppe contenant son cachet et s'apprêtait à poursuivre son ascension quand le pianiste lui demanda :

— Vous restez ? Vous n'avez pas votre manteau.

— M. Thornton m'appellera un fiacre quand j'aurai reçu le cachet de mon récital.

L'ancienne Gemma aurait attendu patiemment que son hôte soit disposé à la payer, même si elle avait dû attendre des jours, des semaines. La nouvelle Gemma ne rentrerait pas sans avoir obtenu le salaire qu'elle méritait, pas plus qu'elle ne s'excuserait de le réclamer. Elle esquissa un sourire. M. Thornton approuverait. « Vous connaissez votre valeur, dirait-il sans doute, la lueur habituelle dans ses yeux. Faites-moi casquer. »

Elle en avait bien l'intention.

Appuyé contre la rampe d'acajou, George continuait à l'observer.

— Vous avez chanté divinement, aujourd'hui.

— Oui, ma voix ne s'est pas trop mal comportée.

— Pourquoi les chanteurs parlent-ils ainsi ? Je ne dis pas « mes mains se sont bien comportées » quand je joue bien, dit-il en ouvrant ses grandes mains de pianiste.

— Les mains sont extérieures. Mais la voix ! C'est comme si votre gorge abritait un petit dieu irascible qui pourrait décider de prendre un jour de congé si vous le contrariiez.

— Manifestement, il était satisfait de votre offrande, aujourd'hui.

— Flatteur !

Elle le salua d'une main et, d'une démarche alerte, monta les autres marches dans un bruissement de taffetas.

Les derniers invités partis, les domestiques nettoyaient les résidus de la réception. Ils débarrassaient les tables en marbre de la vaisselle d'argent, enlevaient les flûtes à champagne vides des manteaux de cheminée. L'un des secrétaires continuellement présents ferma le bureau privé de son employeur avec une clé qu'il glissa dans la plante en pot, à côté de la porte. En voyant Gemma, il demanda, affolé :

— Vous ne le direz pas à M. Thornton ? Je ne suis pas censé la laisser dehors, mais l'autre secrétaire en a besoin et je devrais l'attendre pendant des heures…

— Vous pouvez compter sur ma discrétion.

Souriante, elle porta un doigt à ses lèvres et il enfonça la clé plus profondément dans le pot. Elle poursuivit son ascension vers l'étage supérieur. Sur le palier, elle vit la file des jeunes Chinoises se diriger vers l'escalier de service. Encore maquillées, elles avaient troqué leurs somptueuses soies bleues pour des peignoirs de coton ordinaires. Alors qu'elles s'écartaient pour laisser passer Gemma, l'une d'entre elles s'attarda pour inspecter le plancher, une lueur de panique dans le regard. Elle interrogea ses compagnes dans un chinois rapide puis se tourna vers la femme de chambre qui traversait le palier, chargée d'un plateau.

— Une bague, vous n'avez pas vu une bague ? demanda-t-elle, en anglais.

— Non, répondit la femme de chambre avec un haussement d'épaules, sans même regarder.

La Chinoise se mit à quatre pattes pour palper le tapis. Gemma ne put retenir un frisson et, un instant, sentit son humeur radieuse s'assombrir. Elle connaissait exactement le sentiment de honte qu'on ressentait lorsqu'on se retrouvait à quatre pattes, à rassembler ses effets alors que les gens passaient à côté de vous, parfaitement indifférents.

« Si vous pouviez me donner une semaine pour payer mon loyer », avait-elle demandé à sa propriétaire de New York après s'être fait voler ses économies.

Jamais elle n'aurait pensé essuyer un refus. Après tout, n'avait-elle pas toujours été une locataire modèle ? C'était la toute première fois qu'elle avait un loyer de retard.

Elle gardait sa chambre dans une propreté immaculée. Elle avait passé des heures devant une tasse de thé à écouter, compatissante, sa logeuse lui parler de l'ingratitude de ses enfants et de ses locataires malpropres. « Une semaine de délai, ce n'est pas si grave, non, madame ? »

À cause de ses migraines, elle venait de perdre son rôle à l'opéra et était encore bouleversée d'avoir découvert que son agent l'avait dépouillée. Il lui restait à peine dix cents, mais elle avait une audition pour les chœurs du Metropolitan Opera cinq jours plus tard. Tout ce qu'il lui fallait, c'était une semaine de répit. Une semaine, pas plus.

Hélas, le visage de marbre, la femme était montée dans sa chambre et avait commencé à jeter ses vêtements sur le palier crasseux.

« Dehors, espèce de salope braillarde ! Je ne suis pas une œuvre de charité. »

Étrangement, le pire moment – pire que de se rendre compte qu'elle avait perdu son travail ; pire que recevoir l'ordre de dégager alors que la tête lui tournait, toujours fragilisée par sa dernière migraine – avait été celui où elle s'était mise à quatre pattes sur le vieux tapis gras pour, les yeux brûlants, rassembler ses affaires éparpillées, tandis que les autres pensionnaires évitaient son regard. Pas une d'elles ne lui avait proposé son aide. Pas une seule. Elle en avait éprouvé un étrange sentiment de honte, comme si elle était responsable de cette situation. *« Espèce de salope braillarde ! »*

Elle tomba à genoux à côté de la Chinoise éperdue qui continuait à parcourir le tapis de la Savonnerie de ses mains.

— Là, dit-elle. N'est-ce pas ce que vous cherchez ?

Une bague pendant à un cordon, un bijou tout simple. Gemma eut à peine le temps de la voir avant que la jeune fille ne la lui arrache des mains avec un soulagement visible.

— Merci, madame, dit-elle dans un anglais parfait.

Elle passa le cordon autour de son cou et glissa la babiole sous son col. Gemma la regarda. Elle lui était familière, même si elle ne pouvait en être sûre avec cette couche de poudre blanche qui dissimulait son visage comme un masque d'ivoire. Après s'être légèrement inclinée, la jeune fille s'éclipsa avec ses amies. Gemma se remit à monter les marches, s'exhortant à repousser l'affreux souvenir. *« Salope braillarde. »* Elle n'était plus cette femme. Ne la serait plus jamais. Plus jamais.

— Vous voilà !

Seul dans le Salon Chinois, les mains dans les poches, Thornton admirait sa collection. Il lui tournait le dos. Il avait dû la reconnaître au cliquetis de ses talons.

— J'aime les réceptions, mais je préfère encore quand tous les invités sont partis.

Elle se mit à rire, sentit la légèreté du triomphe de l'après-midi pétiller dans le son de sa voix.

— J'ai bien peur que vous ne puissiez vous débarrasser de moi avant de m'avoir donné mon cachet, monsieur Thornton.

— Comme vous êtes prosaïque !

Il se retourna et, un sourire aux lèvres, lui tendit une enveloppe blanche.

— Assurez-vous de bien compter.

— Pourquoi ? M'auriez-vous flouée ?

— Non, mais vous devez toujours partir du principe que quelqu'un le fera.

Elle ouvrit l'enveloppe et feuilleta les billets : la somme était exacte jusqu'au dernier dollar, bien entendu. Elle s'approcha alors des somptueux présentoirs couverts de jades, de porcelaines, de laques.

— Personne n'a cassé de bibelot ? demanda-t-elle. Je retenais mon souffle chaque fois que ma jupe frôlait l'une de ces inestimables reliques. Vous avez une maison stupéfiante.

— Je ne peux pas revendiquer sa construction.

Il la rejoignit et fit tourner son porte-bonheur de jade avec sa main brûlée.

— Je l'ai achetée à un magnat de l'argent qui a fait faillite, j'ai tout vidé quand j'ai commencé à bâtir Thornton Ltd et je l'ai remplie de toute la beauté que j'ai pu trouver. Je l'ai voulue dès l'instant où j'ai vu qu'elle était octogonale.

— Pourquoi ?

— Dans la tradition chinoise, huit est un chiffre porte-bonheur, et un homme d'affaires a besoin de chance. Ces Astor et Rockefeller peuvent se vanter d'avoir construit leur empire à la sueur de leur front, mais ce sont des imbéciles. Certes, il faut travailler dur. Mais aucun empire n'est construit sans la chance.

D'un geste de la tête, il lui montra les présentoirs.

— Quel est votre objet préféré ?

Gemma désigna une aquarelle sur un rouleau de soie, accrochée à un mur.

— Celui-ci.

Un trio de Chinoises vêtues de robes de Cour superposées, leurs cheveux remontés en chignons artistiques, jouaient de la musique. L'une sur un genre de tuyau, l'autre sur un instrument à cordes.

— Je serais curieuse de savoir si la troisième est la chanteuse ou bien le public. Je me demande à quoi elle pense. Parce que, quelquefois, pendant que je chante, les pensées les plus bizarres me traversent l'esprit. Je me demande si c'était pareil pour elles, il y a des siècles.

Comme la jeune fille avec qui elle avait parlé sur le palier, la femme avait les lèvres peintes en un rouge pivoine et des sourcils dessinés en arcs parfaits.

— Et vous, quelle est votre pièce préférée ? La robe de dragon ?

— Hum. Non.

Il la mena au présentoir du centre. Là, il ouvrit le cabinet, qui était resté fermé pendant la réception, dévoilant un diadème orné de joyaux, d'un bleu électrique, chatoyant, irisé. Le souffle coupé, Gemma l'entendit expliquer :

— Elle provient de l'ancien palais d'Été de Pékin. Une couronne du phénix tout à fait exceptionnelle. Sept phénix, des jades de deux tons, bleus et blancs, cinquante-sept saphirs, trente-six rubis et plus de quatre mille perles. Et admirez ces pendentifs sculptés qui sont retenus par des boucles en perles fixées à la couronne !

Il en souleva une pour la lui montrer.

— Ce sont des fleurs, des reines de la nuit, sculptées dans l'ivoire. Voilà pourquoi je voulais une reine de la nuit pour ma serre.

Gemma effleura la couronne du bout des doigts.

— Je me demande pour qui elle a été faite.

— Une impératrice.

Il se détourna de la tiare chatoyante et baissa les yeux vers elle.

— Portez-la.

Elle arracha son regard à ce bleu de martin-pêcheur hypnotisant.

— Pardon ? Je ne suis pas impératrice.

— Voulez-vous être une impératrice de la scène ? Cela peut se réaliser. Cela, aujourd'hui, ajouta-t-il en englobant les restes de la réception d'un geste circulaire, n'est que le début de ce que je peux faire pour votre carrière.

D'une voix sèche, professionnelle, elle demanda :

— Que proposez-vous ? Soyons clairs l'un avec l'autre, monsieur Thornton.

— Absolument.

Il l'affrontait comme s'ils avaient chacun un groupe d'avocats derrière eux et un contrat sur la table entre eux, avec l'air réjoui de quelqu'un qui allait savourer chaque minute de leur négociation avant qu'ils signent tous les deux. Gemma adopta la même attitude. N'avait-elle pas pressenti que cela allait arriver ? Ce n'était pas simplement pour récupérer le cachet pour sa performance qu'elle s'était attardée. Elle lui avait tendu la main : « Votre proposition, monsieur ? »

— À la minute où je vous ai entendue chanter dans cet opéra vide, quand vous êtes arrivée à San Francisco, j'ai su que cette voix était exceptionnelle. Et en vous regardant subjuguer toute cette assemblée aujourd'hui, j'en ai eu la certitude : vous avez ce qu'il faut pour devenir une diva. Je veux que mon nom soit connu dans cette ville comme celui d'un mécène des arts. Donc, permettez-moi de faire de vous une diva.

Avec une pointe d'irritation, Gemma répliqua malgré elle :

— Parce que vous pensez que je ne peux pas devenir une diva par moi-même ?

— Je pense que vous avez essayé. Et, comme vous l'avez admis vous-même, vous n'avez pas eu de chance. Mais ce n'est pas votre faute, poursuivit-il, devançant ses objections. Pourquoi ne pas me laisser équilibrer les choses ? Avec quelqu'un comme moi pour vous soutenir, aucun opéra n'osera vous renvoyer parce que vous êtes obligée d'annuler votre participation quand une migraine vous frappe. Au lieu de cela, vous recevrez des roses et des excuses dans votre chambre et, dès que vous serez rétablie, votre doublure sera renvoyée de la scène.

À quoi cela ressemblerait-il de répéter un rôle avec un tel filet de sécurité ? De ne plus se sentir tout le temps sur le fil du rasoir, craignant que son corps la trahisse et que, par conséquent, ses employeurs la punissent ?

— Dans huit jours, Caruso et votre nouvelle troupe arriveront à San Francisco et ouvriront la saison avec *Carmen*. Vous pourrez chanter dans les chœurs et, ensuite, partir pour Kansas City ou n'importe quelle destination du programme. En espérant que le directeur remarquera le don que vous avez dans la gorge et décidera de vous promouvoir. Ou bien vous pouvez me laisser vous parrainer, sachant que vous grimperez les échelons bien plus rapidement sous ma protection. Je vous laisse décider. Que voulez-vous ?

Je voulais y arriver seule. Mais où l'avait menée cette indépendance ? À tomber de l'échelle encore et encore, à se voir flouée par des gens à qui elle faisait confiance, et à faire encore partie des chœurs à trente-deux ans, quand des cantatrices dotées de la moitié de sa voix se voyaient offrir de plus grands rôles, des appartements avec terrasse et des coffrets à bijoux débordant de perles. Elles n'avaient peut-être que la moitié de son talent, mais elles connaissaient les règles du jeu bien mieux que la sage Sally Gunderson du Nebraska, qui jamais ne compromettrait sa bonne éducation en se laissant entretenir par un homme.

Eh bien, elle en avait peut-être assez d'être sage. Peut-être, pour une fois, voulait-elle jouer le jeu. Afin de ne plus jamais se retrouver à quatre pattes, brûlant de honte, à rassembler ses sous-vêtements éparpillés sur le tapis d'un couloir.

— J'accepte, monsieur Thornton.

Gemma s'avança d'un pas, noua ses bras autour de son cou, et attira ses lèvres vers les siennes. Elle avait eu envie de l'embrasser dès le *Palace Grill* et se demandait depuis ce soir-là pourquoi il n'avait pas fait la moindre tentative en dépit de son admiration flagrante. Mais maintenant, il la serrait contre lui dans une étreinte d'acier et elle sentit ses pieds quitter le sol.

Une fois que leurs bouches se furent séparées, il déclara :

— Je ne mélange pas les affaires et le plaisir.

Elle sentait ses lèvres tuméfiées.

— Je crois que je le veux, moi, Henry.

— Gemma, dit-il avec tendresse.

Pourtant, il relâcha sa taille.

— N'allez pas penser que vous devez acheter mon parrainage avec autre chose que votre voix. Je suis peut-être un négociateur intransigeant, mais je n'attache pas ce genre de conditions à mes transactions.

Grisée, elle haussa les épaules. Elle venait de se lancer dans le vide et maintenant elle volait au lieu de tomber.

— Vous me voulez. Je vous veux. Vous voulez faire de moi une diva. Je veux en être une. C'est un marché que je suis plus qu'heureuse de conclure.

— Dans ce cas, montrez-vous dure en affaires.

Avec un rire sourd, il pencha la tête et lui picora le cou. Sa main brûlée s'enroula autour de son poignet et il trouva les boutons de nacre de ses gants.

— Que voulez-vous, Gemma ? Mettez-moi sur le gril. Ne soyez pas gentille.

— Je ne vais pas rompre mon contrat avec le Met. Et je garde ma chambre à Taylor Street, payée entièrement à mon nom.

C'était en faisant aveuglément confiance aux hommes et à leurs promesses que les sopranos finissaient dans des salles de concert de troisième zone. Elle garderait quelque chose en réserve, une position de repli que personne ne pourrait lui prendre.

— C'est bien.

Sans cesser de lui picorer le cou, il détacha un bouton de son gant.

— Vous aurez une suite à votre disposition ici même, dans la maison octogonale : des pianos, des robes, des domestiques… Mais une femme devrait toujours avoir un bien personnel, auquel personne ne peut toucher. Que voulez-vous d'autre ?

— Une professeure de chant, la meilleure de San Francisco. Des cours quotidiens. Je ne pourrai pas toujours chanter pour vous et vos amis. J'ai besoin de temps pour pratiquer, pour faire des progrès, seule.

De temps et de liberté, pour arriver à son plus haut niveau, son niveau d'excellence.

— Une professeure de chant, des professeurs de diction, un pianiste tous les jours pour vous faire répéter : marché conclu.

Thornton lui arracha son gant et le fit tomber à terre.

— Quoi d'autre ?

— Un rôle.

Elle prit une profonde inspiration.

— Achetez-moi un rôle pendant que le Met est à San Francisco. J'ai été chassée de la scène par tellement de doublures. Pour une fois, je veux que quelqu'un soit chassé de la scène pour me donner son rôle. Je veux donner la réplique à Caruso pendant qu'il sera à San Francisco.

— Impitoyable. Ça me plaît.

— Moi aussi, je crois.

Elle reprit son souffle, noua ses bras autour de son cou et l'embrassa de nouveau. Serrés l'un contre l'autre, ils oscillèrent, leur baiser gagnant en fougue.

— Je ne vais pas être content de vous voir partir quand la troupe itinérante du Met quittera la ville, lui grogna-t-il à l'oreille. Ce n'est que dans quelques semaines. Êtes-vous sûre de ne pas vouloir rompre votre contrat ?

Elle recula et le regarda droit dans les yeux.

— Vous m'organisez une série de récitals en solo dans les meilleurs théâtres de San Francisco. De la publicité. Des affiches et des panneaux publicitaires. Tout ce qui sera nécessaire pour vendre chacun d'entre eux à guichets fermés. Quand vous m'aurez montré les contrats signés avec les théâtres, et que j'en aurai rencontré personnellement les directeurs pour m'assurer qu'ils comptent vraiment me mettre en avant, je saurai alors que j'ai une bonne raison pour quitter les chœurs du Met et rester ici. Mais je ne romprai pas un contrat sans en avoir d'autres en main.

La lueur dans son regard exprimait une admiration sans bornes.

— Vous êtes une négociatrice intraitable.

— J'ai appris des meilleurs.

— Vous n'avez pas encore demandé de bijoux. Ne voulez-vous pas de diamants ?

— Pour le moment, tout ce que je veux, c'est toute la sécurité possible.

Elle n'était pas assez naïve pour croire que cela durerait toujours. Mais quand on n'avait jamais connu la sécurité du tout, une sécurité temporaire était suffisante. Même si cela ne devait durer que quelques mois, elle la saisirait à pleines mains. Qu'avait-elle à perdre ?

— Je peux vous donner la sécurité.

De ses doigts rugueux, brûlés, il fourrageait dans ses cheveux, retirant une à une ses épingles.

— Et je vais vous donner autre chose. Quand le rideau tombera sur *Carmen* dans huit jours, je vais donner la plus grande soirée que San Francisco ait jamais vue. Un grand bal en comparaison duquel la réception de cet après-midi sera insignifiante. Je vous revêtirai de cette robe de dragon impériale assortie à vos yeux. Je vous coifferai de la couronne du phénix et vous présenterai comme ma Reine de la Nuit. La performance d'aujourd'hui a aiguisé l'appétit du gratin local. D'ici huit jours, quand je vous introduirai, coiffée de ce diadème, ils vous acclameront. Chacun de ces concerts que vous demandez sera vendu à guichets fermés. À l'automne, les foules se déchaîneront pour vous entendre comme elles se déchaînent aujourd'hui pour entendre Caruso.

Et tout le monde dira que vous m'avez acheté ce succès, ne put-elle s'empêcher de penser.

Il était plus difficile qu'elle ne l'avait cru de faire taire cette petite voix intérieure sévère.

— Gemma.

Son pouce suivait la ride qui s'était creusée entre ses sourcils.

— Il n'y a aucune honte pour un artiste à se reposer sur des mécènes. C'est ainsi depuis des siècles. Qui se soucie de savoir aujourd'hui que Michel-Ange avait des mécènes ? Les gens se contentent de s'émerveiller devant l'art. Si vous prouvez que vous méritez d'être au pinacle – et vous le méritez –, personne ne s'interrogera sur la manière dont vous y êtes arrivée.

Elle sentit ses yeux s'embuer. Les images tournoyaient dans sa tête comme dans un kaléidoscope : les rappels, les bis, les roses, son nom sur la loge A… Mais ses larmes n'étaient pas dues seulement aux rêves qu'il évoquait. Elle était tout aussi émue par la conviction qu'elle lisait dans son regard. Pour faire carrière sur scène, il suffisait d'y croire : croire à votre don, croire que votre tour viendrait, que la gloire était à portée de main. Que, jusqu'à ce que cela arrive, chanter suffisait.

Mais à un certain moment, quelqu'un d'autre devait croire en vous. Et qui avait jamais cru en elle ? Personne depuis Nellie. Et Nellie avait décampé sans se soucier d'elle, sans un regard en arrière. Essayer de croire en vous jour après jour, année après année, jusqu'à ce que votre jeunesse se soit évanouie, jusqu'à ce que vous vous retrouviez abattue au point de penser que vous n'étiez qu'une « salope braillarde », cela pouvait épuiser même le cœur le plus solide.

Et voilà que Henry Thornton la prenait pour une future diva. Et qu'il voulait faire d'elle une star.

Elle entrelaça les doigts brûlés aux siens et l'entraîna hors du Salon Chinois.

Beaucoup plus tard, elle le vit traverser le tapis persan de sa chambre à pas feutrés et prendre une boîte en laque, sur le manteau de la cheminée. Elle contenait une pipe à opium en jade, une petite lampe et un pot de porcelaine.

— Me suis-je réveillée dans l'antre du mal ? demanda-t-elle en riant.

Elle regagna le grand lit, et ses cheveux dénoués s'étalèrent en éventail sur les draps. Son corps vibrait comme une harpe parfaitement accordée. Même si les harpes ne l'étaient jamais vraiment. Les harpistes se contentaient de tripoter les cordes de leurs instruments, exaspérant le chef d'orchestre. *Mais cette harpe est accordée à la perfection*, se dit-elle en étirant ses bras langoureusement.

— Vous n'avez pas dormi, chérie. Nous avons été trop occupés.

Il se pencha pour lui mordiller la gorge puis ouvrit la fiole de porcelaine contenant des boules d'opium.

— Avez-vous jamais essayé le bâton des rêves ? J'aime à penser qu'un empereur a fait de grands rêves de conquête céleste à l'aide de celui-ci.

Gemma le regarda et frissonna d'un mélange de plaisir et d'appréhension.

— Je ne pense pas…

— Avec modération, ce n'est pas dangereux.

Il le prépara : le bol à pipe, la lampe à alcool, la boule d'opium.

— Et cela pourrait soulager vos migraines.

Ses préparatifs finis, il inhala lentement la fumée de la pipe, se rallongea sur les draps, attira la jambe de Gemma sur son épaule, la faisant retomber contre les oreillers avec un cri de surprise amusée.

— Essayez, lui dit-il en embrassant l'intérieur de son genou.

À son tour, elle respira l'étrange odeur douceâtre de la fumée d'opium.

— Et rêvez de vos rôles préférés sur toutes les plus grandes scènes du monde.

— La Comtesse de Mozart à l'Opéra de Vienne, dit-elle, sentant le jade frais de la pipe dans sa main. Juliette de Gounod à l'Opéra Garnier, à Paris. Gilda de Verdi, à Covent Garden, à Londres.

— Continuez.

Il l'embrassait toujours.

— Tosca de Puccini à La Fenice, à Venise… Ils l'appellent le phénix, parce qu'il a brûlé plusieurs fois.

Elle pencha la tête et aspira une longue bouffée de la pipe. Son corps était secoué de frissons. La bouche de Thornton entre ses jambes, la fumée dans ses poumons. Comment avait-elle pu hésiter ? C'était un pur délice. Un rêve, un rêve, un rêve délicieux, qui pouvait se prolonger à l'infini.

Chapitre 10

10 avril 1906
Sept jours, quatre heures, six minutes avant le tremblement de terre

C'est le destin, décida Suling. Les dieux approuvaient. Comment expliquer autrement que, après qu'elle avait décidé d'oublier Reggie, Henry Thornton lui ait pour ainsi dire offert une somme d'argent ? Pour le travail qu'elle aimait faire, qu'elle rêvait de faire. Ou bien que Troisième Oncle ait si facilement gobé la fable qu'elle lui avait racontée. Elle avait prétendu avoir passé le plus clair de la journée chez les *Tailleurs Hing Chong*, à travailler à son trousseau de mariage. L'équipement et la lumière y étaient meilleurs, avait-elle expliqué.

Troisième Oncle la remarquait à peine ces jours-ci. À la salle de jeu, tout était mis en œuvre pour satisfaire son envie de jouer et il était rarement chez lui. Depuis que le docteur Ouyang avait fixé la date du mariage, Troisième Oncle vivait sur un grand pied. Tout Chinatown savait qu'Ouyang offrait une énorme somme pour Suling. Aussi, la salle de jeu se montrait généreuse et lui avançait de grosses sommes dont elle lui faisait crédit. Une fois que Ouyang aurait payé, toutefois, Troisième Oncle commencerait à perdre. Il était le seul à ne pas en être conscient.

Elle savait qu'elle pourrait finir à temps la restauration de la robe de dragon bleue. Elle n'aurait pas besoin d'une grande pièce de broderie pour remplacer le côté déchiré. Une fois qu'elle l'aurait posée, elle en broderait les bords de points qui se confondraient avec les originaux. Elle imagina les contours en volutes bleues et argent surmontant les lignes diagonales d'argent, d'or et de bleu. Elle savait exactement quoi faire et en frissonnait d'avance de plaisir.

Deux ans auparavant seulement, elle avait aidé sa mère à coudre une robe de dragon pour Madame Ning, qui aimait proposer de nouveaux fantasmes à ses clients. Il suffisait d'une robe de dragon pour que les hommes s'imaginent qu'ils profitaient des faveurs d'une impératrice consort. Suling et sa mère n'avaient pas brodé la robe entière. Cela aurait pris trop de temps et coûté trop cher. Un simple déguisement n'exigeait pas une rigoureuse authenticité. Ming Lee avait confectionné une robe en lourd brocart rouge cerise, sur laquelle elle avait cousu un panneau brodé au préalable d'oiseaux et de fleurs. Elles avaient toutefois brodé elles-mêmes le motif traditionnel de vagues, de nuages et de montagnes stylisés de l'ourlet. Ming Lee voulait apprendre à sa fille certains points rares. Suling avait accompagné sa mère à la mercerie *Fun Tai*, l'unique boutique qui vendait d'exceptionnels fils d'or et d'argent.

« Nous n'utilisons jamais du vrai fil d'or ou d'argent, lui avait-elle expliqué en montrant le fil métallique. Ils sont trop épais, trop cassants, pour passer à travers un chas d'aiguille. Nous utilisons du fil de soie jaune pâle ou blanc dont nous fixons les fils métalliques au tissu avec des points invisibles. Considère-les comme de minuscules points de bâti qui appliquent le fil d'or ou d'argent sur le tissu. »

De retour chez *Fun Tai* pour acheter du fil pour la robe de dragon, elle bavarda avec la propriétaire, qui supposait qu'elle allait l'utiliser pour sa garde-robe nuptiale. Tout le quartier semblait être au courant de son mariage imminent.

Quand Mme MacNeil vint l'accueillir, à l'entrée des livreurs de l'hôtel particulier de Thornton, elle secoua la tête, surprise, devant sa tenue de garçon de courses.

— Bonté divine ! Jamais je n'aurais deviné que vous étiez une fille. Bien, le maître vous a affecté l'une des plus petites pièces du troisième étage. Suivez-moi.

Suling ne trouva pas la pièce si petite. Et fut soulagée de constater qu'elle était très lumineuse. Deux grandes fenêtres laissaient entrer le soleil à flots. Dans un coin, protégée de la lumière, la robe de dragon attendait, sur un mannequin. Une table de travail et une chaise avaient été installées devant l'une des fenêtres. Mme MacNeil ouvrit une porte dévoilant une salle de bains carrelée et des toilettes.

— Les sanitaires, au cas où vous n'en auriez jamais vu à l'intérieur. Ce n'est pas un traitement de faveur, chaque pièce en est équipée. Et je compte sur vous pour les nettoyer après chaque utilisation.

D'un doigt, elle montra un chariot à thé.

— Voici un pichet d'eau et des biscuits. Et vous pouvez descendre prendre vos repas à la cuisine des domestiques, mais prenez bien garde à n'utiliser que l'escalier de service, jamais l'escalier central.

— Merci, madame MacNeil. J'ai tout ce qu'il me faut.

— Madame MacNeil, madame MacNeil !

Une domestique à la chevelure auburn se ruait dans la pièce, les joues rouges d'excitation, ses boucles indisciplinées s'échappant de son bonnet contrastant avec l'austère robe noire et le tablier blanc amidonné.

— Kathleen, que vous ai-je dit ? Vous ne pouvez courir que dans les quartiers des domestiques. Que se passe-t-il ?

— Je suis désolée, madame MacNeil. Mais une voiture vient d'arriver avec les affaires de Mlle Garland, madame MacNeil. Vous saviez qu'elle allait habiter ici, maintenant ?

— Oui, je le savais, acquiesça la gouvernante. Qui a fait envoyer la voiture, à votre avis ? Qui a fait préparer la suite bleue à la première heure ce matin, à votre avis ? Dites au valet de pied de tout monter au troisième étage.

— Oh, il n'y a pas beaucoup de bagages. Mais il y a une cage avec un oiseau !

Secouant la tête, Mme MacNeil sortit de la pièce en disant :

— Espérons qu'elle ne sera pas aussi désordonnée que l'autre !

Kathleen se précipita sur ses pas et demanda d'une voix pleine d'espoir :

— Qui allez-vous affecter à son service comme femme de chambre ?

Suling ferma la porte. Ainsi, Gemma Garland était la nouvelle maîtresse de Thornton. Elle n'était pas naïve au point de croire qu'une femme pouvait emménager dans une magnifique suite, dans une telle maison, avec un propriétaire comme Thornton, sans être censée partager son lit. Et, si elle ne se trompait pas, Gemma Garland, qui n'était pas si jeune, avait une certaine expérience en la matière.

Elle passa dans sa salle de bains pour se changer. Contente de se débarrasser du gilet étroit, elle enfila sa tenue habituelle. Puis elle examina la chaise rembourrée à côté de la table, qu'elle fit tourner pour en ajuster la hauteur. Elle sortit de son sac les lattes de bois perforées et en fit un cadre carré sur lequel elle fixa la soie bleue à l'aide d'un fil épais passé dans la rangée de trous des quatre côtés. Prenant bien soin d'obtenir la même tension partout, elle se retrouva avec une soie tendue comme la surface d'un tambour.

Elle prit alors une grande feuille de papier pelure dont elle coupa un morceau plus large que la partie endommagée. Puis, enfin, elle s'attaqua à la robe de dragon. Elle plaça le papier fin contre la bordure et traça le motif de l'ourlet avec un fusain épais.

Plusieurs heures s'étaient écoulées quand un rire mélodieux jaillit dans le couloir et lui fit lever les yeux du métier à broder. Elle étira ses bras au-dessus d'elle et secoua la tête d'un côté à l'autre. Elle ne s'était accordé qu'une seule pause, pour boire du thé froid et manger les beignets qu'elle avait apportés. Le soleil avait tourné. Il indiquait que l'après-midi touchait à sa fin et qu'il était temps pour elle de partir. Elle était satisfaite du travail de sa journée. Elle avait reproduit sur le papier et transféré sur le tissu tous les détails du motif compliqué. Puis elle en avait cousu presque tous les contours. Elle ne pouvait pas emporter la robe avec elle mais, ce soir, dans sa chambre, elle travaillerait sur la bande de soie bleue. Et demain, mercredi, elle s'emploierait à une tâche particulièrement délicate : fixer le fil d'argent sur le lourd tissu. C'était ce qui demanderait le plus de temps.

Suling était tellement absorbée par son travail qu'elle ne voyait pas les jours passer. Elle remarquait à peine les interruptions. Elle se levait souvent pour se masser le cou et regarder par la fenêtre, pour reposer ses yeux, et ce n'était qu'à ce moment-là qu'elle voyait qu'il y avait de nouvelles assiettes de nourriture et de fruits frais sur le plateau, que la théière avait été remplie de thé chaud. Quelqu'un prenait la peine de lui apporter de quoi se restaurer, sans la déranger. Elle soupçonnait Petit Fong et Grand Fong, l'un préparant l'assiette dans la cuisine, l'autre la lui apportant sans bruit dans l'atelier.

Une conversation bruyante lui parvenait de la mezzanine. Elle entrebâilla la porte et vit qu'Alice montait l'escalier d'un pas vif, suivie de Mme MacNeil, qui semblait agitée.

— Je sais que M. Thornton est sorti. Je veux juste quelques minutes avec Suling. J'ai d'autres emplettes à faire ensuite, je vous assure que je ne resterai donc pas longtemps.

Avec un large sourire, Suling ouvrit grand le battant, et son amie entra dans la pièce. L'air résigné, comme tant d'autres auparavant qui s'étaient frottés à la détermination d'Alice, Mme MacNeil redescendit.

— Nous sommes samedi. Cela fait quatre jours que vous vous échinez sur ce travail, je crois ? Êtes-vous satisfaite de vos progrès ?

Alice examina le métier à broder qui encadrait la broderie pour la robe de dragon et prit un fruit. Élégante, la conservatrice portait une jupe bleu marine et un corsage blanc, empesé, qui, sans ses minuscules plis sur le buste, aurait été aussi austère qu'une chemise d'homme. Suling rêvait de lui broder des petites fougères vert pâle pour remplacer les habituelles pâquerettes qu'elle affectionnait pour ses corsages.

— Oui. Le temps passe à une allure vertigineuse quand personne ne vient vous déranger. Et je continue à travailler le soir, à la maison.

Elle n'évoqua pas le reste devant Alice. Ce qu'elle ne décrirait pas exactement comme des interruptions mais des distractions. Les bruits, la musique. Les accords et les arpèges qui, quotidiennement, s'échappaient du salon de musique lors des échauffements du pianiste aux cheveux bruns. Puis le chant, quand Gemma s'entraînait, les leçons qui duraient au moins deux heures. Les longues séances musicales étaient suivies d'un flot apparemment continu de couturières et de modistes qui montaient l'escalier, chargées de rouleaux de tissus et de rubans. Le brouhaha de leurs voix et de leurs rires trahissait leur excitation à la perspective de créer toute une garde-robe neuve pour la dernière maîtresse de Henry Thornton. Et le matin, quand Suling arrivait, elle décelait l'indéniable odeur de l'opium. Douceâtre, écœurante, elle persistait. L'opium, le mal qui, d'après les politiciens et la presse, rongeait la réputation de San Francisco. Sauf, manifestement, s'il était consommé par les riches hommes blancs et leurs maîtresses.

— M. Thornton honore son contrat ? demanda Alice. Vous êtes bien payée chaque jour ?

— Oui, tous les matins, je trouve l'argent sur la table de travail. Vous pouvez être tranquille, mademoiselle Eastwood. Je vous suis si reconnaissante de votre intervention et d'avoir négocié ce salaire pour moi. Je n'arrive toujours pas à croire que quelqu'un puisse payer autant.

— Nous l'avons toutes les deux entendu à la réception, ma chère. Si vous n'aviez pas été là, il aurait envoyé la robe à Hong-Kong. Ce qui aurait coûté bien plus cher et aurait pris bien plus de temps. Les hommes comme M. Thornton aiment que tout se fasse en un tournemain.

Suling fouilla dans son sac et en tira le catalogue Callot Sœurs prêté par Alice.

— Ah oui. Nous parlions de vous trouver du travail dans une maison de couture, déclara cette dernière. J'y ai beaucoup réfléchi. Je suis ravie de voir que vous êtes prête à prendre votre envol. Il vous faut absolument un employeur qui apprécie vos compétences à leur juste valeur.

Suling sentit qu'il allait y avoir un « mais ». Il y avait toujours un « mais », un « toutefois », un « malheureusement ».

— Comme vous le savez, poursuivit la botaniste, je ne m'intéresse pas à la mode. Mais j'ai une amie d'une grande élégance à New York, qui siège au conseil d'administration du *garden club*. C'est un groupe de telles expertes que chacune de ces dames ferait une merveilleuse botaniste. Mais je dévie du sujet.

Lors d'un voyage en Californie, Mme Julian Vanderhaeghe de New York avait rendu visite à Alice. Au cours du déjeuner, cette dernière lui avait parlé de Suling et de son souhait de travailler pour une maison de couture, éveillant l'intérêt de sa visiteuse.

— Elle est rentrée à New York. Toutefois, elle a proposé de vous présenter autour d'elle si elle est suffisamment impressionnée par vos travaux de broderie. Avez-vous des échantillons que vous pourriez lui envoyer, Suling ? Vous n'avez pas besoin d'aller la voir en personne pour lui montrer votre travail.

— Oh si ! Une fois la robe de dragon terminée, je pourrais emporter des échantillons à New York pour les lui montrer moi-même, répondit Suling, grisée à cette pensée. Oh, mademoiselle Eastwood. Merci !

— Mais ma chère, rien n'est conclu. Il s'agit juste d'une possibilité.

Fronçant les sourcils, Alice reprit, perplexe :

— Et votre famille ? Approuve-t-elle votre projet de quitter la maison ?

Suling hocha la tête. Elle n'allait pas lui raconter qu'elle devait être mariée de force dans cinq jours.

— Je peux quitter San Francisco quand je veux. Ma seule famille est mon oncle. Et tout ce qu'il demande, c'est de se débarrasser de moi.

Ce qui, au moins, était la vérité.

— Mais je n'aime pas l'idée de vous savoir voyageant seule, Suling. Pourquoi n'attendriez-vous pas un mois ? Je dois donner une conférence à New York. Nous pourrions y aller ensemble et je vous présenterais moi-même à Mme Vanderhaeghe.

Avec un sourire, Suling approuva :

— Oui, bien sûr, je peux attendre un mois.

Mais il était tout aussi sûr qu'elle ne le pouvait pas. Et qu'elle n'en ferait rien. Il y avait des annuaires, à New York. Elle pourrait y trouver l'adresse des Vanderhaeghe, et la carte de visite d'Alice lui ouvrirait sûrement la porte. Le simple fait de connaître le nom de Mme Vanderhaeghe rendait ses projets plus concrets. Elle pouvait passer à l'étape suivante et acheter un billet de train.

Le lundi matin, Suling se rendit enfin à la gare pour acheter un billet pour le 18 avril, dans le premier train du matin à destination de New York. Serrant le morceau de carton dans sa main, elle ferma les yeux un instant, puis le mit dans sa poche. Elle se mit alors en route en direction de la maison octogonale. Elle touchait presque au but, au point qu'elle aurait sans doute fini la restauration avec un jour d'avance. Pour sortir de la gare, elle dut se frayer un passage dans la foule et faillit tomber, bousculée par deux hommes qui se précipitaient vers un train qui venait d'entrer en gare, la locomotive crachotant encore des petits nuages de vapeur. La foule s'était agglutinée sur le même quai.

— C'est son train ? demanda une voix de femme pressante, essoufflée. J'espère que nous ne l'avons pas manqué !

Un groupe de femmes la dépassa à la hâte, courant presque, leurs sacs serrés contre leurs poitrines. Elles contournèrent un Chinois en tunique et pantalon bleu foncé. Un domestique. Il observait Suling d'un air déconcerté. Elle baissa la tête et tourna les talons en direction des marches qui menaient à la sortie de la gare. Un tonnerre d'applaudissements qui s'élevait de la foule l'arrêta dans son élan. Elle se détourna pour regarder.

— Monsieur Caruso ! Monsieur Caruso !

— Bienvenue à San Francisco, monsieur Caruso !

Un homme brun, le visage orné d'une moustache, descendait d'un wagon. Il salua les badauds d'une main et s'inclina. Ainsi, c'était là l'illustre ténor, celui qui allait chanter au Grand Opera dans deux jours. Eh bien elle, dans deux jours, serait en route pour New York.

Chapitre 11

16 avril 1906
Un jour, dix-neuf heures, treize minutes
avant le tremblement de terre

Gemma ne voulait pas devenir bêtement sentimentale avec les oiseaux en cage mais, chaque matin, quand elle descendait libérer Toscanini dans la jungle au parfum de verdure qu'était la serre à panneaux de verre de la maison octogonale, des larmes embuaient ses yeux. Tous les jours, folle de joie, sa perruche voletait autour des vitres, testant les limites de son nouveau monde, envahi de fleurs, qu'elle trouvait bien plus grand que celui auquel elle était habituée. Elle se perchait sur la plus haute branche de l'oranger en pot et chantait à tue-tête.

— Je sais exactement ce que tu ressens, lui dit Gemma.

Depuis son arrivée à la maison octogonale, elle aussi était folle de joie et chantait à tue-tête. Libre comme un oiseau.

— M. Serrano est arrivé, mademoiselle Garland, lui annonça la gouvernante sur le seuil de la serre. Mais, cet oiseau… a-t-il l'autorisation d'être ici ?

— Il est bien trop petit pour salir. Et je le ramène chaque soir dans sa cage, dans la chambre.

Toscanini était l'une des rares possessions qu'elle avait apportées de sa chambre de Taylor Street. À l'origine, sans doute, elle avait pensé rentrer dormir à la pension de famille, le soir. Mais… Elle sourit. En fin de compte, elle avait élu domicile à la maison octogonale.

— M. Serrano, avez-vous dit ?

— Il vous attend au salon de musique. Quant au reste de la journée, poursuivit la gouvernante, vous avez un dernier essayage avec la couturière à 16 heures et vous dînez avec M. Thornton à 20 heures.

— Parfait.

Elle se mit sur la pointe des pieds pour gratter doucement le ventre duveteux de Toscanini, puis sortit de la serre d'un pas guilleret.

— Pourriez-vous, s'il vous plaît, faire porter de l'eau glacée et du thé chaud au salon de musique, madame MacNeil ? Si cela ne vous dérange pas trop.

Comme une énorme machine bien huilée, toute la maison vibrait d'une activité intense en prévision du bal du lendemain : des chariots de livraison entraient et sortaient par la porte de service, d'énormes vases de fleurs étaient transportés à l'étage, des ouvriers se présentaient pour cirer le plancher de la salle de bal.

Elle se dirigea vers le grand escalier et tourna la tête pour lancer :

— Oh, et j'attends un autre paquet de mes effets en provenance de Taylor Street. Pourrez-vous le faire porter dans ma chambre ?

— Bien sûr, mademoiselle Garland.

Le visage de la gouvernante ne trahissait aucune répugnance à devoir obéir aux ordres de Gemma. Bien entendu, Henry considérait tout cela comme allant de soi. Il avait l'habitude qu'on lui obéisse. Pour Gemma, après seulement huit jours, c'était encore une nouveauté. Elle avait pourtant l'impression qu'elle s'y habituait très vite.

Elle avait beau aimer *la vie de bohème**, et l'avoir même vécue – dans une mansarde de location bondée de tous ses amis artistes, jeunes et extravagants –, il n'était pas possible de vivre uniquement de son art. On ne pouvait pas vivre pour l'art quand on était miné par les difficultés de la vie quotidienne. Qu'importait le nombre de poètes qui affirmaient le contraire, en habitant sous les toits et en subsistant grâce aux cigarettes et à la philosophie, comme le Rodolphe de *La Bohème*. Comment pouvait-on pratiquer le chant deux heures par jour quand on devait en passer dix à travailler pour payer ses factures ? Comment pouvait-on se concentrer sur la pureté de sa diction allemande ou la clarté de ses vocalises, quand on se demandait désespérément si l'on trouverait de quoi dîner ?

Ici, tous ses soucis avaient disparu d'un coup. Si sa plus belle robe était déchirée, elle pouvait la faire raccommoder ou remplacer. Si elle avait faim au beau milieu d'une séance de travail, elle pouvait sonner pour se faire apporter un repas, puis reprendre son chant. Si elle se réveillait au milieu de la nuit, ce n'était pas par inquiétude de ne jamais sortir des chœurs de l'opéra, mais parce que Henry avait décidé de la réveiller en couvrant ses seins de baisers sous les draps de lin blanc empesés.

— Bonjour, George, salua-t-elle avec un sourire radieux en entrant dans le salon de musique, qui avait été entièrement rénové pour elle.

Des murs d'un jaune crème pâle, des étagères couvertes de livrets d'opéra, un immense piano à queue, avec son couvercle levé comme une voile de bateau et son accompagnateur qui jouait déjà. En arrivant à leur répétition, elle devinait toujours son humeur à ce qu'il jouait. Ce jour-là, c'était un

* Les mots suivis d'un astérisque sont en français dans le texte original.

morceau poignant de Chopin, ce qui signifiait qu'il se sentait mélancolique. Mais il leva la tête et, souriant, entonna un air de music-hall endiablé.

— Paresseuse, la rabroua-t-il en l'examinant. Vous tombez du lit ?

Elle ne s'était pas habillée pour la journée, ses cheveux cascadaient encore dans son dos et elle portait une simple robe d'intérieur en dentelle ivoire ornée de galons vert amande.

— Chaque fois que vous voyez une soprano réveillée avant l'heure du thé, vous devez la soupçonner d'être possédée par le démon, plaisanta-t-elle.

Souriante, elle prit le plateau des mains de la femme de chambre, sur le seuil de la porte. Depuis qu'elle avait plus ou moins emménagé dans la maison octogonale, une semaine auparavant, George avait été engagé pour la faire répéter tous les jours. Comme il ne pouvait pas se faire d'illusions sur sa position chez Thornton, elle avait craint que ce soit embarrassant. Mais il n'en avait soufflé mot.

— Je croyais que vous répétiez avec ce quatuor à cordes ce matin, reprit-elle.

— Non, c'est ce soir. Ça n'avance pas. Bon sang ! Ce violoncelliste est une tête de mule...

— Insiste-t-il toujours pour interpréter du Telemann ? Je sais que vous détestez Telemann.

— J'essaie de les convaincre de jouer du Granados. Mais on dirait que je leur demande d'avaler un essaim d'abeilles. Essayez de faire jouer quoi que ce soit qui provienne du sud de l'équateur à des musiciens américains...

Ses mains se lancèrent dans un tango argentin.

— Comment vont les migraines ?

— M. Thornton veut m'emmener chez un médecin de Chinatown. Il dit qu'ils ont une méthode à base d'aiguilles qui pourrait m'aider. Je n'aime pas les aiguilles, mais je suis prête à tout essayer.

Elle se versa un verre d'eau glacée et servit à George une tasse de thé avec trois sucres, comme il l'aimait.

— Vous avez eu des nouvelles de votre mère après son anniversaire ? Elle a toujours le projet de vous faire rentrer à Buenos Aires ?

— Toujours. Un jour, je me déciderai.

— Surtout pas avant ma série de concerts, supplia-t-elle.

Elle prit une boîte à cigarettes en émail, sur l'appui de la fenêtre, et la posa à la portée du pianiste.

— Tenez, j'ai réussi à dénicher ces cigarillos que vous aimez. Même s'ils sentent aussi mauvais qu'un cadavre de matador.

— *Gracias, princesa.*

Il releva ses manches et ils commencèrent l'échauffement de la voix. Puis ils se lancèrent dans le programme du bal de minuit.

« Le bal de minuit ». C'était le nom qu'avait donné Henry à sa réception. Des milliers de personnes afflueraient au Grand Opera House pour entendre Caruso dans *Carmen*. Mais, le rideau tombé, trois cents invités seulement, triés sur le volet, se présenteraient à la maison octogonale pour le bal, à minuit, dans le bruissement des robes de soie et l'éclat des diamants. Le bal où Gemma interpréterait la Reine de la Nuit de *La Flûte enchantée* de Mozart et serait officiellement lancée comme le nouveau rossignol de San Francisco. Cela n'aurait pas dû être possible en l'espace d'une semaine. Mais avec de l'argent et de la volonté, tout devenait possible, avait affirmé Henry. « Laissez-moi m'occuper du bal, avait-il déclaré en rédigeant, presque désinvolte, une liste pour la gouvernante – quatre cents bouteilles de champagne, un orchestre complet, des brassées de camélias et de lys pour

décorer la salle de bal, trois cents invitations gravées envoyées le même jour –, et concentrez-vous sur votre voix. »

Elle avait obéi. En dépit de l'opulence de la semaine écoulée, elle pouvait dire en toute honnêteté qu'elle n'avait jamais autant travaillé sa musique pour préparer un récital. Cette fois, elle n'avait pas choisi un programme facile de vieux airs classiques. Elle avait donné le meilleur d'elle-même.

Demain soir.

— Nerveuse ?

George avait perçu le frisson qui traversait sa voix sur les dernières notes suraiguës de la Reine de la Nuit.

— Non. Oui ?

Elle soupira. La troupe du Metropolitan Opera était arrivée le matin même. D'après les potins des domestiques, deux longs trains étaient entrés en gare de San Francisco. Neuf wagons de bagages de dix-huit mètres chacun, suivis de wagons-lits, de voitures privées : tout le nécessaire pour transporter le grand Caruso, un chœur entier, l'orchestre et ses instruments, la scénographie, les décors et les costumes requis pour la production d'une dizaine d'opéras en tournée. Une ville itinérante qui pouvait produire n'importe quel opéra, après une seule journée de répétition pour s'adapter à l'espace de la nouvelle scène. Ce soir, les chanteurs se reposeraient de leur voyage au *Palace Hotel.* Mais demain matin…

— Je regrette d'être obligée de consacrer ma journée de demain aux répétitions de *Carmen*.

En temps normal, elle s'en serait réjouie d'avance. Mais maintenant, ses débuts au sein du Metropolitan lui donnaient l'impression d'une distraction inutile.

— C'est la vie réelle qui fait intrusion dans votre rêve, fit remarquer George en faisant courir quelques notes espiègles sur le clavier. Elle n'a d'égards pour personne.

Elle esquissa une grimace. Il avait raison.

— Je ne veux pas paraître ingrate. Tout le monde rêve de partager la scène avec Caruso, avec ou sans chœurs. Mais avec le bal à la suite, je l'oublierais presque.

— La troupe du Metropolitan va donner douze représentations en soirée, à San Francisco.

George attaqua un air mélancolique. Elle pensa reconnaître Debussy. Il gardait les yeux baissés sur les touches du piano, mais elle savait qu'il n'avait pas besoin de regarder ses mains pour jouer.

— Puis elle partira pour… quelque part. Une nouvelle ville. Partirez-vous avec elle ?

Gemma triturait le galon vert amande de sa manche. Ainsi qu'elle le lui avait demandé, Henry était en train d'organiser la série de ses concerts. Elle avait vu les contrats.

— Nous verrons ce qui va se passer après le bal.

George but une gorgée de thé sucré et se remit à jouer, de doux arpèges naissant sous ses doigts. C'était bien Debussy.

— M. Thornton ne vient jamais vous écouter répéter, fit-il alors remarquer.

— Il ne veut pas me distraire. Il sait que je travaille dur à cette heure de la journée.

Et, franchement, elle préférait cela. Nombreux étaient ceux qui partaient du principe que, pour un chanteur, répéter était une distraction plutôt qu'une activité essentielle. Mais, pour Henry, il allait de soi que, tout comme lui, Gemma avait ses heures de travail. Il aurait été agacé de la voir débouler dans son bureau au beau milieu de la journée, s'attendant à ce qu'il lui prête attention alors qu'il était plongé dans des rapports fonciers ou des chiffres d'actionnaires. De même, jamais il n'aurait envisagé d'interrompre ses répétitions quotidiennes. Leurs moments partagés étaient réservés aux fins de journée, une fois le travail de chacun achevé.

— En outre, ajouta-t-elle, il dit que ma voix se propage dans toute la maison, jusqu'aux deux étages supérieurs. Il aime passer des coups de téléphone professionnels au son de Delibes.

Les grandes mains de George s'immobilisèrent sur le clavier.

— Gemma… Mon intention n'est pas de me mêler de vos affaires privées…

Essayant de plaisanter, elle rétorqua :

— Pourtant, quelque part, c'est exactement ce que vous faites.

Il ne sourit pas à sa boutade. Mais, d'un geste, engloba la salle de répétition, le piano, la suite mise à sa disposition.

— Tout cela, c'est éblouissant. Généreux. Mais j'espère ne pas vous voir…

Elle haussa les sourcils d'un air interrogateur.

— Souffrir, acheva-t-il.

Un instant, elle hésita : devait-elle se sentir indignée ou touchée ? George Serrano, qui la connaissait depuis deux semaines à peine, se sentait autorisé à faire des remarques sur sa vie privée ? En un sens, il l'était : faire de la musique ensemble créait une intimité rare. Et depuis son arrivée à San Francisco, presque deux semaines auparavant, ils avaient consacré des heures, chaque jour, à travailler en étroite collaboration. Elle savait que la mère du pianiste venait du Guatemala et son père d'Argentine ; qu'il fredonnait sous cape en jouant, qu'il connaissait tous les concertos de Beethoven sur le bout des doigts mais qu'il préférait jouer de la musique de chambre. De son côté, Georges la connaissait : il savait à quel point elle s'était battue pour assister à ses premières leçons de chant à Red Hook ; il connaissait l'existence de Toscanini et de Nellie ; il était au courant de ses migraines et de ce qui était susceptible de les déclencher. Répéter sans relâche était la façon la plus rapide au monde de se faire des amis. Et quand vous vous faisiez des amis, ils se sentaient autorisés à commenter votre vie privée, même si cela vous agaçait.

Elle vint donc s'asseoir sur la banquette du piano, à côté de lui.

— Craignez-vous que je sois dépassée par la situation ?

Elle commença à jouer le thème de la mort de *Carmen*, délibérément gothique. Ses accords étaient bien plus serrés que ceux de George.

— Ne vous inquiétez pas, mon cher ami. Je suis une réaliste. Je sais à quoi m'attendre.

— Mais encore ? L'annulaire une note plus bas, ajouta-t-il en grimaçant à un mauvais accord.

Elle réarrangea ses doigts.

— Les hommes, d'après mon expérience, n'épousent jamais la cantatrice. Ils en profitent. Et tant que j'en profite aussi, sans la moindre illusion, où est le mal ?

Gemma savait qu'elle n'était pas la première femme somptueusement installée dans la suite de la maison octogonale. Elle avait surpris les remarques de deux domestiques en train de faire sa chambre : « Au moins, celle là ne se couche pas à des heures indues, comme la précédente ! » Et elle se doutait bien qu'elle ne serait pas non plus la dernière. Sans oublier qu'à un certain moment, un constructeur d'empire comme Thornton déciderait qu'il était temps de fonder une dynastie, trouverait une gentille épouse de dix-neuf ans, de bonne famille, qui lui donnerait une ribambelle d'héritiers.

Ce moment venu, avec un peu de chance, elle serait déjà partie en tournée dans les grands opéras d'Europe.

Ou peut-être leur histoire ne serait-elle pas finie et elle y mettrait un terme avec élégance (avant de partir en tournée dans les grands opéras d'Europe). Henry lui dirait sans doute adieu d'un baisemain. Puis, chaque fois qu'il assisterait à l'une de ses représentations, il lui ferait envoyer des roses dans sa loge, l'inviterait à dîner en tête à tête et prendrait un air contrit devant son refus (par égard pour l'épouse de dix-neuf ans qui l'attendrait chez lui).

C'était probablement ainsi que cela se déroulerait et cela lui était complètement égal.

— Si l'on ne commet pas la bêtise de tomber amoureux, personne ne souffre.

George se mit à ajouter quelques trémolos aux accords de Gemma, pour embellir le thème de la mort.

— Vous pensez vraiment qu'un homme n'épouse jamais la cantatrice ?

— J'en suis sûre, mon chou. Et vraiment, cela ne me fait rien. Parce que aucun homme n'aime partager sa femme, et celui qui m'épouserait devrait me partager avec ça.

Elle se tapota la gorge.

— Sans oublier que je ne sais pas cuisiner.

Il sourit.

— Pas du tout ?

— Pas du tout. Je vis de thé au miel et d'huîtres.

— Je vis de bières vapeur et de *choripán*.

— Qu'est-ce donc que du *choripán* ?

— Du chorizo – c'est de la saucisse sèche, la meilleure au monde – ouvert en deux et servi avec de la sauce chimichurri sur du pain frit. *Casi tan delicioso como tu boca.*

— Qu'est-ce que vous avez dit ?

George reprit possession du clavier et, d'un coup de sa large épaule, la poussa de la banquette.

— J'ai dit : « Remettons-nous au travail. »

— Ce n'est pas ce que vous avez dit, l'accusa Gemma.

Mais elle se leva en riant.

— D'accord, reprenons *Der Holle Rache*.

— La longue suite de triolets pourrait être plus limpide. Vous avez le souffle nécessaire, je le sais. Mais, pour une raison quelconque, vous semblez perdre haleine.

— Peut-être avec un meilleur départ sur le *mi*.

Une heure plus tard, Gemma salua George d'un baiser sur la joue, lui promettant de le retrouver le lendemain matin au Grand Opera House. (Il aurait repris son rôle habituel : faire répéter les chœurs de l'opéra invité). Puis elle gagna son salon d'essayage octogonal rose, où la meilleure couturière de San Francisco l'attendait pour discuter de la nouvelle collection de robes Worth importées, qui avaient été reprises et mises à sa taille pour qu'elle puisse les porter immédiatement.

— Six robes du soir, six robes de dîner, si robes de promenade, six toilettes de voyage, six robes d'intérieur pour commencer, mademoiselle Garland. Nous passerons ensuite à la vraie garde-robe. Que diriez-vous d'une robe empire de soie liberty vert amande, brodée d'argent, avec des bouffettes de tulle blanc ?

— Cela me paraît divin.

Gemma ne pensait pas être un jour l'une de ces femmes du monde qui changeaient de tenue six fois par jour, qui n'imaginaient pas être vues portant la même robe plus d'une fois. Mais elle était aux anges de ne plus voir les ourlets effilochés de sa vieille robe de faille crème en se demandant si elle résisterait à une nouvelle séance de repassage.

Quand la couturière se retira enfin, avec sa multitude d'assistantes, ses rubans et ses pelotes à épingles, Gemma regagna sa chambre aux murs bleu glacé. Le haut plafond était décoré d'une couronne de feuilles d'acanthe blanc et or. La spacieuse salle de bains attenante, vert pâle comme la grotte d'une sirène, était équipée d'une immense baignoire en marbre de Carrare blanc. Une robe de dîner en velours gris, bordée de chinchilla, avait été préparée. Henry l'emmenait de nouveau dîner au *Palace Grill*. Il lui avait juré que, là, ils tomberaient sur Caruso. « J'ai une petite surprise pour vous et le maestro, concernant *Carmen*. » Il y aurait du champagne, du foie gras, et elle s'en réjouissait d'avance. Mais, l'espace d'un instant, elle regretta de ne pas pouvoir commander du chorizo nappé de sauce chimichurri sur du pain frit et le manger en robe de chambre, arrosé d'une pinte de bière vapeur.

— Mademoiselle Garland ?

Sur le seuil, une femme de chambre faisait une révérence.

— Cette jeune Chinoise a apporté la robe pour le bal de demain. Elle dit qu'elle a terminé la restauration des broderies.

— Faites-la entrer. J'ai hâte de la voir.

Elle aperçut alors le paquet sur un guéridon octogonal. C'étaient les effets qu'elle avait fait venir de sa chambre de Taylor Street. Fouillant dans le tas de vêtements et de babioles, elle sortit le paquet carré emballé qui contenait le dernier croquis de Nellie. Elle se rembrunit. Étant donné le mot désinvolte, cruel, qui l'avait accompagné, elle était tentée de le jeter à la poubelle. Mais il était vraiment joli, avec son duo de jeunes Chinois sur un arrière-plan de symboles et de formes. Elle le posa sur sa coiffeuse, devant le miroir à trois faces.

— Votre robe, madame.

La jeune Chinoise du nom de Susie se glissa dans la chambre, portant presque respectueusement la soie brodée sur ses bras. C'était la jeune fille qui avait laissé tomber sa bague après la réception de l'après-midi. Sans poudre de riz ni fard, elle était métamorphosée. Au cours de la semaine qui venait de s'écouler, Gemma s'était habituée à sa présence dans la maison octogonale. Elle la voyait généralement disparaître à un détour de l'escalier de service ou entrer discrètement dans la chambre d'amis dans laquelle elle était installée avec ses aiguilles à broder et ses bobines de fil de soie, pour travailler sur la robe de dragon bleue. Elle était maintenant en train de l'étaler soigneusement sur le lit. Puis, les yeux baissés, elle recula.

— Je n'arrive même pas à voir où vous l'avez raccommodée, s'exclama Gemma.

Elle osait à peine effleurer de ses doigts les bandes d'or en relief et les broderies d'argent, les vagues en volutes, les montagnes, les nuages. Elle ne savait pas encore vraiment comment elle allait pouvoir chanter dans un costume si lourd, si majestueux, mais Henry avait insisté.

— Vous avez des doigts de fée.

— Merci, madame.

Impassible, la jeune femme leva les yeux.

— Je viens de finir l'essayage d'une dizaine de robes à la dernière mode de Paris, et pas une n'a de broderies d'une telle qualité. Vous pourriez travailler à Paris. Susie ?

Le visage de la jeune fille s'était vidé de toute couleur, ce qui lui donnait l'apparence d'un masque de cire. Elle ne regardait plus ni Gemma ni la robe, mais avait les yeux rivés sur la coiffeuse.

— Le dessin ? s'étonna Gemma en se tournant vers le croquis de Nellie. Pourquoi…

En le voyant, elle s'interrompit. Les deux jeunes Chinois se tenaient dos à dos, le visage tourné vers l'observateur. Contrairement à ce qu'elle avait pensé, ils n'étaient pas frère et sœur. Mais identiques. Le même visage, ovale, aux sourcils arqués, au menton déterminé, au regard profond, à la bouche grave. Ombré à gauche d'un feutre, encadré à droite de cheveux qui ondulaient vaporeusement, le même cou recouvert, à gauche, du col boutonné haut d'une tunique masculine, à droite, d'un col brodé. Le *même* visage.

C'était le visage de Susie. Gemma ne l'aurait sans doute pas remarqué si la jeune fille n'avait pas été ici même, à se regarder, fascinée, fronçant ses sourcils joliment arqués, sa bouche grave formant une ligne mince.

— C'est vous, s'entendit-elle dire, bêtement.

Susie, la couturière, mais aussi Susie coiffée d'un feutre, dans des vêtements de garçon. Elle se rappelait le feutre.

— Vous… Vous m'avez aidée à porter ma malle en haut de Taylor Street le jour de mon arrivée à San Francisco, bégaya-t-elle. C'était vous aussi.

Elle avait répondu à ses questions pressantes sur la ville, avait accepté son pourboire en souriant.

La jeune Chinoise lui adressa un bref signe de tête. Elle semblait incapable d'arracher son regard du croquis. Gemma remarqua le cordon de soie rouge à son cou. Identique à celui des deux personnages du dessin.

— Pardonnez-moi, madame. Vous serait-il possible de me dire d'où vient ce tableau ?

— De mon amie Nellie. Elle l'a peint. Vous a-t-elle engagée comme modèle quand elle était à San Francisco, ou bien…

Susie tourna la tête vers elle en un mouvement si brusque que Gemma recula d'un pas. Évanouie, la poupée à tête d'ivoire, disparue, la couturière impassible. Son regard lançait des éclairs.

— Qu'est-ce que vous racontez, mademoiselle Garland ? C'est Reggie qui a peint ce tableau.

Chapitre 12

— Reggie ? Qui est Reggie ? s'étonna Gemma.

Suling montra l'aquarelle du doigt.

— Regina Reynolds. Reggie. Mon… amie.

Gemma regarda de nouveau le tableau, puis se tourna vers Suling.

— L'artiste, dit-elle sans la nommer, à quoi ressemble-t-elle ?

Des boucles ébouriffées, sombres, coupées juste sous les oreilles. Des lèvres pulpeuses, la supérieure un peu plus large que l'inférieure, de sorte que sa bouche se courbait délicieusement quand elle souriait, un sourire qui vous transportait d'un sentiment de joie débordante ou de tendre complicité. Une légère ride entre les sourcils qui se creusait quand elle se concentrait sur la toile devant elle ou qu'elle se penchait pour vous embrasser. Une peau claire, sensible aux coups de soleil, car elle ne se souciait guère de porter un chapeau. Et des yeux d'un vert pâle qui pouvaient se transformer en deux profondes et fascinantes émeraudes.

— Elle doit mesurer une quinzaine de centimètres de plus que moi, déclara Suling, les yeux toujours fixés sur la peinture. Des cheveux bruns, bouclés. Un accent bizarre, du Bronx, disait-elle.

Sa description était fade, ses mots plats n'exprimaient rien de la vivacité de Reggie, de son ardeur, de son âme farouche et passionnée.

— Ça ressemble à Nellie. Reggie.

Gemma la dévisageait avec une expression très étrange, un mélange de perplexité et de détresse.

— Savez-vous quand elle doit revenir à San Francisco ? reprit-elle.

Suling leva les yeux vers elle.

— Je ne sais pas. Elle est partie sans me le dire.

Malgré elle, sa voix trahissait sa tristesse. La femme blonde l'observa plus attentivement. Avant de déclarer :

— Eh bien, je suis sûre qu'elle reprendra contact avec vous quand elle reviendra du Colorado.

— Que fait-elle dans le Colorado ? demanda Suling, stupéfaite.

— Elle peint des paysages de montagne, apparemment.

Suling perçut une pointe d'amertume dans la réponse de la cantatrice.

— Pourquoi peint-elle des paysages de montagne dans le Colorado ? C'était sur ce sujet-là qu'elle travaillait, une série sur San Francisco, ajouta la jeune Chinoise en effleurant un coin de l'aquarelle. C'est l'une de ses scènes de Chinatown. Elle préparait une exposition en solo.

D'où l'inquiétude qui taraudait Suling. Reggie l'aurait peut-être abandonnée, elle, mais elle n'aurait pas quitté la ville en laissant passer la plus grande chance de sa vie. À moins que Thornton ait décidé de ne plus la soutenir. Pourtant, d'après ce qu'elle avait compris, il n'avait jamais laissé entendre qu'il avait changé d'avis.

— Puis M. Thornton a annulé l'exposition. Pas d'artiste, pas de vernissage.

— Quel est le rapport entre Henry et Nellie… Reggie ?

C'était au tour de Gemma d'avoir l'air ébahie.

— M. Thornton avait loué une galerie pour son exposition. Il allait éblouir le gratin de San Francisco avec Regina

Reynolds, un tout nouveau talent de la peinture américaine. Son lancement devait être l'événement culturel de l'année.

— Il était sur le point de la lancer ?

Gemma s'assit sur le lit et survola la pièce des yeux.

— Elle… elle habitait ici ?

Incapable de contenir son mépris, Suling lâcha :

— Vous croyez être la première à occuper cette suite ? Vous n'êtes pas la première de ses découvertes artistiques et elle ne l'était pas non plus. La différence, c'est qu'elle le savait.

Elle était partagée entre son envie de rire et sa pitié pour la cantatrice.

— Bien sûr que je sais qu'il y en a eu d'autres. Je ne suis pas idiote ! riposta Gemma, sur la défensive. Mais Henry n'a jamais fait la moindre allusion à Nellie. Ce premier soir, quand nous avons dîné ensemble, je lui ai raconté que je recherchais une amie. J'ai dit que c'était une artiste, une peintre, je lui ai fait la liste de tous ses pseudonymes. Je ne connaissais pas « Regina Reynolds » mais je l'ai décrite. *Je la lui ai décrite !*

— Si vous ne me croyez pas, montez au dernier étage, suggéra Suling. Vous trouverez une pièce éclairée d'une verrière. C'était son atelier. Comment pourrais-je en connaître l'existence si elle ne me l'avait pas dit ? Si elle n'avait pas été ici ?

Un long silence s'installa. Puis Gemma se redressa et finit par concéder :

— Je vous crois. Comment avez-vous rencontré Nellie ?

— Ici. À l'une de ces réceptions. L'automne dernier. En septembre.

Suling marqua une pause.

— Elle ne vous a jamais évoquée sous le nom de Gemma Garland. Elle ne parlait que de Sally qui, un jour, serait une célèbre cantatrice.

Gemma était de plus en plus perplexe. Reggie avait donc confié à Suling qu'elle s'appelait en réalité Sally.

— Si vous étiez… amies, reprit Gemma, ne vous a-t-elle pas dit que son vrai nom était Nellie Doyle ?

Suling secoua la tête.

— Je lui ai demandé quel était son vrai nom. Elle a fait une grimace et m'a répondu qu'elle l'avait laissé derrière elle, avec son ancienne vie. « J'étais Reggie quand je t'ai rencontrée. Donc je serai toujours Reggie. Qu'importe qui j'étais avant, c'est le passé. » Voilà les mots qu'elle m'a dits.

Incapable de la regarder dans les yeux, Gemma demanda :

— Savez-vous comment elle a rencontré Henry Thornton ?

— À une exposition. Reggie n'avait réussi à faire accepter qu'une seule de ses œuvres. Après l'avoir achetée, M. Thornton lui a affirmé n'avoir jamais vu meilleure peinture de San Francisco. Selon lui, la toile en question racontait une bonne dizaine d'histoires. Ensuite, il l'a invitée à déjeuner et lui a proposé de la rendre célèbre.

— Elle ne m'a jamais dit qu'elle avait un mécène. Je ne comprends pas. Pourquoi ne m'a-t-elle pas écrit pour me le raconter ?

Désemparée, elle promena son regard sur la chambre, ses tons bleu pastel apaisants, son mobilier opulent, la porte qui donnait sur la vaste salle de bains.

— Reggie comptait attendre d'avoir vendu quelques tableaux et de pouvoir déclarer que l'exposition avait été une réussite. Elle disait que vous n'approuviez pas certaines… conditions que posaient les mécènes.

Suling lança un regard éloquent à Gemma, qui s'empourpra. Choisissant ses mots avec précaution, elle reprit d'un ton neutre :

— Vous et Nellie, ou plutôt Reggie, étiez-vous proches ?

— Cela n'a plus d'importance, répondit Suling. Elle semble m'avoir rayée de sa vie.

Elle passa une main sous sa tunique et en sortit le cordon de soie rouge, qu'elle retira d'un geste brusque pour le jeter dans la corbeille, à côté de la coiffeuse. Ce qu'elle aurait dû faire des mois auparavant.

— Attendez ! s'écria Gemma en s'élançant vers la corbeille.

Elle s'agenouilla et récupéra le collier pour examiner l'anneau qui y était enfilé.

— Quand je l'ai ramassé, l'autre jour, il m'a paru familier, mais il ne m'a jamais traversé l'esprit qu'il s'agissait de celui de Nellie. Vous l'a-t-elle offert ?

— Elle m'a raconté que c'était son bien le plus précieux. En fait, c'est une babiole sans valeur, produite en masse, ajouta Suling avec un haussement d'épaules. Même pas en argent véritable.

— Mais c'était vraiment le bien le plus précieux de Nell, déclara lentement Gemma. Et s'il n'a pas de valeur, c'est parce que sa famille était très pauvre. Il appartenait à sa mère, qu'elle aimait plus que tout au monde. Si Nellie vous l'a donné, vous devez beaucoup compter pour elle.

Elle tendit le collier à Suling qui, après un instant de réflexion, le reprit, les mains tremblantes. Baissant les yeux vers l'anneau, elle murmura :

— Elle m'a dit qu'elle m'aimait. Et vous dites que cet objet prouve que c'était vrai. Alors pourquoi est-elle partie dans le Colorado, sans un mot ?

Elle le porta à ses lèvres avant de repasser le cordon rouge autour de son cou. C'était incompréhensible.

— Je ne sais pas, répondit Gemma en secouant la tête. Nellie a de multiples facettes ; il lui arrive de mentir pour éviter les ennuis. Mais elle ne fait pas souffrir ceux qui comptent pour elle.

L'air pensif, elle poursuivit :

— Si je sais qu'elle est au Colorado, c'est uniquement à cause du mot qu'elle m'a fait parvenir avec ce tableau.

Le poing de la jeune Chinoise se crispa autour de l'anneau.

— Elle vous a envoyé un mot, mais elle ne m'a pas contactée ? Je peux le voir ?

Gemma fouilla dans un carton, dont elle tira une lettre qu'elle lui tendit. Elle était rédigée sur du papier épais, onéreux. Couleur crème, formel, il était très différent de celui qu'affectionnait Reggie, un papier à lettres rose pâle, à paillettes dorées, qu'elle achetait à la *Droguerie Fung Tai*. Suling passa mentalement en revue les raisons possibles du départ de Reggie. Son inquiétude allait croissant.

Gemma faisait les cent pas dans la pièce.

— Pourquoi Henry ne m'a-t-il pas parlé de Nellie ? Il ne peut pas y avoir plus d'une peintre à San Francisco correspondant à sa description. Comment est-il possible qu'il n'ait pas deviné qu'il s'agissait de Regina Reynolds ? Et le personnel n'a jamais rien dit. Non qu'il me soit venu à l'esprit de poser des questions. De toute façon, je suppose que personne n'aurait eu l'indélicatesse de faire allusion à une ancienne… protégée.

Levant les yeux, Suling fit remarquer :

— La lettre est dactylographiée. Elle n'est pas écrite à la main.

— Attendez, laissez-moi la regarder encore une fois, dit Gemma.

Troublée, elle l'observa attentivement.

— Elle est adressée à « Gemma ». Mais quand nous nous écrivons, c'est toujours « Nellie » et « Sal ». Personne d'autre n'utilise mon vrai nom.

— À part la peinture qui l'accompagnait, rien ne prouve que ce soit Reggie – Nellie – qui l'ait envoyée, je suppose ?

Un instant, Suling ferma les yeux.

— Mais alors, qui ?

Gemma chuchotait presque.

Prise d'une intuition, la jeune Chinoise engloba la pièce d'un geste circulaire, comme un magicien s'apprêtant à présenter un tour.

— Qui, à votre avis ?

Gemma blêmit. Diverses émotions défilèrent sur son visage : la perplexité, la colère, la peur.

Un frisson parcourut le dos de Suling. Qui d'autre que Henry Thornton aurait pu avoir accès aux tableaux de Reggie ? Mais pourquoi n'avait-il pas admis qu'il la connaissait ? Maintenant, la terreur lui glaçait le sang.

En voyant Gemma tirer le cordon qui pendait à côté de la tête de lit capitonnée, elle s'étonna :

— Que faites-vous ?

— J'appelle Mme MacNeil pour l'interroger au sujet de Nellie. Je vais lui poser la question tout de go.

— Non, non, non. Pas Mme MacNeil. Aucun membre du personnel senior. Un jour, Reggie lui a demandé qui habitait cette chambre avant elle et elle lui a répondu que le personnel n'était pas autorisé à discuter de ces choses-là.

Pas de discussion sur les anciennes maîtresses, sous peine d'être licencié. Pour la première fois, Reggie avait ressenti de la méfiance vis-à-vis du milliardaire. En outre, la gouvernante lui avait dit que si Mlle Reynolds lui posait encore une fois la question, elle n'aurait d'autre choix que de signaler la conversation à son patron.

— Sonnez et racontez que vous voulez de la limonade, par exemple. Et demandez que la femme de chambre, Kathleen, vous la monte.

Quelques minutes plus tard, des bruits de pas résonnèrent sur le sol de marbre du palier. Un coup discret à la porte et Suling disparut dans la salle de bains.

Gemma sourit à la soubrette qui entrait.

— J'aimerais un pichet de limonade, s'il vous plaît. Avec quelques-uns de ces délicieux biscuits confectionnés par la cuisinière. Et veuillez demander à Kathleen de me les monter.

À peine la jeune fille partie, Suling sortit de la salle de bains et vint s'asseoir sur le lit.

— Pourquoi Kathleen ? chuchota Gemma.

— Elle était gentille avec Reggie. Reggie refusait d'avoir une femme de chambre mais, quand elle avait besoin d'aide pour s'habiller, elle appelait Kathleen.

À peine un quart d'heure plus tard, un autre coup discret résonna à la porte et une jeune femme avenante, aux cheveux auburn, entra. Elle portait un plateau avec un pichet, un gobelet de cristal, et un présentoir de porcelaine garni de biscuits à la lavande. Suling, qui avait regagné la salle de bains, jeta un coup d'œil par la porte entrebâillée. La femme de chambre demanda, avec une petite révérence :

— Vous m'avez fait appeler, mademoiselle Garland ?

— Oui, Kathleen, acquiesça Gemma avec un sourire chaleureux. J'ai une question à vous poser au sujet de la personne qui a habité ici avant moi, Mlle Regina Reynolds.

Une ombre passa sur le visage criblé de taches de rousseur, un mélange de curiosité et d'appréhension.

— Je ne peux rien dire, mademoiselle Garland. Vraiment, je ne le pourrais pas.

Comme si elle n'avait rien remarqué de l'inquiétude de Kathleen, Gemma reprit :

— Le fait est que ce petit tableau de Mlle Reynolds me plaît beaucoup et que j'aimerais en avoir un autre. Savez-vous où elle est allée ?

L'air toujours troublée, la domestique hésita.

— Non. Il y a deux mois, Mlle MacNeil nous a donné l'ordre de débarrasser ses affaires de cette suite. Mlle Reynolds était déjà partie. Nous avons emballé tous ses effets dans une malle pour la faire expédier.

— Est-ce que quelqu'un a porté la malle à sa nouvelle adresse ?

— L'un des valets de pied l'a emportée, mademoiselle. Mais je ne sais pas où.

— Quel valet de pied ? insista Gemma. Ne vous faites pas de souci, Kathleen, je n'en soufflerai mot à personne.

Elle ajouta avec un clin d'œil complice :

— Tout comme vous ne direz à personne que je vous ai posé des questions.

— C'est le jeune Jonathan qui a emporté la malle.

Kathleen semblait soudain plus encline à faire des confidences.

— Je serais vraiment heureuse de pouvoir acheter une autre des œuvres de Mlle Reynolds, inventa Gemma. C'est une excellente artiste, n'est-ce pas ?

— Oh, oui, c'est sûr, mademoiselle, approuva Kathleen avec enthousiasme. Elle a fait mon portrait. Juste un dessin au crayon, qui était très joli. Mais pour ce qui est des peintures de Mlle Reynolds, il n'y en a plus aucune ici, maintenant. Monsieur les a fait emballer et le jeune Jonathan les a emportées aussi.

— Bonté divine ! Ce Jonathan est un jeune homme bien occupé. Est-il ici, aujourd'hui ?

— Oh, non. Il a été congédié. Le lendemain du jour où il a emporté les tableaux.

Dans un chuchotement théâtral, elle ajouta :

— Il buvait pendant ses heures de service. Il a dit qu'il ne buvait jamais, mais M. Thornton l'a fait renvoyer par le majordome.

— Eh bien, Kathleen, je suppose que c'est tout. Merci pour votre aide.

— Je vous en prie, mademoiselle. Mme MacNeil va me demander pourquoi vous m'avez fait appeler, ajouta-t-elle, anxieuse. Que devrai-je dire ?

— Racontez-lui que je voulais vous interroger au sujet d'une chemise manquante. Mais que, le temps que vous montiez, je l'avais retrouvée. J'avais fait erreur.

Une fois la porte de la chambre refermée, Suling émergea lentement de la salle de bains.

— Vous aviez raison, dit Gemma. J'espérais encore une autre explication, mais il n'y en a pas. Nellie ne s'est pas enfuie et Henry me trompe délibérément. Il doit savoir où elle est, Susie…

— Mademoiselle Garland, l'interrompit cette dernière. Je m'appelle Suling, pas Susie. Mon nom de famille est Feng. S'il vous plaît, souvenez-vous-en : Suling Feng.

Gemma rougit et Suling poursuivit :

— Quoi que Thornton ait fait de Reggie, il veut que personne ne le sache. J'espère qu'elle va bien, qu'elle est en vie. Parce que, à San Francisco, avec suffisamment d'argent, on peut faire disparaître n'importe qui.

— Non, ne dites pas ça. Je… Il… Ça ne peut pas être un assassin ! supplia Gemma dans un gémissement.

Suling poussa un soupir résigné. Gemma était fidèle à la description de Reggie. « *Quelquefois, elle peut être d'une naïveté consternante*, lui avait-elle dit un jour. *C'est comme si toute cette bienveillance nourrie au maïs empêchait son cerveau de reconnaître à quel point l'être humain peut être abominable. Surtout quand il est puissant.* »

— Il l'a peut-être tout simplement envoyée au loin contre son gré, concéda la jeune Chinoise. Le mieux à faire, c'est de fouiller ces pièces ! On y trouvera peut-être un indice.

Elle commença par la commode. Elles passèrent la demi-heure suivante à inspecter le fond des armoires et des tiroirs, allèrent jusqu'à regarder dans les compartiments de l'étagère à chaussures tournante. Gemma se redressa soudain.

— L'argent, dit-elle. Mon oncle Halvor était comptable. Il a toujours affirmé pouvoir déceler la personnalité et les activités d'un homme en feuilletant son carnet de chèques. Henry a dû payer quelqu'un pour la faire… disparaître. Nous devons aller dans son bureau, à un moment où il n'y sera pas.

Or, Thornton travaillait constamment. Parfois, Suling et les filles de Madame Ning le voyaient traverser la mezzanine de son bureau à sa chambre quelques minutes seulement avant une réception. Il en ressortait, tiré à quatre épingles, prêt à temps pour accueillir ses invités.

— Demain soir, pendant le concert ? suggéra Suling.

C'était leur seule option.

— Oui, demain soir ! s'exclama Gemma. Henry quittera la maison à 19 heures. Le personnel sera aux troisième et quatrième étages, accaparé par les préparatifs. Le deuxième étage sera désert. C'est notre meilleure chance de nous y glisser en catimini.

— Mais vous chantez. Ce sera donc à moi d'y aller. Est-ce que Thornton ferme son bureau à clé ?

Suling était prête à tout. La peur du danger que courait Reggie l'emportait sur celle de se faire surprendre.

L'air abattu un instant, Gemma se redressa.

— Le palmier en pot. Ses secrétaires partagent une clé, ce qui n'est pas très pratique. Ils la cachent donc dans le palmier en pot devant la porte de son bureau. Henry… *Thornton,* s'empressa-t-elle de se corriger d'un ton sec, l'ignore.

— Alors, espérons que j'y trouverai la clé. J'arriverai juste avant 19 heures. Je guetterai le départ de son automobile, dans la rue.

— Je dirai à Mme MacNeil de vous conduire à l'étage pour que vous m'y attendiez, renchérit Gemma. Je prétexterai vouloir m'assurer que la robe de dragon est fin prête pour la soirée.

C'était le meilleur plan qu'elles puissent concevoir. Plantant son regard dans celui de Gemma, Suling déclara à brûle-pourpoint :

— S'introduire dans le bureau de Thornton représente un vrai danger. Je dois savoir ce que vous êtes prête à risquer. À quel point tenez-vous à Reggie ?

— Elle est la seule personne dans ma vie sur laquelle j'ai toujours pu compter, répondit la cantatrice sans l'ombre d'une hésitation. Jamais je ne me suis sentie aussi seule que quand j'ai cru qu'elle était partie dans le Colorado alors qu'elle savait que j'avais besoin d'elle.

Elle secoua la tête.

— Si je ne pouvais pas compter sur Nellie, je ne pourrais m'appuyer sur personne. Maintenant qu'elle est dans le pétrin, elle doit pouvoir compter sur moi.

— Dans ce cas, nous sommes deux, déclara Suling.

Elles échangèrent un sourire hésitant, un peu timide. Suling refréna la question qui lui brûlait les lèvres. Qui était vraiment Reggie pour elle ? Elle voulait une réponse qui fasse taire la jalousie qu'elle avait ressentie chaque fois que Reggie avait évoqué « ma Sally » avec une affection sans bornes. Mais cela pouvait attendre qu'elles aient retrouvé leur amie. Et si elles ne la retrouvaient jamais – une sombre perspective, qui lui déchirait le cœur, la plongeant dans des abysses de désespoir –, cela n'aurait pas d'importance. Plus rien, jamais, n'aurait d'importance.

Elle se leva pour prendre congé.

— Si je ne suis pas dans votre chambre quand vous rentrerez de l'opéra, je vous laisserai un mot pour vous dire ce que j'aurai découvert, si jamais je trouve quelque chose.

Suling regagna Chinatown, assaillie d'un tel tumulte de pensées qu'elle remarqua à peine les rues qu'elle traversait, les véhicules qu'elle esquivait. *Reggie ne l'avait pas abandonnée.* Si elle n'avait pas été en proie à une telle inquiétude, elle aurait sautillé tout le long du chemin.

« *Tu me donnes envie de prendre soin de toi, Suling*, avait coutume de lui dire Reggie. *Tu es comme un ananas, des feuilles piquantes, une écorce rugueuse. Mais, à l'intérieur, tu n'es que douceur.* »

C'était maintenant à elle de prendre soin de Reggie, où qu'elle soit. Et, que Gemma soit capable ou pas de l'aider à résoudre le mystère, Suling ne quitterait pas San Francisco avant d'avoir retrouvé la femme qu'elle aimait.

Chapitre 13

17 avril 1906
Vingt heures et trois minutes
avant le tremblement de terre

— Vous êtes pâle, *mademoiselle**, avança la jeune fille qui avait été assignée à Gemma comme femme de chambre.

Ce n'était pas Kathleen, la pipelette qui avait innocemment confirmé tant de ses craintes. Cette femme de chambre était française. Du moins, c'était ce qu'elle affirmait. Si, parfois, son accent dérapait, ses mains qui la coiffaient à la Pompadour restaient d'une précision parfaite.

— Vous sentez-vous d'attaque pour la répétition, aujourd'hui ?

Essayant de contenir son tremblement, Gemma but une gorgée de thé et répondit :

— Je vais très bien, je vous remercie.

La veille, quand Hen… M. Thornton (elle refusait désormais l'intimité que créait l'usage de son prénom) avait frappé à la porte de sa chambre, elle avait prétexté une migraine et l'avait supplié de lui épargner le dîner au *Palace Grill*. Il n'avait pas été enchanté.

— J'ai un cadeau pour vous, lui avait-il dit de sa voix la plus enjôleuse, derrière le battant, comme s'il avait agité un os devant un chien.

Elle avait senti son estomac se soulever. Et, pour le faire partir, avait émis des bruits de nausée comme si elle était en train de vomir tripes et boyaux… Mais ça n'avait fait que repousser l'inévitable. Ce soir aurait lieu le bal de minuit. Et, avant le bal, *Carmen*. Elle avait promis à Suling d'attirer Henry Thornton hors de chez lui. Le seul moyen d'y parvenir était de le voir assis dans sa loge, dans ses vêtements enfilés à la va-vite, la regardant agiter un éventail au rythme des magnifiques mélodies pseudo espagnoles de Bizet. Elle l'avait promis à Suling. Elle le devait à Nellie.

Nellie. Oh mon Dieu. *Nellie.* Reggie. Quel que soit le nom qu'elle se donnait maintenant, elle était toujours sa Nell. *J'aurais dû savoir que jamais tu n'aurais quitté la ville comme ça. J'aurais dû le savoir.* Ses boucles brunes, son accent du Bronx, l'énergie qu'elle dégageait, qui crépitait comme des étincelles électriques, ses cuticules toujours tachées de peinture rouge ou jaune, ses pantalons et ses chemises de poète, qu'elle affectionnait pour le simple plaisir de choquer les hommes. *Henry t'a-t-il acheté des robes françaises, à toi aussi ? Ou as-tu ri en lui pinçant le nez et en lui disant que jamais tu ne porterais de telles horreurs chargées de rubans ?*

Elle ferma les yeux, consciente que la femme de chambre apportait les dernières touches à son chignon. Ce n'était pas le moment de penser à Nellie. Pas maintenant. Elle devait donner un spectacle. Trois spectacles, en fait. Ce soir dans *Carmen*. Puis à minuit, en tant que Reine de la Nuit de Thornton… Et toute la soirée, elle devrait feindre que tout allait bien. Jamais elle n'avait eu pareille envie de se réfugier dans son lit et de rester là, les yeux brûlants, la peur au ventre, à ruminer son sentiment de trahison. Mais la voix de Suling résonna en elle : *« À quel point tenez-vous à Reggie ? »* Elle revit la façon dont les traits sévères de la jeune Chinoise s'adoucissaient quand elle prononçait ce nom.

Difficile de croire que cette femme, étrangement, avait gagné le cœur insaisissable de Nellie. Nellie avait toujours aimé les femmes. Ce qui, au début, l'avait choquée. Bien entendu.

Un jour que la peintre venait d'embrasser son dernier modèle sous son nez, elle était partie d'un éclat de rire devant son expression.

« Ne t'inquiète pas ! Tu n'es pas mon genre, paysanne. Et pourtant, tu devrais essayer. Les hommes peuvent être utiles, mais les femmes sont bien plus drôles. »

« Drôle » n'était pas exactement l'adjectif qu'aurait choisi Gemma pour décrire la couturière chinoise, distante et polie, au visage impassible. Elle aurait plutôt opté pour « dure », après avoir vu ces yeux délibérément vides s'embraser soudain, tel un phénix. Dans un sens, cela plaisait peut-être à Nellie. Elle-même n'était-elle pas dure, à bien des égards ?

D'elles deux, c'était Gemma la faible.

Elle frissonna, s'attirant un nouveau regard intrigué de la femme de chambre. Elle se força à esquisser un sourire rassurant, malgré les questions qui lui torturaient l'esprit : *Nellie, où es-tu ? Que t'a-t-il fait ?*

Eh bien, elles auraient peut-être les réponses ce soir. En outre, l'effervescence des prochaines répétitions au Grand Opera House était le prétexte idéal pour éviter Henry Thornton toute la journée. La veille, elle avait considéré comme une corvée la répétition de groupe du numéro de castagnettes et de jupons virevoltants. Aujourd'hui, elle l'accueillait comme un soulagement béni.

Jusqu'à ce qu'elle arrive à l'opéra et affronte un barrage de regards glaciaux.

En descendant de la Rolls-Royce dernier modèle qui l'avait amenée de Nob Hill, elle salua les machinistes qui fumaient devant l'entrée sur la rue.

— Bonjour.

Tous la dévisagèrent sans répondre. Un groupe de femmes, qu'elle supposa être les autres choristes, riaient devant les loges. Elle les salua à leur tour.

— Bonjour. Je suis Gemma Garland. Connaissez-vous l'ordre des répétitions du jour ?

Mais, devant leur froideur soudaine, sa voix s'éteignit. Elle s'était habillée d'un tailleur ordinaire de cheviotte prune, avec une jupe à plis, et d'un corsage de dentelle irlandaise. Une tenue assez élégante pour faire impression, mais qui n'aurait pas à craindre la poussière de la scène une fois que la répétition de la mise en place débuterait. Pourquoi s'attirait-elle des regards furieux, comme si elle était marquée d'un A au fer rouge sur la poitrine ? Oui, elle était nouvelle à San Francisco. Oui, elle avait un riche mécène, ce qui, sans nul doute, avait alimenté les ragots. Mais sa situation était loin d'être rare. Les trois quarts des femmes présentes étaient certainement attendues devant l'entrée des artistes par un admirateur qui les entretenait en payant leur loyer et en les invitant à souper. De quel droit se permettaient-elles de la juger ?

— George, bonjour ! lança-t-elle en entrant dans le couloir.

Elle venait d'apercevoir son accompagnateur qui se hâtait, des partitions sous le bras. Il se contenta de la regarder d'un air éloquent avant de disparaître dans une salle de répétition.

Que diable… ? George la snobait, alors qu'il n'avait jamais émis la moindre critique sur son emménagement chez Thornton et son ascension sociale ? Essayant d'ignorer le malaise qui lui nouait le ventre, elle gagna la partie principale de l'opéra, en quête du chef de chœur. Comme d'habitude, un jour de représentation, c'était le chaos : les éclairagistes prenaient leurs repères, leurs projecteurs balayant la scène, les machinistes juraient en essayant de déployer une toile de fond bloquée, butaient sur les accessoires, les épées des contrebandiers et les bouteilles de vin pour la scène de la taverne… et, sur la scène, les deux premiers rôles de *Carmen*, une brune plantureuse enroulée dans un châle espagnol, d'une humeur massacrante, qui vitupérait contre un brun rondouillard, frisé, au visage rond, tout rouge.

— …suis-je censé me produire sur scène avec une soprano qui hulule comme une chouette huppée ? hurlait le grand Caruso.

— Vous hululeriez aussi si les machinistes faisaient tomber une toile de fond sur vous, espèce de grande gueule de Napolitain surpayé ! fulmina la cantatrice.

Gemma supposa qu'il s'agissait de la fameuse Olive Fremstad, son héroïne, en chair et en os. Ses poumons à la renommée mondiale se gonflèrent comme des soufflets quand elle enfonça un ongle dans le torse bombé de Caruso.

— Surpayé ? rugit l'illustre ténor furibond. Quel nom a attiré *le folle* dans ce théâtre, répondez-moi, espèce de vache nordique ?

L'invectivant à son tour, la diva rétorqua :

— Si vos cachets ne pompaient pas tout le budget, nous pourrions nous offrir des machinistes qui connaissent leur travail. Mille trois cent cinquante dollars par représentation, et vous avez le toupet de… Enlevez-moi ce projecteur des yeux ! hurla-t-elle à l'intention des éclairagistes.

Le projecteur mouvant se figea, avant de s'éloigner de la scène comme si de rien n'était.

Laissant Carmen et Don José continuer à se lancer des noms d'oiseaux, Gemma contourna la fosse d'orchestre sur la pointe des pieds. Parfaitement indifférents à la querelle, des violonistes bâillaient devant leurs étuis à violon et leurs cafés du matin, l'air de s'ennuyer ferme.

— Savez-vous où je pourrais trouver le chef de chœur ? demanda-t-elle.

Soudain, elle tomba presque sur le chef d'orchestre. Quand, comme elle, on avait appartenu à de si nombreuses troupes itinérantes, il n'était pas difficile d'identifier le chef d'orchestre. C'était toujours l'homme à la silhouette de tonneau qui semblait ne pas avoir dormi depuis un an et qui donnait l'impression de frôler l'attaque d'apoplexie chaque fois que les hautbois manquaient leur entrée.

— *Maestro* ?

Elle esquissa la révérence de rigueur devant l'homme à la baguette.

— Je suis Gemma Garland, la nouvelle choriste.

— C'est donc vous le problème ? aboya-t-il, son visage virant au même mauve que la jupe qu'elle portait. Caruso et la Fremstad sont déjà en train de s'étriper, et maintenant on vous impose à moi.

Oubliant un instant ses craintes liées à la maison octogonale, Gemma le dévisagea, ébahie.

— Je vous demande pardon ?

— Je me fiche des arrangements financiers de M. Thornton ! lança-t-il d'un ton brusque. Ce genre de décision n'est pas bonne pour le moral d'une troupe. Mais, maintenant que je vous ai sur les bras, je veux vous voir en scène dans vingt minutes et nous vous ferons répéter *Je dis que rien ne m'épouvante*.

— Mais je ne chante pas Micaëla. Je suis dans le…

— N'allez pas croire un instant que nous avons eu le temps de faire réimprimer les programmes avec votre nom.

Sur ces mots, le chef d'orchestre se rua vers la scène comme si ses cheveux étaient en feu.

— Olive, *cara mia*, pose ce sabre. Enrico ne pensait pas ce qu'il a dit, je t'en prie, ne le poignarde pas.

Toujours perplexe, Gemma repartit vers les coulisses pour trouver une salle de répétition où s'échauffer. Les loges s'alignaient dans le couloir. La plus grande portait le nom de « DON JOSÉ/ENRICO CARUSO ». La seconde, « CARMEN/OLIVE FREMSTAD », et la troisième des plus importantes, « MICAËLA/BESSIE ABOTT ». Mais le nom « Bessie Abott » avait été rayé pour être remplacé par « Gemma Garland », griffonné à la main.

Micaëla. Le deuxième rôle féminin. La soprano principale dans *Carmen*. Gemma connaissait le rôle. Elle l'avait déjà chanté. Un personnage de villageoise un peu fade. La gentille opposée à Carmen, la méchante. Il n'était guère étonnant de voir sur laquelle des deux le ténor jetait son dévolu. Mais le rôle de Micaëla comportait un air ravissant et un duo qui l'était encore plus. Et, pour peu que vous ne soyez pas bridée par un chef d'orchestre qui voudrait vous entendre minauder, vous pouviez insuffler un peu de fougue à cette jouvencelle de la campagne. C'était donc elle qui chantait Micaëla ce soir ?

« Achetez-moi un rôle pendant que le Met est à San Francisco, se souvenait-elle d'avoir dit à Thornton. *J'ai été chassée de la scène par tellement de doublures. Pour une fois, je veux que quelqu'un soit chassé de la scène pour me donner son rôle. »* Elle n'avait plus jamais repensé à ces paroles, à cette requête en particulier, formulée au milieu de leurs négociations désinvoltes. Elle avait supposé que la question du rôle serait abordée après le bal. Et non imposée de la sorte à toute la production. À laquelle, profitant de sa position, il avait visiblement forcé la main sans le moindre tact.

J'aurais détesté que quelqu'un s'introduise ainsi dans une troupe, ne put-elle s'empêcher de penser. Prise de vertige, elle ouvrit la porte de la loge et vit que la pièce était envahie de roses rouges. La carte sur le bouquet le plus proche, rédigée de l'écriture décidée de Henry, disait simplement : « Surprise ! »

Une voix qui ne cherchait pas à être discrète ricana derrière elle :

— C'est une solution pour se retrouver sous les feux de la rampe. Je me demande combien il a payé.

— Qui ? Elle ? Ou la direction ?

Les rires moqueurs redoublèrent.

Une assistante habilleuse, l'air épuisée, lui demanda :

— Puis-je prendre vos mesures pour le costume de Micaëla, mademoiselle Garland ? Nous allons passer tout l'après-midi à allonger vos tenues. Vous mesurez cinq centimètres de plus que Mlle Abott. Nous devons aussi les élargir. Elle est plus mince, ajouta-t-elle avec une pointe de méchanceté.

Elle déroula vivement son mètre autour de sa taille et de son buste.

Je ne voulais pas que ça se passe comme ça, voulait protester Gemma. Mais elle l'avait cherché, indéniablement. Son plan n'était-il pas de se montrer plus coriace ? De ne penser qu'à elle et à personne d'autre ?

— Vous étiez au courant ?

George se tenait sur le seuil, accoudé sur le linteau, son classeur à musique sous le bras.

— Non.

Les joues enflammées, Gemma secoua la tête.

— Bien sûr, je voulais un rôle, mais...

À l'autre extrémité du couloir, elle crut apercevoir Bessie Abott, la cantatrice supplantée. Elle la reconnut d'après les photos et les affiches. Elle avait régné sur l'Opéra de Paris pendant des années. Gemma aurait tout donné pour avoir une carrière comme la sienne. Au centre d'un petit groupe d'amis, elle pleurait. « *Je suis désolée* », voulait-elle lui dire. Mais qui la croirait ? Une soprano promue des chœurs au second rôle, une loge croulant sous les roses avec son nom sur la porte. Et, maintenant, la troupe devait aussi avoir eu vent du bal de ce soir, donné en son honneur.

— Ce n'est pas ce que je voulais, parvint-elle à dire, en englobant d'un geste la plaque sur la loge, les roses. Pas ainsi.

George poussa un soupir :

— Venez, dit-il avec douceur. Vous avez une mise en place à apprendre avant le lever du rideau de ce soir.

« *Non*, faillit-elle répondre. *Je ne peux pas.* » Mais elle n'avait plus d'autre choix que d'assumer ses actes. Elle avala donc une gorgée de thé froid et commença à s'échauffer.

— C'est donc vous qui avez un mécène ! la salua Olive Fremstad dans les coulisses, en retirant son châle à franges.

Gemma, vêtue d'une jupe de paysanne, un panier à la main, attendait pour chanter son air. Ombrés de cils épais, les yeux de la diva la balayèrent de la tête aux pieds. Gemma se crispa. « *... vous qui avez un mécène* », pas « vous qui avez ce *fa* exceptionnellement aigu », ni « vous qui avez une présence électrique sur scène ». Mais « *vous qui avez un mécène* ». Aurait-elle jamais pu prévoir la profondeur de l'humiliation qu'elle ressentirait quand cette question s'adresserait à *elle* plutôt qu'à une autre ?

Pourtant, Olivia Fremstad avait un air presque approbateur.

— Vous avez brûlé vos vaisseaux, aujourd'hui. Une vraie diva a besoin d'être prête à brûler ses vaisseaux.

— Est-ce que ça en vaut la peine ? s'entendit-elle répondre.

Curieusement, elle ne pensait pas qu'Olive Fremstad ait jamais dû s'imposer d'être plus coriace.

— Oui, si l'homme tient ses promesses.

Avec un haussement d'épaules, la Fremstad ajouta :

— Mon nouveau mari possède toutes les mines d'or de Tierra del Fuego. Ça vaut tous les amis dans ce milieu.

Elle jeta un coup d'œil à la montre épinglée à sa poitrine.

— N'essayez pas de m'entraîner hors du projecteur central dans l'acte III, d'accord ? Je me fiche que le chef d'orchestre vous veuille sur l'avant-scène, vous n'approchez pas du centre.

— Bien, madame, acquiesça humblement Gemma.

Puis, secouant ses cheveux, elle entra en scène pour répéter le rôle de la fiancée perdue, malheureuse, de Don José. Comment allait-elle survivre à une journée entière de répétitions, puis à la représentation de ce soir ? Elle l'ignorait. Mais elle y arriverait. Même si elle avait déjà la chair de poule à la perspective d'affronter Henry Thornton après la représentation.

Ses pensées revinrent à la svelte couturière chinoise. *Suling, vous avez intérêt à trouver ce que nous cherchons.*

Chapitre 14

17 avril 1906
Onze heures et quarante-deux minutes
avant le tremblement de terre

Comme elle avait fini de réparer la robe de dragon plus tôt que prévu, Suling accompagna Vieux Kow dans sa tournée, pour la dernière fois. Lui donna son salaire pour la dernière fois. En marchant à son côté toute la journée, en l'écoutant parler de sa famille et de son petit village, il lui semblait impossible que, depuis la veille seulement, autant de révélations aient bouleversé sa vie. Impatiente de regagner l'hôtel particulier de Hyde Street pour fouiller le bureau de Thornton, elle se montra un peu abrupte avec les clients et avec Vieux Kow et son radotage.

Quand, enfin, elle tira la charrette dans la blanchisserie et la poussa sous l'escalier, elle comprit qu'il s'était passé quelque chose. Le silence était total. Pas de grincement de machines, de conversations bruyantes d'employés criant pour couvrir le bruit. Puis, à l'étage, elle entendit une porte s'ouvrir. La tête de Troisième Oncle surgit par-dessus la rampe.

— Monte immédiatement ! cria-t-il.

Finalement, la chance avait cessé de lui sourire.

— Troisième Oncle, répondit-elle, docile, en prenant l'escalier. Que puis-je faire pour toi ?

Ça ne pouvait pas être si terrible.

— Tu n'arrêteras jamais de me couvrir de honte, rugit-il.

Il l'attrapa par les épaules et la projeta contre le mur.

— Tu n'arrêteras jamais de me mentir !

Il la saisit par le coude et l'entraîna dans sa chambre, où il la jeta sur son lit. Il haletait, en proie à une telle rage qu'un filet de bave coulait sur son menton.

— J'ai déjeuné avec le docteur Ouyang. Il était perturbé parce que son domestique t'avait aperçue à la gare, habillée en garçon. Je lui ai dit qu'il s'était trompé, parce que tu avais passé la semaine chez les *Tailleurs Hing Chong* à coudre ton trousseau de mariage. Nous en avons ri.

Mais, après le déjeuner, Troisième Oncle, qui voulait en avoir le cœur net, était immédiatement allé chez les *Tailleurs Hing Chong* afin de s'assurer que sa nièce s'y trouvait bien. Il avait découvert que les seules femmes travaillant sur place étaient l'épouse et les filles du tailleur. Suling n'avait pas donné signe de vie depuis des semaines.

— Contrairement à toi, j'ai sauvé la face pour notre famille. Je n'ai donné aucun signe d'inquiétude, de colère. J'ai raconté que je passais par là. Où étais-tu, toute la semaine ? Aurais-je dû aller au *Palais des Plaisirs Infinis* ? Et pourquoi portes-tu une veste et un pantalon de garçon ?

Elle ne voulait pas attirer d'ennuis à Vieux Kow. Elle ne dirait rien pour se défendre. Elle avait besoin de mettre un terme à cette dispute, de pousser son oncle à sortir. Il fallait qu'elle soit à la maison octogonale à 19 heures, ce soir.

D'une voix aussi calme que possible, elle déclara :

— Je suis désolée que tu te sois inquiété.

— Inquiété ? hurla-t-il en lui postillonnant au visage. Sais-tu pourquoi j'ai invité le docteur Ouyang à déjeuner ? Pour le remercier, pour lui montrer ma gratitude. Tes cousines sortent des services de l'immigration aujourd'hui. Et c'est grâce à sa générosité qu'elles n'y ont pas été gardées pendant des mois. Mais toi, tu passes ton temps à cracher sur tout ce qu'il a fait pour nous.

— Je ne veux pas l'épouser, mon oncle, lâcha-t-elle, perdant patience. Mes parents ne m'auraient jamais forcée à épouser quelqu'un contre mon gré, et surtout pas un homme dont les épouses détestaient ma mère et me détesteraient tout autant. Mais tu le sais et ça t'est bien égal.

— Ce n'est pas à toi de décider. Tu croyais pouvoir t'enfuir ?

Avec un rictus triomphant, il brandit un petit rectangle cartonné. Son billet pour New York, qu'elle avait enfoui dans sa taie d'oreiller. Pétrifiée par la peur, elle pria qu'il n'ait pas trouvé son argent.

— Rompre le contrat et ruiner la réputation de la famille ? poursuivit-il.

— Tu veux dire, ruiner tes chances de payer tes dettes de jeu ?

Incapable de se contenir plus longtemps, elle serra les poings.

— Si quelqu'un a ruiné la réputation de la famille, c'est toi, Oncle. Tu as dilapidé l'affaire familiale, tu as perdu tous nos bons et loyaux employés. Tu sais ce que les gens disent de toi quand on mentionne ton nom ? « Une planche de bois pourrie ne peut pas être sculptée. » Que feras-tu, une fois que tu auras perdu au jeu l'argent que t'aura rapporté la vente de ta nièce ?

Il la gifla.

— Tu épouses un homme que tout le monde respecte, un homme qui subviendra à tes besoins, à ceux de tes enfants. Qu'est-ce qu'un oncle pourrait souhaiter de mieux pour sa nièce ? Je pars maintenant chercher tes cousines au terminal du *Pacific Mail Steamship*. Et tu seras ici pour les accueillir.

Certainement pas ! Elle serait chez Thornton.

— Habille-toi correctement pour les recevoir. Quand je rentrerai, nous irons dîner avec le docteur Ouyang au restaurant *Shanghai Loh* et tu te tiendras bien. Ou je te flanquerai une correction dont tu te souviendras.

Il déchira le billet de train et fit claquer la porte. Elle entendit la clé tourner dans la serrure. Le parquet craqua, ses pas lourds résonnèrent dans l'escalier et une nouvelle porte claqua : celle de l'entrée.

Les jambes flageolantes, elle se hissa sur la chaise et passa le bras sur sa penderie. Il était peu probable que Troisième Oncle l'ait trouvée. Pourtant, elle fut soulagée en sentant sous ses doigts le papier kraft de l'enveloppe cachée derrière la moulure en stuc bon marché.

Ses économies. Son argent. Intacts. Les battements de son cœur s'apaisèrent. Elle respirait plus facilement. Le billet de train n'avait plus d'importance. Elle avait été stupide de laisser l'enveloppe dans sa taie d'oreiller, dévoilant ainsi ses projets de fuite. Jamais elle n'aurait dû supposer que son oncle suivrait sa routine habituelle : gagner à pas laborieux la salle de jeu après le petit déjeuner et ne pas rentrer à la maison avant le dîner, si toutefois il rentrait.

Elle hâta ses préparatifs. Elle jeta ses chaussures à semelle de tissu et quelques vêtements de rechange dans un sac à linge, glissa l'enveloppe contenant l'argent dans sa chemise. Elle enveloppa quelques bijoux dans un morceau de peau de chamois : une broche en corail, un jeu d'épingles à cheveux avec des papillons en émail rose, des boucles d'oreilles en perles que son père avait achetées à un vendeur ambulant. Elle s'interrompit un moment, revoyant la peau sombre et tannée comme du cuir des mains du vendeur de perles défaisant les sachets de papier qui contenaient les bijoux, l'impatience dans les yeux de sa mère, le sourire de son père quand il avait ouvert le tiroir où il gardait l'argent.

Elle noua le sac, fit une boucle avec le mince cordon pour pouvoir le passer en bandoulière sur son épaule, puis agita la poignée de la porte pour s'assurer qu'elle était bien fermée à clé. Elle prit alors une profonde inspiration et ouvrit la fenêtre. Un simple coup d'œil en contrebas lui donna le vertige et elle recula. Mais elle devait filer avant le retour de Troisième Oncle et de ses cousines. Pour Reggie, elle devait surmonter sa peur du vide.

Les paroles de Madame Ning lui traversèrent l'esprit : *« Es-tu sûre que cette étrangère en vaut la peine ? »*

Suling avait amené Reggie au *Palais des Plaisirs Infinis* pour la présenter à Madame Ning. Toutes deux avaient savouré la stupéfaction qui s'était peinte sur le visage de la peintre quand elle avait compris que la propriétaire du bordel à la réputation la plus sulfureuse de Chinatown était comme une tante pour la jeune fille. Le lendemain, Suling était revenue voir sa Tatie. Désormais, elle avait quelqu'un avec qui parler de Reggie. Devant l'état de ses cheveux, Madame Ning avait froncé les sourcils et l'avait fait asseoir à la coiffeuse pour les brosser et les natter convenablement.

— N'est-elle pas merveilleuse ? Elle t'a plu, Tatie ?

Madame Ning démêlait délicatement un nœud dans sa chevelure.

— Beaucoup. Elle ne ressemble pas à la plupart des Blanches. Et à bien des égards. Es-tu sûre que cette étrangère en vaut la peine ?

— Elle m'aime, Tatie, avait répondu Suling.

Elle avait effleuré son corsage, avait senti l'anneau qui pendait à son cou, au bout du cordon de soie.

— Depuis la mort de mes parents, je n'ai jamais été heureuse. Mais quand je suis avec elle, c'est comme si une nouvelle vie s'ouvrait à moi.

— Alors, tu dois en profiter. Le premier amour n'arrive qu'une seule fois, après tout. Mais, mon trésor, étant donné que ta mère n'est plus là, je dois te dire ce qu'elle t'aurait dit, je le sais. N'oublie pas de refréner tes émotions. Tu n'as pas d'avenir avec elle. Vous appartenez à deux mondes différents.

— Et toi et M. Clarkson ? Comment vois-tu votre avenir ensemble ?

Madame Ning avait fouillé dans un tiroir d'accessoires à cheveux pour en choisir un.

— Je n'ai besoin ni de l'épouser ni de vivre avec lui. Mais réfléchis à tout ce que tu aurais à combattre dans le monde de ton amie. Pour nous, du moins avant l'arrivée des missionnaires, l'amour entre hommes ou entre femmes n'était pas un crime. Et certains d'entre nous sont toujours d'accord pour ne pas le condamner.

Un homme n'était pas honni pour avoir des amants, tant qu'il avait un fils pour continuer sa lignée familiale. Et si les femmes avaient des amitiés intimes, quelle importance, puisqu'elles ne couraient aucun risque d'être enceintes ? Si, à l'occasion, dans une grande maisonnée, les épouses et les concubines se réconfortaient entre elles pendant que leur mari choisissait un autre lit, où était le mal ?

— Les Américains ne sont pas aussi tolérants, l'avait avertie sa Tatie. Tu franchirais beaucoup de limites, Suling.

— Reggie se fiche de tout ça. Elle veut que nous vivions ensemble, quand son exposition sera terminée.

Une fois que Reggie n'habiterait plus la maison octogonale. Une fois qu'elles auraient quitté San Francisco et seraient libérées de Thornton.

— Fais ce que tu veux avec Reggie, mais ne donne pas ton cœur. Promets-moi de garder quelque chose pour toi, au cas où…

— Je te le promets, avait-elle répondu.

Et elle était sincère.

Madame Ning avait enroulé sa longue tresse en boucles au bas de sa nuque.

— Reggie me plaît. Simplement, le monde est plus vaste que vous deux.

— Figure-toi que j'y ai déjà pensé, avait répondu Suling, dans un soupir presque imperceptible.

Suling avait essayé d'expliquer à Reggie ce qu'était la vie quotidienne d'un Chinois. La haine virulente qu'inspirait la communauté chinoise aux Américains, qui les blâmaient pour les crimes, les maladies, les qualifiaient de paresseux, de corrompus. Même si cela n'englobait pas tous les Américains, avait-elle concédé, pensant à la Mission et à Alice Eastwood. Mais ils étaient en assez grand nombre pour que les Chinois ne se sentent en sûreté qu'à Chinatown, où ils s'entassaient dans une grande promiscuité pour se protéger mutuellement. En assez grand nombre pour que les politiciens en mal de votes promulguent des lois qui pénalisaient les Chinois : des lois sur l'immigration, les impôts, l'école et bien d'autres.

— Il y a des femmes qui vivent en couple, tu sais, avait dit Reggie en l'embrassant dans le cou.

Il était tentant, si tentant, de laisser ses lèvres s'aventurer plus loin.

— Leurs amis s'en moquent et les inconnus pensent qu'elles habitent ensemble par amitié, ou pour partager les dépenses courantes.

En lui rendant son baiser, Suling avait répondu :

— Si j'étais blanche, tes amis s'en moqueraient sans doute. Mais je suis chinoise. Ce serait peut-être plus facile si je me faisais passer pour ta domestique.

Son regard émeraude flamboyant de fureur, Reggie avait rétorqué :

— S'ils ne t'acceptent pas comme mon égale, ce ne sont pas mes amis.

« Es-tu sûre que cette étrangère en vaut la peine ? »

Suling se pencha de nouveau par la fenêtre. Quatre mètres cinquante au moins la séparaient de la ruelle en contrebas. Elle sortit des ciseaux de sa boîte à couture et découpa son couvre-lit en longues bandes. Puis elle les noua en une corde de fortune qui, elle l'espérait, atteindrait le sol. Après un instant de réflexion, elle fit un nœud tous les cinquante centimètres environ. Puis elle attacha l'une des extrémités de la corde à un pied du lit et lança l'autre par la fenêtre. Elle s'arrêtait un peu au-dessus du sol, mais cela devrait faire l'affaire.

Le plus important, décida-t-elle, était de ne pas regarder en bas. Elle allait fermer les yeux.

Son sac à linge en bandoulière, elle se jucha sur l'appui de la fenêtre, face à la chambre, et agrippa de ses mains la corde. Sans regarder en bas. Les genoux toujours sur l'appui, elle recula lentement, se penchant en arrière. Puis, les paupières closes, elle passa un pied à l'extérieur, cherchant la corde, qu'elle enroula autour de sa cheville. L'autre pied suivit. Avec un petit cri, elle se retrouva oscillant dans le vide. Elle pressa ses genoux contre la corde et sentit son épaisseur rassurante. Sans regarder vers le bas ni vers le haut, mais droit devant elle, elle rouvrit les yeux et vit la peinture marron qui s'écaillait, les projections de fientes de mouettes séchées.

Puis, se cramponnant de toutes ses forces, des mains, des genoux, des pieds, elle se laissa glisser le long de la corde et descendit lentement, ralentie par les nœuds. La descente lui parut à la fois interminable et d'une rapidité terrifiante. Quand elle sentit ses pieds battre l'air, elle poussa un cri d'effroi. Puis le dernier nœud passa entre ses paumes et ses pieds touchèrent la terre ferme.

Ne se souciant plus désormais de qui pourrait la voir, elle s'élança en courant vers Hyde Street.

— La robe de dragon bleue se trouve déjà dans la chambre de Mlle Garland, dit Mme MacNeil, qui la précédait dans l'escalier de service. Et M. Thornton apportera lui-même le chapeau à plumes bleues, tout à l'heure.

La couronne du phénix. Ce n'est pas un chapeau, eut envie de la corriger Suling.

La gouvernante poursuivait :

— Vous connaissez le chemin vers votre salle de couture. Et vous savez où vous n'êtes pas censée aller. N'en sortez pas jusqu'au retour de Mlle Garland. J'ai suffisamment de soucis, ce soir.

Une fois dans la salle de couture, porte close, elle enfila ses chaussures à semelle de tissu. Puis, après un coup d'œil par le battant entrebâillé, elle ressortit en catimini, ses chaussons glissant sur le sol de marbre. Dans la mezzanine du troisième étage, momentanément déserte, les tables nappées de lin étaient déjà dressées. Elle courut jusqu'à l'escalier. Prise de vertige, elle dut s'appuyer un moment à la rampe. Elle s'y cramponna et regarda en contrebas. Rassurée, elle constata que le deuxième étage était lui aussi désert. Aucun domestique ne monterait ni ne descendrait.

« Le palmier en pot, à droite de la porte du bureau », avait dit Gemma. Elle se hâta vers l'élégant support en bois de rose et passa une main derrière les feuilles pour fouiller le pot en porcelaine. Quand ses doigts tremblants sentirent le métal froid, elle poussa un soupir de soulagement.

L'instant suivant, elle était dans le bureau de Thornton et s'y enfermait.

Toute la fortune du millionnaire y était répertoriée dans des meubles-classeurs, des étagères remplies de registres, chacune d'elles étiquetée au nom d'une société. Par où devait-elle commencer ? Elle ouvrit la porte de la pièce adjacente, dans laquelle trônait un grand bureau. L'atmosphère y était plus personnelle. Ici, peut-être ? Elle s'apprêtait à allumer la lampe de bureau quand elle interrompit son geste. Personne ne devait remarquer que la pièce était éclairée. Elle tira les rideaux et repoussa la porte.

Les tiroirs ne contenaient aucun carnet de chèques. Les sourcils froncés, elle fit le tour de la pièce du regard. Au hasard, elle tira une boîte de classement qui indiquait « Mine d'argent Cerro Gordo ». La boîte contenait un carnet de chèques, un carnet de banque, un paquet de reçus et de factures et un registre comptable. Elle l'ouvrit pour étudier la colonne des dates, puis feuilleta le carnet de chèques. Les seules informations indiquées sur les talons étaient le montant et le bénéficiaire. Néanmoins, le registre comptable fournissait plus de détails sur chaque chèque et chaque dépôt. Un système très efficace.

Combien de comptes bancaires Thornton possédait-il, de toute façon ? Un pour chacune de ses sociétés, à en juger par les étiquettes sur les boîtes de documents. Néanmoins, le registre comptable allait lui permettre de vérifier les paiements depuis février. Le mois de la disparition de Reggie.

Était-il possible, toutefois, qu'il ait payé via un compte de société ? Elle inspecta les boîtes portant des étiquettes qui semblaient plus personnelles, plus susceptibles de servir à cacher des secrets.

Elle inspecta avec soin les documents de la boîte marquée « Privé : Banque de Californie ». Elle y trouva des paiements à son tailleur, à son chausseur, à son chapelier. Des règlements à des galeries d'art, à des antiquaires, des abonnements à un certain nombre de clubs de sport, de clubs d'hommes d'affaires. Quand la pendule sonna 21 heures, elle leva la tête et se frotta les yeux. À l'opéra, la représentation devait battre son plein. Gemma devait être en train de chanter et d'arpenter la scène comme si rien ne comptait plus que sa performance.

Suling ouvrit alors une boîte de documents indiquant « Philanthropie ». Thornton possédait un compte en banque uniquement dédié aux dons. Y compris les fonds du maire. Avec ce compte il payait pour les pots-de-vin de ses relations politiques. Elle parcourut les pages qui répertoriaient des paiements à une dizaine d'associations culturelles et artistiques, à des collectes de fonds pour œuvres de bienfaisance, à divers églises et hôpitaux. Si seulement elle pouvait trouver une boîte de documents étiquetée « Dettes immorales ».

Elle remit le registre de comptes « Philanthropie » à sa place et s'apprêtait à la remettre sur son étagère quand elle se ravisa. Un détail la turlupinait. Elle ouvrit le livre au mois d'avril. D'un doigt, elle tapota la ligne d'écriture comptable la plus récente de la page : une donation de 25 dollars, quelques jours auparavant, le 15 avril, au couvent et hôpital St Christina. Suling connaissait bien l'endroit : un long bâtiment de briques et de pierres sur Filbert Street, en face de l'église Saints-Pierre-et-Paul. Comme le couvent hôpital catholique possédait une blanchisserie concurrente, il n'était pas très populaire parmi celles de Chinatown.

Mais le fait qu'il s'agisse d'un établissement catholique l'intriguait. Ayant fréquenté l'école de la Mission, elle savait reconnaître les églises et les fondations listées dans le registre. Presbytériennes, méthodistes, baptistes : elles étaient toutes protestantes. Seul le couvent St Christina était une institution catholique ; ce semblait être une anomalie. Elle revint au mois de mars. Le 15 mars, la même donation de 25 dollars avait été faite au couvent. Et une autre en février, la semaine de la disparition de Reggie. Avant cela, aucune référence à St Christina ni à d'autres œuvres catholiques. Les écritures comptables ne donnaient aucune précision, hormis « don ».

Un horrible soupçon lui traversa l'esprit. Réprimant sa panique, elle ouvrit le carnet de chèques et feuilleta les talons jusqu'à février. Vingt-cinq dollars à St Christina. Sans plus d'informations que dans le registre comptable. Elle le retourna et se figea. Au dos du talon, griffonné au crayon, elle lut : « Mensuel. RR ». La même inscription se répétait au dos de chaque talon de chèque émis à l'ordre de St Christina. Aucun détail dans le registre comptable, seulement dans le carnet de chèques.

Elle avait cherché un unique paiement, une somme importante. Or, une autre explication s'imposait maintenant à elle. La partie hôpital du couvent abritait un asile psychiatrique. Et s'il ne s'agissait pas de dons ? Si Thornton payait pour garder Reggie internée en cellule ?

Portant son poing à sa bouche, elle étouffa un hurlement et se mit à osciller d'avant en arrière sur sa chaise. Elle était prise d'une violente envie de balancer la boîte de documents contre le mur. C'était intolérable. Reggie emprisonnée. Reggie, ne pouvant plus offrir son visage au soleil, escalader les dunes pour se laisser glisser sur le sable, jusqu'à la plage. Reggie, si pétillante, amoureuse de la vie, séquestrée dans une petite pièce. Thornton avait-il prétendu être son tuteur, son mari, son frère ? Il avait dû être obligé de mentir au sujet de son état mental pour pouvoir la faire enfermer. Mais pourquoi ? Qu'avait-elle bien pu faire pour le contrarier à ce point ? Pourquoi ne s'était-il pas contenté de la congédier ?

Elle réprima l'impulsion de se ruer hors de la maison pour courir à toutes jambes jusqu'au couvent. Avant tout, elle devait informer Gemma de sa découverte. Elle trouva du papier à lettres dans le premier tiroir de droite du bureau de Thornton. Un luxueux papier couleur crème, épais, identique à celui du message dactylographié qui était joint au tableau de Reggie. Elle rédigea quelques lignes.

La pendule sonna 21 h 30. À pas de loup, elle remonta l'escalier et gagna la chambre de Gemma.

Où pouvait-elle cacher son mot pour s'assurer que la cantatrice le trouverait ? Elle se rabroua. Elles auraient dû se mettre d'accord sur une cachette pour leurs messages. Du regard, elle inspecta la pièce magnifique. Le bureau en noyer avec sa garniture en or et cristal et un bloc de papier bleu pâle sur le sous-main. La petite table de chevet au plateau de marbre. La commode. Elle avisa la robe de dragon sur son mannequin, à côté de la psyché, et deux escarpins de soirée disposés devant elle, exactement parallèles l'un à l'autre.

Elle glissa la note à l'intérieur de l'un des souliers. Puis, après un instant de réflexion, elle en déplaça légèrement la pointe pour qu'il fasse un angle avec le second.

Quelques instants plus tard, un jeune Chinois chargé d'un sac à linge descendait Hyde Street, s'éloignant d'un pas vif de la maison octogonale. Au tournant de la rue, il se mit à courir.

Chapitre 15

17 avril 1906
Cinq heures vingt-deux minutes
avant le tremblement de terre

— Bravo, bravo !

Gemma poussa un soupir tremblant derrière le rideau qui retombait pour – elle l'espérait – la dernière fois. Combien de fois le public allait-il rappeler Caruso ? Combien de fois allait-il s'avancer dans sa culotte courte et sa ceinture de velours, l'émotion soulevant sa poitrine, pour son large salut théâtral ?

« Aussi souvent qu'il en aura envie », était manifestement la réponse. À l'instant où il avait lancé la dernière de ses extraordinaires notes et qu'il s'était effondré sur le corps d'Olive Fremstad, sur la scène, il avait fait se dresser trois mille personnes dans un tonnerre d'applaudissements. Les dames de la haute société, coiffées de leurs tiares de diamants et leurs rubans de perles au cou, le petit peuple entassé dans le fond, tous s'étaient levés d'un bond dans les gradins décorés d'orchidées et de narcisses, pour une ovation à faire trembler les murs. Une ovation qui avait rejailli sur le reste de la troupe. Même Gemma avait été gratifiée d'applaudissements nourris quand elle s'était avancée pour sa révérence, dans la jupe bleue de paysanne de Micaëla. Elle savait pourtant qu'elle n'avait pas chanté de façon exceptionnelle.

— Bon sang ! gronda Olive Fremstad quand le rideau parut enfin rester baissé.

D'un pas furieux, elle quitta la scène, et jeta son éventail espagnol dans les coulisses. Mais au milieu de la soudaine bousculade des choristes qui regagnaient leurs loges et des machinistes qui se précipitaient pour mettre les accessoires en sécurité, Caruso s'immobilisa et pinça la joue de Gemma.

— Très bien, *carina*, la complimenta-t-il aimablement. La prochaine fois, pas aussi nerveuse, *si* ?

— Vous m'avez transportée, lui dit-elle en toute sincérité.

À la seconde même où le rideau s'était levé, le capricieux gamin colérique qu'elle avait entrevu le jour de la répétition avait disparu. Pendant leur duo, il avait été prompt à couvrir ses erreurs et, bien qu'ils n'aient répété qu'une fois le matin, il avait aisément mêlé sa splendide voix de ténor à la sienne. Lui, la vedette de la troupe, avait été le seul à ne pas l'ignorer sur la scène, à ne pas essayer de saboter son travail. Contrairement au baryton des chœurs qui lui avait tiré les cheveux avec une violence inutile pendant la scène entre Micaëla et les gardes taquins, aux machinistes qui lui avaient caché son panier jusqu'au signal, espérant lui faire rater son entrée.

— Ignorez les méchants, lui disait-il à présent, toujours affable. Un nouveau scandale éclate et ils vous oublient.

— Mais je n'oublierai pas que j'ai chanté avec le grand Caruso, répondit-elle.

N'importe quelle soprano aurait été prête à marcher sur des éclats de verre pour avoir l'occasion de prononcer ces paroles. Elle regrettait simplement de ne pas pouvoir tirer plus de fierté de la façon dont c'était arrivé.

— Je vous verrai plus tard, à ce *ballo* sur Snob Hill ? Je promets de passer.

Il la pinça de nouveau, cette fois pas sur la joue, et s'éloigna en direction de sa loge, qui était sans nul doute déjà bondée des admirateurs qui l'adulaient. Elle gagna la sienne d'un pas plus lent, redoutant celui qu'elle allait y trouver. Éblouie par les lumières de la scène, elle n'avait pas cherché Thornton des yeux. Mais elle avait senti que, depuis sa corbeille, il la dévorait du regard. La fierté du créateur, le docteur Frankenstein baissant les yeux sur sa créature, sur sa table de laboratoire : « C'est mon œuvre. »

Je ne suis pas votre œuvre, fulmina-t-elle intérieurement. *Et je ne vous appartiens pas.* D'un geste rageur, elle arracha l'insipide foulard bleu de Micaëla et se dirigea vers les coulisses.

Le chauffeur de Thornton l'attendait à la porte de sa loge.

— Mademoiselle Garland, M. Thornton va rentrer directement à Hyde Street pour superviser les préparatifs de dernière minute du bal. Mais il a laissé la Rolls pour vous. Je vais vous reconduire dès que vous serez prête.

Elle tressaillit, à la fois soulagée de ne pas avoir à affronter Thornton tout de suite et inquiète qu'il retourne dans son bureau avant que Suling ait fini sa fouille. Elle précisa :

— Mon pianiste vient aussi. Je vais me dépêcher.

Il ne lui fallut pas longtemps pour se démaquiller et retirer son costume. Contrairement à Caruso ou à Fremstad, elle n'était pas attendue par une file d'admirateurs. Dans ce chœur, elle n'avait aucune amie qui entrerait et sortirait de sa loge, lui emprunterait une épingle à cheveux ou lui demanderait de l'aider à lacer son corsage. Un groupe de choristes se préparait à aller souper au *Zinkand*, où les macaronis étaient censés être bon marché. Quelques danseuses disaient préférer l'*Oyster Grotto* sur O'Farrell Street. Aucune ne l'invita à se joindre à elles. Pourquoi l'auraient-elles fait ? Elle avait volé le rôle d'une autre et n'avait même pas assez bien chanté pour justifier son geste. Elles la détestaient toutes, et quoi de plus normal ? Certaines l'enviaient peut-être. Elle pouvait imaginer les autres sopranos du chœur se dire, non sans ressentiment : « J'aimerais bien aller à un bal huppé donné en mon honneur. » Pourtant, à cet instant précis, en un clin d'œil elle aurait échangé le bal de Thornton contre l'un de ces joyeux soupers de minuit d'après spectacle : un groupe d'amies, une assiette de macaronis, tout le monde riant trop fort et se réjouissant de la suite de la tournée.

Eh bien, ce n'était pas près d'arriver. Et, pour elle, la nuit allait être très longue.

À peine rentrée, Gemma gagna sa vaste chambre bleu glacé et appela :

— Suling ?

En franchissant la porte, elle avait entendu la voix de Thornton dans la serre. Mais, entre le flot continu des plats montés des cuisines et les invités censés arriver d'une minute à l'autre, la maison était dans une telle ébullition qu'elle avait pu gravir discrètement l'escalier sans qu'il la remarque. Toscanini la salua d'un gazouillement : quelqu'un avait remonté sa cage du jardin d'hiver pour la nuit.

— Suling ? Avez-vous découvert quelque chose ?

En passant devant la porte de Thornton, elle y avait jeté un coup d'œil : elle était fermée à clé, et la clé avait retrouvé sa place dans le pot, donc sûrement…

Mais Suling n'était nulle part. Ni dans la chambre où la robe de dragon attendait sur le mannequin, ni dans le boudoir rose octogonal, ni dans la salle de bains aux murs vert amande. Elle prit une profonde inspiration et commença à chercher. Elle était en train de fouiller le dernier des tiroirs de son bureau quand elle remarqua les escarpins de soirée brodés, initialement alignés sous la robe de dragon par la camériste. L'un d'eux avait été déplacé, formant un angle.

Intriguée, elle le ramassa et trouva le message qui y était enfoncé. De son écriture moulée, Suling avait rédigé un bref message qui lui donna la chair de poule.

Il l'a fait interner dans l'asile de St Christina. J'y vais. Si je parviens à la sortir de là, je la conduirai à Alice Eastwood sur Taylor Street.

Un asile! La vibrante, l'indomptable Nellie, dans un asile!

— Non, bafouilla-t-elle. Non, Non.

Nellie était versatile, impulsive, parfois irréfléchie, mais instable? Jamais. S'il l'avait fait interner, ce n'était pas pour son bien. C'était pour se débarrasser d'elle.

Qu'est-ce qui l'a poussé à s'en prendre à toi, Nell? Qu'as-tu vu? Découvert? Que…

Bon sang, quelle importance? Quelle que soit la raison, Thornton s'en était pris à Nell. Mais il ne l'avait pas tuée. Il n'avait pas pu tuer une femme qu'il admirait, qui avait été sa maîtresse, pour laquelle il avait eu de l'affection… Ou bien son amour intense de la beauté l'avait peut-être empêché de supprimer une artiste comme Nellie qui, à travers sa peinture, mettait tellement de couleur, de vie, dans ce monde.

De là à la séquestrer dans un asile, à l'enfermer entre quatre murs blêmes, lugubres, à la priver des vibrants paysages qu'elle peignait, de sa palette, de ses couteaux, de ses pinceaux… Gemma savait que ce serait pour Nellie un destin pire que le néant. Et que son amie préférerait être morte.

— *Mademoiselle**?

On frappait à la porte. La voix de la femme de chambre française demanda :

— Puis-je vous aider à vous habiller ?

— Un instant, s'il vous plaît.

Gemma retourna le mot, mais il n'y avait rien de plus. Suling était censée travailler au bal, ce soir. Mais elle savait déjà qu'elle ne ferait pas partie du groupe de jeunes Chinoises qui n'allaient pas tarder à arriver pour passer leurs robes de serveuses et se charger des plateaux de champagne. La brodeuse était partie depuis longtemps déjà. Elle était en route pour St Christina.

Elle froissa la note. *J'aurais dû y aller avec vous.* Mais l'impitoyable petite voix intérieure répliqua : « *Vraiment ? Que pourrais-tu faire pour l'aider ?* » L'ancienne Gemma avait eu le cœur trop tendre, avait été trop candide pour être utile. Et la nouvelle Gemma, celle qu'elle avait essayé de créer, était exactement la même. Simplement, elle était plus égoïste. Elle aurait dû savoir dès le début que jamais Nellie ne l'aurait laissée dans le pétrin. Elle aurait dû le savoir parce que, en dépit de tous ses défauts, Nellie, comme elle l'avait dit à Suling, avait toujours été la plus loyale des amies. *Tu le savais, mais tu t'es contentée de t'apitoyer sur ton sort au lieu d'essayer de découvrir ce qui lui était vraiment arrivé.*

À en juger par le bourdonnement croissant des conversations et la musique entraînante de l'orchestre qui s'élevaient de la salle de bal, les invités commençaient à arriver au rez-de-chaussée. Elle baissa la tête et laissa échapper trois ou quatre violents sanglots. Elle pleura d'abord sur Nellie, prisonnière de sa cage, mais aussi un tout petit peu sur elle-même. Sur la manière abominable, honteuse, dont elle avait abandonné son amie.

Qu'à cela ne tienne. Elle pouvait toujours occuper Henry Thornton, distraire ses pensées de son bureau et de son ex-maîtresse. Jusqu'au petit matin, s'il le fallait. De combien de temps Suling aurait-elle besoin ? Comment réussirait-elle à arracher Nellie à…

— *Mademoiselle** ? appela de nouveau la cameriste.

Gemma se composa un visage impassible. Un autre costume à enfiler, une nouvelle comédie à jouer.

— Entrez.

Après avoir défait ses nattes de Micaëla, la femme de chambre lui brossa les cheveux et les remonta en un chignon élaboré. Docile, Gemma se laissait faire, contemplant la robe de dragon. Ou peut-être était-ce la robe de dragon qui la regardait. Le souvenir d'une nuit de la semaine écoulée lui revint en mémoire. Allongée dans la chambre de Thornton, languide d'avoir fumé du pavot, elle sentait ses doigts dessiner des cercles sur sa peau nue et l'écoutait lui raconter d'où provenaient nombre de ses trésors.

— La Cité interdite. Du moins, mes acquisitions les plus récentes. Tellement de trésors récupérés dans les palais impériaux après les récentes rébellions. On dit que la délégation britannique organisait des ventes aux enchères tous les après-midi. Tous ces lords, ces diplomates, tellement civilisés, enchérissaient frénétiquement, puis faisaient volte-face et accusaient les Français, les Américains, les Allemands, de faire bien pire.

— Pillage ? s'était rappelé Gemma en fronçant le nez, les paupières alourdies, presque endormie.

— Butins de guerre, mon chou. Même dans les nations civilisées, on considère qu'il est admis de piller une ville qui ne se rend pas et qui est prise de force.

Avec un haussement d'épaules, il avait ajouté :

— Il y a six ans, c'était la Cité interdite. En 1860, l'ancien palais d'Été, à Pékin. Mon grand-père y était, il avait des relations dans l'armée britannique et il en a tiré parti. L'ancien palais d'Été est un endroit que j'aurais voulu voir avant qu'il soit brûlé. Des bronzes et des porcelaines vieux de trois mille ans, des jardins d'agrément où les beautés impériales déambulaient dans des robes de dragon, comme celle-là, avait-il poursuivi en lui mordillant l'épaule, des malles entières de bijoux. Les objets que mon grand-père a rapportés…

Ses yeux se fermant sous l'effet de l'opium, Gemma s'était endormie et les mots de Thornton s'étaient perdus dans l'éther. Mais, devant la robe de dragon, ils lui revenaient maintenant clairement et elle sentit son estomac se retourner. Une impératrice l'avait-elle portée, une femme au regard farouche comme Suling ? Ou une concubine comme elle – « *C'est ce que tu es,* lui chuchotait méchamment sa voix intérieure, *rien de plus qu'une concubine* » –, chantant pour son souper en s'accompagnant d'un instrument semblable à un de ces luths qu'elle avait vus sur les peintures sur rouleaux ? Qu'était-il arrivé à la femme qui portait cette robe, après l'invasion du palais par les soldats britanniques et français ? Était-elle parvenue à s'enfuir ou avait-elle subi le destin de tant d'autres femmes des villes mises à sac ?

La femme de chambre prenait la robe brodée sur le mannequin.

— Permettez-moi de vous aider à enfiler cela, *mademoiselle**. Je croyais que la Chinoise allait rester pour vous assister ? Mme MacNeil est dans tous ses états, en bas, à cause d'elle. Les autres Chinoises sont arrivées et aucune ne parle anglais. Donc si elle n'est pas là…

— Je ne sais pas où elle est. Et je ne porterai pas cette robe. Elle est trop lourde.

Pas seulement trop lourde de fils d'or et d'argent, mais trop lourde d'histoire. Elle ne lui appartenait pas, même si elle ne faisait que l'emprunter, et Thornton n'aurait jamais dû la prêter non plus : la robe de dragon n'était pas sa propriété. Elle regrettait de gâcher tout le minutieux travail à l'aiguille de Suling, mais elle ne mettrait pas cette robe. Elle lui donnerait l'impression d'être dans un linceul.

— Que se passe-t-il, ici ?

Une voix désapprobatrice s'éleva derrière elle. La caméristе fixait la dernière agrafe de la robe du soir en velours bleu nuit, scintillant de milliers de paillettes de strass.

Elle eut à peine le temps de se composer une expression enjouée avant de faire volte-face. Thornton se tenait devant elle, en frac, sa cravate négligemment nouée, comme toujours. Les sourcils froncés, il examinait sa tenue d'un air contrarié.

— C'est beaucoup plus confortable pour chanter, déclara-t-elle gaiement en enfilant un long gant de chevreau. Comment se passe le bal ?

La pendule avait sonné minuit depuis longtemps. La danse devait battre son plein. Son entrée, tardive, foudroyante, avait été planifiée avec soin.

— Tous les grands noms attendus sont présents, répondit-il, sans se départir de son air irrité. Je suppose qu'il est trop tard pour que vous vous changiez.

— Je n'ai aucun désir de me changer.

La ride entre les sourcils du millionnaire se creusa. Elle ne se souvenait pas de l'avoir remarquée quand il l'avait courtisée. Ne prenait-il plus la peine de la cacher maintenant, de dissimuler à quel point il détestait se voir contredire ? Combien de fois Nellie avait-elle vu ce sillon avant qu'il décide qu'elle représentait trop d'ennuis et qu'il la fasse interner ? Après avoir lu le mot de Suling, Gemma avait été trop dégoûtée, bouleversée, choquée, pour éprouver de la colère. Mais, maintenant, elle sentait en elle une étincelle de rage prête à s'embraser. Elle s'y accrocha. La rage endurcissait bien plus que les larmes.

Elle enfila son deuxième gant et reprit, nonchalante :

— On n'obtient pas toujours ce que l'on veut, vous savez.

— Vous m'en voulez de vous avoir donné le rôle de Micaëla ?

Son froncement de sourcils évanoui, il semblait amusé. Il reprit.

— Je voulais voir si vous relèveriez le défi. Je dois reconnaître que vous n'avez pas donné le meilleur de vous-même.

Il s'adressait à elle comme à une employée recevant une légère réprimande. Le fixant longuement du regard, elle boutonna son gant. Il avait si bien su l'encourager au début de leur relation. L'exhortant à veiller sur elle-même, la laissant décider de leur rapprochement, prendre les choses en main. Il avait attendu d'avoir obtenu ce qu'il voulait pour adopter ce ton, celui d'un employeur qui rappelle à l'ordre un subalterne.

— Ne boudez pas, Gemma. Cela ne vous va pas.

Il s'approcha, déposa un baiser sur son épaule dénudée au-dessus du corsage de velours bleu nuit.

— Je vous ai apporté quelque chose.

— Je ne veux pas…

Mais il ne l'écoutait pas. Il leva sa main brûlée, claqua des doigts, et un valet de pied entra, portant un coussin de velours sur lequel reposait…

…la couronne du phénix. Les yeux braqués sur la tiare, elle déclara aussitôt :

— Je ne veux pas la porter.

Elle ne voulait rien avoir à faire avec ce joyau, pas plus qu'avec la robe de dragon. Encore une précieuse merveille provenant d'une contrée lointaine, le butin d'un rapace qui s'en était emparé dans le coffre à bijoux d'une femme, ou l'avait arraché de sa tête. Ne voyant que les perles, les saphirs, les plumes de martin-pêcheur en fil d'or.

— Elle sera trop lourde et…

— Je veux vous présenter coiffée de cette tiare.

Le sillon s'était de nouveau creusé entre ses sourcils. Gemma fut prise d'un pressentiment. La prudence lui commanda de ne pas le contrarier plus avant. De ne pas lui dire non trop souvent. Du moins, jusqu'à ce qu'elle puisse s'enfuir.

Et elle allait s'enfuir. À l'aube, quand la réception s'achèverait, que Thornton irait se coucher, que la maison serait endormie, elle ferait son bagage et gagnerait le *Palace Hotel* où était descendue la troupe du Metropolitan Opera. Là, elle demanderait la personne chargée de loger les artistes et la supplierait de lui donner une chambre. Après tout, elle avait toujours son contrat avec le Met. Peut-être avait-elle presque tout gâché, mais elle allait faire son possible pour rattraper la situation. Elle était prête à accepter tout ce qu'ils lui proposeraient, même si cela supposait de partager une chambre avec un mezzo qui ronflait et une soprano qui monopolisait le lavabo. Elle n'accepterait plus rien de Henry Thornton. Pas même une miette de pain. La seule chose qu'elle allait lui prendre serait Nellie, par quelque moyen que ce soit. Elle était prête à tout pour aider Suling à réaliser l'impossible.

Nellie. Remplaçant la voix vénéneuse, la chère voix de Nellie, si familière, lui chuchotait : *« Ne le mets pas en colère. Du moins, pas encore. »*

Se mordant la langue, elle le laissa soulever la couronne du phénix et la poser sur sa tête. Un frisson la traversa quand elle sentit son poids. Les lourdes boucles de perles qui tombaient sur les côtés, frôlant ses épaules, faisaient osciller les reines de la nuit sculptées dans l'ivoire.

— Magnifique.

Il recula d'un pas et l'admira. Les strass de la robe bleue étincelaient. Les joyaux de la couronne bleue étincelaient. Elle étincelait.

— Vous allez les éblouir, ajouta-t-il en lui offrant son bras.

Je ne vais éblouir personne cette fois, se dit-elle en se forçant à l'accepter. *Je vais réduire en cendres cette histoire entre nous.*

Chapitre 16

Il fallait qu'elle s'arrête de courir. Pliée en deux par un point de côté, Suling s'appuya contre une haute barrière. Elle avait les cuisses et les mollets en feu. Elle avait toujours cru que, à monter et descendre les rues abruptes de Chinatown chaque jour de sa vie, elle avait des jambes solides. Mais courir était une autre affaire. Le mince croissant de la lune déclinante diffusait une clarté si faible qu'une simple brume passagère suffisait à l'obscurcir. Nob Hill était silencieuse, ses rues désertes, vides d'automobiles, de voitures à chevaux. Ses riches résidents étaient sans doute tous à l'opéra, soucieux de paraître cultivés ou de pouvoir au moins dire qu'ils avaient vu le grand Caruso. Heureusement, la route allait ensuite redescendre jusqu'à Washington Square Park, non loin du couvent, au coin des rues Filbert et Dupont. Suling prit une profonde inspiration et se remit en route.

Quand elle aperçut le clocher de Saints-Pierre-et-Paul, l'église catholique qui faisait face au couvent St Christina, elle s'arrêta. Elle se rendait soudain compte qu'elle n'avait aucun plan. Juste la vague idée de tambouriner à la porte et de demander à voir Regina Reynolds. Ou Nellie Doyle. Et puis… Et puis quoi ? Elle approchait de St Christina quand la lune sortit enfin de derrière les nuages. Sous sa froide lumière argentée, le couvent hôpital se dressait, grand, intimidant. Un long bâtiment de pierre aux fenêtres en ogive sur toute la largeur du deuxième et du troisième étage.

Celles du rez-de-chaussée étaient bardées de barreaux de fer. Au deuxième étage, quelqu'un longeait le couloir avec une lampe, illuminant tour à tour chacune des fenêtres, comme d'étroites arches gothiques de lumière.

Le profond porche de l'entrée était faiblement éclairé par une ampoule électrique. Elle tira sur la chaîne, entendit le tintamarre de la cloche. Au bout de quelques instants, le clapet qui fermait la petite ouverture grillagée dans la lourde porte s'ouvrit dans un craquement.

— Il est très tard, dit une voix de femme, jeune. Les heures de visite sont terminées. Revenez demain matin.

L'ouverture était trop petite pour que Suling puisse distinguer ses traits.

— S'il vous plaît, je cherche une amie. Une patiente.

— Revenez demain matin, répéta la voix. Et une jeune fille ne devrait pas traîner dans la rue à cette heure tardive. Rentrez chez vous, ma chère.

Suling insista :

— Je vous en prie, ma sœur. Pouvez-vous au moins me dire si Regina Reynolds est dans cet hôpital ?

Suling vint se placer sous la lumière. Le clapet s'ouvrit en grand et elle regarda le visage de la sœur à travers le grillage.

— Oh ! Vous êtes un garçon. Pouvez-vous me répéter ce nom ?

— Regina Reynolds. S'il vous plaît, est-elle ici ?

Une voix s'éleva derrière la religieuse.

— Qui sonne à cette heure, sœur Anne ?

— Un jeune Chinois, sœur Margaret. Il demande Regina Reynolds.

Le visage d'une femme plus âgée apparut derrière la grille.

— Ou Nellie Doyle, insista Suling, en désespoir de cause. Avez-vous une Nellie Doyle à l'hôpital ? Des cheveux bruns, bouclés. Des yeux verts. Elle serait arrivée en février, à la mi-février.

— Ce pourrait être…, commença sœur Anne.

La plus âgée des religieuses l'interrompit.

— Rentrez chez vous. Partez ou j'appelle la police. La police, petit malin !

Le clapet se referma.

Suling se laissa tomber sur le sol en pierre du porche. La plus jeune des religieuses avait été sur le point de lui faire une révélation concernant Nellie. Mais la seconde l'avait interrompue. Elle avait la quasi-certitude que son amie était ici. Elle pourrait essayer de nouveau le lendemain matin, peut-être s'introduire dans les lieux par la porte de service, prétendre qu'elle venait chercher la lessive. Elle se souvint alors que le couvent avait sa propre blanchisserie.

Elle fut prise d'une soudaine envie de se recroqueviller sur le seuil et de pleurer. Mais elle ne pouvait pas rester. La plus âgée des religieuses pouvait mettre à exécution sa menace et appeler la police. Elle s'essuya les yeux et le nez d'un revers de manche, remit son sac à linge en bandoulière et traversa Filbert Street pour gagner l'église. C'était un édifice bizarre, l'architecture d'origine ayant été défigurée par des ajouts et des extensions. Malgré sa laideur, son porche en retrait était plus accueillant que celui de l'asile. Deux bancs de marbre s'y faisaient face, comme invitant au repos.

Assise au bout de l'un des deux, elle regarda de l'autre côté de la rue. Les fenêtres des étages supérieurs étaient maintenant totalement obscures. Elle essaya de ne pas penser à Reggie qui était sans nul doute enfermée dans une cellule. Donnait-elle sur la cour ou était-elle dans une pièce sans aucune fenêtre ? Si elle ne pouvait pas pénétrer dans le couvent le lendemain matin, elle allait être obligée de trouver de l'aide. Inutile de se tourner vers Gemma. Elle avait besoin d'une personne dont l'autorité était reconnue. Donaldina Cameron, de la Mission. Reggie n'était pas chinoise, mais c'était une femme qui avait besoin de protection. Mlle Cameron ne refuserait sûrement pas.

Cela supposait de retourner à Chinatown, de tomber peut-être sur son oncle, sur le docteur Ouyang ou sur n'importe quelle autre connaissance susceptible de les informer. Mais il s'agissait de Reggie. Elle était prête à prendre tous les risques.

Malgré l'angoisse qui la tenaillait, vaincue par la fatigue, elle s'allongea sur le banc et s'enroula plus étroitement dans sa veste. Elle aurait voulu que sa mère soit encore en vie. Ming Lee l'aurait rassurée, lui aurait promis que tout allait s'arranger. Que c'était bien d'aimer Reggie. Ses yeux se fermèrent, son esprit se mit à vagabonder. Un souvenir remonta du passé. Un jour, chez Madame Ning, avec sa mère, elle avait aidé Hyacinth à essayer une robe.

Elle revoyait clairement la robe : en satin bleu pâle, avec une jupe brodée de minuscules rosettes roses, qui se déployait sur les genoux de Hyacinth. Elle venait tout juste de la retirer quand Butterfly avait fait irruption en hurlant. Les deux femmes s'étaient disputées, avant de tomber dans les bras l'une de l'autre pour échanger un baiser passionné. Suling avait jeté un coup d'œil interrogateur à sa mère. Mais c'était Madame Ning qui avait pris la parole.

— Tu as parlé à ta fille de Butterfly et Hyacinth, Ming Lee ?

Sans attendre la réponse de son amie, elle avait poursuivi :

— Trouves-tu étrange que deux femmes soient amoureuses ? Ou deux hommes, peut-être ?

— Je... je ne sais pas, avait bredouillé Suling. Je pensais que, comme Butterfly et Hyacinth reçoivent des hommes...

Des Chinois, des Américains. Des hommes de toutes les nationalités puisque le monde entier faisait escale à San Francisco. Des hommes qui payaient juste pour franchir les portes laquées du *Palais des Plaisirs Infinis*, puis payaient plus encore après avoir choisi l'une des huit beautés. Suling avait seize ans et le comprenait. En théorie.

— C'est ce qu'elles font professionnellement, avait expliqué Madame Ning. Cela n'a rien à voir avec qui elles aiment. La petite Coral, notre benjamine, aime un homme de sa ville natale parce qu'ils parlent le même dialecte. En ce qui concerne Butterfly, elle en a assez des hommes. C'est aussi simple que cela.

Elle avait eu un petit rire.

— Il n'est déjà pas facile de trouver l'amour dans ce monde, avait renchéri Ming Lee. Si les dieux ont lié leurs destins d'un fil de soie rouge, de quel droit pouvons-nous juger Butterfly et Hyacinth ?

— Un fil de soie rouge ? s'était étonnée Suling.

Sa mère avait alors expliqué :

— Il existe un fil de soie rouge que les dieux nouent autour des doigts de deux personnes qui sont destinées l'une à l'autre. Qu'importe la distance qui les sépare, le fil finit toujours par les réunir. Qu'importe les épreuves qu'elles affrontent, les pressions subies par ce fil, jamais il ne se rompra.

Non, ma mère ne m'en voudrait pas, se dit-elle en s'endormant. *Elle saurait que Reggie et moi sommes liées par ce fil de soie rouge.*

En ce moment, le fil était mis à l'épreuve, tendu à l'extrême, mais il ne casserait pas.

Chapitre 17

18 avril 1906
Trois heures, cinquante et une minute
avant le tremblement de terre

Il existe tant de grands airs qu'une soprano peut chanter, songea Gemma. Pourtant, bien peu exprimaient la colère. Quand une femme chantait dans un opéra, elle était transportée par l'amour, le chagrin, la mort. Mais rarement par la rage. Soupire, pleure, meurs, mais ne fulmine pas.

Néanmoins, la Reine de la Nuit de Mozart pouvait cracher sa fureur pendant trois minutes en *ré* mineur, pour atteindre les quatre contre-*fa* stratosphériques qui (s'ils étaient bien exécutés) faisaient frissonner le public comme un exquis poignard d'argent se glissant dans leurs oreilles. Et cette rage sauvait Gemma car jamais, de toute sa vie, elle n'avait autant appréhendé de se présenter devant un public. Mais elle bouillonnait de colère.

Pendant trois minutes, elle allait pouvoir regarder Henry Thornton droit dans les yeux et l'accabler de sa fureur.

Une colère terrible consume mon cœur.

Elle attaqua l'introduction comme si elle était en train de lui arracher la tête. Peut-être n'avait-elle pas fait grande impression, ce soir, dans le rôle de la sotte villageoise de *Carmen* mais, en une demi phrase, la reine vengeresse réduisit au silence toute la salle de bal.

La mort et le désespoir m'enflamment.

Elle déchira les mots traduits de l'allemand comme si elle déchiquetait de la chair, les longues boucles de perles de la couronne de phénix oscillant autour de sa gorge, et se lança dans la mitraille des staccatos comme si elle se jetait du haut d'une falaise. Ses *fa* suraigus jaillirent comme des balles de cristal, chacun d'entre eux frôlant la perfection, et quand le dernier serment guttural de la Reine gronda à travers la salle (*Entendez, entendez, dieux de la vengeance, le serment d'une mère*) elle se sentit un moment comme dissociée d'elle-même, et ne revint à elle que lorsque la salle explosa en un tonnerre d'applaudissements extatiques.

Entendez le serment d'une femme, non d'une mère, se dit-elle, le souffle court, le regard rivé sur le visage suffisant de Thornton qui était loin de se douter des pensées qui l'animaient. *Entendez mon serment. Pour ce que vous avez fait à mon amie.*

Elle aurait été bien incapable de dire comment elle était arrivée au bout du programme mais, enfin, les dernières notes de l'air final résonnèrent. Pour une fois, elle refusa un rappel. Elle descendit de la scène au milieu des applaudissements, recevant d'innombrables baise-mains. Du maire Schmitz et de ses collègues de la mairie. Du chef de la police. De James Flood, le magnat des mines, qui avait à ses côtés sa femme scintillante de diamants : tiare, tour de cou, plastron. Un bel acteur langoureux qui sentait vaguement le whisky effleura de ses lèvres le creux de son poignet.

— John Barrymore, sublime créature. Jamais je n'ai vu d'aussi beaux yeux bleus.

Caruso se précipita vers elle, une présence dont au moins elle se félicitait, et l'embrassa sur les deux joues.

— *Carina*, vous étiez magnifique ! Micaëla, elle n'est pas pour vous. Mais je pense que vous et moi chanterons une superbe *Traviata*, ensemble, un jour.

Le maire lui mit un verre dans la main, un mélange puissant de cognac péruvien, d'ananas et de citron vert.

— Pisco Punch. Un cocktail inventé ici, à San Francisco.

Un concert de « oh » et de « ah » admiratifs accueillit une pyramide scintillante de coupes de cristal. Le punch fut versé dans le verre du sommet et cascada jusqu'au dernier rang, les remplissant tous. L'orchestre attaqua *La Veuve Joyeuse* et les danseurs se remirent à tournoyer sur le plancher.

— Vous avez été sublime, lui chuchota Thornton à l'oreille. Je vous avais réservé un hommage, vous savez ? La reine de la nuit, dans la serre, était censée fleurir ce soir. J'avais l'intention de la cueillir et de la glisser au creux de vos magnifiques seins. Une reine de la nuit pour ma Reine de la Nuit le soir de son triomphe.

Comment ai-je jamais pu vous trouver charmant ? se dit Gemma.

— Mais sa floraison est en retard d'un jour, ajouta-t-il, se rembrunissant.

— Même un millionnaire ne peut pas programmer la floraison d'une fleur, ironisa-t-elle, pour le plaisir de voir son visage s'assombrir encore.

Une matrone couverte de saphirs lui tapota le bras de son éventail.

— Je compte sur vous pour promettre un *two-step* à ma fille, monsieur Thornton.

Gemma en profita pour retirer son diadème volé et le confier à un valet de pied qui irait le remettre en lieu sûr, dans le Salon Chinois.

D'autres potins s'échangeaient au son de la musique.

— …ont abandonné cette histoire de disparition d'un détective de l'*Agence Pinkerton*, il n'y a tout simplement aucun…

— Avez-vous vu Louisa Ward trébucher sur son ourlet, au bal du *Cotillion Club* ?

Mais Gemma n'y prêtait qu'une oreille distraite. Que diable était-elle venue faire dans cette ville carnivore ? Si même un détective de l'*Agence Pinkerton* pouvait y disparaître sans une trace, quelles étaient leurs chances de retrouver Nellie ?

— Vous ne dansez pas ? lui demanda Thornton, enjôleur.

Elle se contenta de le regarder en clignant des yeux. Lors de la dernière soirée donnée à la maison octogonale, elle avait virevolté parmi la foule des invités comme une bulle de champagne, séduite par la radieuse lumière du soleil, le luxe qui l'entourait, par Thornton lui-même. Ce soir, elle ne virevoltait pas. Immobile au bord de la piste de danse, dans sa robe de bal scintillant comme un ciel étoilé, elle contemplait d'un regard las ce spectacle qui lui faisait l'effet d'un cauchemar plutôt que d'un rêve devenu réalité. Les danseurs semblaient osciller et trébucher comme des marionnettes mal actionnées. La musique fébrile du calliope l'assourdissait. Elle lui rappelait la scène d'ouverture de *La Traviata* : le salon de Violetta envahi d'invités qui ne se souciaient guère d'elle, la coquille creuse et scintillante de sa vie tourbillonnant comme une toupie.

— *Buona sera, carina*, la salua de nouveau la voix de Caruso, couvrant le rire strident des danseuses.

Il lui pinça la joue comme il l'avait fait à l'opéra après le tomber de rideau.

— Assez d'huîtres et de champagne pour moi. J'ai besoin d'une assiette de tagliatelles, sinon je ne dormirai jamais !

Il s'éloigna, faisant tournoyer sa cape d'opéra, suscitant l'envie de Gemma. Mais elle tiendrait bon, jusqu'*à la dernière seconde.* Deux heures, 3 heures du matin.

Elle sentit une main se poser sur son bras. Ses épais sourcils bruns froncés, George murmura, l'air préoccupé :

— Que se passe-t-il ? Vous ressemblez à une statue de cire de Madame Tussaud.

— Tout va bien, parvint-elle à dire, mentant sans vergogne.

Un long moment, il la regarda, effleurant de ses doigts la peau nue au-dessus de son long gant de chevreau. Puis, avec un geste du menton, il montra la salle de bal animée, la scène sur laquelle elle avait chanté. Thornton présidait l'assemblée de ses invités comme un monarque.

— Peut-être n'est-ce pas exactement ce que vous attendiez, après tout. Mais, si c'est le cas, si ce n'est pas ce que vous voulez, finalement, vous pouvez tout laisser tomber. Partez maintenant, avec moi. J'ai une chambre au sud de Market Street. Vous y êtes la bienvenue aussi longtemps que vous voudrez. Je dormirai dans celle de mon propriétaire, malgré ses ronflements et ses pets.

Avec un sourire, il poursuivit :

— Vous n'appartenez à personne. Vous avez des amis. Partez maintenant si vous voulez. Je serai votre garde du corps.

Il me suffirait d'y penser pour que vous m'emmeniez loin d'ici, songea-t-elle. Elle n'aurait même pas besoin d'acquiescer d'un signe de tête. Un pianiste chevronné reconnaissait le signal de sa cantatrice pour savoir quand commencer à jouer. Elle n'aurait qu'à se redresser pour qu'il sache qu'elle était prête.

Mais elle resta immobile, son sourire toujours plaqué sur ses lèvres.

— Merci, George. Vous n'imaginez pas à quel point j'apprécie votre proposition. Mais tout va bien, vous savez. Rentrez chez vous et dormez un peu. Il est presque 4 heures du matin.

Sans se départir de son air anxieux, il se dirigea vers l'escalier et sortit dans la nuit. Beaucoup d'autres invités en faisaient autant. L'orchestre commençait à jouer faux, les camélias et les lys des innombrables bouquets piquaient du nez. La rose *American Beauty*, piquée dans les cheveux de l'une des dames endiamantées, penchait jusqu'à son oreille.

— J'ai commencé à les congédier, lui murmura Thornton à l'oreille. Je vous veux toute à moi.

Il lui donnait la chair de poule. Pourtant, une partie d'elle-même, la trahissant, ne put s'empêcher de réagir différemment à ses paroles : ses genoux semblaient vouloir se dérober sous elle, ses lèvres esquisser un sourire. *Pourquoi ne pouvons-nous pas simplement faire taire nos émotions comme on ferme un robinet d'eau chaude ?* se demanda-t-elle en se mordant violemment l'intérieur de la joue. *Couper le flot à l'instant où nous comprenons que ce qui en jaillit va nous brûler ?*

Peut-être parce que tant de ce qu'il lui avait donné était réel. Oh, il avait probablement lancé sa première invitation à dîner comme un lasso. Rétrospectivement, elle comprenait qu'il avait eu vent de son arrivée imminente à San Francisco par Nellie. Qu'il l'avait sans doute surveillée, se demandant si elle allait donner l'alerte de la disparition de son amie à grands cris Et, si c'était le cas, quel plan il devrait adopter. Pourtant, après le dîner au Palace Grill, son admiration était sincère. Gemma avait entendu suffisamment de louanges dans sa vie pour savoir faire la différence entre le vrai et le faux. Au lit, il avait fait preuve d'un désir ardent, intense ; il l'avait écoutée chanter les yeux brillant de vraies larmes ;

il avait vraiment voulu la projeter au paradis et la voir briller comme son étoile personnelle. *Tout cela était réel*, avait-elle envie de crier en frappant de ses poings son plastron de chemise. *Alors pourquoi y a-t-il en vous cette facette monstrueuse ?*

Bien sûr, il l'avait mise en garde, lors de leur première rencontre : « *Vous avez l'air d'une jeune femme convenable, mademoiselle Garland. Je ne suis pas un homme bien. Il est préférable de m'éviter.* »

Vous n'aviez pas besoin d'être quelqu'un de bien, avait-elle envie de lui dire maintenant. *Mais étiez-vous obligé d'être un monstre ?*

« *Si l'on ne commet pas la bêtise de tomber amoureux, personne ne souffre* », avait-elle dit, désinvolte, à George, lors de leur première rencontre.

Comme elle avait été stupide ! Les puissants jouissaient de tellement de moyens pour réduire en miettes ceux qui leur étaient inférieurs.

La dernière valse se termina dans une discorde grinçante d'archets indifférents sur des cordes fatiguées, les musiciens ne prenant même plus la peine de feindre un effort. Les derniers invités, qui ne les écoutaient plus, bavardaient en bâillant, les femmes ramassaient leurs éventails. Enfin, tous se dirigèrent vers l'escalier. En hôte parfait, Thornton les saluait, les renvoyant à leurs châles, à leurs voitures à chevaux, aux draps de soie qui les attendaient dans leurs lits. Gemma s'éclipsa discrètement et descendit l'escalier de service. Elle se moquait bien que les dames de la haute société à l'œil aiguisé sachent qu'elle dormait ici ; tant qu'elle pouvait échapper à la surveillance de Thornton. Elle passa voir Toscanini dans sa cage et, pour une raison inexpliquée, le trouva agité. Avec des cris rauques, il se jetait contre les barreaux. Après lui avoir donné quelques graines, elle continua sa descente jusqu'au premier étage, où elle déboucha dans le grand atrium octogonal central. Le majordome était en train de fermer les portes. À l'extérieur, la voiture du dernier invité s'éloignait dans un cliquetis de roues.

Elle regarda en l'air. Loin au-dessus d'elle, la lumière de l'aube grise s'infiltrait par la coupole en verre. La grande pendule sonnait 5 heures du matin. Un flot de femmes de chambre épuisées se traînait en direction des quartiers des domestiques. La nuit – et le bal – s'achevait.

— Gemma ?

La voix de Thornton flotta depuis le dernier étage. Elle leva la tête et le vit, penché sur la rampe de l'escalier, quatre étages au-dessus, sa tête formant une silhouette noire sur le verre.

— Venez vous coucher.

Évasive, elle répondit :

— Dans un moment.

Elle n'avait d'autre choix que de monter le rejoindre et le laisser lui retirer sa robe de bal. Mais elle était incapable de faire un pas vers l'escalier. Pas encore. À la hâte, elle improvisa :

— Les journaux du matin vont arriver d'une minute à l'autre. Je veux voir ce que les critiques disent de *Carmen*.

— Les sopranos ! s'esclaffa-t-il. Vous avez cinq minutes, mon chou. Ensuite, je descends et je vous traîne par les cheveux jusqu'au lit…

Soulagée, elle le vit disparaître en direction de sa chambre. Quand elle entendit sa porte se fermer, elle laissa échapper un long soupir. L'air lui sembla soudain étouffant, chargé d'effluves de tabac et de champagne auxquels se mêlait l'odeur de transpiration des danseurs qui avaient espéré la masquer avec du parfum. Elle ramassa sur un bras sa traîne bleu nuit et sortit.

Si, pour sa part, elle ne s'était pas couchée de la nuit, le reste de San Francisco s'éveillait. Quand elle traversa les jardins soignés pour gagner le portail, la carriole du laitier descendait déjà Hyde Street en bringuebalant. Bâillant, les filles de cuisine et les cuisinières émergeaient des seuils d'un pas traînant, pour aller chercher les bouteilles. Plus bas sur Nob Hill, des chariots tirés par des chevaux cahotaient vers le marché. Au loin, une cloche d'église tintait doucement. Old St Mary à Chinatown, peut-être. En l'apercevant, un policier qui revenait de ses rondes de nuit porta une main à son casque à l'intention de Gemma, qui se tenait à la grille en étirant son cou. Elle avait la nuque encore douloureuse du poids de la couronne du phénix, tout ce poids de perles, de plumes et d'histoire. Elle lui répondit d'un salut de la tête. Le gris de l'aube évanoui, le ciel était maintenant d'un bleu brumeux.

— Le *Call*, m'dame.

Un livreur de journaux lui tendit un numéro du matin. Encore humide, il sortait à peine des presses. Elle ne se souciait guère de ce que les critiques avaient pensé de *Carmen*. Mais elle avait le vague espoir que, si elle s'attardait suffisamment, Thornton s'endormirait en l'attendant. Elle déplia donc le journal.

Carmen s'est rebaptisée pour San Francisco, hier soir. Pour cette saison, au moins, l'opéra pourrait tout aussi bien s'appeler Don José. Caruso est le magicien...

— Ça ne va pas plaire à la Fremstad, murmura-t-elle, amusée malgré elle.

Elle leva les yeux, distraite par une soudaine cacophonie d'aboiements. La rue semblait toutefois si paisible qu'elle se replongea dans sa lecture.

Bessie Abott a chanté Micaëla comme si elle était terrifiée, mais s'est attiré une certaine sympathie pour sa jolie tessiture et l'intelligence de son jeu.

Eh bien, si le *San Francisco Call* daignait lui adresser de vagues éloges, autant se tromper sur son nom, se dit-elle, sarcastique.

— Waouh ! Doucement.

De l'autre côté de la rue, le laitier s'était arrêté pour calmer son cheval, qui s'ébrouait nerveusement en agitant la queue.

— Qu'est-ce qu'il a ? lança le livreur de journaux, qui était déjà passé à la maison suivante.

— Sais pas. Il est tranquille, d'habitude.

Distraite cette fois par un étrange et lointain grondement, Gemma releva les yeux. Il évoquait le fracas de vagues déchaînées, au large.

— Que…, eut-elle le temps de dire, avant de s'apercevoir que les pavés de la rue *ondulaient*.

Une image absurde lui traversa l'esprit : des gouttes d'huile sautant dans une casserole chaude. Le cheval du laitier laissa échapper un hennissement, se cabra, tandis que le grondement lointain allait crescendo pour se transformer en un vacarme assourdissant. L'ondulation déchirait la rue pavée comme un requin fendant l'eau profonde. Pétrifiée, Gemma ne pouvait que regarder.

Puis, comme une diva s'affaisse sur scène, agonisante, la terre plongea dans une profonde révérence sous ses pieds et la précipita à genoux. Et le sol se fendit en deux.

Chapitre 18

Suling se réveilla en sursaut. Les cloches de l'église sonnaient. Mais elles faisaient un vacarme irrégulier, incontrôlé. Il y eut un fracas de bois s'écrasant suivi d'un grand bruit métallique. Elle se leva pour retomber immédiatement. Le sol se soulevait. On ne pouvait pas être né à San Francisco et ne pas reconnaître un tremblement de terre. Et celui-là était sérieux. Il y aurait des répliques, qui feraient plus qu'ébranler les vitrines de porcelaines.

Toujours à quatre pattes, elle essaya de distinguer St Christina à travers la lumière blême du matin. La poussière volant dans l'air obscurcissait l'autre côté de la rue. Elle ne voyait que les réverbères sur le trottoir. Et ils oscillaient dangereusement. Filbert Street se soulevait et s'effondrait dans un fracas de verre brisé. Les tremblements empiraient. Suling plongea sous le banc de marbre. Elle ferma les yeux et tira le sac à linge sur sa tête. Des grondements assourdissants, des fracas de bâtiments s'écroulant. Puis vinrent les hurlements : hurlements de terreur, appels à l'aide. Une peur indicible lui noua le ventre. Elle ne craignait pas pour sa propre vie mais pour Reggie, enfermée, incapable de s'échapper.

Quand enfin le sol cessa de trembler, elle roula de sous le banc et vit que l'entrée du porche était obstruée par un empilement de planches et de briques qui s'élevait jusqu'à la hauteur de sa poitrine. Prise de panique, elle entreprit de jeter les gravats de côté. La poussière était si épaisse qu'elle dut nouer un fichu sur son nez et sa bouche. Avec une force qu'elle ne se soupçonnait pas, elle délogea une poutre de bois des éboulis et l'utilisa pour les repousser. Elle finit par se frayer un passage et se mit à courir dans la rue en écartant les briques cassées à coups de pied.

Elle s'arrêta pour regarder en arrière. Le clocher et les murs de l'église s'étaient effondrés. Des volutes de poussière s'élevaient des ruines. Solidement soutenu par ses colonnes, le porche qui l'avait abritée était intact. Elle n'avait pas la moindre idée du temps qu'il lui avait fallu pour se libérer, mais, à voir le soleil déjà haut dans le ciel d'un bleu limpide, la matinée était déjà bien avancée. Une scène de destruction inimaginable s'offrait à son regard. Des sections de la rue, gondolées, ressemblaient à des montagnes russes brisées. Une bande de pavés s'était recourbée, comme si elle avait été arrachée par une main géante. Des maisons de bois penchaient périlleusement, leurs cheminées de brique démolies. Certaines avaient été soulevées à plusieurs mètres au-dessus de leurs fondations et leurs habitants en sautaient et s'aidaient mutuellement à en sortir.

Les laitiers et les livreurs se trouvaient dans la rue à l'heure où le tremblement de terre avait frappé. Ils participaient maintenant à l'excavation des débris, à mains nues ou armés de pelles et de scies, s'ils en avaient. Certains appelaient les passants au secours pour qu'ils les aident à extraire les gens des décombres. Seuls ces cris venaient briser le sinistre silence qui s'était abattu sur la ville. Tous semblaient sous le coup de la surprise, de l'incrédulité. Un homme calmait un cheval qui hennissait pendant que deux autres essayaient de couper son harnais. Sa carriole était tombée dans une large fissure dans le sol.

Redoutant le spectacle qui l'attendait, Suling traversa le carrefour. Les contours volumineux de St Christina émergeaient à travers une brume de poussière. Sur la chaussée, devant le couvent, s'amoncelait une avalanche de briques et de pierres. Côté rue, le mur entier s'était affaissé, laissant l'intérieur intact, toutes les pièces et leurs meubles visibles, comme une énorme maison de poupée ouverte.

Mais ce n'étaient pas des poupées qui en sortaient. Certaines femmes à moitié vêtues, d'autres complètement habillées, enjambaient les briques qui jonchaient le sol, avec une placidité singulière. Les pièces du rez-de-chaussée et les couloirs les reliant entre elles avaient beau être ouverts sur la rue, elles sortaient par la porte d'entrée. Peut-être trop hébétées pour faire autrement, ou peut-être par habitude.

— Doucement, ma sœur, dit l'une d'elles. Faites attention à ces pointes en fer entre les briques.

— Tout va bien, répondit la religieuse. Je peux atteindre la rue seule à partir d'ici. Allez aider Bridget, je l'ai vue dans le cloître. Elle avait l'air perdue.

Les religieuses, les novices et le personnel se frayaient un chemin à travers les ruines. Mais les malades ? Suling balaya du regard le deuxième étage du couvent. Les murs extérieurs et les fenêtres en ogive détruits, des portes s'espaçaient en rangée le long du couloir qui s'étendait sur toute la largeur du bâtiment, indiquant des chambres. Des chambres de patients. Même de l'endroit où elle se tenait, elle entendait leurs cris. Pourtant, elle ne voyait personne leur ouvrir, personne pour faire sortir les malades d'un bâtiment qui pouvait s'effondrer d'un instant à l'autre.

Enjambant les gravats, elle se précipita vers l'hôpital. Il fallait qu'elle trouve Reggie avant la prochaine secousse. Elle n'allait pas tarder et, quand elle frapperait, ce serait terrible.

— Reculez ! lui cria un homme de la rue. Éloignez-vous du bâtiment !

Ignorant sa mise en garde, elle grimpa sur un tas de pierrailles et escalada la façade jusqu'à une chambre sobrement meublée d'un lit étroit, d'une commode et d'une chaise en bois. Au-dessus d'un calendrier, un crucifix pendait au mur. Elle ouvrit la porte et sortit dans un long corridor plongé dans l'obscurité. Tournant la tête à droite, elle distingua un faible puits de lumière à travers la poussière. C'était un escalier qui montait au deuxième.

Près de l'escalier, une porte s'ouvrit et une religieuse sortit, portant une longue chaîne de clés.

— Ma sœur ! cria Suling.

La religieuse se retourna. C'était une femme jeune, au visage joufflu, sans une ride.

— Vous êtes blessée ? Vous avez besoin d'aide ? s'inquiéta-t-elle en se hâtant vers elle. Que faites-vous ici ?

— Je cherche mon amie. Je vous en prie, ma sœur, je ne sais pas sous quel nom elle a été admise, peut-être Regina Reynolds, ou Nellie Doyle, mais elle est grande, elle a les cheveux bruns et bouclés et les yeux verts. C'est une artiste.

La religieuse la regarda plus attentivement.

— Vous êtes le garçon qui était ici hier soir. Mais vous n'êtes pas un garçon, c'est ça ?

Elle marqua une pause.

— De toute façon, quelle importance, maintenant ? Je pense que votre amie est ici, au troisième étage. Je vais faire sortir toutes les patientes. Venez avec moi. Et restez bien près du mur en montant les marches, lui recommanda la religieuse.

Quand elles atteignirent le deuxième étage, elles furent accueillies par les appels à l'aide, le bruit des poings qui cognaient sur les portes.

— Tout va bien, cria la jeune religieuse à la cantonade. Il y a eu un tremblement de terre. Je déverrouille toutes les portes.

Dans la première chambre, une femme aux cheveux gris, courts, assise sur une chaise, leur tournait le dos. Elle faisait face à un mur qui était maintenant un trou béant donnant sur la cour, en contrebas.

— Elle regarde le jardin, expliqua la religieuse d'une voix très calme, comme si elle faisait visiter les lieux. Nous avons des rangées de cellules côté nord et côté sud, des escaliers aux deux extrémités. Toutes les chambres ont vue sur le jardin.

Elle conversait avec la même décontraction que si cela avait été une journée ordinaire.

Elle secoua la femme par les épaules.

— Genevieve, s'il vous plaît, descendez l'escalier et sortez dans la rue. Vous y trouverez sœur Margaret.

La femme la regarda d'un air inexpressif.

— Oui, sœur Anne.

Pourtant, elle ne fit pas mine de bouger. Avec un soupir, sœur Anne déclara :

— Nous devons en libérer autant que possible. Soit elles partiront, soit elles resteront.

Elle s'interrompit pour contempler San Francisco et Suling fit de même. La vue sur la ville n'était plus obstruée par les murs et les châssis de fenêtres. Elle avait su qu'il s'agissait d'un tremblement de terre grave, le plus violent dont elle ait jamais fait l'expérience. Mais elle comprenait maintenant qu'il était infiniment plus dévastateur que ce qu'elle avait imaginé. Une ville en ruine s'étendait aussi loin que portait son regard, des filets de fumée s'élevant de façon éparse. Elle perçut le tintement lointain des cloches sonnant le tocsin.

Puis elle emboîta le pas à la sœur, qui longea le couloir d'une démarche rapide pour déverrouiller les portes. Il fallut amadouer certaines malades, d'autres refusèrent de bouger. Néanmoins, la plupart se ruèrent hors de leur chambre pour dévaler l'escalier à toutes jambes.

Sœur Anne se tourna vers elle.

— Au début, j'ai cru que c'était l'Apocalypse. Mais ce n'est qu'un tremblement de terre. Nous pouvons sauver nos patientes d'un tremblement de terre.

La jeune femme montrait un calme si peu naturel, si déstabilisant, que Suling comprit qu'elle devait être en état de choc.

— Nous les sauverons plus vite si nous nous y mettons à deux, avança-t-elle. Ma sœur, donnez-moi vos clés du troisième étage. Je vais courir en haut et commencer à ouvrir les portes. Quelle chambre occupe mon amie ?

La religieuse fit glisser une clé de la longue chaîne qui pendait à son bras et la lui tendit. Le regard sévère, elle lança :

— *Toutes* les portes, vous me le promettez ? Pas juste la sienne. Les numéros des chambres sont sur les clés. Dites-leur bien de partir. Qu'elles sont en danger.

Comme pour appuyer ses paroles, une partie rescapée d'une ogive alla s'écrouler sur le tas de débris au sol.

Suling escalada les marches à la hâte. Sœur Anne avait eu raison de ne pas lui donner le numéro de chambre de Reggie. Sinon, elle y serait allée directement et aurait ignoré toutes les autres patientes prises au piège : celles qui frappaient en criant pour qu'on les libère, celles qui gardaient le silence. Elle déverrouilla les portes aussi vite que possible, espérant trouver derrière chaque battant qui s'ouvrait le visage familier tant aimé. De chaque seuil, elle criait :

— Sortez. Sortez ! Tremblement de terre ! Descendez dans la rue !

Puis elle courait à la suivante, remontant ainsi tout le couloir.

Il ne lui restait plus que deux chambres à ouvrir quand, enfin, elle trouva Reggie.

Abasourdie, elle regarda la femme assise sur le lit étroit. Elle n'en croyait pas ses yeux. Qu'était-il arrivé à sa bien-aimée ? Les boucles brunes avaient disparu, elle avait les cheveux quasiment rasés. Ses lèvres étaient desséchées, crevassées, et elle était d'une maigreur, d'une pâleur consternantes. Pourtant, le pire était à venir. Quand elle souleva ses paupières, elle découvrit deux flaques d'un vert terne, comme de l'eau stagnante. L'étincelle de passion qui les faisait flamboyer évanouie, elle avait le regard éteint. Reggie se détourna d'elle et referma les yeux.

Suling réprima l'impulsion de se précipiter vers elle, de caresser son pauvre crâne rasé, de la serrer dans ses bras. Elle savait que, sinon, jamais elle n'arriverait aux deux chambres suivantes et que deux femmes pourraient mourir, prisonnières de leurs cellules. Se forçant à s'arracher à la vue de Reggie, elle alla déverrouiller les deux dernières portes et cria aux patientes de sortir, sans prendre la peine de s'assurer qu'elles lui obéissaient.

Puis elle revint s'agenouiller devant son amie. Elle lui prit les mains, les embrassa, essayant de ne pas pleurer sur ses ongles cassés, sur ses poignets meurtris. Tout à coup, elle sentit les doigts décharnés se resserrer sur les siens.

— Suling ? Tu es vraiment ici ? C'est réel ?

En entendant sa voix hésitante, qui n'exprimait plus rien de l'assurance dont elle avait débordé, Suling faillit redoubler de sanglots. Elle se ressaisit. Elle devait se montrer forte pour Reggie. Refrénant ses larmes, elle répondit :

— Oui, Reggie, c'est moi. C'est bien moi. Oh, j'ai eu tellement peur pour toi ! Tout va bien maintenant, il faut que tu sortes d'ici. Il y a eu un tremblement de terre. Nous allons t'habiller.

Reggie lui agrippa les mains et reprit dans un murmure :

— Suling, je t'ai vue si souvent. Mais tu n'étais jamais réelle.

— Je suis réelle. Bien réelle. Seulement, nous ne pouvons pas rester ici. Nous devons sortir du bâtiment.

Pour toute réponse, Reggie esquissa l'ombre d'un sourire et s'affala sur le lit, comme si elle était épuisée.

Avec des gestes rapides, précis, Suling sortit une robe de chambre en flanelle de la commode jouxtant la porte et la lui enfila par-dessus sa chemise de nuit. Sans cesser de prier intérieurement pour que son amour ait les pensées assez cohérentes pour comprendre l'urgence de leur situation, elle trouva des chaussettes, des chaussures, un manteau trop grand. Reggie avait des mouvements timides, lents, la voix hésitante. Mais que lui avaient-ils fait ?

Enfin, elle lui prit la main et la mena hors de la chambre en lui murmurant des paroles rassurantes. Pour commencer, Reggie ne parut même pas remarquer que toute la moitié du bâtiment manquait. Puis elle chuchota :

— Suling, que s'est-il passé ?

— Tremblement de terre, répondit-elle, en la guidant en direction de l'escalier.

Arrivée à la première marche, elle vit sœur Anne qui montait.

— Oh, bien ! Vous l'avez trouvée, dit la sœur, du palier inférieur. Je pense que toutes les patientes sont en sécurité au rez-de-chaussée maintenant. Nous les faisons sortir dans la rue.

Sur ces mots, elle fit demi-tour pour redescendre.

Suling essaya de persuader Reggie de la suivre. Puis recula en trébuchant. Une secousse faisait trembler le bâtiment.

Elle bascula en avant, les mains agrippées au bord de la première marche. Et vit le plancher sous les pieds de sœur Anne se détacher du mur. La jeune religieuse tomba en arrière, sans émettre un son. Les yeux levés vers elle, elle chuta, dans une avalanche de briques et de poutres, sa bouche formant un O de surprise et de regret.

Suling roula loin de l'escalier avec un hurlement, s'agrippant au bras de Reggie.

— Oh mon Dieu ! Oh mon Dieu ! Oh mon Dieu ! gémissait cette dernière.

Recroquevillée sur le sol, elle se couvrit le visage des mains. Des morceaux de bois et de plâtre pleuvaient sur elles. Suling aurait été incapable de dire ce qui la terrifiait le plus : la perspective de mourir sous un mur de briques ou bien de voir Reggie dans cet état.

Enfin, le bâtiment se stabilisa dans un soupir.

— Mon amour, chuchota Suling, nous devons essayer de descendre et de fuir le couvent.

Reggie ferma les yeux et annonça :

— Je veux dormir.

Quel genre de drogues lui avait-on administré ? Elle n'avait d'autre solution pour le moment que de la laisser pelotonnée contre une porte. Se dépêchant de gagner l'autre extrémité du couloir, elle s'arrêta en haut du deuxième escalier. Mais, après ce qui était arrivé à sœur Anne, pouvait-elle compter sur sa solidité ? Le cœur battant à tout rompre, elle se tourna vers la rue où s'amassaient briques et pierres. Aucun des monticules n'était assez haut pour atteindre le troisième étage. Mais peut-être y avait-il moyen de gagner le deuxième étage. Le principal était d'arriver en bas.

Un étage après l'autre.

Reggie trébucha mais ne se plaignit pas. La portant à moitié, Suling la traîna péniblement le long du corridor jusqu'à l'escalier intact. Pourvu qu'il tienne jusqu'à ce qu'elles atteignent le deuxième étage. Elle força Reggie à agripper la rampe du côté du mur. Elles avaient beau n'avoir que deux volées de marches à descendre, le trajet lui parut d'une lenteur désespérante, le bois des contremarches craquant de façon menaçante sous leurs pieds. Elle avançait aussi doucement que possible. Osant à peine respirer, elle l'attira en sécurité, dans le couloir du deuxième étage. Essoufflée, elle prit alors appui contre le mur pour se reposer. Avec un sourire rêveur, Reggie ferma les yeux et s'affala sur les dalles fraîches.

Allait-elle prendre le risque de continuer dans l'escalier ? Les planches de bois avaient gémi et grondé à chaque marche. Le visage de sœur Anne la hantait, avec ses joues rondes et son expression de regret et de stupeur. Elle ne pouvait se résoudre à l'emprunter. Malgré ses bras douloureux, elle remit Reggie debout.

— Viens avec moi, mon cœur, Je pense qu'il y a une autre issue, sans doute plus salissante mais plus sûre.

Encore une fois, elle la tira à moitié le long du corridor, risquant au passage un coup d'œil dans Filbert Street, maintenant plus animée. Les voitures de police et les ambulances contournaient les obstacles sur la chaussée. Entraînant toujours Reggie, elle tourna dans un autre passage où le mur faisant face à Dupont Street s'était aussi effondré, recouvrant le trottoir tout du long jusqu'à l'intersection avec Filbert Street. Dupont Street, abrupte, montait le long du couvent. Aussi, comme Suling l'avait espéré, ici, la chute du deuxième étage au trottoir représentait environ trois mètres. Et seulement un mètre quatre-vingts à deux mètres quinze si elles pouvaient atterrir sur une pile de gravats. Sans rien se casser.

Mais comment pourraient-elles tomber sans se faire mal ?

Après un instant de réflexion, Suling courut vers la porte ouverte de la première cellule pour arracher le matelas du lit. En coton bon marché à rayures, bourré de kapok et de paille, il n'était épais que de quelques centimètres. Mais ils étaient nombreux, se dit-elle, cynique, en le tirant dans le couloir. Quand elle revint en en traînant deux autres, Reggie s'était endormie sur le premier. Elle se rendit dans diverses cellules à plusieurs reprises, jusqu'à en avoir rassemblé dix.

Un à un, elle les jeta sur le monticule de débris en essayant de couvrir une surface suffisante pour amortir leur chute. Un instant, elle envisagea de réveiller son amie. Mais si elle refusait de la suivre, refusait de sauter ?

— Pardonne-moi, mon cœur, dit-elle en lui embrassant le front.

Elle tira Reggie, sur son matelas, jusqu'au bord du bâtiment et poussa le tout dans le vide. Un fracas de moellons qui s'entrechoquaient lui parvint.

Les yeux fermés, à son tour, elle se laissa rouler par-dessus bord.

Chapitre 19

— Madame ? Madame ? Vous êtes blessée ?

La vision floue de Gemma se focalisa sur le policier qui venait de finir ses rondes de nuit, et dont le visage rond et moustachu se matérialisa. La prenant par les coudes, il la releva en disant :

— C'était un costaud, celui-là. J'ai bien cru un moment que nous allions tous finir dans la baie.

— Un costaud ? répéta Gemma d'une voix faible.

La secousse lui avait paru interminable : à quatre pattes, elle s'était agrippée à la terre, qu'elle avait sentie tressauter et se soulever sous elle, comme si elle avait été sur une mule. Le terrible grondement avait été accompagné du fracas des tuiles qui tombaient des toits, des craquements du bois, des aboiements des chiens, des hennissements des chevaux terrorisés. Cela avait duré une éternité, jusqu'à ce que, soudain, tout bascule dans le silence. Pendant dix insoutenables secondes, elle avait à nouveau entendu le bruit des briques qui se fendaient en frappant le sol, le croassement des oiseaux affolés, et sa propre voix qui implorait : « Arrêtez, faites que ça s'arrête, faites que ça s'arrête ! » comme un enfant recroquevillé dans un placard pour se protéger de la terreur de la nuit. Elle commençait à peine à se relever péniblement quand la terre trembla, la rejetant au sol, glacée de peur, pendant que le terrain se remettait à se tordre et à se convulser autour d'elle.

L'un des piliers de pierre du portail s'écroula, entraînant ses barreaux de fer qui s'écrasèrent dans un enchevêtrement de piques noires. Une pointe aussi acérée qu'une lance fendit le trottoir à huit centimètres de son visage. Elle la regarda, hypnotisée, alors que vibrait le dernier spasme de la terre, pour mourir en petits râles tremblants.

Enfin, ce fut fini. Et, alors qu'un silence angoissant s'était abattu sur le monde, ce policier lui parlait d'un « costaud ».

— Vous êtes de la Côte Est, je suppose, devina l'homme. Ma petite dame, nous avons des tremblements de terre tout le temps, ici. Celui-ci a secoué, c'est sûr, mais les constructions sont solides sur Nob Hill. Tout ira bien, vous verrez.

Incapable de détourner les yeux des barreaux de fer tordus du portail, elle acquiesça d'un brusque signe de tête. Quelques centimètres de plus, ils lui auraient écrasé le visage.

— Rentrez chez vous, madame. Vous verrez sans doute que vous n'avez guère perdu qu'une fenêtre ou deux, et de la vaisselle.

Malgré ses paroles confiantes, il paraissait un peu pâle. Toutefois, il l'aida à se relever, puis à descendre la rue. Hyde Street s'était remplie d'étranges silhouettes blanches. Un instant, elle les prit pour des fantômes. Avant de comprendre qu'il s'agissait des voisins, hommes et femmes, qui se précipitaient dans la rue, dans leurs chemises de nuit blanches. Le policier les héla :

— Bien, rentrez tous chez vous, maintenant ! Prenez garde au verre cassé.

Peu à peu, des chuchotements étouffés commencèrent à briser le silence. Gemma vit que les domestiques de Thornton se répandaient dans le jardin. Ainsi que l'avait prédit le policier, la bâtisse ne paraissait pas très endommagée. Du moins, vue de l'extérieur. La coupole qui couronnait le toit en dôme penchait maintenant de côté, et presque toutes les cheminées étaient au sol. Mais, comme ceux de la plupart des bâtiments de Hyde Street, les murs tenaient encore debout.

Elle rentra à l'intérieur en titubant et vit que l'horloge était tombée dans un fatras d'aiguilles cassées et de rouages en bronze. Deux lustres qui s'étaient décrochés du plafond avaient volé en éclats. Les deux autres, toujours suspendus, tintaient doucement, agités par les vibrations des répliques. Des morceaux des panneaux de la verrière, à moitié brisée, jonchaient l'atrium central. Trois des domestiques, blessés par des éclats de verre, étaient en larmes, et Mme MacNeil frappait dans ses mains pour ramener l'ordre.

— Balayez tout ce chaos pendant qu'un petit déjeuner froid se prépare à la cuisine.

Les oreilles envahies par un bourdonnement persistant, Gemma se sentait incapable d'empêcher ses pensées de s'emballer, d'apaiser les battements de son cœur. Stupidement, elle se surprit à penser au Salon Chinois, quatre étages au-dessus. Tous ces objets vieux de milliers d'années, ces bronzes fragiles, ces urnes de porcelaine, ces figurines anciennes, ces jades ? Toutes ces merveilles nées de la minutie, de la virtuosité, du savoir-faire d'artisans inconnus, pillées et emballées dans des caisses par des voleurs, venues de l'autre côté du monde, qui allaient connaître leur fin ici, balayées et jetées dans une poubelle de San Francisco.

Tout son corps parcouru de frissons, elle avait encore dans les oreilles les hennissements terrifiés des chevaux, les hurlements des chiens, le grondement provenant sûrement de l'effondrement des bâtiments, au sud de la Fente, là où les maisons n'avaient pas été construites sur les solides fondations de Nob Hill. Elle se fichait bien de la nonchalance apparente du policier. Combien de gens étaient morts ce matin ? Combien étaient prisonniers des décombres, combien étaient…

Un brusque bruit de pas rapides la ramena au présent : toujours en queue-de-pie, Henry Thornton descendait l'escalier en courant, chargeant un pistolet. Manifestement, le tremblement de terre avait frappé avant qu'il se soit changé pour la nuit.

— Gemma, la salua-t-il d'un ton distrait. Pouvez-vous essayer de maintenir l'ordre ici, s'il vous plaît ? Je dois aller à mon bureau, dans le quartier financier.

— Vous allez travailler ? ne put-elle s'empêcher de demander, incrédule. Allez-vous retenir une journée de salaire si l'un de vos employés est en retard ? Qu'est-ce qui ne tourne pas rond chez vous ?

— Ne soyez pas hystérique.

Il manipulait la poignée de balles de ses doigts brûlés, raides. Mais parvint néanmoins aisément à charger le pistolet. Si Gemma connaissait les fusils de chasse, le genre d'arme que l'on trouvait couramment dans une ferme du Nebraska, elle était incapable d'identifier l'élégant modèle qu'il fourrait dans sa poche.

— Je vais évaluer les dégâts. Le plus grand danger d'un tremblement de terre n'est pas le séisme. C'est la panique qui en résulte. Sans parler de tous ceux qui sautent sur l'occasion pour piller. Ne quittez pas la maison. Je rentrerai quand le calme sera revenu.

Sur ces mots, il franchit la double porte d'entrée sans un regard en arrière, le verre cassé crissant sous ses pieds. Une fois dans la rue détruite, il fit avancer sa Rolls.

« *Quand le calme sera revenu.* » Qu'avait-il pu arriver à Suling, partie à la recherche de Nellie et prise dans tout ce chaos ? Et à Nell, une authentique native du Bronx, dont l'expérience des tremblements de terre était aussi inexistante que la sienne ? Était-elle terrorisée dans sa cellule, à St Christina ? Une émeute s'était-elle soulevée parmi les internées, poussées à bout par le chaos, ou bien…

— Bonjour, vous !

Une voix tremblante résonna derrière elle. Clignant des yeux, elle reconnut le bel acteur du bal de la veille. Comment s'appelait-il déjà ? John Barrymore ?

— Je me suis endormi sur un canapé dans le vestibule de la salle de bal et me suis réveillé avec l'impression d'avoir été secoué dans une salière. J'ai été bringuebalé et renversé de ce canapé… Hé, vous êtes la cantatrice !

Manifestement encore sous le choc, il esquissa un sourire peu convaincu.

— Désolé, je ne peux pas vous embrasser, ma charmante. Je vacille encore un peu sur mes guiboles.

Il tituba. Gemma l'attrapa par l'épaule et le dirigea vers un divan capitonné, contre le mur.

— Vous venez de subir un tremblement de terre, monsieur Barrymore. Et moi aussi. J'imagine que nous aurons une sacrée histoire à raconter à New York maintenant ! Ces gens de San Francisco savent comment réagir. Alors nous qui sommes de la Côte Est, nous devrions garder notre calme et les laisser gérer les événements.

Sans cesser de bavarder d'un ton léger, elle le fit asseoir sur le canapé et attendit que ses tremblements s'apaisent. Lui désignant Mme MacNeil, elle poursuivit :

— Elle va vous faire apporter un verre d'eau et un sandwich. Un peu de nourriture vous remettra d'aplomb.

Elle monta alors l'escalier en courant. Le lustre de la chambre bleue était en miettes sur le lit. Inexplicablement, ses flacons de parfum et poudriers en verre étaient intacts. La cage de Toscanini n'était pas tombée, mais la perruche se jetait contre les barreaux avec des cris stridents. Elle la prit et la blottit contre sa poitrine, puis caressa sa tête duveteuse jusqu'à ce que l'oiseau cesse de battre des ailes et se pelotonne dans sa paume. Le petit cœur battait à coups redoublés. Son propre cœur devait avoir un rythme tout aussi rapide. De nouvelles secousses firent vibrer les murs, beaucoup plus légères que les premières. Néanmoins, elle tomba à genoux, protégeant l'oiseau de son corps. Les fenêtres s'agitèrent dans leurs cadres. Puis les tremblements s'évanouirent sans que rien se casse.

Je suis censée m'enfuir, se dit-elle. Emballer ses vêtements et la cage, quitter la maison octogonale pour toujours, gagner le *Palace Hotel* où les autres membres des chœurs du Metropolitan étaient descendus. Persuader le concierge de lui donner une chambre. Puis rejoindre la pension pour voir si Suling avait réussi à faire sortir Nellie de l'asile. C'était le plan, certes sommaire. Mais maintenant, la ville entière était un chaos, et aucun plan ne paraissait pouvoir fonctionner.

Frissonnant, Gemma remit Toscanini dans sa cage, qu'elle couvrit, pour le calmer, du drap vert. Puis elle se débarrassa de sa robe de soirée, de ses jupons de taffetas et de son corset. Elle enfila une jupe et un chemisier ordinaires, chaussa ses bottines les plus solides, rangea ses bijoux et quelques autres affaires dans un sac. Après avoir hésité un long moment, elle décida de laisser la perruche dans la chambre, avec la cage, et se précipita dans l'escalier. Comment savoir si les rues au-delà de Nob Hill étaient sûres ? Une femme trébuchant entre les décombres avec un sac et une cage à oiseau risquait d'être une proie facile. Thornton avait fait allusion aux pilleurs. Au moins, la maison octogonale était debout, solide, et gardée par les domestiques. Son oiseau y serait en sécurité jusqu'à ce qu'elle soit sûre de l'endroit où elle pourrait le mettre à l'abri.

Elle dévala les marches jusqu'à l'atrium. Passa en trombe devant M. Barrymore, qui mastiquait un sandwich entre deux femmes de chambre, aux petits soins. Devant Mme MacNeil, qui supervisait les valets de pied et leurs balais. Puis prit la direction de Hyde Street. À moins de deux kilomètres de distance de son ancienne pension de famille, les hommes et les femmes en chemise de nuit regagnaient maintenant leurs maisons, l'air penauds de s'être ainsi alarmés. Les domestiques, armés de balais, balayaient le verre cassé et les gravats en grommelant :

— Mieux vaut allumer le poêle. Tremblement de terre ou pas, la patronne va hurler si elle n'a pas ses œufs au jambon du matin.

De temps à autre, une cheminée jonchait le pavé, comme une baleine échouée. Mais Gemma vit un homme coiffé d'un feutre et portant un élégant costume en enjamber une et regarder sa montre à gousset, visiblement sur le chemin du travail. *Suis-je en train de devenir folle ?* s'interrogea-t-elle en tournant dans Union Street. Était-il parfaitement normal de sentir la terre trembler de la sorte et de vaquer à ses occupations quotidiennes comme si de rien n'était ?

— Gemma, la salua Alice alors qu'elle arrivait à la maison de Taylor Street. Doucement. Qu'est-ce que vous racontez ? Suling ? Non, je ne l'ai pas vue. Pas plus que votre amie, Nellie ou Reggie, quel que soit le nom qu'elle se donne. Comment Suling la connaîtrait-elle ? Tenez, prenez ce seau.

Déçue mais à peine surprise, Gemma obéit pendant qu'Alice commençait à en remplir un autre à la citerne.

— On dirait que vous n'avez même pas perdu une fenêtre, ici, fit-elle remarquer.

Elle commençait à se sentir quelque peu alarmiste d'avoir cédé à la panique. Mais elle avait l'esprit tellement confus qu'elle semblait incapable de la moindre pensée cohérente. Essayant de plaisanter, elle reprit néanmoins :

— Tout le monde paraît accepter la situation sans broncher. À San Francisco, vous êtes vraiment du genre blasés.

— Trop blasés pour notre propre bien.

Alice paraissait prête à partir travailler à l'Académie. Ses cheveux relevés en son impeccable pompadour, son corsage empesé. Pourtant, ce fut avec un air sombre qu'elle souleva un nouveau seau pour prendre la direction de la cuisine.

— Tenez, videz le vôtre dans cette bassine. Il faut remplir autant de pots et de récipients que possible. J'ai essayé de rameuter Mme Browning, mais cette idiote est en haut, elle a ses vapeurs. Il n'y a pas de temps à perdre…

Quand elles ressortirent sous le porche, Gemma plissa les yeux. Au loin, trois ou quatre volutes de fumée s'élevaient dans le ciel bleu matinal. À la vue de ces paresseux tourbillons noirs au-dessus du quartier de la commission, elle sentit son estomac se nouer. Elle ne savait peut-être pas grand-chose des tremblements de terre mais, après tant d'années passées dans les vastes prairies du Nebraska et dans les immeubles new-yorkais bondés, elle connaissait les incendies.

— Seigneur !

— Ce n'est pas le moment de craquer.

Alice remplit deux autres seaux jusqu'à ce qu'un bruit métallique leur signale que la citerne était vide. Gemma l'aida à les porter. Puis la botaniste attrapa son sac ; elle s'engagea dans Taylor Street en direction de Market Street et, d'un signe de tête, l'invita à la suivre. Il émanait de sa personne une autorité si naturelle que, sans même s'interroger sur sa motivation, Gemma lui obéit docilement.

— C'est sans doute le bon moment pour prier, si vous êtes pieuse ! lui lança-t-elle. San Francisco va brûler.

Chapitre 20

À l'instant où elle chuta, Suling tendit instinctivement les mains pour attraper quelque chose, n'importe quoi. Elle atterrit à plat ventre sur un matelas. Tomber sur des briques et des poutres était douloureux mais, au moins, rien n'avait percé le matelas. Elle sentit les gravats s'écraser et se déplacer sous son poids, ouvrit les yeux, et constata qu'elle glissait lentement sur le monticule de débris. Quand sa glissade s'arrêta, elle se releva et s'avança aussi vite que possible dans la couche de décombres dans laquelle elle s'enfonçait jusqu'aux chevilles pour rejoindre Reggie. Silencieuse, terrifiée, son amie s'agrippait au bord de son matelas.

Droguée ou pas, qui peut l'en blâmer ? se dit-elle en la berçant dans ses bras. Dans la rue, les visages trahissaient la confusion, la peur. Une peur qu'elle connaissait, car elle savait qu'il fallait s'attendre à de nouvelles répliques sismiques qui ébranleraient les bâtiments et les fondations affaiblies par la première secousse et terrifieraient une population déjà effarée.

Reggie n'était pas en état de supporter une nouvelle réplique. Elle tenait à peine debout. Et Suling se rendit compte que la sensation de vertige qu'elle-même éprouvait n'était pas simplement due aux efforts physiques du matin. Elle n'avait rien mangé depuis le déjeuner de la veille. Il lui fallait trouver de la nourriture et de l'eau. Reggie aurait besoin de reprendre des forces quand les effets des drogues s'estomperaient.

Le porche de l'église Saints-Pierre-et-Paul était jonché de débris derrière lesquels ce qui restait de l'église atteignait à peine le niveau des fenêtres. Le clocher en bois s'était effondré et gisait dans la rue. Si de nouvelles secousses se produisaient, au moins, il ne restait plus grand-chose à détruire.

— S'il te plaît, lève-toi, plaida-t-elle en tirant son amie par un bras. Il faut que nous trouvions un endroit sûr, où tu puisses dormir pour te débarrasser de ce qu'ils t'ont fait prendre. Nous avons juste à traverser la rue, ma chérie, et ensuite tu pourras dormir autant que tu voudras.

Pour ce qui lui parut être la centième fois ce matin, elle supporta le poids de Reggie et traversa le carrefour en titubant, l'entraînant à l'abri du porche de l'église. Après l'avoir installée sur l'un des bancs de marbre, elle traversa de nouveau la rue et revint avec deux matelas. Personne ne l'arrêta, personne ne lui posa de questions. Debout devant leurs maisons, les gens contemplaient les dégâts, absorbés par leurs propres problèmes. Elle tira les matelas sur le sol en pierre du portique et la persuada de s'y allonger. Puis elle se mit en quête de nourriture.

Après avoir longé le couvent, elle remonta Dupont Street. Par là, les dégâts semblaient moins importants. À l'extrémité du premier pâté de maisons, devant une épicerie, un homme tirait un seau à détritus rempli de verre brisé. Des pots de cornichons, des bouteilles de soda, des assiettes peintes.

— Vous avez du pain ? demanda-t-elle, espérant qu'il n'était pas du genre à refuser les clients chinois.

— Vous avez de l'argent ? rétorqua-t-il avec un fort accent italien.

Elle fouilla dans la poche de sa tunique et lui tendit quelques pièces.

— Si vous avez des fruits et des boissons en bouteille, j'en prendrai aussi. C'est pour une femme malade.

L'épicier retira sa casquette en tweed et passa ses doigts dans ses cheveux gris frisés. Il prit les pièces et, d'un pouce, montra le magasin.

— Prenez ce que vous voudrez. Le prix n'a pas d'importance. Il y a des bouteilles de soda dans des caisses, à côté du mur. Elles ne sont pas cassées, ajouta-t-il en commençant à balayer le verre brisé sur le trottoir.

À l'intérieur, un produit qui sentait le vinaigre et la saumure s'était répandu sur le sol. Elle trouva une miche de pain au levain à côté de la caisse et, dans un rayon, des boîtes de conserve : des pêches, du corned-beef, des haricots cuits. Elles étaient empilées au hasard, comme si l'épicier les avait ramassées par terre et rangées sans regarder. Avisant deux caisses de boissons, à même le sol, elle prit deux bouteilles d'eau pétillante et deux de ginger ale, qui étaient fermées par des capsules et seraient faciles à ouvrir. Dans les vitrines, elle aperçut des corbeilles d'oranges et des barquettes de fraises. Elle choisit quatre oranges.

Avant de partir, elle s'arrêta devant un étalage d'ustensiles de cuisine et prit un ouvre-bouteille et deux fourchettes. Son sac était lourd, mais elle devait s'assurer que Reggie aurait suffisamment à manger. En sortant, elle tendit une autre pièce à l'épicier. Il la remercia d'un signe de tête et continua son ménage.

Elle était à mi-chemin de l'église quand une nouvelle réplique frappa. Titubant jusqu'au réverbère le plus proche, elle s'y agrippa d'un bras et serra le sac contre elle, sentant la terre trembler sous ses pieds. Dans la rue, les gens s'agitaient en tous sens, essayant de garder leur équilibre, les maisons s'effondraient les unes sur les autres et ce qui restait des murs du couvent s'écroula. Elle n'avait d'yeux que pour le porche de l'église, dont les contours disgracieux frissonnaient à chaque secousse de la terre. Mais ni l'édifice solide ni son toit, soutenu par six grossiers piliers de bois robustes, ne tombèrent. Elle priait pour que le choc n'ait pas réveillé Reggie. Qu'elle ne soit pas terrifiée, se demandant pourquoi elle l'avait abandonnée.

Dès que les tremblements cessèrent, elle courut jusqu'à l'église. Elle la trouva toujours endormie, se blottit contre elle et arracha un morceau de pain, qu'elle dévora. Elle ouvrit ensuite avec précaution une bouteille de ginger ale et but de longues gorgées, avant de la reboucher. Puis, épuisée, elle s'allongea et entoura Reggie de ses bras. Rien d'autre ne comptait. Elle était là où elle devait être. Non, là où elle *voulait* être.

Pour la deuxième fois de la journée, elle se réveilla. Mais, au lieu du tintement des cloches, elle fut accueillie par une odeur d'agrumes. Reggie avait coiffé son feutre et la regardait, un large sourire aux lèvres. Son amie était redevenue elle-même. Suling se jeta dans ses bras.

Quand elles s'arrachèrent à leur baiser pour reprendre leur souffle, Reggie lui dit :

— Je ne voulais pas te réveiller. C'était divin de te regarder dormir.

Suling avait connu une telle angoisse ces deux derniers jours, une angoisse pire encore que celle qui l'avait habitée pendant les longues semaines qui avaient suivi la disparition de Reggie, qu'en la voyant de nouveau elle-même elle sentit un nœud se desserrer en elle et les larmes lui monter aux yeux. Un sanglot naquit dans sa gorge.

Rattrapée par la réalité, elle le contint. En vérité, Reggie n'était pas vraiment elle-même.

En dépit du sourire familier et de l'angle désinvolte du chapeau, les yeux d'émeraude de son amie n'avaient pas retrouvé leur éclat. Ils n'étaient plus vides, inexpressifs, mais, dans leurs profondeurs vertes, l'étincelle était éteinte. Elle la serra de nouveau dans ses bras, sentit sa maigreur et le tremblement de ses membres.

— J'ai tellement de choses à te raconter, lui dit-elle. Et nous devons te ramener à Taylor Street. Mais, d'abord, il faut manger, sinon, nous n'en aurons jamais la force.

Suling vida son sac et posa la nourriture et les bouteilles sur l'un des bancs. Retrouvant son sourire radieux, Reggie s'exclama :

— Quelle bonne idée ! Imaginons que c'est un pique-nique. Ton dernier remonte à quand ?

Au jour où mes parents se sont noyés, se retint de répondre Suling.

— Je ne m'en souviens pas. C'était il y a très longtemps.

Elles s'assirent côte à côte, le dos contre la porte de l'église, et Suling prépara un sandwich. Que Reggie refusa : la simple pensée du corned-beef lui donnait la nausée. Elle lui ouvrit une boîte de pêches que son amie mangea à la fourchette avant de boire le sirop à même la boîte. Ses joues reprenaient des couleurs et, de temps à autre, elle se tournait pour l'embrasser, le goût sucré du jus de pêche persistant sur ses lèvres.

— Je pourrais être parfaitement heureuse ici, pendant que San Francisco s'écroule autour de nous.

Elle posa la tête sur les genoux de Suling et lui sourit.

— Tu as dormi pendant presque tout le tremblement de terre. Que t'ont-ils donné ?

— Je crois que ces bonnes sœurs m'ont gavée avec tout ce que leur réserve comptait de teintures et de toniques.

Elle fit une grimace.

— Je ne sais pas ce qu'elles m'ont donné. Pouvons-nous éviter de parler de cet endroit ? Raconte-moi comment tu as su que j'étais… là-bas ? Je pensais que personne ne viendrait jamais me chercher.

Sa dernière phrase manqua de s'achever en sanglot.

Suling caressa sa tête presque rasée et chercha ses mots pour tout lui raconter sans faire craquer la fragile façade que son amie essayait si bravement de maintenir.

— Tu avais disparu, commença-t-elle. Et je n'arrivais pas à comprendre pourquoi. J'ai cru que tu avais quitté San Francisco sans me le dire.

— Jamais !

À ce simple mot, Suling sentit son cœur prêt à exploser de bonheur. Il effaçait toutes les semaines de doute, lui faisait oublier ce qui lui restait de détermination. Elle se laissa glisser pour s'allonger à côté d'elle et enlaça son corps décharné.

— Moi aussi, je t'aime, chuchota-t-elle.

Après plusieurs minutes d'un silence béat, elle reprit :

— Ton amie Gemma Garland est arrivée à San Francisco.

Reggie se redressa.

— Gemma Garland ? Sally est ici ?

— À nous deux, nous avons deviné que Henry Thornton était responsable de ta disparition. Nous avons découvert qu'il t'avait envoyée à St Christina. Pourquoi, Reggie ? Pourquoi Thornton t'a-t-il fait enfermer ? Qu'as-tu fait ?

— Je n'ai rien fait, Suling. Si ce n'est que je l'ai vu tuer un homme.

Reggie ferma les yeux.

Le soir du 13 février, Reggie avait accepté de dîner avec Thornton dans un café du quartier financier, non loin de son bureau. Le lendemain était la Saint-Valentin et elle se réjouissait de passer la soirée avec Suling. Reggie était arrivée au café en avance et avait décidé d'aller le retrouver à son bureau.

— Je l'aimais bien au début, tu sais. Il était de bonne compagnie, toujours intéressant, cultivé. Mais, quand je t'ai rencontrée, je pense qu'il a senti un changement, deviné qu'il n'avait plus toute mon attention.

Thornton Corporations occupait des locaux modestes, un immeuble en briques de deux étages. Le concierge, un Irlandais qui était une véritable armoire à glace, avait un nez écrasé de boxeur et des épaules qui faisaient presque éclater sa veste.

— Bonsoir, Desmond, l'avait-elle salué quand il lui avait ouvert la porte d'entrée. Je suppose que M. Thornton travaille encore ?

— En effet, mademoiselle Reynolds. Il reste toujours tard quand il est ici. Il est en réunion dans son bureau. Un visiteur de dernière minute.

— Vous avez besoin de rentrer chez vous ? M. Thornton et moi pouvons fermer en partant.

— Non, non. M. Thornton m'a demandé spécialement de rester jusqu'au départ de son visiteur.

Le bureau de Thornton se trouvait au rez-de-chaussée, au bout d'un long couloir. La première fois qu'elle était venue, quand elle avait remarqué que les fenêtres donnaient sur la rue, elle lui avait suggéré de déménager à l'étage supérieur, d'où il pourrait profiter de la vue sur la mer. Il avait souri.

— Soulevez le bord de ce tapis turc.

Elle avait obéi. Son geste avait révélé un coffre-fort installé dans le plancher.

— Je laisse la vue imprenable aux secrétaires, avait-il dit. Je préfère rester à proximité de mes possessions.

Derrière la porte fermée, elle avait perçu deux voix. L'une, irritée, de plus en plus forte, tandis que l'autre restait égale et mesurée. Thornton. Puis elle avait surpris des mots qui l'avaient intriguée. « Incendie du *Park Avenue Hotel.* »

Elle était à New York, quatre ans auparavant, et avait un souvenir précis de l'événement. À 3 heures du matin, en février, le célèbre hôtel avait flambé comme une torche. Les couloirs avaient été plongés dans une obscurité totale car les lumières s'étaient éteintes. Ne sachant où se diriger, les clients n'avaient pas pu s'enfuir et au moins quatorze d'entre eux avaient péri dans les flammes.

— En fait, monsieur Thornton, avait presque glapi l'homme, il semblerait que les fils du circuit électrique de l'hôtel aient été coupés délibérément. Son coffre-fort a été vidé de tout son argent et de tous les objets précieux des clients. Quels que soient les coupables, ils ont sans doute mis le feu pour créer la confusion. Ils ont volé une fortune et sont responsables de la mort de quatorze personnes.

— Le personnel de l'hôtel était peut-être impliqué, avait souligné M. Thornton d'un ton las. Monsieur Langford, pardonnez-moi de mettre un terme à cette conversation, mais j'ai maintenant un autre impératif.

— Nous avons des témoins qui ont vu un homme quitter le bureau du directeur, chargé d'une grande valise, et l'un des clients figurant sur le registre est porté disparu.

— Vous m'avez donné un compte-rendu très complet de l'incendie, monsieur Langford. Et vous m'avez expliqué que la compagnie d'assurance avait confié l'enquête à l'*Agence de Détectives Pinkerton*. Mais j'ignore toujours le but de votre visite.

— Monsieur, si vous pouviez avoir l'amabilité de me dire où vous étiez le matin du 23 février 1902 ?

Le détective de l'*Agence Pinkerton* paraissait très agité. Et jeune. Il avait une voix jeune.

Un cri étranglé avait fusé. Reggie avait ouvert la porte juste à temps pour voir Henry Thornton retirer un couteau de la poitrine du détective. Abasourdie, elle avait tourné les talons pour rebrousser chemin jusqu'à la porte d'entrée. Mais, avec le plus grand calme, Thornton avait lancé :

— Ne la laisse pas filer, Des. Amène-la à mon bureau.

Elle s'était débattue, avait supplié qu'il la laisse partir. En vain.

— Non, non, je ne peux pas, avait dit l'Irlandais presque gentiment. Ici, c'est M. Thornton qui donne les ordres.

D'une poigne d'acier, il l'avait tenue si fermement qu'il l'avait soulevée du sol et l'avait portée, ses pieds battant l'air, jusqu'à la porte de son patron.

Thornton avait plaqué un linge sur son nez et sa bouche. Elle avait essayé de ne pas respirer l'odeur suave, écœurante, qui rappelait celle d'un antiseptique. C'était du chloroforme, elle en était certaine. Elle avait hurlé à travers le tissu, donné des coups de pied dans le vide. L'Irlandais l'immobilisait. Elle avait entendu la voix de Thornton.

— Tiens-la bien, Desmond. Encore cinq minutes et elle dormira comme un bébé.

Elle ne pouvait pas retenir sa respiration indéfiniment. Tout était devenu noir.

Quand elle était revenue à elle, elle gisait sur le tapis turc, les pieds liés, les mains attachées dans le dos. Une douleur aiguë lui vrillait les tempes. Jamais elle ne s'était sentie si nauséeuse, si atrocement barbouillée. De nouveau, la voix de Thornton lui était parvenue.

— Oui, sœur Margaret. Je vous serais vraiment reconnaissant si je pouvais vous amener ma sœur ce soir. La situation est intolérable. Elle m'a fait des avances et je ne peux pas supporter… Oui, dans une heure, environ.

Puis le bruit du combiné qu'il raccrochait.

Elle avait soulevé les paupières pour regarder autour d'elle, à travers ses cils baissés. Desmond était entré dans la pièce, accompagné d'un Chinois vêtu de vêtements occidentaux, un pantalon de flanelle et un gilet de cuir. Presque aussi grand que l'Irlandais, il avait les cheveux courts et ne portait pas de natte. Les deux hommes avaient fourré le cadavre du détective de l'*Agence Pinkerton* dans un grand sac de jute. Assis à son bureau, Thornton écrivait. Il s'était levé au moment où ils avaient attaché le sac.

— Demain matin, aux premières lueurs de l'aube, avait-il dit en laissant tomber quelques pièces dans la paume ouverte du Chinois. Pas de questions.

— Bateau de pêche va très loin, avait répondu l'homme. Océan fait le reste.

— Arrête ton cirque, Danny. Parle anglais.

Thornton était parti d'un rire sonore. Parfaitement indifférent à l'homme qu'il venait d'assassiner et qui gisait à ses pieds.

— Désolé, patron, avait gloussé Danny. J'oublie quelquefois. Le bateau de mon cousin prend la mer demain matin. Juste lui et moi, tout est arrangé. Pour une seule de ces pièces d'or, il jetterait le maire de San Francisco par-dessus bord.

Desmond avait hissé le sac sur son épaule et les deux hommes étaient sortis.

Reggie n'arrivait plus à lutter contre sa nausée. Elle avait commencé à vomir. Thornton s'était accroupi à côté d'elle avec une corbeille à papier et lui avait maintenu la tête avec douceur jusqu'à ce qu'elle ait fini. Puis il lui avait essuyé la bouche avec son mouchoir.

— Vous allez me tuer aussi ? avait-elle demandé, la voix rauque.

— Je regrette que vous ne soyez pas allée au café où nous avions rendez-vous, Reggie. Voulez-vous un peu d'eau ? Laissez-moi vous installer sur le divan. Autant que vous attendiez Desmond confortablement.

Thornton avait rarement évoqué son passé. Si cela arrivait, c'était toujours par bribes. Ce jour-là, il lui avait raconté l'histoire de sa vie. Lui avait dit l'admiration qu'il avait vouée à son grand-père, qui avait rapporté des trésors de Chine pour reconstituer la fortune familiale. Il avait moins admiré son père, qui était mort après avoir dilapidé son héritage, non sans lui avoir appris auparavant à apprécier tout ce qu'il y avait de plus raffiné dans la vie.

— Thornton n'est pas son vrai nom, reprit Reggie, les yeux perdus dans le vague.

Elle prit une gorgée de ginger ale.

— Il a construit sa fortune sous le nom Thornton parce que certains de ses agissements étaient illégaux. Il ne voulait pas entacher le nom de sa famille. Il a utilisé ce qu'il avait volé dans le coffre-fort du *Park Avenue Hotel* comme capital initial pour acheter sa première mine d'argent.

Il s'était fait fort de revenir un jour à New York sous son vrai nom, en homme riche, collectionneur d'œuvres d'art et d'antiquités. Il épouserait une aristocrate. À chacune de ses paroles, la terreur de Reggie avait augmenté. Pourquoi prendre le risque de se confier ainsi s'il n'avait pas la certitude qu'elle ne le répéterait jamais à personne ?

Quand Desmond était revenu, ils l'avaient de nouveau endormie au chloroforme. Et, cette fois, quand elle s'était réveillée, c'était le visage désapprobateur de sœur Margaret qui se penchait sur elle.

— Il m'a amenée à St Christina, affirmant qu'il était mon frère. Disant que je souffrais de toutes sortes de délires et que j'étais une débauchée.

Elle se tut et, les mains tremblantes, détourna les yeux.

— Je veux tuer cet homme. C'est un assassin, un criminel et un escroc.

Suling secoua la tête.

— Nous le tuerons plus tard. Rentrons à Taylor Street, en espérant que la maison sera toujours debout. J'ai dit à Gemma que c'était là que je te conduirais si je te trouvais. Elle a loué ton ancienne chambre, figure-toi.

— Mme Browning doit être aux anges de l'avoir comme locataire, dit Reggie en se levant.

Elle remit le feutre sur sa tête et s'étira.

— Elle est tellement ordonnée. C'est la paysanne en elle. À toi, maintenant. Dis-moi comment tu as rencontré Sally ? Comment tu as deviné mon lien avec Thornton ?

— La première fois que j'ai vu Gemma, je ne savais pas qui elle était. Kow et moi l'avons aidée à porter ses bagages à Taylor Street. Puis je l'ai revue à l'une des réceptions de Thornton. Il n'y a que deux jours que nous avons découvert que nous te connaissions toutes les deux.

Suling prit une profonde inspiration. Elle ne pouvait pas indéfiniment dissimuler les faits à Reggie.

— Ton amie est la dernière maîtresse en date de Thornton. Il allait faire d'elle la coqueluche des amateurs d'opéra de San Francisco.

Le visage soudain blême, Reggie flageola sur ses jambes. Ses mains tremblaient.

— Elle est avec lui ? Il faut la faire sortir de cette maison !

— Chut, mon amour, lui répondit Suling d'un ton aussi apaisant que possible. Elle sait à quel genre d'homme elle a affaire. Qu'il est responsable de ta disparition. Elle le quitte. Voilà pourquoi nous devons la retrouver chez Mme Browning.

— Mais elle ne sait pas qu'il est un assassin.

Reggie avait dangereusement haussé la voix. Suling comprit qu'elle frôlait la crise d'hystérie.

— Suling, nous devons aller chez Thornton. Nous devons nous assurer qu'elle est saine et sauve.

— Reggie, je t'en prie, plaida Suling en lui embrassant les mains. Si Thornton te voit, aucune de vous deux ne sera en sécurité. Il pense que tu es toujours enfermée, qu'il n'y a pas de témoin de son meurtre.

— Ça m'est égal. Ça m'est égal.

Elle se mit à pleurer.

— Je n'étais pas là pour l'accueillir quand elle est arrivée à San Francisco, hoqueta-t-elle. Alors, maintenant, je vais la chercher. Si tu ne veux pas m'accompagner, j'irai seule.

Comprenant qu'elle n'arriverait pas à lui faire entendre raison. Suling l'attira contre elle. Qui savait ou pouvait être Gemma, maintenant que la terre avait tremblé ?

Elle n'était pas assez forte pour empêcher Reggie de tituber jusqu'à Hyde Street. Et elle devait rester avec elle. Elle pouvait s'effondrer en chemin. Le principal était que Thornton ne la voie pas.

— D'accord, *bao bei*, céda-t-elle dans un soupir. Nous irons à cette fichue maison ensemble. Mais quand nous arriverons à proximité, tu me laisseras entrer la première pour voir si Thornton ou Gemma y sont. Promets-moi que tu ne te précipiteras pas à l'intérieur avant que j'aie inspecté les lieux. En attendant, nous ne partirons pas avant que tu aies mangé encore quelque chose.

Chapitre 21

— Nous y sommes presque.

Alice enjamba péniblement une corniche en pierre, tombée entière d'un bâtiment dans la rue. Gemma la suivit, non sans peine, les oreilles bourdonnantes, les pieds douloureux d'avoir foulé tant de gravats ; elle avait l'impression qu'elles descendaient California Street depuis des heures. *Que suis-je en train de faire ?* se demanda-t-elle en s'écartant pour laisser passer un couple qui tirait une malle. *Suling et Nellie pourraient être n'importe où. J'aurais dû attendre à Taylor Street. Pourquoi suis-je ici ?* Le choc du tremblement de terre l'avait plongée dans un hébétement tel qu'elle avait suivi l'ordre lancé par Alice, sans même demander où elles allaient.

Un silence sinistre planait toujours sur la ville. Mais, à mesure qu'elles s'éloignaient de Nob Hill, Gemma sentait s'évanouir la honte de sa réaction excessive. En ville, même les habitants de San Francisco les plus aguerris face aux séismes erraient, comme frappés de stupeur, ou bien se bousculaient, en proie à la panique. Des mères éperdues tiraient des enfants habillés à la hâte en les serrant contre elles. Des chiens, attachés à leurs ceintures par des laisses de fortune, trottinaient derrière elles. Des hommes se hâtaient, des baluchons noués dans des draps sous les bras. La rue était fissurée de crevasses et les maisons en rangées soignées penchaient les unes contre les autres ou vers la chaussée comme des ivrognes chancelants.

Et partout, partout, l'odeur de la fumée. Elle montait du bas de Market Street et se propageait dans le ciel bleu jusqu'à faire disparaître le soleil.

— Alice, je dois rentrer. Je ne peux pas juste…

Mais Gemma fut interrompue par une voix qui criait : « Mademoiselle Eastwood ! » La botaniste se mit à courir et elle s'élança à sa suite. La masse de l'Académie des sciences de Californie se profilait devant elles. Haletants, couverts de poussière, deux des subalternes d'Alice se précipitaient vers elle. Alice salua la brune, qui répondait au prénom d'Emily.

— Le musée est fermé, annonça-t-elle, l'air épuisée. Seth n'a pu trouver personne avec des clés.

— La porte du vestibule est bloquée par des débris, renchérit Seth.

Hagard, le jeune homme ne portait qu'un gilet par-dessus sa chemise.

— Mais j'ai regardé à travers une fissure, mademoiselle Eastwood. Et j'ai vu le ciel. Le toit est parti, carrément envolé.

— Nous allons essayer de passer par le pont, au sixième étage du bâtiment commercial, dit Alice d'un ton apaisant. Il mène aux départements scientifiques.

Elle les entraîna comme des canards affolés. Restée seule, Gemma contourna le bâtiment pour gagner l'arrière sur Jessie Street. En entendant un grondement, elle se demanda si un autre tremblement de terre arrivait. Cette fois, pourtant, ce n'était pas le bruit des briques et du mortier se brisant. C'était le grondement du feu.

Maintenant, elle voyait les flammes surgir de toute cette fumée. Des flèches rouges, orange, escaladaient Mission Street, rampant comme du lierre. Debout sur le toit de l'United States Mint, des hommes au visage couvert de suie, armés de lances d'incendie, arrosaient les poutres de bois enflammées qui tombaient, le fracas de leur chute étouffé par le rugissement vorace du feu qui couvrait tous les autres bruits.

Pétrifiée, elle eut l'impression que, de toutes ses fibres, son corps lui hurlait : « Cours ! »

Un homme chauve, dans un costume de ville aussi élégant qu'incongru, passa vivement devant elle. Sans lui laisser le temps de disparaître dans le chaos qui entourait l'Académie, elle le saisit par le bras.

— Où sont les voitures de pompiers ? demanda-t-elle d'un ton pressant, son état de stupeur totalement disparu. Les pompiers ? Cette ville est censée avoir le meilleur service de pompiers de…

— Le tremblement de terre a détruit presque toutes les canalisations d'eau, répondit l'homme d'un ton brusque. Ils branchent leurs tuyaux, mais il n'y a d'eau nulle part.

— Mais les hommes sur le Mint, là-bas ?

— Le Mint est équipé d'un puits sous le bâtiment. Le reste de la ville n'a pas autant de chance.

— Cette ville est entourée d'eau et vous êtes en train de me dire qu'il n'y a aucun moyen d'éteindre les feux ? s'impatienta Gemma. N'avez-vous pas l'impression qu'il s'agit là d'un petit défaut dans sa conception ?

— Allez vous plaindre au maire, madame, répliqua-t-il en s'arrachant à son emprise. Si vous arrivez à le déterrer. Le dôme de l'hôtel de ville s'est complètement effondré.

Il s'éloigna rapidement vers le coin du bâtiment, en direction de Market Street. Gemma courut derrière lui en criant :

— Attendez !

Et tomba nez à nez avec Alice, toujours suivie d'Emily et de Seth, leurs visages blancs de poussière.

— Le pont du sixième étage a cédé, annonça-t-elle d'une voix calme. Mais j'ai rencontré le directeur de l'Académie. Il est en pleine crise d'hystérie, mais s'est calmé juste le temps de me donner les clés.

— Mademoiselle Eastwood, vous lui avez volé les clés, objecta Emily.

Sans relever, la botaniste se dirigea vers l'entrée en agitant la main dans un bruit métallique de clés entrechoquées.

— Il faut que nous filions d'ici, dit Gemma, sentant la panique la gagner. Tous.

Elle avait un besoin désespéré de partir. N'importe où, mais loin d'ici. Cependant, Alice avait déjà dégagé des débris à coups de pied. Elle enfonça une clé dans la serrure et se jeta de tout son poids contre la porte du musée.

— Alice ! hurla Gemma.

Parfaitement indifférente, l'intrépide botaniste poussa la porte d'un coup d'épaule et disparut à l'intérieur du musée sans un regard en arrière.

L'immense escalier était fracassé. Des blocs de marbre jonchaient le sol comme des dieux déchus. Partout, du bois, des planches, des bardeaux. Le toit avait disparu, laissant un grand trou dentelé qui dévoilait le ciel bleu. L'énorme tête empaillée d'un mastodonte pendait, vacillante, le long d'un mur.

— Les collections, chuchota Emily, en balayant d'un regard angoissé le musée si ordonné, maintenant ravagé. Y a-t-il quelque chose à sauver ?

Les mains sur les hanches, Alice leva les yeux vers l'escalier détruit qui s'affaissait.

— C'est ce que nous allons voir !

— Alice, c'est un piège mortel, commença Gemma.

L'escalier, maintenant ouvert sur le ciel, s'enroulait autour de l'atrium sur plus de six étages. Il était tout bonnement impossible de gravir les marches, pour la plupart pulvérisées, dont seule subsistait la structure.

— Oui, mais la rampe paraît solide, fit remarquer Alice avec raison. C'est du bronze. Et regardez les espaces entre ses piliers. Ils sont assez larges pour le pied d'une femme. Si je monte par là, sur la partie extérieure de l'escalier…

Gemma poussa alors un véritablement hurlement.

— Vous êtes complètement folle ?

— Je ne laisserai pas le travail d'une vie et un héritage d'échantillons botaniques inestimables brûler, et être perdus à jamais pour le monde de la science, uniquement parce que cette ville repose sur des fondations géologiques instables et ne dispose pas d'un système de répartition des eaux adapté aux incendies.

Elle accrocha le sac de son déjeuner aux défenses du mastodonte.

— Seth, vous avez des pieds comme des péniches, jamais ils ne tiendront entre ces piliers. Alors sortez et cherchez la fenêtre de mon atelier. Emily, allez avec lui. J'aurai besoin de vous deux sous ma fenêtre. Gemma…

— Ne vous fatiguez pas à discuter avec Mlle Eastwood, lui recommanda Seth. C'est perdu d'avance, madame.

Il ressortit, suivi par Emily.

— Gemma, vous pouvez m'aider.

D'un bond, Alice se hissa sur l'extérieur de la rampe de l'escalier. Elle plaça ses bottines de marche entre les piliers de la rampe métallique et, un pied après l'autre, commença son ascension du bord des marches.

— Si vous pouviez assister Seth et Emily, sous la fenêtre de mon bureau…

— Je retourne à Taylor Street, espèce de scientifique folle. Et vous devriez en faire autant ! Personne ne devrait risquer sa peau pour des échantillons de plantes, cria Gemma.

— C'est par amitié que nous risquons nos vies, répliqua Alice.

Elle marqua une pause, si fortement agrippée à la rampe que ses doigts blanchissaient.

— J'ai essayé d'être votre amie et j'espérais que vous envisageriez de m'aider à sauver le travail de ma vie. Un travail qui contribue modestement au monde du savoir. Il vaut la peine de risquer ma vie, même si ce n'est pas aussi prestigieux qu'une scène sous les feux de la rampe. Mais, à part vous-même, je ne vous ai jamais vue aider qui que ce soit. Je fondais peut-être trop d'espoirs sur vous.

Gemma se sentit devenir rouge pivoine.

Alice leva les yeux vers la hauteur à escalader. Visiblement, elle avait déjà oublié Gemma.

— Je regrette vraiment de n'avoir pas insisté pour que mon atelier ne soit pas au sixième étage, marmonna-t-elle pour elle-même.

Puis elle commença sa périlleuse ascension.

Gemma se souvint alors de son état d'esprit lors de son arrivée à Taylor Street, quand elle était bien déterminée à garder ses distances avec ses nouveaux voisins. *« Les amis vous laissent tomber. Une femme ne peut compter que sur elle-même. Alors autant se montrer dure. »*

Sans vraiment comprendre comment, elle se surprit à attraper la rampe de bronze, à se hisser sur l'escalier et à glisser son pied dans l'espace entre les piliers.

— Vous n'êtes pas obligée de me suivre, lui dit Alice, qui continuait à grimper. Allez aider Emily et Seth si vous voulez aider.

— Je ne veux pas que vous tombiez, rétorqua-t-elle, la bouche sèche. Quelqu'un doit s'assurer que vous redescendrez saine et sauve.

Et elle escalada la première marche, sa jupe se balançant dans le vide.

Arrivée au quatrième étage environ, Gemma se surprit à chanter. Elle ne voulait pas regarder en bas de crainte de rester clouée sur place. Elle ne voulait pas regarder en haut pour ne pas savoir combien de marches il restait encore à monter et ne pas rester, là aussi, paralysée. Elle ne voulait pas se concentrer sur ses mains moites qui commençaient à glisser sur la rampe de bronze, ni sur les crampes de ses pieds, chaque fois qu'elle en glissait un entre les piliers. Sinon, elle risquait de s'arrêter de respirer. Or, la meilleure façon de respirer était de chanter, aussi chanta-t-elle tout bas.

— Beethoven ? demanda Alice, trois marches au-dessus, en avançant sans relâche. Le chœur des prisonniers ?

— Verdi, répondit Gemma en se hissant sur un pied, puis sur un autre. Le *Requiem*. J'ai étudié le rôle de soprano solo mais je ne l'ai jamais interprété. « *Libera me, Domine de morte aeterna.* »

— J'ai entendu le *Requiem* de Mozart en concert, mais jamais celui de Verdi.

Un débris, délogé par sa bottine, se détacha de l'escalier et tomba. Malgré elle, Gemma compta les secondes jusqu'à ce qu'elle l'entende s'écraser à l'étage inférieur. Beaucoup, beaucoup plus bas. Elle avala sa salive et continua à chanter le murmure du dernier mouvement de la soprano. « *In die illa tremenda, quando coeli movendi sunt et terra.* »

— Quelle partie du *Requiem* chantez-vous ?

— C'est plus ou moins la prière de la soprano, à la fin, après tous les feux d'artifice et le grand *si* bémol du dénouement. Sa voix s'envole au-dessus des chœurs.

Gemma prit le risque de se tenir d'une seule main un instant afin d'essuyer l'autre à sa jupe. Elle sentait des gouttes de transpiration couler partout : sous ses manches, à l'intérieur de son corsage, sous ses jupons.

— Elle a passé le mouvement entier à hurler qu'elle ne voulait pas mourir, qu'elle voulait être sauvée, mais maintenant elle supplie : « Délivrez-moi, Seigneur, de la mort éternelle, en ce jour funeste où les cieux et la terre devront être déplacés… »

— Bonté divine ! c'est vraiment de circonstance.

Alice monta une marche et son pied glissa. Elle partit en arrière et se rattrapa de justesse à la rampe de bronze. D'un geste brusque, Gemma saisit la main de la botaniste et la stabilisa sur la rampe. Si Alice tombait, elle l'entraînerait avec elle dans sa chute. Elles tournoieraient l'une autour de l'autre, et elles iraient s'écraser sur le sol de marbre.

Mais elle s'accrocha, les tendons de ses poignets tendus au maximum, jusqu'à ce que son pied retrouve la marche éclatée.

— Continuez à chanter, Gemma, demanda-t-elle d'une voix aussi paisible que si elle était en train de cueillir des coquelicots lors d'une expédition botanique. Continuez à chanter.

Elle ne se souvenait que du dernier vers. Aussi le chanta-t-elle encore et encore.

— « *Libera me, Domine de morte aeterna, in die illa tremenda quando coeli movendi sunt et terra. Libera me. Libera me.* »

Elle le chanta jusqu'à la dernière marche, jusqu'à en perdre la respiration. Alice enjamba la balustrade et s'effondra sur le palier du sixième étage. Gemma se hissa à son tour et vint s'écrouler en travers de ses jambes. Elle sentit un sanglot monter dans sa gorge. Quand la main d'Alice se posa sur son épaule, elle l'attrapa et la serra fort. Un moment, elles restèrent allongées, reprenant leur souffle, leurs paumes fermement pressées l'une contre l'autre. Puis, après une ultime et vigoureuse pression, la botaniste lança :

— Allez, venez ! Nous avons du travail.

— Doucement, doucement… Donnez-moi un peu de jeu. Il faut que je la lance pour qu'elle s'enroule autour de ce morceau de corniche.

— *Libera me* des botanistes folles, siffla Gemma entre ses dents.

Néanmoins, elle allongea la corde enroulée autour de son bras en défaisant une nouvelle boucle. Ce n'était pas une vraie corde mais un mélange de ficelle de cuisine, de fil à sécher le linge et de cordons qu'Alice avait récupérés. Elle lui avait ensuite ordonné d'en fabriquer cette corde pendant qu'elle enlevait les échantillons botaniques de leurs casiers brisés pour les mettre dans un panier. Un panier qu'elle faisait maintenant descendre par la fenêtre vers Seth et Emily, qui l'attendaient en bas.

— Ça y est presque, crut-elle vaguement entendre, provenant de l'extérieur, six étages en dessous.

C'était la première fois que Gemma voyait l'atelier d'Alice. Il était quasiment dans le même état de destruction que le navire du Hollandais Volant au début de l'opéra *Der Fliegende Hollander* : les portes vitrées des casiers de collections étaient brisées, les poids en bronze, les terrariums, les pots de colle avaient basculé de leurs étagères pour rouler dans toutes les directions. Pourtant, l'air tout à fait satisfaite, Alice se jetait sur les échantillons botaniques collés sur leurs fiches cartonnées.

— Vous savez, je n'aurais pas pu vous dire pourquoi je triais les échantillons les plus rares pour les mettre à part. Mais les voici, tous bien séparés les uns des autres.

Elle entreprit d'en remplir une nouvelle boîte tandis que, en bas, Seth et Emily vidaient frénétiquement le panier qui venait de toucher le sol.

— Vous voulez bien me donner les enveloppes rangées par ordre alphabétique dans le caisson des champignons Harkness ?

Pour toute réponse, Gemma la pressa :

— Nous devrions partir.

Son cœur battait à tout rompre. L'ascenseur improvisé avait fait descendre plusieurs autres charges jusqu'au sol. Elle sentait sa gorge irritée par la forte odeur de la fumée qui entrait à travers le trou du toit disparu de l'Académie. Et elle aurait pu jurer qu'elle entendait le mugissement du feu qui approchait couvrir les sons de la salle de travail dévastée.

— Il faut encore que nous descendions d'ici. Pour l'instant, l'escalier tient mais, d'une minute à l'autre…

— Encore un panier, plaida Alice, ses mains s'agitant fébrilement.

Un rare échantillon d'orchidée, collé avec une exquise délicatesse sur son carton. Une nouvelle variété du genêt doré, qu'elle lui avait présentée comme sa préférée.

— Juste un.

— *Alice !*

— Encore un.

Une liane de *sambalai dople* de la Rencontre des Eaux au Brésil. Une rare plante carnivore de Madagascar.

— Juste un de plus.

Gemma s'empara des jumelles favorites d'Alice, les Zeiss, lui passa la longue courroie noire autour du cou et l'attira vers elle jusqu'à ce que leurs visages se frôlent presque.

— Alice, ça suffit ! Sinon, vous allez mourir ici.

La botaniste tourna la tête vers son bureau couvert de papiers, de notes, de journaux scientifiques.

— Mon travail, dit-elle…

Son entêtement aveugle soudain évanoui, elle avait une voix faible, tremblante.

— Mon travail.

— Vous serez centenaire, lui dit Gemma. Vous avez encore des décennies de travail devant vous, tout le temps de laisser votre marque. À condition que vous sortiez d'ici.

Sur ces mots, elle entraîna Alice Eastwood en direction de l'escalier croulant. Elle en avait maintenant la certitude : la salle de travail n'allait pas tarder à s'embraser.

La descente fut plus rapide. Peut-être simplement parce que Gemma avait déjà eu si peur qu'elle ne ressentait plus rien. Alice, qui était devant elle, ne cessait de marmonner :

— Je n'ai rien pris des collections Trask des îles de la côte californienne. Je pourrais peut-être vite…

— Personne ne remonte, martela Gemma.

— Des échantillons inestimables. Et la bouteille d'eau tissée par les derniers habitants d'une tribu de l'île San Nicolas. Je ne peux pas la laisser se perdre.

— Trop tard, Alice, continuez à descendre.

Gemma ne comprenait pas comment il était possible qu'elles ne tombent pas de l'escalier vers une mort certaine, car elle avait de nouveau les mains moites et les bras atrocement douloureux. Quant à Alice, qui avait quinze ans de plus qu'elle, ce devait être pire. Pourtant, tant bien que mal, elle se retrouvèrent au rez-de-chaussée, saines et sauves, leurs bottines sur le marbre. Tout en poussant Alice vers la sortie, à travers les gravats, elle se jura que plus jamais elle n'habiterait une maison avec un escalier. Elle vivrait au niveau du sol. Plus jamais de marches.

Hélas, avant cela, elle devrait une dernière fois emprunter l'escalier de la maison octogonale, et ce sans plus attendre.

Dans le vestibule, grouillant maintenant du personnel du musée et des salariés de l'Académie, Alice s'écria :

— C'est tout ? C'est tout ce que nous avons réussi à sauver ?

Munie d'un bout de crayon à papier, Emily dressait un inventaire, les joues tachées de poussière de brique.

— Les archives de l'Académie, six boîtes d'insectes de basse Californie, deux bocaux de serpents…

— Des bocaux de serpents ? s'exclama Gemma. Quel est l'intérêt de sauver ça ?

— Une planche d'illustrations d'oiseaux, une planche d'illustrations de reptiles, poursuivit Emily, imperturbable.

— Deux pétrels de la Guadeloupe, ajouta Seth, un énorme oiseau empaillé sous chaque bras. Et plus d'un millier d'échantillons botaniques, mademoiselle Eastwood. Plus près de quinze cents, je dirais.

Gemma regarda les corbeilles qu'Alice avait fait descendre du sixième étage.

— Ce n'est pas assez !

Alice fit mine de vouloir rentrer dans le bâtiment. Mais Gemma la rattrapa par le bras. L'usine Fuller Paint, derrière l'Académie, sur Mission Street, était en flammes. Des étincelles volaient partout comme des libellules folles. De l'autre côté de Market Street, une file de gens désespérés s'allongeait devant la banque, tous s'accrochant à l'espoir d'accéder à leurs comptes bancaires avant que les flammes aient tout consumé. Un cordon de soldats avait fermé la rue. *George*, songea Gemma, avec une bouffée de panique. George avait dit qu'il vivait au sud de Market. Était-il sain et sauf ? *Où est-il ?*

Essayant de couvrir les cris des soldats, le vacarme des briques qui chutaient, le craquement vorace du feu, Emily hurla :

— Nous n'arriverons même pas à sauver ce que nous avons déjà si nous ne le mettons pas en sécurité.

Dans la bousculade qui s'ensuivit, quelqu'un parvint à faire signe à un attelage express de s'arrêter et tous les échantillons et documents y furent empilés à la hâte. Gemma contribua aux allers et retours jusqu'à ce que la douleur de ses bras lui donne envie de hurler. Elle aurait juste voulu se précipiter jusqu'à Nob Hill, mais elle n'osait pas laisser Alice. Le scintillement des escarbilles se reflétait dans les yeux de la botaniste. Elle ne lui faisait aucune confiance et l'imaginait très bien se ruant de nouveau dans le brasier pour essayer de sauver juste encore un échantillon, une plante, un morceau de l'œuvre de sa vie. Un soldat essaya de lui faire comprendre qu'elle ne pouvait pas traverser la rue en sens inverse pour récupérer sa planche d'illustrations de reptiles. Alice darda sur lui un regard si fulgurant qu'il recula comme si un cobra s'était dressé sur son chemin.

Une fois la voiture pleine, coupant court à la discussion sur le lieu où la cargaison d'échantillons du musée serait le plus en sûreté, Gemma lança :

— Emportez tout à Taylor Street.

Les universitaires cessaient-ils jamais de se disputer, même au beau milieu d'une crise ? Manifestement, non.

— Vous pourrez déplacer le tout de nouveau, au besoin, mais pour le moment, il faut tout emporter loin d'ici, sur les hauteurs de la ville. Au coin des rues Taylor et Washington, indiqua-t-elle au cocher en montant dans la voiture et en se perchant sur une caisse.

Les feux étaient encore loin de Nob Hill. Quand Alice y grimpa à son tour, le cocher annonça :

— Trois dollars.

— C'est du banditisme de grand chemin, cria la botaniste.

Avec un sourire narquois, il répéta :

— Trois dollars.

Alice lui lança les pièces d'argent et ils s'éloignèrent en cahotant. Seth et Emily les accompagnaient tandis que les autres se dispersaient pour aller se mettre en sécurité. *Où serons-nous en sécurité ?* s'interrogea Gemma. Les tourbillons d'une fumée désormais noire se déployaient, ne cachant plus seulement le soleil, mais le ciel tout entier.

— Je ne pourrai pas rester à Taylor Street pour décharger vos foutus échantillons, annonça-t-elle à Alice alors que l'attelage express gravissait péniblement la rue pavée de la colline. Je dois retourner à la maison octogonale, mais…

Les cheveux couverts de poussière de marbre, portant l'un des pétrels empaillés, la botaniste la rabroua :

— Inutile d'être grossière. Et ce ne sont pas mes « foutus échantillons », ce sont de précieuses contributions au monde de…

D'un geste brusque, à l'aide d'une épingle, Gemma refixa une mèche de cheveux qui lui balayait le visage.

— Alice, ce matin j'ai risqué ma peau pour vous et pour vos échantillons botaniques. Alors épargnez-moi vos foutaises. Je dois retourner chez Thornton pour récupérer mes affaires.

Elle pourrait ensuite revenir à Taylor Street et y attendre des nouvelles de Suling et de Nellie. Et se renseigner sur le sort de George. Mais il n'était plus question qu'elle tente de se rendre au *Palace Hotel*. Si Nob Hill était encore sûr, l'hôtel était directement sur le trajet des incendies.

— Vous en avez donc terminé avec M. Thornton ?

Gemma ne pensait pas qu'Alice aurait été si directe, en temps normal. Mais la matinée avait été plutôt éprouvante.

— Il a envoyé ma meilleure amie dans un asile de femmes aliénées, répondit-elle avec un calme absurde. Alors, oui.

La botaniste cligna des yeux. Seth et Emily faisaient mine de ne pas les regarder, feignant de s'intéresser aux pétrels empaillés. Quand, enfin, l'attelage express tourna dans une rue en direction de Washington Street, Alice finit par dire :

— Bon sang ! Pourquoi diable prendre le risque de retourner dans la maison d'un tel homme ? Ne serait-il pas plus sage de l'éviter totalement ? Si vous avez besoin d'emprunter des vêtements…

— J'y retourne pour mon oiseau.

Gemma était au bord des larmes. Des larmes qu'elle retenait sans doute depuis longtemps. Les nerfs à vif, elle se sentait lasse, secouée, accablée. Cette catastrophe continuait à se déployer autour d'elle comme une hideuse rose rouge feu.

— Ne vous êtes-vous pas mise en danger pour sauver le travail de votre vie, Alice ? Eh bien, je vais en faire autant pour mon oiseau. Je n'ai pas osé l'emporter ce matin parce que je ne savais pas où le mettre en sécurité. Mais maintenant, même si je dois passer sur le corps de Henry Thornton, je vais essayer de l'apporter à Taylor Street.

Car que possédait-elle d'autre, en réalité ? Une penderie pleine de robes qui ne lui appartenaient pas. Un mécène et amant à qui elle ne pouvait plus faire confiance. Une meilleure amie qui tournoyait toujours quelque part, au gré du vent, perdue dans les limbes. Les deux seules choses qui lui restaient étaient son contrat du Metropolitan Opera et une perruche. Si elle ne parvenait pas à rejoindre la troupe, le contrat pourrait se résilier de lui-même. Mais son pauvre oiseau comptait sur elle. Peut-être avait-elle déçu bien des gens au cours de sa vie, mais elle ne laisserait pas Toscanini dans la maison de Henry Thornton. Si le feu se propageait encore, son oiseau risquait de brûler, ou il pourrait aussi bien se faire tordre le cou par un valet quand Thornton ferait vider sa suite pour installer sa nouvelle maîtresse.

— Je ne laisserai pas mon oiseau, s'entendit-elle gronder. Jamais. Donc je retourne à la maison octogonale.

L'attelage montait maintenant Taylor Street en bringuebalant.

— Je vous accompagne, annonça Alice. Autant sauver la reine de la nuit.

Chapitre 22

Suling pressentait qu'elle ne devait pas retourner chez Thornton. Mais, rassemblant le peu de forces qui lui restait, Reggie grimpait les rues de Nob Hill en direction de Hyde Street. Et tout cela, à cause de Gemma Garland. Gemma comptait tellement pour elle qu'elle était prête à affronter Henry Thornton. Suling se persuada de faire taire son amertume, se répétant qu'elle n'avait aucune raison d'être jalouse. N'aimait-elle pas Reggie pour sa valeur, sa farouche loyauté ?

Elle avait depuis longtemps perdu la notion du temps. Elle n'avait aucun moyen de savoir depuis quand elles marchaient. Normalement, le trajet n'aurait pas demandé plus d'une demi-heure. Mais certaines rues étaient bloquées, d'autres jonchées de débris. Elles firent de multiples détours, progressant tant bien que mal sur les trottoirs brisés, prenant garde à ne pas marcher sur du verre ou sur des poutres éclatées. Personne n'accordait la moindre attention à l'étrange tenue de Reggie. Le tremblement de terre avait pris les gens au dépourvu, les obligeant à fuir leurs maisons vêtus des premiers vêtements qui leur étaient tombés sous la main.

Elles passèrent à côté de femmes qui cuisinaient sur des fourneaux installés dehors. L'une d'elles tenait une fillette par la main tandis que le père et des voisins creusaient la terre à la recherche du reste de la famille. À chaque carrefour, elles s'arrêtaient pour regarder dans toutes les directions.

Les feux se propageaient. Elles le voyaient aux fumées qui s'élevaient à l'est. Les entendaient approcher aux bruits lointains des déflagrations qui, elles le savaient maintenant, provenaient des explosions de dynamite déclenchées pour créer des coupe-feu entre les quartiers de la ville.

Au coin d'une rue, une femme portant un bébé les supplia de lui donner de la nourriture et de l'eau. Suling lui offrit ce qui leur restait, du pain, une bouteille de boisson gazeuse et deux oranges.

—Ah, soyez bénie, même si vous êtes une païenne chinoise. Je n'ose pas aller récupérer quelque chose dans les maisons. L'armée tire sur les pilleurs. Il paraît qu'ils ont tué un homme qui rentrait dans sa propre demeure.

Reggie ramassa un foulard qui s'était accroché à un arbuste. Après avoir rendu son feutre à Suling, elle s'en couvrit la tête.

—Il suffit de regarder mon élégante coupe de cheveux pour savoir que je sors d'un asile, dit-elle. Et je ne veux pas qu'on m'y renvoie.

Suling souffrait en voyant les efforts qu'elle faisait pour garder son humour. Le courage que, tout comme elle, elle se forçait à montrer. Parce qu'il était hors de question de craquer maintenant.

À cet instant précis, elle ne pouvait rien faire de plus que prier tous les dieux du ciel pour trouver la maison octogonale vide ; ou, tout au moins, son propriétaire absent. Et que Gemma y soit pour qu'elles puissent toutes les trois aller se mettre en sécurité dans la pension de famille de Taylor Street. De temps en temps, sans pouvoir s'en empêcher, elle s'arrêtait pour regarder au sud et à l'est. Chinatown était quelque part, caché derrière cette fumée. Tant d'incendies brûlaient. Le cœur lourd, elle pensa à sa maison, à la blanchisserie, au *Palais des Plaisirs Infinis*: s'ils n'avaient pas déjà été réduits en cendres, cela ne saurait tarder.

Une voix familière appela son nom :

— Suling, Suling !

Elle fit volte-face.

— Attends, Reggie ! Arrête-toi ! s'écria-t-elle. C'est ma Tatie.

Elle poursuivit alors en chinois :

— Oh, Tatie, je suis si contente de voir que tu vas bien !

Dans sa tenue occidentale, Madame Ning était l'élégance incarnée : une veste et une jupe en jacquard vert mousse, un chapeau orné de roses d'un vieux rose poudré, et une voilette. D'une main, elle tenait un sac d'un cuir vert assorti et, en bandoulière, une mallette également en cuir.

— Suling ! s'exclama-t-elle en la serrant sur son cœur. Ton oncle m'a dit que, quand il était venu te chercher, tu t'étais enfuie. Mais je ne me suis vraiment inquiétée que lorsque les filles sont rentrées en m'annonçant que tu n'étais pas au bal. J'étais sur le point d'envoyer quelqu'un à ta recherche, aujourd'hui.

— Tatie, quelle est la gravité des dégâts à Chinatown ? demanda-t-elle. Notre blanchisserie ? *Le Palais des Plaisirs Infinis* ?

— Toujours debout, mais plus pour longtemps.

Madame Ning hocha la tête.

— La police et l'armée demandent aux gens d'évacuer, de quitter leurs maisons. Ils ont l'intention de faire sauter quelques immeubles à la dynamite pour empêcher le feu de se propager. Après tout, ce n'est que Chinatown.

« Ce n'est que Chinatown. » Il y avait de l'amertume dans les paroles de Madame Ning.

Surprise, Suling sentit sa gorge se serrer et elle étouffa un sanglot. Depuis la mort de ses parents, elle avait eu le sentiment que Chinatown était trop exigu, rempli de voisins inquisiteurs, d'obstacles à son avenir. Mais où pouvait-elle, ailleurs, se promener en toute sécurité, croiser des gens qui l'avaient connue avant même qu'elle marche ? En quel autre endroit les brises du soir transportaient-elles les odeurs familières de la vie quotidienne de la rue, celle de l'encens qui s'échappait des temples, celle de l'huile de cuisine qui chauffait à l'heure où les restaurants commençaient leur service du soir, les arômes odorants qui sortaient des herboristeries ? Elle connaissait les rues de Chinatown comme sa poche. Elle n'avait jamais eu d'autre foyer que la *Blanchisserie Fenghuang* et les petites pièces au-dessus.

— Où sont les filles, Tatie ? Et où vas-tu ?

— Les filles sont à Oakland ou, du moins, elles sont en route. Je les ai envoyées au ferry avec deux de mes hommes. Elles doivent rejoindre *La Maison des Incomparables Beautés*, dont l'une de mes amies est propriétaire. Quant à moi, je me dirige vers l'hôtel particulier de Thornton. De là, j'irai à Russian Hill pour trouver Michael Clarkson.

— Suling, ta Tatie parle-t-elle de Thornton ? intervint Reggie, qui avait reconnu le nom au milieu des mots chinois.

— Ciel ! s'exclama Madame Ning.

Elle souleva sa voilette pour examiner la femme dépenaillée, dans sa robe indigo informe, coiffée d'un foulard bleu vif.

— C'est ta Reggie Reynolds ? Que s'est-il passé ?

Après avoir écouté la brève explication de Suling, Madame Ning pinça les lèvres, l'air sombre.

— Cet homme a toujours fait l'objet de rumeurs. Tu ne devrais pas emmener ta Reggie chez lui. Qui sait de quoi il est capable ?

— Reggie veut s'assurer que son amie, la cantatrice, est saine et sauve. Je lui ai dit que l'on risquait de tomber sur

Thornton mais elle ne veut rien entendre. Et toi, pourquoi vas-tu chez lui ?

— Il a une dette envers moi. Il n'a pas payé les filles hier soir, expliqua Madame Ning. Il ne voulait remettre l'argent qu'à toi ou à moi. Et je vais avoir besoin de chaque centime pour reconstruire mon affaire. Et toi, as-tu besoin d'argent ?

Elle tapota sa mallette. Suling secoua la tête.

— J'ai emporté toutes mes économies. Tout ira bien.

Reggie les interrompit :

— Il faut y aller, Suling.

— Nous y allons toutes les trois, déclara Madame Ning. S'il est là, nous l'affronterons ensemble.

Suling fut soulagée de voir que la Rolls Royce n'était pas devant l'hôtel. L'un des piliers de pierre de la barrière s'était écroulé, entraînant les piques en fer forgé du portail. De l'extérieur, la bâtisse ne semblait pas trop endommagée. Madame Ning essaya d'ouvrir la porte d'entrée, qui était fermée à clé. La maison était plongée dans le silence et personne ne vint répondre quand elles sonnèrent.

Suling regagna le coin de la rue, où Reggie attendait.

— Il n'y a personne, annonça-t-elle. Nous pouvons partir.

Son amie frissonna et secoua la tête.

— Essayons l'entrée de service.

Reggie ouvrant la marche, elles contournèrent la maison. La porte de la cuisine était grande ouverte. À l'intérieur, la pièce était vide. Un mouvement, dans un coin, les fit sursauter. Un homme se redressa lentement avec un grognement.

— Petit Fong ! s'exclama Suling. Ça va ?

L'aide-cuisinier s'assit et regarda autour de lui. D'un doigt, il montra le poêlon en fonte.

— Je l'ai reçu sur la tête.

Mme MacNeil et le majordome avaient essayé de faire nettoyer les lieux par les domestiques. Mais beaucoup avaient pris la fuite. Certains refusant de rester à l'intérieur, d'autres pour se précipiter en quête de leur famille dans divers quartiers de la ville. La réplique finale avait fait décamper tout le monde, y compris la gouvernante et le majordome. Alors que Petit Fong se dirigeait vers la sortie avec un sac de vivres dérobés, la secousse lui avait fait tomber le poêlon sur la tête, l'assommant.

— Ne rentre pas chez toi, Petit Fong, lui conseilla Suling. Bientôt, tout Chinatown sera en flammes. Tu as des amis, de la famille, ailleurs ?

— À Oakland. Il y a un Chinatown à Oakland, répondit-il sans hésitation. Mais que faites-vous ici, Jeune Demoiselle ?

Les yeux écarquillés par l'étonnement, il vit alors Madame Ning qui, très digne, s'était assise sur une chaise de cuisine. Son regard de plus en plus stupéfait se posa alors sur Reggie, ses vêtements dépareillés, son foulard poussiéreux.

Reggie entra dans la chambre froide. Elle en ressortit avec une tourte à la viande qu'elle avala pendant que Suling et Madame Ning mettaient Petit Fong au courant de la situation. À l'évocation de Chinatown en flammes, les larmes ruisselèrent sur les joues du jeune Chinois. Et quand Suling lui raconta l'histoire de Thornton, il déclara en secouant la tête :

— D'après la rumeur, il serait en relation avec des gens peu recommandables, ce qui n'est pas surprenant. Personne ne devient aussi riche à San Francisco sans tremper dans des affaires louches. Mais un meurtre ! Et faire interner des gens parfaitement sains d'esprit !

— Sais-tu où est allé M. Thornton ? lui demanda Suling. Et quand il peut revenir ?

— D'après la cuisinière, il est allé au centre-ville, sauver son argent. Sa nouvelle maîtresse, la chanteuse blonde, est partie presque immédiatement après lui.

Madame Ning se leva.

— Suling, essaie de faire entendre raison à ta Reggie. Filez d'ici ! Je vais chez Clarkson. J'espère qu'à mon retour Thornton sera ici et que vous serez parties. Traversez la baie pour rejoindre Oakland.

— Mais Clarkson ne sera peut-être pas chez lui, Tatie, fit remarquer Suling. La police et les pompiers doivent être sur les dents, en ce moment.

— Eh bien, s'il n'est pas chez lui, je peux lui laisser un mot. Tu vas l'écrire pour moi.

Elle sortit un bloc et un stylo de son sac à main, les lui tendit et lui dicta un bref message. Après l'avoir rangé, elle déclara :

— Quoi qu'il arrive, je vais revenir pour mon argent. Viens à Oakland, ma chérie.

Sur ces mots, elle serra étroitement sa filleule dans ses bras, ajusta son chapeau et sa voilette et sortit. Debout sur le seuil de la porte de service, Suling resta un moment à regarder Madame Ning qui déambulait le long du chemin en briques, comme si elle était à une garden party.

— Ne t'inquiète pas pour ta Tatie, la rassura Reggie en lui effleurant le bras. Elle survivrait à n'importe quelle catastrophe.

Un sac sur l'épaule, Petit Fong se dirigeait aussi vers la porte. Il avait dévalisé le garde-manger.

— Jeune Demoiselle, vous devriez partir avant que le patron revienne.

— Tout ira bien. Bonne chance, Petit Fong. Et si tu croises Vieux Kow, occupe-toi de lui. Il n'est pas très malin.

Elle sentit une pointe de culpabilité. Elle avait été abrupte avec le vieil homme pendant leur dernière livraison.

—Nous venons du même comté, en Chine. Nous sommes comme des frères. Ne vous inquiétez pas.

Reggie essuya ses mains à sa robe.

—Je me sens mieux maintenant que j'ai mangé. Montons voir si Gemma a emporté ses affaires. Si c'est le cas, elle ne reviendra sans doute pas et nous pourrons prendre la direction de Taylor Street.

Elles empruntèrent l'escalier de service et atteignirent l'étage principal par le couloir des domestiques. Une rapide inspection du rez-de-chaussée prouva qu'il était bien vide. Suling posait un pied sur la première marche du grand escalier quand Reggie l'arrêta.

—Inutile de monter. Gemma va revenir.

—Qu'est-ce qui te fait dire ça ?

—Ce fichu oiseau. Il est encore ici.

Elle tourna la tête et montra du doigt la spirale en fer forgé. Un cri strident, outragé, s'éleva. Après un silence, il jaillit de nouveau.

—Jamais elle ne l'abandonnerait. Elle va revenir pour son oiseau.

—Nous allons attendre un peu, dans ce cas. Mais pas trop longtemps. Thornton…

D'un coup de pied, elle écarta des éclats de verre. La carcasse en bronze d'un lustre s'étalait sur le sol. Non loin, une pelle à poussière abandonnée témoignait des tentatives de balayage des débris de porcelaine et de verre. Elle regarda à l'intérieur de la serre, s'attendant à un chaos de vitres éclatées. Et, à sa grande surprise, constata que seuls quelques panneaux s'étaient brisés.

Soudain, des voix s'élevèrent à la porte d'entrée. Une clé tournait dans la serrure. Suivie de Reggie, Suling se précipita derrière la porte du couloir des domestiques. Elle retint son souffle. Si c'était Thornton ? *De grâce, faites que ce soit Gemma, pour que nous puissions filer d'ici.*

La porte s'ouvrit à la volée sur la cantatrice, Alice Eastwood sur ses talons.

Reggie bondit de sa cachette.

— Sally !

Entre deux sanglots, Gemma hoqueta :

— Dieu soit loué ! Tu es saine et sauve. Tu es saine et sauve. Oh, regarde-toi, Nellie ! Tu es si maigre.

— Et toi, regarde-toi. C'est un accroc, à ta jupe ? Tu te laisses aller, Sal.

— Raconte-moi tout ! Suling t'a trouvée à l'asile ?

— M'a trouvée et m'a traînée dehors, aussi brave qu'une lionne. Et qu'est-ce que c'est que cette histoire entre toi et Thornton ? Ne me dis pas que nous avons couché avec le même homme, paysanne !

Riant, s'étreignant, elles parlaient à toute allure, pleurant de joie et de soulagement. Suling voyait bien à quel point les deux amies tenaient l'une à l'autre. Elle se réprimanda pour sa jalousie dévorante. Bien sûr, Reggie ne les aimait pas du même amour, Gemma et elle. La cantatrice avait été sa colocataire, elles étaient des amies de longue date qui avaient eu plus d'une décennie pour découvrir leurs travers respectifs, pour partager les histoires de leurs enfances. Des amies qui se connaissaient assez pour que Reggie sache que Gemma n'abandonnerait pas un stupide oiseau et que Gemma comprenne que Reggie ne donnerait la bague de sa mère qu'à une personne qu'elle aimait vraiment.

Tout va bien, se rassura-t-elle, tandis que celle qu'elle aimait racontait à la cantatrice et à la botaniste ce qu'il leur était arrivé. *Quand j'aurai passé treize ans avec Reggie, nous connaîtrons nos manies respectives, nos passés. Et nous aurons notre propre histoire.*

— Juste ciel ! s'exclama Alice au milieu du récit de Reggie. Les articles de presse au sujet du détective de l'*Agence Pinkerton* disparu ! C'est Thornton qui l'a assassiné ?

D'une voix forte, Suling les pressa :

— Il faut partir d'ici. Avant le retour de Thornton.

— Juste le temps de monter, dit Gemma. Je ne suis revenue que pour récupérer Toscanini et mon sac. Pauvre petit oiseau !

— Je t'accompagne, proposa Reggie.

Elles s'engagèrent dans l'escalier, continuant leur conversation à bâtons rompus. Alice regardait la serre avec convoitise.

— Curieusement, savoir que cet homme est un assassin me donne l'impression que j'ai tout à fait le droit de voler ses plantes. Je n'en ai que pour quelques minutes.

Sur ces mots, elle disparut dans le jardin d'hiver.

Avec un soupir résigné, Suling murmura :

— Suis-je donc la seule à sentir qu'il faut partir d'urgence ?

Reggie redescendait les marches d'un pas leste, une cage à oiseau couverte à la main.

— Suling, peux-tu mettre Toscanini dehors ? Et donne-moi ton sac, chérie. J'en ai besoin. Après, nous partirons, je te le promets. Arrête de t'inquiéter. Avec un peu de chance, un mur de pierres s'est effondré sur Thornton.

Suling poussa un nouveau soupir, prit la cage et la posa sur le coin de pelouse le plus proche de la véranda. Soudain, elle se figea. Entre les piles de gravats, une automobile horriblement familière remontait péniblement Hyde Street. Elle se précipita à l'intérieur et tourna le verrou de la porte d'entrée.

— Reggie ! Gemma ! cria-t-elle en direction de l'étage. Dépêchez-vous ! Il arrive !

Seul l'écho lui répondit.

Allaient-elles redescendre à temps pour pouvoir se ruer dans le couloir de service ? Et Alice ? Où était Alice ? Elle se hâta en direction de la serre. Trop tard. Une clé tourna, la porte d'entrée s'ouvrit et Thornton entra. Son visage et son costume étaient couverts de suie. Une manchette déchirée pendait et sa chemise était ouverte sur son torse. Ses bottes laissaient des traces sales sur le sol de marbre. Il retira sa veste et la laissa tomber sur une chaise.

En la voyant, il sourit. D'un vrai sourire.

— Petite Susie. Vous êtes venue pour la note de Madame Ning ? Je ne paierai pas le total de la somme puisque vous étiez absente hier soir. Donnez-moi juste une minute pour aller chercher l'argent dans mon bureau.

— Ce n'est pas nécessaire, répondit-elle, son esprit tournant à cent à l'heure.

Il fallait qu'elle le retienne. Il ne devait pas monter. Pas encore.

— Je ne suis ici que pour vous dire que… Madame Ning viendra en personne, plus tard.

— Mais je ne serai peut-être plus ici, plus tard. Et cette maison ne sera peut-être plus sûre. Je vais vous payer maintenant. Attendez ici.

Il monta les marches quatre à quatre. Fredonnant doucement, comme si la ville ne venait pas d'être frappée par la plus grosse calamité de tous les temps. Quand le marbre de la mezzanine laissa place à l'épais tapis de son bureau, le bruit de ses pas se tut.

Suling regarda à travers la spirale de fer forgé. En voyant Reggie qui, au troisième, se penchait par-dessus la rampe, elle pointa un doigt vers la porte de l'escalier de service.

Son amie secoua la tête et, d'une main, fit mine de tourner une clé contre la paume de son autre main.

La porte donnant sur l'escalier de service, au troisième étage, était fermée. La gorge nouée par la terreur, Suling se mit à faire des gestes frénétiques.

« Descendez, descendez maintenant. »

Sans perdre une seconde, Gemma et Reggie dévalèrent silencieusement l'escalier en colimaçon et, au deuxième étage, passèrent devant le bureau de Thornton.

La voix de celui-ci retentit :

— Je constate que les domestiques sont partis. Mais avez-vous vu Mlle Garland ?

Gemma et Reggie descendaient à la hâte la volée de marches entre le deuxième et le premier étage quand le bruit de ses pas résonna sur les marches de marbre. Il était trop tard.

— Tiens, Gemma ! dit-il en baissant les yeux sur elles, d'une voix aussi charmante que s'il les saluait à un thé mondain.

En bas de l'escalier, les deux femmes se figèrent.

— Et Reggie. Quelle délicieuse surprise !

Chapitre 23

Un moment, ils restèrent immobiles, à se dévisager. Gemma sentait les battements de son cœur résonner dans sa poitrine. Posément, Thornton descendit les dernières marches pour les rejoindre, ses yeux plissés allant d'elle à Nellie. Nellie qui, raide, tremblante, agrippait le sac à linge en jute. Debout au milieu du vestibule, Suling semblait changée en statue de cire.

Soudain, un panneau de verre de la coupole en équilibre tomba à l'intérieur et alla se briser sur les dalles noires et blanches du sol de marbre, derrière elles. Elles profitèrent de la diversion pour se déplacer. Suling rejoignit Nellie, que Gemma poussa derrière elle. C'était trop tard, bien sûr. Trop tard. Il l'avait vue. Tout en jouant avec le porte-bonheur en jade blanc accroché à sa chaîne de montre, il ne regardait plus qu'elle.

— Bien. Qu'allons-nous faire, maintenant ?

Gemma avait envie de hurler. Elle était dans cette maison depuis moins d'un quart d'heure. Cinq minutes de plus, et elles auraient toutes quitté les lieux… Elle ouvrit la bouche pour parler. Mais la peur, à laquelle se mêlait un sentiment de trahison, d'outrage, la rendait muette. Le matin, elle avait escaladé six étages en chantant. Et maintenant, elle se retrouvait incapable de dire un mot. Abasourdie, elle le regardait. Il portait toujours le costume noir et la chemise blanche – maintenant tachés de poussière de brique et de suie – du bal de minuit. *Pas plus tard qu'hier, je vous faisais confiance… Vous me plaisiez… Je commençais peut-être même à vous aimer…*

La première, Suling parla :

— Je vous en prie, laissez-nous partir. Vous n'êtes pas obligé de me payer. Laissez-nous juste partir.

— Je serais d'accord s'il ne s'agissait que de vous, Susie.

Le regard lointain, comme s'il passait mentalement ses options en revue, ses yeux restaient braqués sur Nellie qui, tout à coup, gronda :

— Elle s'appelle Suling. *Suling.*

— Que faites-vous ici, de toute façon ? Comment êtes-vous… ? Qu'importe ! s'interrompit-il, se tournant enfin vers Gemma. Je suis revenu pour vous.

— Vous êtes revenu pour votre argent, parvint-elle à dire.

Alice. Elle eut un quart de seconde pour s'interroger. *Où est Alice ?*

— Vous saviez que les feux allaient remonter Nob Hill. Vous êtes venu pour récupérer vos liasses de billets et le butin du Salon Chinois.

— Eh bien, pour cela aussi, concéda-t-il avec ce sourire triste qui donnait à son visage mince, banal, une certaine beauté.

Gemma parvint à descendre une marche et détacha son bras de celui de Nellie.

— Je vous en prie, laissez-les partir. Je… J'irai avec vous.

Le bourdonnement était si fort dans ses oreilles qu'elle entendait à peine les battements de son propre cœur. Nellie lui siffla quelques mots. Elle l'ignora.

— Laissez-les partir, c'est tout ce que je vous demande.

— Je pense que nous avons dépassé ce stade.

Il hésita un peu, lissa ses cheveux toujours ébouriffés et, un instant, Gemma reconnut l'homme qui l'avait si totalement charmée au *Palace Grill* : l'homme intransigeant, cynique, mais qui portait une ardente dévotion à tout ce que le monde de l'art et de la musique avait à offrir.

— Henry, murmura-t-elle.

Avec un soupir, il glissa une main dans son dos et sortit le pistolet qu'elle l'avait vu charger, tôt le matin.

— Je me sens un peu ridicule de brandir cette arme mais, mesdames, je dois vous demander de passer dans la serre.

Un silence menaçant s'installa de nouveau. Le pistolet ressemblait à un jouet dans sa main. *Ce n'est pas possible*, songea Gemma.

— Vous ne pouvez pas tuer Nellie, déclara-t-elle. Vous ne le pourriez pas. Pas plus que moi. Pas des femmes qui ont compté pour vous.

— Non.

Étaient-ce des larmes qu'elle voyait briller dans ses yeux ?

Le cœur battant maintenant la chamade, elle fit un pas de plus dans sa direction.

— Henry, de grâce…

Un coup sonore à la porte d'entrée les fit tous sursauter.

— Monsieur Thornton ? appela une voix de femme. Monsieur Thornton, j'ai vu votre automobile.

Thornton tourna brusquement la tête en direction du bruit. L'espace d'un instant, Gemma se demanda si elles ne devraient pas toutes se jeter sur lui et lui faire lâcher son pistolet. Suling eut un mouvement brusque, comme si elle pensait la même chose. Puis, dans un craquement, le battant s'ouvrit et une femme s'engouffra à l'intérieur : une Chinoise, plus âgée que Suling, portant un tailleur vert de style occidental et un chapeau à la mode, orné de roses.

— Ah, monsieur Thornton ! s'exclama-t-elle dans un excellent anglais, malgré son accent.

— Je n'ai pas le temps pour cela, dit-il.

Mais elle insista.

— Le paiement pour mes filles, pour la soirée d'hier.

Il tira sur elle.

Le claquement de la balle résonna dans l'atrium. La Chinoise tomba comme une pierre. Avant même qu'elle ait atteint le sol, Thornton se détourna d'elle.

Un cri s'étranglant dans sa gorge, Suling se précipita vers le corps maintenant inerte. Thornton lui assena un coup derrière l'oreille avec la crosse de son pistolet.

— La serre, répéta-t-il. Vous toutes, sinon la prochaine sera Susie.

S'éloignant de l'escalier, elles trébuchèrent en direction du fond du vestibule octogonal et toutes les trois franchirent la double porte en verre jusqu'au jardin d'hiver débordant de plantes. Gemma aurait voulu se jeter sur lui, lui lacérer le visage de ses ongles. Mais, le bras tendu, il les tenait à distance. Suling, les yeux pleins de larmes, plaquait une main sur son oreille blessée. Nellie avait noué ses bras autour d'elle. Et Gemma, perdant l'équilibre, se retrouva à quatre pattes sur le seuil de la serre.

Elle sentit la main de Thornton lui empoigner les cheveux et une flèche de douleur lui traversa le crâne quand il la releva et la précipita, chancelante, derrière les deux autres. Un souvenir incohérent lui revint. Ce matin même, n'avait-il pas parlé de la traîner jusqu'au lit par les cheveux ? Et lors de leur première rencontre, ne lui avait-il pas déclaré que *Pelléas et Mélisande* était son opéra préféré ? L'opéra où la soprano est tirée à travers la scène par ses cheveux blonds en criant : « Ne me touche pas* ! » *J'aurais dû comprendre que je ne pouvais pas lui faire confiance*, pensa-t-elle confusément, en entendant le déclic de la double porte de la serre qui se fermait.

Puis il s'éloigna et son pas léger retentit dans l'escalier.

Suling secouait la porte en criant en chinois. Elles ne voyaient pas la femme qui avait été abattue. Elle était tombée sous l'arche de la porte d'entrée, de l'autre côté de l'escalier, et ne faisait pas un bruit. Recroquevillée contre la paroi en verre, Nellie se balançait d'avant en arrière. D'un pas toujours aussi mal assuré, Gemma recula vers le fond de la serre et essaya d'entraîner son amie.

— Reculez ! lança-t-elle à Suling. Venez vers le fond. Nous ne savons pas si…

Si quoi ? S'il allait les tuer quand il redescendrait ? La tête envahie par un bourdonnement sonore, elle était incapable de former la moindre pensée rationnelle.

— Que se passe-t-il ? chuchota une voix.

Alice émergea de derrière un palmier en pot. Au creux de ses bras, comme un bébé, elle portait une jarre bleu et blanc d'où jaillissaient des feuilles vertes épineuses : la reine de la nuit et ses bourgeons pas encore éclos.

— J'étais tout au fond. Je n'ai rien entendu jusqu'à ce qu'il y ait un coup de feu. S'agissait-il de pilleurs ?

— Reculez ! Cachez-vous ! C'est Thornton. Il ne faut pas qu'il vous voie.

— Nous sommes enfermées à clé ?

— Nous pouvons briser le verre, commença Gemma.

Elle s'interrompit. La structure en fer, entre les panneaux de verre, était solide, les barreaux trop étroits pour que l'une d'elles puisse se faufiler à travers.

— Attendez, il y a une autre entrée ! s'exclama Suling. Près des lauriers-roses.

Elle s'arracha à la double porte verrouillée, s'élança sur le sol pavé de briques et, passant devant Gemma, fila vers le fond de la serre.

— C'était mon entrée secrète.

Un cri de triomphe jaillit, suivi d'un autre, de frustration. Gemma et Alice la rejoignirent et la trouvèrent en train de cogner contre une porte recouverte de feutrine verte.

Elle l'avait déverrouillée, car la clé était à l'intérieur, mais elle refusait de s'ouvrir. À travers les vitres, elles virent qu'une section du mur du parc s'était effondrée. Les briques et les pierres qui s'entassaient entre la rue et le jardin d'hiver bloquaient la porte aussi solidement que si elle avait été cimentée. Suling continuait à la secouer, à la pousser.

— Une fois Thornton parti, nous appellerons à l'aide, déclara Alice de sa voix réconfortante. On nous entendra sûrement. On viendra nous délivrer.

— Parce que vous croyez qu'il n'y a pas pensé ? lança Gemma d'un ton brusque. Il nous a enfermées dans la serre pour s'assurer que jamais personne ne viendra à notre rescousse.

De l'avant de la serre, la voix de Nellie leur parvint, terrorisée.

— Il revient.

Quand Alice fit mine de répondre, Gemma lui chuchota de rester à l'arrière et s'avança vers la double porte fermée à clé. À travers le panneau vitré, elle distingua, un peu déformée par le verre, la silhouette sombre de Thornton qui redescendait. Il portait un sac volumineux sur l'épaule, une caisse dans les bras… Elle aperçut une plume de martin-pêcheur d'un bleu éclatant, une fleur d'ivoire qui oscillait au bout d'un rang de perles. Il emportait la couronne du phénix et tous les autres biens précieux qu'il avait pu sauver du Salon Chinois. Elle avisa alors l'objet dans son autre main. Une bouteille, une boîte de conserve. Une odeur le suivait dans l'escalier.

Peu à peu, l'abominable réalité s'imposa à elle. Elle avait reconnu l'objet : c'était une lampe à pétrole.

— Non, non ! hurla-t-elle.

Frénétique, elle se mit à secouer la poignée de la porte, à frapper le verre de ses poings fermés.

Les éclats d'un panneau qui se brisa tombèrent sur les briques avec un tintement. Elle ne sentit même pas la douleur du fragment qui lui transperça la main.

— Henry, non !

Elle n'avait pas pensé qu'il s'arrêterait. Pourtant, il le fit. La regarda de ces yeux noirs qui avaient su la faire frissonner. Le sac sur son épaule était bourré des actions et de tout l'argent qu'il avait retirés de son coffre-fort. La caisse, dans ses bras, remplie de ses trésors chinois. Trésors qui, pour lui, contrairement à la vie humaine, avaient une vraie valeur.

— Je suis désolé de tout cela, dit-il.

Et, au grand étonnement de Gemma, il avait l'air sincère. Le visage pâle, luisant de transpiration, ses yeux allaient d'elle à Reggie et à Suling, blotties derrière son épaule.

— Les assurances, vous savez…

Sa main brûlée tremblait quand il leva la bouteille de pétrole.

Le feu. Il faisait brûler sa propre maison. Gemma le sentait, l'entendait, bien plus proche que les tourbillons de fumée qui arrivaient du sud. La maison octogonale était déjà en flammes. *Mais il est terrorisé par le feu*, pensa-t-elle désespérément. Elle continuait à frapper contre la porte aux structures de fer de la serre. D'autres panneaux de verre éclataient et lui entaillaient les doigts. Soudain, un souvenir précis de la soirée au *Palace Grill* s'imposa à son esprit. Elle revit Henry Thornton se protégeant de la flamme qui jaillissait d'une poêle à crêpes. *Il ne peut pas incendier sa propre maison.*

Son ex-amant posa la caisse et le sac par terre. Puis, sous ses yeux ébahis, il arrosa méthodiquement le long tapis qui se déroulait au pied de l'escalier du reste de pétrole de la lampe.

D'un geste maladroit, il parvint à gratter une allumette. Et la jeta à terre.

— Je suis désolé, répéta-t-il, ses mots presque noyés dans le sifflement des flammes qui jaillissaient.

Des gouttes de sueur glissant sur son visage qui avait pris une teinte verdâtre, pliant et dépliant sa main brûlée, il recula en trébuchant et s'éloigna.

— Je suis désolé, Gemma.

Il remit le sac sur son épaule, ramassa la caisse et s'éloigna d'un pas vif, ignorant les hurlements des trois femmes et le bruit de la porte qu'elles secouaient. Leur tournant le dos, il sortit dans la véranda qui courait autour de la maison. La dernière chose que Gemma entendit fut son juron étouffé quand il trébucha sur quelque chose, probablement la Chinoise qu'il avait abattue quand elle avait franchi le seuil.

— Bon sang, stupide bonne femme !

Puis la porte d'entrée se referma et il les abandonna aux flammes.

Elles perdirent toute raison. Il n'y avait pas d'autre mot, se dit Gemma qui, avec le peu de lucidité qui lui restait, comme dédoublée, se vit se jeter contre les murs de verre. Prenez quatre femmes totalement différentes, une cantatrice trentenaire, une artiste du Bronx, décharnée, une brillante scientifique quadragénaire, une brodeuse chinoise de vingt ans à peine. Menacez-les de les brûler vives, et tout ce qui fait la personnalité de chacune, tout ce qui les rend uniques, s'évanouit. Elles retournent à l'état animal.

Gemma se lançait contre le mur de la serre comme son oiseau s'était jeté contre les barreaux de sa cage. En gémissant, Alice berçait sa reine de la nuit en pot. Nellie, qui hurlait, essayait de soulever une brique pour casser la poignée de la porte. Après avoir brisé le reste du verre autour de la serrure,

Suling avait glissé une main à l'extérieur pour la secouer désespérément.

Pendant ce temps, le feu se propageait le long de l'escalier jusqu'au sommet de la bâtisse, pour atteindre la coupole. L'immense vestibule central était envahi d'une dense fumée noire.

Fébrile, Alice s'était mise à inspecter le sol sous les pots de plantes.

— Il doit y avoir une clé, murmurait-elle. C'est ici que l'on rangerait une clé. Si nous avions une clé, nous pourrions ouvrir la porte en passant la main à l'extérieur.

— Nous ne pouvons pas mourir ici, ne cessait de répéter Nellie d'une voix blanche, essoufflée, le pavé toujours dans ses minces mains tremblantes. Nous ne pouvons pas mourir.

— Nous n'allons pas mourir, gronda Gemma, même si elle ne le croyait pas elle-même.

Pourtant, elle s'élança de nouveau vers l'autre extrémité de la serre pour cogner contre la porte arrière, bloquée, qui refusait de bouger d'un millimètre et dont la clé tomba en tintant sur le sol. Pantelante, elle continuait à frapper la porte de ses poings, sans un mot. Si seulement elles pouvaient attirer l'attention d'un passant.

Mais la serre était trop éloignée dans le parc pour que quelqu'un, sur Hyde Street, puisse la voir, embrasée. Et personne n'allait entendre leurs cris dans une ville dont l'air était déjà saturé de sons de cloches, du rugissement des feux, des cris des blessés.

— La clé de la porte du fond, dit soudain la voix d'Alice.

Elle n'avait pas pu entendre le tintement de la clé tombant sur les briques aux pieds de Gemma, mais elle avait soudain le ton posé qu'elle adoptait pour dire, par exemple : « Je me demande s'il s'agit d'une nouvelle variété de prosopis. »

— Serait-il possible qu'elle puisse ouvrir aussi la porte principale ?

D'abord abasourdie, Gemma ramassa la clé de ses mains tremblantes et, trébuchant sur des briques fendues, se rua à travers les lauriers-roses et les gingembres papillons vers l'entrée de la serre. Suling la lui prit d'un geste vif et passa sa petite main couverte d'éraflures à travers le panneau brisé, la maniant avec une extrême délicatesse. Quand elle lui glissa des doigts pour tomber sur le tapis, de l'autre côté, une plainte monta des quatre gorges, à l'unisson. Alice arracha le mince tuteur en bambou d'une vigne en pot et le tendit à Suling qui, après l'avoir fait passer sous la porte, balaya le sol d'avant en arrière. Au bout d'un moment, la clé glissa sous la porte et elle la récupéra.

— Dépêche-toi, marmonna Nellie.

Gemma la serra contre elle en une violente étreinte. Leurs regards braqués sur la main ensanglantée de la jeune Chinoise, elles se rendaient à peine compte que la fumée se répandait maintenant dans la serre, les faisant tousser. Avec d'infinies précautions, Suling inséra la clé dans la serrure, à l'extérieur.

— Ça ne marchera pas, marmonna Gemma. Ça ne marchera pas.

Soudain, dans un déclic, la poignée de la porte tourna.

Étouffant un sanglot, Suling ouvrit le battant à la volée.

— Avant tout, couvrez-vous la bouche, leur conseilla Gemma.

Elle s'interrompit, secouée par une nouvelle quinte de toux. Un mur d'une fumée suffocante s'élevait devant elles. Nellie ramassa le sac à linge qu'elle avait laissé tomber à côté de la porte, s'écroula sur Suling et, ensemble, elles s'avancèrent, chancelantes, dans le vestibule. Après avoir remonté le col de son corsage sur sa bouche, Gemma leur emboîta le pas, à l'aveuglette. En voyant Alice trébucher sur le seuil, elle lui entoura la taille d'un bras.

—Alice ! Lâchez cette fichue plante ! lui ordonna-t-elle en s'étranglant.

Sourde à sa supplique, obstinée, la botaniste agrippa le pot plaqué contre sa hanche comme s'il s'agissait d'un bébé. Elles titubèrent à travers l'immense pièce alors que, non loin d'elles, les flammes s'élevaient déjà plus haut que leurs têtes.

Quarante pas. Quarante pas pour traverser l'immense atrium, Alice vacillant contre elle, une main sur le mur pour se guider à travers l'obscure épaisseur de la fumée. Quarante pas pour contourner l'escalier, avancer vers la porte, essayer, à tâtons, de l'ouvrir, trébucher sur un obstacle, sur le seuil. Puis le choc de se retrouver à l'air libre, suffoquant et crachant, à la lumière du jour.

La première chose que vit Gemma fut la Chinoise abattue par Thornton. Elle était allongée à l'endroit où elle était tombée, à l'entrée, ses yeux vides regardant le ciel. *J'ai trébuché sur elle, j'ai trébuché sur elle.* S'armant de courage, elle l'attrapa par ses bras inertes.

—Alice, aidez-moi.

Mais, à quatre pattes à côté de sa plante, la botaniste était secouée par de telles quintes de toux que tout son corps tremblait. Serrant les dents, Gemma parvint à tirer la Chinoise dans la véranda extérieure, puis sur l'herbe. Il ne semblait pas juste de la laisser brûler dans la maison, allongée à l'endroit où elle avait été assassinée pour avoir été au mauvais endroit au mauvais moment. Les membres ankylosés, elle se releva, lâcha les poignets de la femme et regarda autour d'elle.

—Nellie ? Suling ? Nellie ? répéta-t-elle, haussant la voix.

Elles étaient toujours à l'intérieur.

Devant la maison octogonale embrasée, Gemma se mit à trembler de tous ses membres. Une épaisse fumée noire s'échappait par la double porte, les flammes jaillissaient de chacune des fenêtres, la coupole de travers qui la couronnait brûlait comme une torche. *Je ne peux pas*, se dit-elle, paralysée par la terreur. *Je ne peux pas entrer dans ce brasier.*

Allongée, à moitié hébétée par la fumée, Alice ne tenait même plus debout. Et Suling et Nellie étaient à l'intérieur.

Je ne peux pas. Les drames lui faisaient perdre tous ses moyens. Elle n'était pas courageuse. Elle n'était pas Suling, qui avait pris d'assaut un asile psychiatrique dévasté pour sauver celle qu'elle aimait. Ni Alice, qui avait hardiment escaladé six étages pour sauver l'œuvre de sa vie. Ni Nellie qui, après avoir enduré trois mois dans un asile, en était sortie saine d'esprit, bouillant de rage. Gemma Garland n'était pas courageuse, elle était égoïste. Elle était celle qui avait pour devise : « Ne compte que sur toi-même et sur personne d'autre. »

Et, à cet instant précis, elle n'avait qu'une envie, s'enfuir en courant. Refaire les quarante pas, retraverser cet atrium ? Cela aurait pu tout aussi bien être deux kilomètres. Elle n'y arriverait pas.

Je ne peux pas.

Étrangement, elle entendit la voix de George qui la complimentait d'avoir chanté une longue phrase sans reprendre son souffle. *« Vous avez des poumons d'éléphant. »*

— « Des poumons d'éléphant », répéta-t-elle à voix haute.

Elle regarda la fumée qui surgissait en tourbillons de la porte d'entrée. *Il te suffit de retenir ton souffle.*

Ne le retenait-elle pas chaque jour quand elle courait sur Hyde Street ? Comptant combien de réverbères elle pourrait dépasser sans respirer ? Son record était de douze.

Que pouvaient bien représenter quarante pas pour traverser cet atrium ? Deux réverbères ?

Elle prit plusieurs inspirations. De plus en plus profondes, de plus en plus longues. Avec la dernière, elle emplit ses poumons à bloc, comme l'aurait fait un avaleur de sabre, gonfla sa cage thoracique, sentit tout son torse se remplir d'air. Et elle entra d'un pas décidé.

À l'intérieur, aussi sombre qu'un tombeau, flottait une épaisse fumée. Ses yeux commencèrent à la piquer, des larmes en jaillirent. Elle les ferma. Il fallait qu'elle garde sa main droite contre le mur. Qu'elle continue d'avancer. Elle ne pouvait pas se permettre de se perdre. Elle devait suivre le mur sur la moitié de l'octogone pour gagner l'entrée de la serre, au fond du vestibule. Elle sentait la fumée s'infiltrer sournoisement dans ses yeux, sa bouche, son nez. Mais elle se ferma. Ses poumons étaient pleins. Comme des ballons d'air chaud flottant sereinement à travers le ciel bleu, des ballons grâce auxquels elle survolait sa frayeur. D'en haut lui parvenaient le grondement des flammes, les dangereux craquements de l'escalier. Elle ne devait pas lever la tête. Devait aller de l'avant. Quarante pas.

Ses pieds butèrent sur un obstacle mou. Un corps inerte. Elle se laissa tomber à genoux et se risqua enfin à ouvrir les yeux. Elle ne voyait rien, n'entendait qu'une toux désespérée. Elle était incapable de dire s'il s'agissait de Nellie ou de Suling.

— Debout ! parvint-elle à lancer sans expirer. Debout !

Elle sentit des bras autour de son cou. Au crâne aux cheveux courts qui glissa sur sa joue, elle reconnut Nellie. Son amie pesait sur elle de presque tout son poids. Elle l'entraîna de force. Elle n'avait pas le temps de chercher Suling. Cette fois, elle plaqua sa main gauche contre le mur. De son bras droit, elle enlaçait fermement la taille de son amie qui tenait à peine debout. Elle avait les poumons douloureux, maintenant. Encore un réverbère. Le papier peint était si chaud qu'elle en avait des cloques au bout des doigts. Mais il fallait avancer. Trente-six, trente-sept, trente-huit… Avancer…

Quand elles franchirent le seuil, elle inspira avidement une longue goulée d'air, l'oxygène l'enivrant comme du vin. Nellie glissa de l'emprise de son bras et flageola dans la véranda, sans cesser d'agripper son sac à linge. Malgré les effroyables quintes de toux qui la secouaient, elle fit mine de ramper vers la porte.

— Sul…, hoqueta-t-elle. Sul…

— Je vais la chercher, lui répondit-elle d'un ton sans réplique.

Elle ne savait pas si elle en était capable. Si c'était possible. Si elle pouvait retourner dans cet enfer. Il était préférable ne pas penser. D'y aller. Elle posa ses mains tremblantes sur ses genoux, respira de plus en plus profondément, de plus en plus lentement. Puis elle inspira une dernière fois, de toutes des forces.

« Des poumons d'éléphant. »

Et ce fut d'un pas d'éléphant que, chancelant un peu, elle pénétra de nouveau dans le brasier, sa main suivant le mur brûlant. L'air était de plus en plus torride. Les poutres craquaient au-dessus d'elle, les panneaux de verre éclataient dans leurs cadres, faisant pleuvoir des tessons brûlants. Elle sentait ses cils roussir. Un objet incandescent lui frappa l'épaule, la lui fendit à travers son corsage. Elle continua d'avancer, contourna l'escalier, tâtant fébrilement le sol de ses pieds. Mais cette fois, elle ne sentit aucune forme humaine allongée, silencieuse, sur le sol. Elle prit le risque de lâcher le mur, de sonder le tapis. Un pas, deux… Quelqu'un toussait ?

Elle trouva Suling qui, rampant à l'aveuglette, contournait l'arrière de l'escalier. Gemma parvint à la relever, sans avoir le souffle, cette fois, de lui crier un ordre. Elle avait les poumons en feu. Perdant l'équilibre, la jeune Chinoise parvint tout juste à trébucher contre elle. Le mur ? Où était le mur ? Gemma avait perdu le mur. Elle se risqua à ouvrir les yeux. L'atrium n'était que flammes et fumée, l'escalier flambait, les tentures des longues fenêtres s'étaient embrasées, le papier peint crépitait. Elle retint son souffle et se dirigea vers le centre, traînant par la taille une Suling pantelante. Un morceau d'un pilier enflammé de la rampe chuta du quatrième étage, tournoya dans l'air brûlant. Il lui frôla l'épaule et elle entendit un craquement. *Mes cheveux sont en feu*, se dit-elle. Mais elle n'avait d'autre choix que d'avancer. Trente-quatre, trente-cinq. Un pas, un pas…

Elle était incapable de retenir son souffle plus longtemps. Les jambes lourdes, elle se força à presser le pas. Suling parvint à déplacer son propre poids vers l'avant. Un pas de plus, les poumons en feu. Un grondement l'assourdit, suivi par un fracas d'éboulement. L'escalier s'écroulait-il derrière elles ? Enfin, elles franchirent la porte, surgirent à la lumière du jour. Ses cheveux s'étaient embrasés comme une couronne ardente. Elle s'effondra en toussant, la peau de son cou couverte de cloques. Elle se sentit soudain allégée du poids de Suling qui, flageolant sur ses jambes, s'avançait vers Nellie toujours allongée, dans un état de stupeur. Puis les mains d'Alice se mirent à lui frapper vigoureusement les épaules et la tête pour étouffer le feu dans ses cheveux. Et quand elle atteignit les marches de la véranda, elle trébucha et tomba comme une masse dans l'herbe.

Elle toussait à en cracher ses poumons. D'une main couverte de suie, elle frotta ses yeux larmoyants qui la brûlaient. Quand sa vision s'éclaircit, elle ne comprit pas ce qu'elle vit. Devant elle, des barres formaient d'étranges arches. Un gazouillis s'éleva, suivi d'un pépiement, et elle discerna vaguement une tache verte. Tout à coup, elle comprit : c'était la cage de Toscanini. Son sac était resté à l'intérieur mais, de son perchoir, sa perruche la regardait de ses deux yeux noirs en boutons. Derrière elle, la maison octogonale se dressait contre le ciel, brûlant comme à la fin du monde, dans le dernier acte du *Crépuscule des dieux* de Wagner. À bout de souffle, Gemma restait allongée, les doigts enroulés autour d'un barreau de la cage, se demandant si c'était vraiment la fin du monde.

Chapitre 24

Reggie, Suling et Alice gisaient sur le sol, toussant à qui mieux mieux. Sur l'herbe, Gemma peinait à retrouver son souffle. Mais elles étaient toutes sorties de la maison en feu. Elles étaient toutes saines et sauves.

Toutes à l'exception de Madame Ning, qui gisait à coté de Gemma.

Une longue trace de sang courait depuis la porte sur les marches de la véranda, témoignant du douloureux trajet parcouru pour traîner la Chinoise hors de la maison en feu. Le souffle toujours aussi court, Suling courut s'agenouiller près de la forme inerte de sa Tatie.

— Tatie, Tatie, sanglota-t-elle.

Au-dessus d'elles, le ciel s'empourprait dans un impitoyable crépuscule rougeoyant qui reflétait les flammes jaillissant derrière elles.

À son tour, Alice s'approcha d'un pas vif. Reggie s'agenouilla à côté de Suling. Le noir des yeux de Madame Ning contrastait avec la pâleur de son visage. Ses cheveux, échappés de son chignon défait, s'étalaient en éventail autour de sa tête. Son élégante veste verte était trempée de sang et, d'une main, elle tenait toujours la courroie de sa valise de cuir.

La main de Suling se referma sur celle de sa Tatie.

— Nous allons t'emmener à l'hôpital, Tatie !

Elle lui frotta les poignets.

— Mademoiselle Eastwood, je ne sens pas son pouls !

— Elle est morte, ma chère, lui annonça Alice avec douceur. Il a visé la poitrine. L'a touchée en plein cœur.

Elle ferma les yeux de la défunte.

Suling porta la main de Madame Ning à sa joue.

— Il n'y a plus personne, s'écria-t-elle en se balançant d'avant en arrière. Plus personne qui se souvienne.

Madame Ning était le dernier lien entre ses parents et elle. Elle n'aurait plus personne pour partager avec elle les souvenirs personnels de sa mère, de ses premiers jusqu'à ses derniers jours à San Francisco. Plus personne pour lui donner ces conseils francs, désintéressés, tout droit sortis d'un cœur aimant. Il semblait impossible qu'une personne aussi vigoureuse, aussi énergique, soit partie, que toute vie se soit retirée d'elle.

Une voix d'homme les fit sursauter.

— Que se passe-t-il par ici ? Est-ce que quelqu'un est blessé ?

Grand, de forte carrure, le sergent Clarkson traversait la pelouse en direction des quatre femmes. En voyant le corps de Madame Ning, il laissa échapper un cri sourd.

— Nina ? Que s'est-il passé ?

Il se laissa tomber à genoux, tâta le pouls de sa maîtresse, souleva l'une de ses paupières. Enfin, il plaqua une oreille contre sa poitrine. Puis, sans quitter des yeux le visage inanimé, il fit un signe de croix. Les traits impassibles, seul le tremblement de ses épaules trahissait son émotion.

— Qu'est-il arrivé ? Qui l'a tuée ? Des pilleurs ?

Ses sanglots apaisés, Suling pleurait maintenant doucement, son visage niché dans le cou de Reggie. Ce fut Gemma qui parla :

— C'est Henry Thornton qui l'a tuée.

— Nous avons été témoins du meurtre, renchérit Reggie. Il l'a assassinée, nous a enfermées toutes les quatre dans la serre et il a mis le feu à la maison. Il avait l'intention de nous éliminer.

La surprise se peignit sur le visage de marbre de Clarkson.

— Thornton ? *Le* Henry Thornton ?

De l'intérieur de la maison leur parvint un fracas de poutres qui s'effondraient, et des flammes jaillirent d'une autre partie du toit. La voix claire d'Alice couvrit le vacarme.

— Sergent, nous pourrons vous en dire plus mais, pour l'instant, il faut quitter cette maison. Y a-t-il des camions de pompiers à proximité ?

Rappelé à son devoir, le policier secoua la tête.

— Même s'il y en avait, ça ne servirait à rien, madame. Les conduites d'eau ont cédé pendant le tremblement de terre. Ce que nous pouvons espérer de mieux, c'est que le vent ne pousse pas les flammes plus loin et que le feu s'éteigne de lui-même.

Il retira son manteau, en recouvrit le corps de Madame Ning. Un sanglot secoua son corps robuste. Puis il se redressa et demanda :

— Avez-vous un endroit sûr où vous réfugier, mesdames ?

— Non, non ! hurla Suling. Nous ne pouvons pas l'abandonner ici !

— Je sais que Madame Ning était comme une tante pour vous. Je compatis de tout cœur à votre deuil.

Il s'agenouilla à côté de Suling.

— Mademoiselle Feng, j'aimerais pouvoir vous promettre que votre Tatie aura un enterrement digne de ce nom. Et je le souhaite aussi vivement que vous. Mais je ne le peux pas. La ville est en plein chaos et les incendies se propagent. Notre premier devoir est de nous occuper des vivants. Venez avec moi, venez avec vos amies.

— Moi aussi, je compatis à votre deuil, répondit Suling après un silence.

Elle n'était pas la seule à avoir besoin de réconfort.

— Elle tenait à vous, monsieur Clarkson. Je ne pense pas qu'elle voulait l'admettre, mais c'est la vérité.

— Je sais, elle n'était pas du genre sentimental, dit-il, un petit sourire flottant sur ses lèvres. Et, à cet instant précis, elle nous aurait déjà réprimandés et nous dirait d'arrêter de perdre notre temps et d'aller nous mettre à l'abri.

Alice ouvrant la marche, toujours chargée de son pot bleu et blanc, elles progressèrent lentement. Clarkson, qui lui avait emboîté le pas, avançait à leur rythme. Entre eux, Gemma tenait fermement la cage de Toscanini. Suling suivait, comme une somnambule, la mallette de cuir de Madame Ning en bandoulière, son sac à la main. Reggie lui tenait le bras. Gemma et elle profitèrent du trajet jusqu'à Taylor Street pour dévoiler au policier les crimes de Henry Thornton. Lorsqu'ils furent arrivés à destination, Clarkson, à la fois furieux et consterné, secoua la tête.

— Ainsi, Thornton était responsable de la disparition du détective Langford, fulmina-t-il. Il l'a assassiné et vous avez été témoin du meurtre, mademoiselle Reynolds. Ce sont des nouvelles à communiquer au chef de la police. L'*Agence Pinkerton* le harcèle depuis la disparition de Langford. Il avait pour complice un Chinois répondant au nom de Danny ?

— Et le concierge, Desmond, lui rappela Reggie. Un Irlandais costaud, au nez écrasé. Mais c'est Thornton qui a poignardé Langford et qui m'a fait interner. Si Suling et Gemma n'avaient pas compris ce qu'il avait fait, j'aurais fini mes jours à moisir dans une cellule.

— Merci, mesdames. Je suis navré d'apprendre toutes les souffrances que vous a infligées ce monstre. Mais vous avez fait plus que la police ou que l'*Agence Pinkerton* pour résoudre le mystère de la disparition de Langford, sans parler de votre découverte du passé criminel de son assassin.

Il sortit un crayon et un carnet de la poche de son manteau.

—Je n'ai jamais rencontré ce diabolique Thornton en personne. Pouvez-vous me le décrire ? Et comment pourrai-je vous joindre une fois que nous l'aurons arrêté ? Nous aurons besoin de tous vos témoignages…

Après le départ de Clarkson, elles entrèrent dans la pension de famille. Assise sur le divan du salon, Mme Browning sanglotait dans une serviette de table. Les autres locataires s'agglutinaient autour d'elle, plus ou moins paniqués. L'un d'eux s'était posté dans le vestibule et hurlait des ordres : tout le monde devait partir immédiatement, essayer de gagner Golden Park où l'armée installait un camp pour les réfugiés, ou bien trouver des espaces ouverts, comme Portsmouth Square, loin des immeubles en train de s'effondrer. Dans la salle à manger, deux femmes échangeaient des informations sur les rescapés qui l'avaient échappé belle et sur les monuments détruits. Un jeune couple qui était sur le point de partir, ses bagages prêts, entra dans la pièce pour se restaurer.

Les quatre femmes s'engagèrent dans l'escalier. Elles croisèrent un homme qui dévalait les marches, chargé d'une malle en rotin et d'un sac marin. Gemma gagna sa chambre pour y installer Toscanini, et les autres suivirent Alice au dernier étage, dans ses appartements mansardés, où elle déposa la reine de la nuit sur un guéridon, près de la fenêtre.

Suling se laissa tomber sur le canapé. La mort de Madame Ning avait eu raison de la force et de la volonté dont elle avait fait preuve toute la journée.

—Je pense que vous avez besoin de vous laver et de mettre des vêtements décents, Nellie, déclara Alice. Nous avons le temps.

Elle lui tendit une serviette humide pour enlever le plus gros de la crasse et de la suie de ses mains et de son visage. Puis, après une brève discussion, Reggie enfila l'une des jupes-culottes en denim de la botaniste, ainsi qu'une chemise en lin sur laquelle elle passa une veste saharienne à larges poches. Puis elle s'agenouilla à côté de Suling avec une bassine d'eau et, avec tendresse, lui passa une éponge sur le visage, le cou, les mains.

— Nous prendrons un vrai bain dès que nous le pourrons, lui chuchota-t-elle. Te sens-tu un peu mieux ?

La jeune Chinoise esquissa un faible sourire en réponse. Oui, elle se sentait mieux. Malgré tout ce qui s'était passé, malgré la mort de Madame Ning, elle était avec Reggie. Elle passa une main à l'intérieur de sa chemise, en tira le cordon de soie rouge et lui montra la bague.

— J'ai quelque chose pour toi, lui annonça cette dernière en lui désignant le sac à linge. Ouvre-le.

Docile, Suling dénoua la corde et étouffa un cri de surprise. Le sac renfermait la robe de dragon bleue.

— C'est pour ça que tu es remontée ?

— Je l'ai trouvée dans la chambre de Gemma. Elle m'a dit quel travail admirable tu avais fait pour la restaurer. Elle était trop belle pour la laisser et j'ai décidé que tu l'avais bien méritée.

Gemma entra et les interrompit. Elle s'était débarbouillée et avait les cheveux humides.

— Nous allons avoir du mal à rejoindre Golden Park Gate, annonça-t-elle. Mais, s'il le faut, nous marcherons.

Alice jeta un coup d'œil à la table de la salle à manger, où s'empilaient les échantillons.

— Pas question. Je vais louer une carriole à cheval ou une brouette. Quelque chose, n'importe quoi. Nous n'avons pas sauvé ces plantes pour les abandonner.

Suling se redressa.

— Je vais à Oakland. Je dois trouver les filles de Tatie, leur annoncer sa mort et m'assurer qu'elles vont bien. Son argent leur appartient, désormais, ajouta-t-elle en montrant la valise.

S'adressant à Reggie, elle demanda :

— Tu viens avec moi ?

La peintre lui lança un regard éloquent. Avait-elle besoin de lui poser la question ?

Gemma, qui se tenait debout devant la fenêtre à l'est, poussa un cri strident. Elles se rassemblèrent autour d'elle.

— Seigneur ! s'exclama Alice.

Sous le ciel crépusculaire, le feu infernal qui consumait San Francisco paraissait plus éblouissant, plus proche, plus terrifiant. Chaque nouveau brasier peignait l'horizon de ses flammes orange. Dans la rue, en contrebas, les voitures à chevaux et les automobiles descendaient la colline en cahotant, chargées de caisses d'effets personnels, de meubles, d'enfants, d'animaux familiers. Les sirènes hurlaient au loin. Une explosion de poudre déchira l'air et un nouvel incendie s'éleva, or et rouge, au-dessus de la ligne des toits.

Sans un mot, elles regardaient les flammes dévorer la ville. Suling sanglotait doucement. C'était sa ville, c'était chez elle. Alice se tamponna les yeux avec sa manche.

Gemma, la première, perçut le parfum. Délicat, léger, exotique. Elle se retourna, imitée par la botaniste. Qui étouffa un cri.

La fleur de la reine de la nuit s'ouvrait.

Alice se précipita vers le guéridon, alluma une lampe à pétrole et la plaça à côté du pot bleu et blanc.

— Comme le jasmin, murmura-t-elle. Mais plus chaud, plus suave. Plus puissant et pourtant plus délicat.

Avec un sourire de bonheur, elle ouvrit un carnet et commença à écrire :

Les pétales blancs du cœur se déploient les premiers, exhalant un parfum de plus en plus fort au fil des secondes.

La fleur de la reine de la nuit se balançait au bout de sa tige, ses pétales ronds se déployaient lentement, d'un blanc si pur qu'il rayonnait comme une petite lune dans la chambre, le pistil au cœur d'une couronne de longs pétales étroits. Attiré par son odeur exquise qui imprégnait la pièce mansardée, un papillon de nuit voleta par la fenêtre ouverte. Alice finit par arrêter de prendre des notes. Autour de la petite table, émerveillées, elles contemplaient la fleur. Le temps d'une brève parenthèse, elles oubliaient la ville qui flambait, les atrocités qu'elles avaient endurées. Cessaient de penser aux nouvelles épreuves qui les attendaient.

Tant de beauté, tant de grâce, au milieu de cette apocalypse. Comme un baume venu apaiser leurs âmes harassées.

Chapitre 25

Sur le trottoir, en compagnie de Gemma et de Suling, Reggie contemplait l'aube d'un orange écœurant.

— C'est sans doute à cela que ressemble une magnifique journée sans nuages, en enfer, fit-elle remarquer.

Gemma acquiesça d'un signe de tête. Nellie avait raison. *Reggie*, se rappela-t-elle. Elle allait devoir s'habituer à appeler son amie Reggie désormais. Malgré le peu de temps qu'il leur restait à passer ensemble.

Ce matin, leurs chemins se séparaient.

— Tu devrais venir avec nous, la pressa Reggie.

Derrière elles, une fébrilité de ruche régnait dans la pension de famille. Les locataires qui y avaient passé la nuit s'enfuyaient, tout comme les voisins. Les chats miaulaient, les enfants pleuraient, et, sanglotant dans sa cuisine, leur propriétaire essayait d'emballer les possessions de toute une vie dans une malle. Aujourd'hui, les feux devaient atteindre Taylor Street. Comme un colossal, implacable dragon, les incendies de San Francisco gagnaient du terrain.

— Nous serons à Oakland, reprit Reggie. Nous serons avec les filles de Madame Ning. Nous te trouverons de la place.

Elle portait un minuscule pot contenant une bouture de reine de la nuit. Gemma avait aussi le sien. Alice avait passé la moitié de la nuit à les préparer. « Pour nos nouvelles maisons, où que nous soyons », avait-elle déclaré. Reggie et Suling semblaient avoir choisi Oakland, pour un temps du moins.

Gemma secoua la tête.

— Il faut que je retrouve George. Et le reste de la troupe du Met. Je suis toujours sous contrat avec eux…

Son contrat chiffonné, celui qu'elle avait réussi à décrocher sans l'aide toxique de Thornton. Malgré tout ce qui était perdu, elle l'avait toujours. Et maintenant qu'il lui restait si peu, le gâcher aurait été une erreur. Quant à George, comment pourrait-elle partir sans savoir s'il était mort ou vivant ? Elle regarda les vagues de fumée âcre, de flammes crépitantes, avides, qui montaient du sud et frissonna.

Renonçant à la convaincre, Reggie poussa un soupir résigné. Suling ne prononça pas un mot. Ses yeux cernés fixaient la direction de Chinatown. Dont il ne restait plus rien. Une heure auparavant, dans la chambre, Gemma avait entendu ses sanglots étouffés. Suling, aux nerfs à toute épreuve, avait pleuré comme une enfant quand leur était parvenue la nouvelle de la progression des feux pendant la nuit.

— Vieux Kow et Troisième Oncle, et la Mission. Mes pauvres cousines…

— Nous allons les trouver, avait murmuré Reggie, impuissante.

Mais Suling avait toujours l'air d'un fantôme. Agrippant la mallette de Madame Ning, elle essayait désespérément d'entrevoir, à travers la fumée, un fragment de son monde perdu. Gemma l'attira contre elle en une étreinte maladroite. Et sentit les bras minces la serrer violemment. Reggie les enlaça toutes les deux dans les siens.

— Tu es sûre de ne pas vouloir partir avec nous, Sal ?

— S'il vous plaît, venez, insista Suling.

De nouveau, Gemma fit « non » de la tête. Après une nouvelle série d'étreintes et d'adieux, Suling et Reggie commencèrent à remonter la rue. Par-dessus son épaule décharnée, son amie lui lança un dernier regard inquiet.

— Écris-moi ! lança-t-elle. Promets-moi de m'écrire.

S'obligeant à sourire, Gemma fit un salut de la main. Et les regarda disparaître, avalées par la fumée. Son sourire évanoui, elle serra contre elle la cage de son oiseau et la bouture de la reine de la nuit. *Ça ne devrait pas finir comme ça.* Elle revécut en pensée ce fragile moment de beauté quand, la veille au soir, la fleur avait éclos. Hélas ! Le feu dévorait la beauté, dévorait la paix, il dévorait tout. Au moins, il n'avait pas dévoré ses amies, même si elles se dispersaient toutes aux quatre vents.

— Victoire ! lança la voix d'Alice Eastwood, avec sa vivacité habituelle.

Essuyant ses mains à sa jupe poussiéreuse, elle déboulait du coin de la rue. Après avoir dit au revoir à Reggie et à Suling, elle s'était aventurée dans le chaos en quête d'une voiture pour quitter la ville.

— Le cocher a accepté de me conduire jusqu'à Fort Mason avec les échantillons botaniques de l'Académie. Nous pouvons vous faire une petite place, Gemma.

Une nouvelle fois, elle refusa d'un signe de tête.

— Où irez-vous après Fort Mason ? Dans votre famille ?

— Je n'ai pas vraiment de famille, répondit la botaniste, laconique. J'avais l'Académie. Mon travail.

Nous sommes toutes orphelines, désormais, songea Gemma. *Alice, Reggie, Suling, moi.* Plus aucune d'elles n'avait de toit.

— Vous avez toujours votre travail, fit-elle remarquer, impuissante.

— Un travail qui m'apportait tant de joie. J'éprouverai la même joie à recommencer !

Alice essaya de sourire, mais son menton tremblait. Soudain, elle s'affaissa, accablée. Gemma fit un pas vers elle et la serra étroitement dans ses bras.

Elles se séparèrent aux cris de la police qui pressait les gens de partir, leur annonçant que les feux auraient atteint la rue d'ici une heure. La reine de la nuit plaquée contre sa poitrine, les fleurs flétries débordant de ses bras, Alice se retrouva dans la voiture. Gemma s'éloigna dans la direction opposée, tenant d'une main sa cage et de l'autre le minuscule pot contenant la précieuse bouture.

Elle se rendit soudain compte qu'elle ne possédait absolument plus rien d'autre. Elle avait emprunté des vêtements propres à Alice mais absolument tous ses biens avaient brûlé dans la maison octogonale. Deux soirs auparavant, drapée dans du velours, couverte de perles, elle avait chanté pour l'élite endiamantée de San Francisco. Aujourd'hui, elle avançait péniblement dans une ville en ruine avec, pour seuls biens, la tenue qu'elle portait, son oiseau et sa fleur.

Tu n'es pas la seule, se rappela-t-elle.

Partout où elle regardait, les gens erraient, le regard vide, avec l'expression hébétée de ceux qui ont tout perdu. Une mère, portant sur la hanche sa fillette qui agrippait sa poupée, poussait un landau rempli de vêtements. Un unijambiste sur ses béquilles faisait son possible pour se frayer un chemin entre les décombres. Un ivrogne assis sur un mur éboulé, devant un bar, buvait au goulot d'une bouteille de whisky rescapée. Une matriarche chinoise, soutenue par ses petits-fils, vacillait sur ses pieds emmaillotés, pas plus grands que la paume de Gemma.

— Vee-vay-vah-vo-vooooohhh, chanta Toscanini, imitant ses vocalises du matin.

— Oh, tais-toi ! le rabroua-t-elle.

Elle s'aperçut qu'elle pleurait.

Elle décida de suivre les instructions des policiers, qui dirigeaient les réfugiés vers Golden Park Gate. Un campement avec des tentes et des réchauds y avait été dressé, sous la surveillance de l'armée, qui faisait respecter l'ordre. Mais quand elle atteignit Union Square, dévasté, désert, elle s'effondra. Assise sur une malle abandonnée par son propriétaire en fuite, elle regarda d'un air absent le magasin ravagé par les flammes qui lui faisait face. Un magasin de pianos…

Devant les carcasses calcinées des instruments de la vitrine, les touches de piano carbonisées évoquaient un sourire découvrant des dents noircies. Secouée par un spasme de tristesse, elle pensa à George.

Une voix familière la tira de sa léthargie.

— *Buongiorno Micaëla*. J'ai oublié votre vrai nom. Que faites-vous ici ?

— Je pourrais vous poser la même question, *signore*.

Elle leva les yeux vers le grand Caruso, qui émergeait dans la lumière matinale enfumée. Sa chemise de nuit enfoncée dans un pantalon, son pardessus sur les épaules, il ne portait pas de chapeau. Elle était trop épuisée pour s'étonner de sa présence.

— Où est le reste de la troupe ?

— Certains sont avec moi. Nous avons dormi ici cette nuit. Certains à Jefferson Square, d'autres à Golden Gate…

D'une main, le ténor lissa ses cheveux bruns.

— Quand on a évacué l'hôtel, nous nous sommes dispersés. Le feu est arrivé ici à l'aube. Mon valet est parti me chercher un attelage express, maintenant. Je suis revenu, je crois que j'ai laissé une malle.

Il balaya du regard le désert de cendres et haussa les épaules.

— Vous, vous étiez en sécurité à Nob Hill, je suppose ?

L'imitant, elle passa une main dans ses cheveux. Ils avaient tellement brûlé que, la veille au soir, quand elle avait essayé de peigner ses mèches carbonisées, ils étaient tombés par poignées cendreuses. Elle savait qu'elle avait de la chance que son crâne soit intact, mais elle regrettait quand même la cascade de sa chevelure blonde comme les blés, dont les extrémités roussies, à l'odeur de brûlé, tombaient maintenant mollement sur ses oreilles.

— Non. J'étais en danger sur Nob Hill.

— San Francisco, commença-t-il en s'asseyant à côté d'elle, de l'autre côté de la malle. Fichue ville. Je choisis le Vésuve, sans hésitation.

— Le Vésuve ?

— J'étais censé chanter à Naples, ce printemps, mais j'ai dit non. Le Vésuve, il est juste à côté et il gronde depuis quelque temps. Je pense que je préfère chanter quelque part où la terre n'entre pas en éruption et ne lance pas de feu dans le ciel. Alors, je viens à San Francisco.

Gemma eut un rire mêlé de larmes. Caruso regarda Union Square en ruine et partit d'un rire sonore.

— Je serai content de revoir mon pays. L'Italie, ma femme, mes fils…

Il se mit à fredonner le duo de *Carmen* qu'ils avaient chanté ensemble, deux jours auparavant, quand le ténor a la nostalgie de son foyer.

— « Ma mère, je la vois ! Oui, je revois mon village… » Allez ! gronda-t-il en voyant qu'elle n'entonnait pas l'entrée de Micaëla. Pourquoi ne chantez-vous pas ?

— Je ne peux pas.

Elle avait la gorge trop desséchée, le cœur trop lourd.

— Vous êtes une cantatrice, non ? Ou bien une actrice ?

Elle le dévisagea, totalement anéantie.

— Que voulez-vous dire ?

— Une actrice chante pour la célébrité.

Il tira un carnet et un crayon de sa poche et commença à dessiner, l'air négligent.

— Cette *civetta*, Fremstad, c'est une actrice. Tout tourne autour d'elle. Sa voix, sa lumière, sa scène. Une grande actrice, ajouta-t-il, l'air satisfait de lui rendre justice. Mais elle ne chante que pour elle. Un chanteur, en revanche, chante pour la musique. Parce qu'il l'aime. Vous savez que, chaque fois que Don José poignarde Carmen, je pleure ? Chaque fois, je me dis « *Bastardo !* Ne tue pas cette pauvre femme. Elle n'est pas pour toi. » Parce que la musique, chaque fois, elle me dupe. Et j'aime être dupé. J'aime la chanter et elle est toujours nouvelle pour moi.

Il continua à dessiner et se remit à chanter.

— « Ma mère, je la vois ! Je revois mon village. »

Gemma se joignit à lui. Elle ne pouvait pas faire autrement.

— « Ô souvenirs d'autrefois ! Souvenirs du pays. »

Quand le duo s'acheva, Caruso lui montra son croquis. C'était une caricature habile d'une soprano à l'air morne, avachie sur une malle. Mais un projecteur braqué sur elle la mettait en lumière.

Elle sourit.

— Non seulement j'ai chanté avec le grand Caruso, mais il m'a dessinée.

— Un jour, nous chanterons de nouveau ensemble, *carissima*. Je pense que vous ferez une sublime Violetta. Ah !

Il se leva d'un bond et remit son carnet dans la poche de son pardessus.

— Mon valet, je vois qu'il me fait signe. Il a peut-être trouvé un attelage maintenant. Ma malle, je ne la laisse pas. Je quitte cette ville, je ne reviens jamais, vous pouvez en être sûre. Vous venez avec moi.

Il la gratifia d'une tape sur le postérieur. Même dans les pires catastrophes, certains hommes ne changeaient jamais.

— Quelle que soit la taille de la voiture, nous vous trouverons de la place, à vous et à votre cage !

Gemma mit le dessin dans sa poche et le suivit lentement, sa cage dans une main, le pot de fleurs flétries dans l'autre. Au lieu de se rendre à Golden Gate Park ou au Presidio, ils arrivèrent sur une place plus petite où un groupe de réfugiés était rassemblé autour de réchauds de fortune. Elle n'avait aucune idée de l'endroit où ils se trouvaient. Les feux qui faisaient rage au nord avaient rasé tous les monuments. Il ne restait plus que des rues détruites et des carcasses noircies de bâtiments calcinés. Elle retrouva toutefois des membres du chœur du Metropolitan qui, loin de se montrer hostiles, l'accueillirent avec des accolades et des exclamations. Après le désastre qui les avait frappés, tout était oublié. Plus personne n'en voulait à la nouvelle soprano qui avait obtenu le rôle principal grâce à son amant.

Quand les chanteurs comprirent qu'ils ne pourraient pas tous monter dans l'attelage express procuré par le valet de Caruso, une vague de panique se propagea. Il faudrait faire deux voyages pour rejoindre le reste de la troupe qui, apparemment, était déjà à bord du ferry.

— Je ferai le deuxième voyage avec les bagages, proposa Gemma.

Une fois Caruso et les premiers partis, quelqu'un lui tendit une boîte de conserve qui contenait encore quelques sardines.

Elle la vida jusqu'à la dernière goutte d'huile, s'essuya le menton et regarda autour d'elle. Assise sur les marches d'un magasin brûlé, une femme vêtue d'un tailleur à jabot volanté, chaussée de bottines à talon haut, buvait de l'eau dans un cône de papier de fortune qu'elle passa à un gamin des rues couvert de suie. Un piano droit, sur des roulettes, en équilibre sur une fissure de la rue, avait été laissé incongrûment au centre de la place. Pourquoi essayer de tirer un piano d'un brasier ? Une femme coiffée d'une toque couverte de cendres passa devant elle en marchant péniblement. Un instant, Gemma crut reconnaître la *Flying Roller*. La stupide femme du train qui avait prédit que le feu de l'enfer et les tremblements de terre avaleraient le cloaque de l'Ouest si les pécheurs de San Francisco ne changeaient pas leurs habitudes impies. *Elle n'était pas si stupide, après tout.* Mais la passante s'éloigna avant qu'elle ait eu le temps de savoir s'il s'agissait vraiment d'elle.

Un homme, la tête entourée d'un bandage ensanglanté, lui proposa un croûton de pain rassis. Elle l'avala et donna les miettes à Toscanini. La perruche sautillait joyeusement dans sa cage en pépiant. *Idiot d'oiseau*, songea-t-elle. *Tu chantes et chantes encore, comme si le monde n'était pas en train de se consumer autour de toi.*

La voix de Caruso résonna en elle : *« Vous êtes une cantatrice, non ? Ou bien une actrice ? »*

Le gamin des rues pleurait, maintenant. La femme au tailleur à jabot essaya de le prendre dans ses bras, mais il la repoussa. Gemma souleva le pot de la reine de la nuit de ses genoux, le posa, et se dirigea vers le piano planté au beau milieu de la rue. Elle frappa une touche au hasard. Bien entendu, il était désaccordé. Elle retourna une caisse à moitié brûlée, s'y assit et entonna l'hymne qui clôturait chaque service religieux à Red Hook, dans le Nebraska. Et même les pitoyables petits services de l'orphelinat.

— *« Abide with me; fast falls the eventide; the darkness deepens; Lord with me abide… »*

Sans s'interrompre, elle interpréta les huit versets. Au dernier accord, elle leva les yeux. Les bras autour de ses genoux, le gamin des rues la regardait. Tout comme la femme au jabot volanté.

— Vous en connaissez d'autres ? la questionna l'enfant.

Elle commença par *All Things Bright and Beautiful*, puis *I Know That My Redeemer Liveth* de Haendel, et la chanson du berger de *Tosca*. Elle poursuivit avec l'air de la Comtesse de l'acte II des *Noces de Figaro*, *Amazing Grace*, et *Home Never Was Nothin' Like This.*

Elle avait la gorge douloureuse, la voix éraillée, mais elle n'arrêta pas. Quelqu'un lui tendit un cône en papier rempli d'eau et, en buvant, elle se rendit compte que la place se remplissait. En silence, des gens se rassemblaient autour du piano. Ses doigts, couverts de coupures et de suie, peinaient sur les touches endommagées. Pourtant, elle joua le *Laudate dominum* de Mozart et vit une larme glisser sur la joue de l'homme à la tête bandée. Peut-être était-elle aussi bête que son oiseau, à chanter alors qu'autour d'elle le monde se consumait. Mais elle ne savait rien faire d'autre. Elle était une chanteuse. Alors elle chantait.

— Gemma !

Elle était entre deux strophes de *I Am Thine, O Lord* (une requête de la femme au jabot volanté, qui lui avait demandé si elle connaissait ce cantique ; en bonne paroissienne du Nebraska, elle le connaissait, bien sûr !) quand elle entendit une voix grave appeler son nom. Déformant les accords de l'hymne, elle eut à peine le temps de se retourner qu'elle sentit des mains d'homme la soulever de la caisse et l'attirer dans une étreinte. Avant même de voir son visage, elle sourit au milieu de ses larmes. Elle aurait reconnu ces grandes mains solides n'importe où, cet empan qui pouvaient couvrir onze touches sur un clavier sans le moindre effort, ces mains qui s'étalaient maintenant dans son dos.

— George.

Elle ne l'avait pas revu depuis le bal de minuit qui avait précédé le tremblement de terre. Ce soir-là, dans son costume noir, un gardénia à la boutonnière, il était d'une élégance incomparable. Aujourd'hui, il arrivait échevelé, la chemise tachée de cendres, les avant-bras couverts de brûlures comme s'il avait traversé des tourbillons de scories. La gorge nouée, elle l'étreignit de toutes ses forces. Après un long moment à marmonner en espagnol dans ses cheveux, il la reposa sur le sol. Puis, repoussant une mèche blonde, roussie, de ses yeux, il déclara en anglais :

— J'ai arpenté tout San Francisco pour essayer de vous trouver. J'ai grimpé et redescendu Taylor Street, Hyde Street, Nob Hill !

Vous m'avez cherchée.

Ses yeux se remplirent de larmes. Tout comme elle l'avait cherché, il l'avait cherchée. George continuait :

— Je suis allé à la maison octogonale. J'ai trouvé un tas de cendres. J'ai pensé que vous étiez peut-être partie vous mettre en sécurité avec Thornton.

Thornton. Tremblant soudain de tous ses membres, elle répondit, laconique :

— Il est parti.

Évanoui dans la fumée, qui savait où.

— Et bon débarras !

C'était tout ce qu'elle se sentait capable de dire pour l'instant.

Thornton avait tort. J'ai eu tort. Tous ces rigoureux principes auxquels elle s'était accrochée en arrivant à San Francisco. Tout le cynisme de Thornton dont elle s'était imprégnée… On ne pouvait pas compter que sur soi-même. C'était faux. Tout comme il était faux que les amis, inévitablement, vous laissaient tomber. Ce n'était absolument pas le cas des siens. Pas aujourd'hui.

Et peut-être ne les ai-je pas laissés tomber non plus.

Elle se revoyait se jeter dans la maison en flammes pour sauver Reggie et Suling.

— Moi aussi, je vous ai cherché, murmura-t-elle.

Il resserra son étreinte.

— Gemma.

— Hé, monsieur ! lui lança le gamin des rues. Vous pouvez la laisser chanter ?

George sourit, la blancheur de ses dents contrastant avec son visage noir de suie. D'un signe de tête, il montra le piano. Gemma l'invita d'un geste à s'y asseoir. Il fit mine de soulever une queue-de-pie pour prendre place sur la caisse et fléchit les doigts.

— Vous avez des requêtes ? demanda-t-il à la cantonade.

Une foule maintenant dense se tenait autour de l'instrument désaccordé.

Quand finalement l'attelage de Caruso revint pour l'emmener au ferry avec le reste des bagages, elle était en train de chanter *There'll Be a Hot Time in the Old Town Tonight*, accompagnée par le public qui reprenait le refrain au milieu des rires. Elle répondit d'un sourire aux mercis qui affluaient de toute part et reprit sa cage. Elle avait chanté à s'en égosiller. Après avoir passé toute sa vie à protéger sa voix, elle l'avait complètement épuisée. Pourtant, elle n'aurait pu imaginer meilleure façon de l'utiliser. C'était tellement plus gratifiant que lorsqu'elle avait chanté pour ces millionnaires indifférents dans la salle de bal de Thornton, deux jours auparavant. Contrairement à l'homme à la tête bandée qui lui serrait la main, aucun de ces invités pomponnés et bien nourris n'avait eu les larmes aux yeux.

George la hissa dans la voiture, y installa Toscanini et la bouture d'Alice, puis y grimpa à son tour. Serrant le pot contre elle, Gemma se demanda comment diable la fleur survivrait. Quand la carriole démarra en cahotant, le pianiste lui demanda :

— Vous croyez que la troupe va retourner à New York, une fois tout le monde rassemblé ?

— Oui, si c'est ce que la troupe décide.

Malgré son peu d'enthousiasme à l'idée de retourner à New York, elle n'avait pas vraiment le choix.

— Et vous ? poursuivit-elle en le regardant.

Vous qui êtes venu me chercher.

Il effleura sa main de ses lèvres.

— Je ne possède pas beaucoup plus que mon nom et les vêtements que je porte. Alors pourquoi pas New York ?

Puis il l'attira contre son épaule robuste et elle se pressa contre sa solide chaleur, emplie d'un mélange de soulagement, de peur, d'épuisement. Toscanini sautillait dans sa cage en gazouillant.

— Que tu es bête, mon adorable oiseau, lui dit-elle d'une voix étranglée par l'émotion.

Laissant derrière elle le grondement des incendies qui continuaient à projeter des flammes et des volutes de fumée vers le ciel, la voiture progressait, les emmenant loin de San Francisco.

Entracte

Chapitre 26

Septembre 1906
Région de Tahoe, Californie

Alice Eastwood avait perdu le goût des villes. Des rues pavées qui pouvaient se froisser comme du papier, des immeubles massifs qui pouvaient onduler comme des roseaux. Dès que la terre haussait les épaules, tout pouvait s'effondrer.

Que tu es bête ! se rabroua-t-elle. *Les tremblements de terre frappent aussi les forêts et les montagnes.*

Mais elle était incapable désormais de se débarrasser de son sentiment de malaise quand elle était entourée de bâtiments, de réverbères, de murs. En arrivant dans la région de Tahoe, elle avait respiré à fond pour la première fois depuis qu'elle avait inhalé les dernières fumées de San Francisco.

> *J'ai été invitée à un camp d'été récemment ouvert par de vieux amis à Fallen Leaf Lake. Et je profite du bon air de la montagne.*

Voilà ce qu'elle avait écrit à Reggie, à Suling et à Gemma.

Chaque jour, elle marchait jusqu'à épuisement, prête à s'écrouler quand elle rentrait. Mais elle ne leur parlait pas de ses randonnées. Ses amies de San Francisco avaient leurs propres soucis. À New York, Gemma, toujours choriste dans les chœurs du Met, complétait ses cachets en chantant dans les églises. À Oakland, Reggie et Suling se débattaient pour installer le groupe des filles de Madame Ning, qui étaient terrifiées depuis qu'elles avaient été déplacées de San Francisco.

Alice leur envoya des gentianes et des nénuphars séchés cueillis au cours de ses promenades. Sans rien leur raconter d'autre : ni ses excursions solitaires à Desolation Valley, dont elle ne revenait pas avant que les ombres du crépuscule aient noirci les sommets enneigés, ni ses doigts bleus de froid, engourdis, quand elle ramassait les vrilles rouges épineuses des plantes de neige, ni les moments où, assise sur un rocher de Glen Alpine, elle cherchait une raison (n'importe laquelle) de se relever. Réveillée à 5 heures du matin, aux toutes premières lueurs de l'aube rose, elle enfilait un peignoir sur ses culottes bouffantes et descendait jusqu'au lac, où elle plongeait dans l'eau glacée pour se laisser flotter, la tête sous la surface, jusqu'à sentir ses poumons prêts à exploser.

J'ai trouvé la sérénité, ici. Je n'ai pas le moindre désir de retourner à San Francisco.

La deuxième partie, au moins, était vraie.

Cela faisait une bonne quinzaine de jours qu'elle n'avait pas pris la peine d'aller chercher son courrier. Aussi, le 1er septembre, après son bain matinal, elle enroula ses cheveux mouillés en chignon au-dessus du col de son manteau et se mit en route. En montant les marches de la poste, elle faillit se faire renverser par deux gamins qui se pourchassaient.

—Arrêtez ! leur cria leur sœur.

Assise sur le banc le plus proche, une fillette qui paraissait avoir douze ans leva la tête de son livre, l'air exaspérée.

— Que lisez-vous ? lui demanda Alice.

— Je ne lis pas, j'étudie, dit-elle avec un soupir en montrant son livre de classe.

Elle foudroya ses deux frères du regard et ajouta :

— Eux aussi sont censés étudier en attendant maman. Mais ils ne veulent pas.

— En tout cas, ne les laissez pas copier votre travail, tout à l'heure, lui conseilla Alice. S'ils n'étudient pas, ils ne méritent pas de s'en tirer comme ça. Qu'est-ce que c'est ? De l'algèbre ? J'aimais bien l'algèbre quand j'avais votre âge.

— Vous étiez bonne en algèbre, madame ?

— Non. Simplement, je travaillais plus dur que tous les autres. Plusieurs garçons dans ma classe affirmaient qu'ils me battraient, qu'ils étaient tous meilleurs que moi. Mais j'ai quand même réussi à les surpasser. J'ai ressenti une grande fierté à avoir réussi là où ils avaient échoué.

Le souvenir la fit sourire, elle qui en avait presque perdu l'habitude.

— Maman dit que la fierté est un péché.

— Pourquoi ? Si vous travaillez dur, ne méritez-vous pas de vous sentir fière ?

Tirant sur le ruban au bout de sa natte, la fillette fronça les sourcils.

— Maman dit que je ne devrais pas essayer d'être trop bonne en algèbre. Que personne n'aime les bas-bleus.

Alice aurait voulu gifler la mère. Pourquoi fallait-il que ce soit si difficile pour les filles douées d'essayer de réussir en quoi que ce soit ? Pourquoi ? Elle revit la jeune Alice Eastwood qui essayait d'enseigner pour joindre les deux bouts, de se faire accepter dans des expéditions de cueillette de plantes, qui s'était forcée à rire quand elle avait été quasiment emportée dans une cascade au Colorado, car si elle avait versé la moindre larme, ils auraient tous dit : « Voilà ce qu'on gagne à emmener une femme avec nous. » La petite Suling, qui travaillait maintenant pour une couturière d'Oakland, ses doigts si talentueux gâchés sur du calicot bon marché, payée moitié moins que ne l'était une brodeuse blanche. Gemma à la voix d'or, les yeux vitreux à cause de ses migraines, qui chantait dans un chœur d'église pour survivre. Il ne suffisait pas à une femme d'avoir du talent, d'être intelligente, d'être une femme bien. Ce n'était pas ce qui la sauverait.

Elle salua d'un signe de tête morne la fillette au livre d'algèbre et entra chercher son courrier. Une épaisse liasse de lettres l'attendait. Des lettres d'amis de l'Académie comme Seth et Emily. Une invitation à mener une expédition botanique à Yosemite pour un groupe de jeunes étudiantes en quête d'aventure. Un mot de Suling. Elle avait brûlé des offrandes funéraires pour Madame Ning dans un temple de Chinatown à Oakland. Et d'autres pour son oncle et ses cousines, à tout hasard. Reggie et elle envisageaient de partir vers l'est pour chercher un travail plus intéressant. La peintre avait inclus un croquis de l'une des filles de Madame Ning, qui venait d'épouser un commerçant.

Ce n'était pas le seul mariage. La lettre frappée au tampon de New York la fit sourire.

> *Alice chérie, il faudra désormais adresser votre correspondance à Gemma Serrano ! C'était un tout petit mariage, mais vous serez contente de savoir que j'ai épinglé une reine de la nuit séchée dans mes cheveux. Ma bouture n'a pas encore fleuri, alors j'ai fait sécher l'une des fleurs écloses à San Francisco, entre les pages du « Duo des fleurs » de ma partition de* Reg.

Mais quand elle décacheta l'enveloppe suivante, elle oublia la joyeuse prose de Gemma, qui avait illuminé sa journée.

Toutes mes excuses pour ne pas avoir écrit plus tôt.

C'était le sergent Clarkson.

Même son écriture semblait épuisée. San Francisco avait brûlé pendant trois jours, après les dernières secousses. Et, au cours de ces derniers mois, chaque policier digne de son insigne s'était vidé de toutes ses forces pour essayer de relever le défi que représentaient les déplacés, les blessés, les morts, la destruction.

Mais j'ai maintenant des nouvelles. À compter de cette semaine, M. Henry Thornton est présumé décédé. Son corps n'a pas été retrouvé, mais de nombreux corps ont disparu dans les incendies. Et comme il n'a pas réapparu et ne s'est pas fait connaître auprès des autorités, son nom a finalement été ajouté à la liste des victimes. Ses affaires sont réglées par ses avocats, qui comptent répartir ses biens entre les membres de la famille qu'il a peut-être dans l'Est.

Les lèvres soudain sèches, Alice enfonça la lettre dans son enveloppe. *Thornton.* Elle redressa son chapeau, rangea la liasse de courrier dans son sac et sortit de la poste. La fillette au livre d'algèbre était toujours sur son banc, ses frères continuant à l'ignorer. Elle s'arrêta devant elle, baissa les yeux sur la petite silhouette qui se concentrait sur ses équations.

— Ne vous contentez pas d'être une jeune fille bien. À l'école ou n'importe où. Soyez la meilleure.

L'enfant leva les yeux, surprise.

— Pourquoi, madame ?

— Parce que la vie, en dépit de ce que nous disent les psaumes, n'a rien à faire des gens bien.

Elle s'emmitoufla dans son manteau. Elle avait froid, soudain.

— Tout est une question de survie. Et ceux qui survivent ne sont pas forcément des gens bien.

Alice Eastwood ne croyait pas une seconde que Henry Thornton n'avait pas survécu à l'enfer de San Francisco.

Chapitre 27

Septembre 1908
Paris

Cela faisait bientôt un an qu'elles avaient quitté New York avec, en tout et pour tout, leurs maigres économies et une proposition d'une excentrique héritière américaine.

Un jour que Suling, la bouche pleine d'épingles, à genoux devant la légendaire et flamboyante Natalie Barney, raccourcissait l'ourlet de la dernière toilette d'après-midi de l'héritière, cette dernière avait déclaré :

— Suling, vous perdez votre temps chez *Macy's* C'est bien joli de coudre pour un grand magasin américain, mais vous devriez venir me voir à Paris. J'y retourne la semaine prochaine. Je vous présenterai à tous les couturiers que vous souhaiterez rencontrer. Ne préféreriez-vous pas travailler pour une maison de couture parisienne où vous pourriez broder vos propres créations ?

Depuis toujours, Paris était son rêve. Paris et la maison Callot Sœurs. Elle pensait aussi à Reggie et voulait mettre de la distance entre elles deux et San Francisco. Démarrer une vie complètement différente. Ni Oakland ni New York n'étaient assez loin. Reggie était toujours en proie à ses cauchemars. Elle ne hurlait pas, ne gesticulait pas. Mais, au matin, les draps étaient humides de transpiration. Et en se réveillant, Suling la trouvait en train de regarder fixement par la fenêtre, des cernes noirs sous les yeux.

Quand elle eut fini de coudre l'ourlet de sa cliente, sa décision était prise. Reggie et elle allaient prendre un bateau pour la France. Elle se rendrait à l'adresse parisienne de Natalie Barney et ferait en sorte que l'héritière américaine donne suite à son offre.

Quelques mois plus tard, précédée de Natalie Barney, Suling franchissait la porte de la maison Callot Sœurs et entrait dans le bureau de Marie Callot. Il suffit à l'aînée des deux sœurs de parcourir le portfolio de broderies de la jeune Chinoise pour l'engager sur-le-champ, après s'être extasiée devant la robe de dragon.

Les amis de Nathalie, principalement des écrivains et des artistes, les aidèrent à se sentir les bienvenues dans la capitale française. Même si elles n'avaient pas encore l'impression d'y être chez elles. Les Français, pour la plupart, regardaient Suling avec une certaine curiosité, presque totalement dépourvue d'hostilité. Elle n'était qu'une étrangère de plus, intéressante surtout en raison de ses traits asiatiques et de son accent américain. Elle apprenait le français.

Chaque fois que Suling ouvrait la porte de leur appartement, elle était parcourue d'un frisson de plaisir : ici, Reggie et elle étaient chez elles. Au dernier étage, de hautes fenêtres et une verrière éclairaient leur studio garni de meubles d'occasion. Spacieuse, la pièce faisait office de cuisine, de pièce à vivre, d'atelier. Un grand paravent, que Reggie avait peint de scènes de Chinatown, à San Francisco, masquait le lit et l'armoire. Protégée de la lumière du soleil, leur bouture de reine de la nuit poussait dans un pot en céramique.

Elles se sentaient désormais à l'aise dans leur quartier, ce Montmartre qui leur était de plus en plus familier. Les logements étaient bon marché, les cafés abordables et les habitants accoutumés à vivre au milieu d'artistes excentriques. Certaines de leurs connaissances pensaient que Reggie et elle habitaient ensemble par souci d'économie. Ceux qui n'étaient pas dupes ne sourcillaient même pas. De semblables relations étaient courantes au sein de leur communauté bohème. Certains jours, Suling avait l'impression de vivre dans un rêve. Un rêve dans lequel elle travaillait entourée des étoffes et des modèles les plus beaux, des fils et des sequins les plus raffinés, et dans lequel chaque idée qu'elle proposait, des fleurs de soie aux foulards brodés de perles, recevait la plus grande attention.

Pour Reggie, c'était une autre affaire. Elle paraissait avoir perdu tout intérêt pour son art. Elle se contentait de peindre des aquarelles de scènes de la rue et des monuments parisiens, et un ami bouquiniste les vendait dans son échoppe, sur un quai de la Seine. Elle les considérait comme des bagatelles pour touristes et ne prenait même pas la peine de les signer.

— Rien à montrer, rien à vendre, disait-elle souvent avec un geste désabusé vers ses toiles à moitié achevées, empilées dans les coins de l'appartement.

Elle persistait à dire qu'elle était trop occupée. Ou qu'elle n'avait pas encore décidé quelle nouvelle direction donner à sa peinture. Sa commande la plus lucrative avait été pour *Le Moulin-Rouge*, une série de posters pour un nouveau spectacle baptisé *Rêve Amoureux*. Néanmoins, c'était l'enseignement qui lui rapportait le plus.

— Dans mes rêves les plus fous, jamais je n'aurais imaginé enseigner la peinture à des Américains, à Paris. Pour la plupart, ils ne prennent pas l'art au sérieux. Ce qui les intéresse, c'est la vie de bohème. Ils s'inscrivent à mes cours parce que, après, je les emmène dans des cafés où ils boivent du vin en prenant des airs mélancoliques.

Par un jour d'automne pluvieux, quand Suling rentra, Reggie l'accueillit en agitant une enveloppe. Qu'elle brandit de manière tentante pendant qu'elles s'embrassaient.

— C'est une lettre d'Alice ? demanda Suling.

Elle avait reconnu le papier à lettres de la botaniste.

— Oui. Je t'attendais pour l'ouvrir. Tu veux la lire tout de suite ? Ou un peu plus tard, peut-être ? lui murmura-t-elle à l'oreille.

Ses lèvres qui s'aventuraient dans son cou montraient ce qu'elle entendait par « un peu plus tard ».

Plus tard, beaucoup plus tard, Suling se pelotonna contre son amante. Elle ne se lassait pas de caresser de son doigt ses cuisses, ses hanches, ses côtes. Ce premier soir, à Oakland, après l'incendie, après avoir retrouvé les filles de Madame Ning, elle avait dû se faire violence pour retenir ses larmes devant le corps émacié de son amante, ses côtes saillantes, sa peau translucide marbrée de veines. Aujourd'hui, deux ans plus tard, Reggie avait retrouvé ses formes voluptueuses, son corps encore hâlé suite à un pique-nique dans une maison de campagne par un après-midi d'août. Au milieu des éclats de rire, certains de leurs amis avaient plongé, nus, dans le lac. Reggie les avait suivis, ses jambes minces et musclées à force de monter et descendre les rues de Montmartre.

D'une main hâlée, Reggie tenait la lettre d'Alice de façon qu'elles puissent la lire ensemble, appuyées sur les oreillers.

— Alice a l'air un peu déprimée par le projet de l'Académie de construction d'un nouveau bâtiment, déclara-t-elle. Mais enchantée de sa vie sur le terrain.

— Alice aime escalader les rochers et patauger dans des lacs. Bien plus que rester assise derrière un bureau. Je ne suis pas sûre qu'elle soit si désolée que ça que l'Académie n'ait pas encore décidé de son nouvel emplacement. Et elle demande comment se porte notre reine de la nuit. Je te jure que, pour elle, cette fleur compte plus que nous ! plaisanta Suling, sur un ton aussi amusé qu'affectueux.

— Bonne nouvelle ! s'exclama Reggie en continuant sa lecture. Gemma a décroché un rôle au nouvel opéra de Buenos Aires. Le Teatro Colón. Je suis sûre qu'elle nous donnera plus de détails dans sa prochaine lettre !

Elles savaient que Gemma briguait de plus grands rôles que ceux qu'elle avait chantés à New York.

— Et Clarkson. Bon sang ! Il a quitté la police de San Francisco pour l'*Agence de détectives Pinkerton*.

— Il a fait ce choix parce qu'il n'a jamais été convaincu de la mort de Thornton, remarqua Suling. La police a classé l'affaire Thornton mais, chez *Pinkerton*, Clarkson sera peut-être autorisé à poursuivre son enquête.

Immédiatement, elle regretta ses paroles. À la moindre référence à Thornton, Reggie se crispait. Devinant que son amante ferait sans doute des cauchemars dans la nuit, Suling reprit :

— Reggie, j'aimerais bien dîner au café, ce soir.

Avec un peu de chance, elles tomberaient sur des amis et les conversations et les rires l'aideraient à oublier l'asile et l'homme qui l'avait fait interner.

Les lèvres pincées, avec un sourire forcé, Reggie répondit :

— Demain soir, peut-être ? J'ai déjà commencé à préparer le dîner.

Suling l'observa qui s'affairait dans leur minuscule cuisine. Tout comme elle, Reggie cherchait-elle toujours à fuir le passé ? La passion qu'elle mettait à son merveilleux métier chez Callot Sœurs lui offrait la chance de pouvoir en faire abstraction. Ce qui, pour Reggie, qui luttait toujours pour trouver sa voie, était beaucoup plus difficile. Une seule et unique fois, cette dernière lui avait confié que les images de cette atroce période surgissaient dans sa mémoire sans crier gare, de façon incontrôlable : elle sentait le linge trempé de chloroforme pressé sur son nez et sa bouche jusqu'à ce qu'elle perde connaissance. Elle se revoyait cogner à une lourde porte en hurlant qu'elle n'avait pas de raison d'être enfermée ici, et se rendre compte que personne ne viendrait la sauver.

Suling avait fermement refoulé ses propres cauchemars. Au début, à Oakland, quand elle aidait les filles de Madame Ning à emménager dans de nouveaux logements, elle avait eu des rêves si précis qu'elle s'était revue à St Christina, cherchant désespérément Reggie. Avait entendu le coup de feu et vu Tatie s'effondrer sur le sol de marbre, puis l'avait vue allongée dans l'herbe, sa magnifique veste trempée de sang.

Et Gemma ? Rêvait-elle qu'elle dévalait un interminable escalier en colimaçon en sachant que Thornton l'attendait en bas ? Se réveillait-elle la nuit, suffoquant, comme quand elle les avait tirées de la maison en feu ?

Quant à Alice... Il était difficile d'imaginer la pragmatique, l'intrépide Alice, se laissant submerger par le passé. Suling n'aurait jamais l'impolitesse de lui poser la question. Toutefois, elle aurait été curieuse de savoir si la botaniste se réveillait en sursaut d'un rêve dans lequel elle arpentait des couloirs enfumés, ses bras autour d'un pot en porcelaine imaginaire contenant sa précieuse reine de la nuit ?

Et les victimes du feu du *Park Avenue Hotel*, et leurs familles ? Et le détective de *Pinkerton* assassiné qui, avait-elle appris, s'était marié l'année qui avait précédé sa mort ? Qu'étaient devenues sa jeune veuve et leur fille, qui n'était alors qu'un bébé ?

Combien de vies brisées Thornton avait-il laissées dans son sillage ?

Chapitre 28

Juillet 1910
Buenos Aires

Gemma posa la cage de Toscanini et, une main en visière, fit un tour complet de la terrasse inondée de soleil. L'azur du ciel printanier contrastait avec le rose éclatant des bougainvillées qui escaladaient la terrasse.

— George, je t'en prie, redis-moi que nous pouvons nous permettre cet endroit.

— Nous le pouvons, répondit-il de l'intérieur.

Leurs sacs étaient éparpillés partout, leurs meubles encore sur la charrette en train de longer, en cahotant, les six pâtés de maisons qui les séparaient de leur ancien deux pièces, de l'autre côté de la ville. Mais le piano était arrivé, George l'avait déjà installé et avait ouvert son couvercle.

— Tu as signé pour chanter *Tosca* au printemps, puis la Comtesse. Le chef d'orchestre du Teatro *Colón* est en adoration devant toi. Arrête de t'inquiéter, *cariña*.

Et si j'ai la migraine, le soir de la première de Tosca, *et que je gâche tout ?* se demanda-t-elle malgré elle. Elle repoussa ses inquiétudes. La journée était magnifique, George jouait un entraînant fandago de Granados et, dans sa cage, Toscanini pépiait en secouant ses plumes. Inutile de se créer des inquiétudes en vain. Elle s'avança vers la table poussiéreuse, imaginant déjà les dîners qu'elle y partagerait avec George par les chaudes soirées d'été : les verres de malbec, les assiettes de *matambre arrolados*, les paupiettes farcies aux poivrons et aux œufs durs, au son des conversations en espagnol qui monteraient de la rue en contrebas…

— Et voilà ! lança-t-elle à la reine de la nuit.

Elle posa le pot et tapota les feuilles de sa précieuse plante.

La première année, installée sur le bord de la fenêtre de leur appartement de location new yorkais, la fragile bouture d'Alice avait à peine survécu. Gemma en avait pris soin avec une dévotion qu'elle refusait de qualifier de superstitieuse. Pourtant, par une nuit de la fin de l'été, elle avait donné sa première fleur. Son parfum extraordinaire avait évincé l'odeur nauséabonde des ordures et du crottin de cheval de la rue. Peu de temps après, Gemma avait reçu la proposition qui les avait amenés en Amérique du Sud : remplacer une Reine de la Nuit qui avait fait faux bond aux directeurs d'une production de *La Flûte enchantée* à Buenos Aires.

Elle pensait toujours que Caruso y était pour quelque chose. Avait-il chuchoté son nom à l'oreille de quelqu'un lors de l'une de ses tournées, après le tremblement de terre ? Si c'était le cas, elle lui serait redevable toute sa vie de lui avoir ouvert cette porte : le chef d'orchestre du Teatro *Colón* adorait et sa voix d'or et ses cheveux d'or. (À plusieurs reprises, elle avait dû le rappeler à l'ordre. Mais il ne s'en était pas offusqué). Et la troupe appréciait son espagnol à l'accent argentin, qu'elle avait pris de George.

— La plupart des sopranos qui nous viennent d'Amérique du Nord ne se fatiguent même pas à dire merci, et encore moins à apprendre à le dire en espagnol, avait grommelé son habilleuse en fixant la couronne de la Reine de la Nuit sur ses cheveux. Des garces, sans éducation !

Et maintenant, Gemma avait un contrat à Buenos Aire. Un contrat solide ! Qu'elle le doive à une discrète recommandation de Caruso ou à la fleur d'Alice enfin épanouie qui lui avait porté bonheur, elle allait profiter de sa chance. Elle avait un premier rôle, un appartement inondé de soleil et prolongé d'une terrasse qu'elle partageait avec le meilleur homme du monde, et elle n'avait pas à compléter son revenu mensuel en chantant des cantiques dans un chœur d'église du Queens.

Elle gratifia le pot de sa plante d'une dernière tape et entra dans l'appartement.

— Tu travailles avec ces musiciens que tu as rencontrés pendant les répétitions de *La Flûte enchantée*, ce soir ? demanda-t-elle à son mari.

Le piano à queue occupait la moitié de la pièce principale de l'appartement. Mais ni l'un ni l'autre n'aurait voulu qu'il en soit autrement.

— Pour quel concert avaient-ils besoin que tu remplaces le pianiste ?

— K 452. Le quintet de Mozart en *mi* bémol majeur, pour piano et instruments à vent.

George la regarda en souriant et se mit à jouer quelques mesures du Larghetto du quintet. Il paraissait ne jamais s'inquiéter pour son travail et, bon an, mal an, trouvait toujours de nouveaux engagements. Partout où Gemma arrivait pour une nouvelle production, il l'accompagnait et, dix minutes plus tard, il remplaçait le pianiste pour la répétition ou jouait des récitatifs pour le harpiste dans la fosse d'orchestre. À la suite de quoi, le second violon qui, inévitablement, était son nouveau meilleur ami, l'invitait à rejoindre un orchestre de chambre local. Pendant trois mois, en habit, il avait interprété Mozart et Brahms au sein d'un petit ensemble. Puis, les mois suivants, en bras de chemise, il avait joué du ragtime dans des bars.

— Et j'ai déjà une offre du café en face de l'appartement, ajouta-t-il. J'ai commencé à discuter avec le propriétaire et il m'a demandé si je pourrais jouer les soirs de tango.

Gemma vint se placer derrière lui et noua ses bras autour de son cou.

— Tu as trop de talent pour jouer dans des cafés, le rabroua-t-elle.

— Mais j'aime jouer dans des cafés. Je ne suis pas obligé de porter une de ces fichues cravates !

Il fit demi-tour sur le tabouret du piano, ses grandes mains glissant autour de sa taille. Elle baissa la tête et l'embrassa longuement, langoureusement. Ils s'étaient embrassés pour la première fois à la gare de New York, en descendant du train de San Francisco. Crasseux, épuisés, encore barbouillés de fumée, Gemma sachant que ses cheveux roussis empestaient. La première surprise par leur baiser, elle avait senti les doigts de George courir dans son dos comme sur des touches de piano, la plaquant contre lui. Et elle avait su qu'elle avait trouvé son havre.

Avec un haussement d'épaules désinvolte, il lui avait expliqué sa décision de rester à New York.

— Mon travail à San Francisco s'est envolé en fumée avec le Grand Opera House.

Sa présence s'était révélée essentielle. Il avait été un soutien fidèle. Quand, en avance à chaque répétition, elle chantait dans les chœurs du Met, se faisant discrète, consciente qu'elle jouait là sa toute dernière carte, il était toujours à son côté, la faisait rire avec ses histoires. Comme celle de son premier contrat de pianiste, à quinze ans, dans ce qu'il avait supposé être un bar sordide de Buenos Aires, et qui s'était révélé être une maison close. Ou quand il avait payé sa traversée pour San Francisco en jouant sur un paquebot de luxe où les passagers lui laissaient des petits pains en guise de pourboires.

Tomber amoureuse de George coulait de source. Choisir de l'épouser avait été la décision la plus facile du monde.

— Je pensais inviter ta mère à déjeuner demain, dit-elle en mettant un terme à leur baiser. Nous serons loin d'avoir tout déballé mais elle sera contente de nous houspiller. Et je ferai sa recette de *medialunas*.

Seul le fils argentin d'une veuve pouvait trembler comme l'avait fait George, à la perspective de présenter sa nouvelle épouse à sa mère. Pourtant, Gemma n'avait pas eu l'ombre d'une inquiétude. « Les mères m'adorent », lui avait-elle dit. Et quand elle avait retrouvé ses réflexes d'authentique fermière du Nebraska et qu'elle l'avait suppliée de lui prêter un tablier pour l'aider dans la cuisine, la mère de George avait été conquise.

— En attendant, as-tu vu ma partition de *Tosca* ? Je veux mettre plus de hargne dans le duo avec Scarpia, dans l'acte II.

— Tu peux tout de même prendre une journée pour déballer tes affaires, *cariña*. Deux, *même*.

— Non. Je veux me préparer parfaitement pour cette première répétition de *Tosca*. Jamais ils n'auront entendu une soprano aussi bien préparée.

Elle savait qu'elle n'échapperait pas à ses migraines pendant la série des représentations. Et qu'elle devrait en annuler certaines à la dernière minute. Il lui fallait donc anticiper et s'assurer une réserve de bienveillance.

Les migraines ne se sont pas améliorées depuis ton départ de San Francisco, lui chuchota une petite voix insidieuse. *Elles sont pires.*

Elle refoula son inquiétude. Que pouvait-elle y faire ? La seule solution quand on vivait avec la douleur était de s'y adapter, tant bien que mal.

— Il va falloir écrire à nos amis des États-Unis, reprit-elle en débarrassant le piano d'un carton de partitions de George. Leur dire que nous avons changé d'adresse.

— J'ai récupéré une pile de lettres dans l'ancien appartement, avant de rendre les clés. Elles sont dans ma veste.

Il se retourna vers le piano et se remit à jouer du Granados. Dans ses poches, Gemma trouva une poignée d'enveloppes abîmées. Enchantée, elle reconnut les cachets de Paris et de Californie.

Elle sortit sur la terrasse d'un pas léger et commença à lire à voix haute.

— Suling est maintenant brodeuse principale chez Callot Sœurs. Reggie exprime en termes très crus ses griefs à l'encontre des touristes, à Paris. Je me demande si elle expose quelque part. Elle ne me répond jamais quand je lui pose la question.

La jeune Chinoise avait inclus un marque-page brodé pour ses partitions, un magnifique ruban de soie où s'épanouissaient les fleurs écarlates du ceibo des parcs de Buenos Aires. Mais l'enveloppe ne contenait aucun croquis humoristique de Reggie. Cela faisait un moment qu'elle n'en envoyait plus.

Un peu préoccupée, elle passa à la lettre d'Alice Eastwood.

— Les yeux d'Alice la tracassent. Elle voyage maintenant sur la Côte Est, travaille à divers herbiers, et envisage de partir pour l'Europe. Elle veut voir si le *Wellingtonia* anglais est identique au *Sequioa gigantea.*

— Qu'est-ce qu'un *Sequoia gigantea* ? demanda George, entamant un tango.

— Ne pose pas la question. À moins que tu veuilles qu'Alice t'envoie un *Memento des arbres de Californie.*

Elle retourna le feuillet et reprit sa lecture.

— Clarkson est enfin détective dans l'*Agence Pinkerton*, à New York.

Il enquête sur Thornton, se dit-elle silencieusement. Elle refusait de prononcer ce nom dans cette toute nouvelle maison ensoleillée.

Pourvu que vous soyez mort, supplia-t-elle intérieurement en repliant la lettre. *Pourvu que Thornton soit mort.* Elle savait que Suling voulait la justice pour Madame Ning, que Reggie ne le croirait pas mort tant qu'elle n'aurait pas vu son cadavre, et qu'Alice n'y croyait pas non plus car, en bonne scientifique, elle voulait une preuve concrète. Pour sa part, elle préférait espérer. Espérer qu'il était mort, que plus jamais il ne viendrait perturber leur vie, espérer qu'elles pourraient toutes, simplement…

Tourner la page.

Elles avaient connu quelques années répit.

Des années avant que, lors d'une visite des Jardins botaniques royaux de Kew, à Londres, Alice tombe sur un journal abandonné, ouvert à la page de la rubrique mondaine, dans laquelle trois mots lui sautèrent aux yeux.

Couronne du phénix.

Trois mots qui déclenchèrent une avalanche de télégrammes à travers les océans et les continents. Trois mots qui provoquèrent des plans fébriles, des achats de tickets transatlantiques, des cauchemars envahis de souvenirs.

Trois mots qui les réunirent, en un seul bloc, à Paris.

Acte second

Chapitre 29

23 juin 1911
Paris

— Une carafe de vin rouge, commanda Gemma au serveur qui virevoltait autour d'elles.

En attendant les autres, elle avait bu un café français d'un noir d'encre. Mais, maintenant qu'elles étaient réunies, étant donné la discussion qui les attendait, elle avait besoin de quelque chose de plus fort.

Pourtant, aucune ne semblait pressée de commencer. Elles étaient assises à une terrasse de café, un quatuor silencieux de femmes face à une rue parisienne animée. En cette fin d'après-midi d'été, la poussière dansait dans les rayons obliques du soleil. Au-dessus de leurs têtes, un store rayé de blanc et de bleu claquait au vent. Le bruit des klaxons se mêlait à celui des conversations en français. Un long moment, elles contemplèrent le télégramme envoyé par Alice au début du mois, posé au milieu du guéridon. La raison de leur réunion à Paris.

Gemma finit par se lancer. Elle se tourna vers Alice, ses perles dansant à ses oreilles.

— Vous êtes superbe, Alice. Le temps n'a pas prise sur vous.

Malgré, peut-être, quelques mèches grisonnantes supplémentaires, la botaniste était exactement la même, de son chignon soigné à son corsage empesé, sans oublier ses jumelles autour du cou.

— Donc, vous avez couru le monde pour vos recherches botaniques, ces derniers temps ! Avez-vous hâte de reprendre votre poste à l'Académie de Californie ?

Le sourire d'Alice s'évanouit.

— On ne m'a pas encore proposé le poste officiellement. Quant à m'installer à San Francisco, je ne suis pas sûre d'en être capable.

Visiblement mal à l'aise, Alice détourna le regard. Suling cligna des yeux. Reggie toussota. *Pas facile de faire la conversation*, se dit Gemma. Elle se tourna alors vers la Chinoise.

— Vous êtes vraiment élégante, Suling. Visiblement, Paris vous convient très bien.

Suling hocha la tête. Il ne restait rien de la couturière taciturne de San Francisco, de sa natte de fillette, de sa tunique à boutons. La démarche assurée, la jeune femme s'était avancée vers la table à petits pas fluides, comme l'exigeaient les jupes étroites à la dernière mode. Elle portait sa chevelure brune, brillante, en un carré si court qu'il en était presque scandaleux. De délicates fleurs d'amandier s'épanouissaient sur son léger manteau d'été de soie turquoise. Toutefois, elle n'avait rien perdu de son regard scrutateur. Elle examina Gemma, détaillant chaque point de son tailleur à rayures noires et blanches, le camée qui fermait son col, l'énorme capeline en paille noire habillée d'un nœud de taffetas rayé.

— Très chic, approuva-t-elle. Buenos Aires n'a manifestement que six mois de retard sur Paris. Les jupes entravées ne vont pas tarder à arriver chez vous.

— Prends garde, Buenos Aires !

Le grand sourire mondain que Gemma arborait se fit plus sincère quand Suling se mit à examiner Alice de ses yeux noirs. *Je sais exactement ce que vous allez dire.*

— Alice, ce chapeau ! s'exclama la jeune Chinoise d'un air consterné.

Je le savais, se dit Gemma.

— C'est le même que celui que vous portiez à San Francisco. Et vous disiez déjà qu'il avait dix ans.

Alice retira la galette noire qui lui tenait lieu de couvre-chef.

— Qu'est-ce qui ne va pas avec ce chapeau ? Vous m'en avez envoyé un à Noël dernier pour les occasions exceptionnelles. Celui-ci, c'est mon chapeau de tous les jours.

— Il est affreux, Alice, renchérit Gemma. Donnez carte blanche à Suling pour vous l'arranger.

De son sac à main, la brodeuse sortit un minuscule nécessaire à couture et une poignée de fleurs de soie décorées de perles.

— J'avais apporté cela pour la dernière robe d'opéra de Mme Lydid. Mais ce chapeau est vraiment trop catastrophique pour le laisser tel quel.

Le chapeau d'Alice atterrit sur les genoux de Suling qui s'activa, une aiguille argentée à la main. Gemma poussa un soupir de soulagement. Ce silence gênant, fragile, qui planait sur la table, se dissipait.

— Elle n'est heureuse que si elle a quelque chose à coudre, déclara Reggie avec un sourire de fierté.

Désinvolte, elle posa son bras maigre sur le dossier de la chaise de Suling. La plus vieille amie de Gemma ne portait pas de jupe entravée. Mais un pantalon d'homme, un gilet de bohémien, et une chemise au col bordé de coquelicots rouges, indéniablement brodés par sa compagne. Rien ne protégeait du soleil ses cheveux qui flottaient à l'air libre.

— Elle n'est peut-être pas encore la directrice de l'atelier de broderie, mais la moitié des voitures qui encombrent la rue Taitbout sont là pour son aiguille. Sans parler de Paul Poiret en personne, qui essaie de la débaucher pour son propre atelier.

— Arrête de fanfaronner, la réprimanda Suling, comme l'aurait fait une épouse.

— Oui, *bao bei*.

Reggie déposa ostensiblement un baiser sur ses doigts, ce que personne ne parut remarquer. Gemma savait que les Français étaient bien plus blasés face à ce type de situation que les Américains. Ou peut-être les gens étaient-ils tout simplement aveugles. Les hommes qui vivaient ensemble devaient être beaucoup plus prudents quant à leur conduite. Mais si deux femmes cohabitaient, tout le monde savait que ce n'était que pour des raisons de sécurité ou de finances. Les femmes pouvaient s'affranchir de bien des règles tant qu'elles restaient discrètes. *Et heureusement*, songea Gemma.

Elle tendit la main à travers la table et pressa les doigts hâlés de son amie.

— Tu ressembles à Marcello dans *La Bohème*. À Paris, enfin, comme tu l'as toujours rêvé ! Tes lettres ne font allusion à aucune exposition. Qu'est-ce que tu as peint ?

Le sourire de Reggie s'évanouit.

— Un peu de tout, répondit-elle, sans s'étendre.

Gemma allait insister, mais le serveur arrivait avec une carafe de vin rouge. Après l'avoir laissé s'affairer, elles se débarrassèrent de lui. Puis Reggie vida la moitié de son verre en une gorgée. Suling continua à transformer le chapeau d'Alice, laquelle faisait tourner le pied de son verre entre ses doigts tachés d'encre. Quel chemin parcouru depuis que, épuisées, les cheveux roussis par le feu, elles avaient regardé toutes les quatre s'ouvrir les pétales blancs de la fleur la plus rare au monde, dans la pénombre d'une chambre de San Francisco !

— Seigneur ! dit Gemma avec un soupir. Ce n'est pas ainsi que j'imaginais nos retrouvailles.

— Nous voulions aller vous voir à New York, répondit Suling, piquée. Mais, pour une raison ou une autre, ce n'était jamais le bon moment.

— Je ne sais pas pourquoi, mais je n'ai vu aucune d'entre vous non plus quand je suis venue à Londres.

Alice s'interrompit, ce qui ne lui ressemblait pas. Elles se remirent à contempler leur vin.

Je n'avais pas l'intention de vous perdre après San Francisco, faillit dire Gemma. Mais la vie avait ses propres règles et, à leur insu, cinq années s'étaient envolées. Elles n'avaient échangé que quelques lettres, dans lesquelles elles avaient évoqué toutes les quatre un peu trop gaiement leurs nouvelles vies, sans jamais rappeler l'événement qui, initialement, les avait dispersées aux quatre coins du monde. *Je vous ai écrit à toutes les trois pour vous raconter tout ce qui m'est arrivé de positif*, poursuivit-elle intérieurement. *Mon mariage. Mes quarante rappels le soir de la première de* Tosca *au Teatro Colón. Mais vous ai-je jamais parlé du négatif ?* Comme ses migraines, qui n'avaient jamais été aussi fréquentes et la faisaient maintenant manquer une représentation sur dix ? Non. Elle ne l'avait pas fait. Elle s'était contentée d'occulter le négatif.

Peut-être en avaient-elles toutes fait autant. La réticence d'Alice à retourner à San Francisco alors que ses lettres étaient si joyeuses. Le silence de Reggie sur sa peinture alors que sa correspondance était pleine de potins sur le monde de l'art...

— Bon sang! finit par dire la botaniste. Ce n'est peut-être pas non plus la façon dont j'imaginais mes retrouvailles avec vous trois. Et certainement pas celle dont j'avais prévu de voir Paris. Je m'étais toujours juré que la première chose que je ferais dans cette ville serait de visiter le Jardin des Plantes et de chercher toutes les variétés de belles de nuit, pour voir si leurs pétales sont ronds ou échancrés. Au lieu de cela, je me précipite ici pour traîner un assassin en justice.

Elle fouilla dans son sac et posa brusquement une coupure de journal usée sur son télégramme, au milieu de la table.

— Mesdames, assez lambiné! Il est temps d'aborder le sujet tabou. Et le sujet tabou répond au nom de Thornton.

En silence, elles firent passer l'article de la rubrique mondaine à la ronde. Celui qu'Alice avait repéré à Londres, en juin.

— Le nom de Thornton n'est pas mentionné, fit remarquer Gemma en poussant la coupure de son index ganté de noir. Il s'agit ici de William Van Doren.

Ce nom ne lui disait rien. Mais le reste de la chronique haletante lui était familière: un millionnaire new-yorkais en villégiature à Paris avait récemment offert à sa fiancée une couronne du phénix de jade bleu et blanc, parée de cinquante-sept saphirs, de quatre mille perles, de sept phénix réalisés à partir de plumes de martin-pêcheur et de fleurs ciselées, des reines de la nuit. Une description qui leur était familière. Quel homme pouvait posséder cette couronne, hormis…

— Clarkson cherche Thornton depuis cinq ans sans trouver l'ombre d'un indice, et Alice tombe sur lui dans une rubrique mondaine, dit Reggie en secouant la tête. J'en rirais si ce n'était pas tragique.

— Michael veut savoir comment nous pouvons être certaines que Van Doren et Thornton ne sont qu'un seul et même homme, répondit Alice. Nous avons échangé une multitude de télégrammes. Sans preuves, il dit qu'il ne peut pas impliquer la police.

Suling leva enfin les yeux de son chapeau.

— C'est le même homme, affirma-t-elle. Il y a deux jours, j'ai livré plusieurs robes au *Ritz* et je me suis débrouillée pour passer la moitié de la matinée dans la cour de l'hôtel, en buvant du thé. Il est passé juste à côté de moi, m'a presque frôlée. Pour un peu, j'aurais pu le toucher. Thornton est à Paris.

Reggie la regarda, outrée.

— Tu ne me l'avais pas dit !

— Parce que tu aurais insisté pour m'accompagner et que je n'étais pas disposée à prendre ce risque. Il connaît ton visage, Reggie. Mais, pour lui, je n'étais qu'une simple couturière chinoise. Il ne m'a jamais accordé la moindre attention et il ne m'a assurément pas vue dans cette cour animée du *Ritz*. Quand j'ai demandé au réceptionniste qui était ce gentleman, il m'a confirmé son nom : M. William Van Doren.

— Comment saviez-vous qu'il était descendu au *Ritz* ? demanda Alice.

— Des Américaines se faisaient confectionner des costumes dans les ateliers Callot Sœurs pour le bal oriental que donne Paul Poiret, demain, près de Versailles.

Suling brandit le chapeau d'Alice et l'examina.

— Tout le temps de leurs essayages, elles ont échangé des potins sur les invités de Van Doren qui étaient descendus au même hôtel, le *Ritz*. Il m'a suffi de me porter volontaire pour la livraison et de m'asseoir discrètement derrière une plante en pot.

— C'était vraiment lui ? demanda Gemma à voix basse.

Suling la regarda droit dans les yeux.

— Oui.

Un nouveau silence se fit. Gemma savait qu'elles avaient toutes en mémoire le visage presque ordinaire, toujours charmant, de l'homme qui avait essayé de les brûler vives.

— Je me demande si Van Doren est son vrai nom ou un autre pseudonyme, avança Alice.

— Je pense que c'est son vrai nom.

Gemma chercha son sac pour en extraire ses propres coupures de journaux.

— Avant de prendre le bateau, à Buenos Aires, j'ai consulté les rubriques mondaines de New York.

— Vous les recevez, à Buenos Aires ?

— Bien sûr. Savez-vous combien de riches expatriés vivent en Argentine ? J'ai trouvé une abondante chronique sur ses fiançailles. « William Van Doren, des Van Doren de New York, renfloue la fortune familiale après une décennie en Europe. »

Elle posa la coupure et reprit sa lecture :

— « Rénove la maison familiale voisine de l'hôtel *Astor* sur la Cinquième Avenue, prévoit l'achat d'une villa d'été à Newport comme cadeau à sa fiancée. » L'article regorge de détails. Quel qu'en soit l'auteur, il est imbattable sur les pedigrees et la vie de l'élite new yorkaise.

Elle prit son verre de vin, ses doigts crispés sur le pied.

— Mais personne ne savait que William Van Doren avait quitté New York pour San Francisco et non pour l'Europe. Qu'il avait pris un autre nom pour faire fortune aussi loin de chez lui que possible et qu'il était rentré dans sa ville natale pour tout recommencer.

— Mais si quelqu'un voyait une photo de lui datant de l'époque où il vivait à San Francisco ?

— Il prenait ses précautions, dit Reggie d'une voix neutre. Il ne se faisait jamais photographier. Je me demandais pourquoi.

— En tout cas, il a l'air en forme, dit Suling. Éclatant de santé, riant, une jolie fiancée au bras. Tout un groupe de dames et de messieurs se pressant sur ses talons pendant qu'une automobile de luxe l'attend.

Presque du même geste, elles levèrent leurs verres de vin rouge et burent une longue gorgée.

— Nous ne pouvons pas l'affronter, finit par dire Alice. Je ne sais pas ce que vous avez envisagé, mais c'est absolument impossible.

Suling frissonna. Reggie croisa les bras sur son gilet, comme si elle avait froid. Gemma esquissa une grimace.

— Juste ciel ! Je ne veux pas l'affronter.

Cette simple pensée lui donnait la chair de poule.

— Je ne veux plus jamais le revoir, si ce n'est dans un tribunal, jugé pour les meurtres de Madame Ning et du détective.

— Même si tout le monde se fiche bien qu'il ait assassiné une Chinoise tenancière de bordel, marmonna Suling. Ils vont tous se focaliser sur le *Pinkerton*.

Derrière sa façade élégante, elle sembla soudain fragile. Gemma eut envie de lui tendre une main réconfortante. Mais, ses yeux noirs étrangement brillants, la jeune Chinoise ne semblait pas prête à l'accepter. *Sous ce vernis de réussite, vous cachez peut-être quelques failles, vous aussi*, songea la cantatrice avec un pincement au cœur.

— Michael Clarkson pense qu'il y a une chance de le faire juger, déclara Alice. Si les choses se font dans les règles. Nous avons confirmé que Van Doren était Thornton. C'est très bien. Alors, jusqu'à l'arrivée de Clarkson à Paris, nous nous tenons à distance. Il est détective pour l'*Agence Pinkerton*, maintenant. Il pourra faire intervenir les autorités et la police françaises pour faire une arrestation en bonne et due forme.

L'air dubitative, Reggie fit remarquer :

— Les hommes comme Thornton achètent la police. Et les juges.

Elle fit signe au serveur de leur apporter une nouvelle carafe de vin.

— Et dans combien de temps Clarkson va-t-il arriver ? demanda Gemma. Si Thornton et sa clique quittent Paris…

— Ils ont l'intention de rester jusqu'à la fin du mois de juillet, indiqua Suling. Si Clarkson est déjà en route…

— Il l'est, intervint Alice. Il m'a envoyé un message il y a une semaine pour m'annoncer qu'il prenait le bateau à New York.

— Dans ce cas, nous devrions avoir tout le temps.

— Comment le savez-vous ? s'étonna Gemma.

Suling but une gorgée de vin et répondit :

— Encore les commères américaines. Poiret est chargé du trousseau de la fiancée de Thornton. Mais cela demande tellement de temps qu'ils ont tous décidé de prolonger leur séjour à Paris de deux mois.

— Je me demande…

Gemma s'interrompit. Elle tapota nerveusement la table de ses doigts, s'arrêta et reprit :

— Est-ce que vous croyez qu'il nous pense toutes mortes ? Nous n'avons pas vraiment essayé de mener des vies discrètes pendant ces cinq dernières années. Nous n'avons rien su de lui jusqu'à aujourd'hui. Toutes les recherches de Clarkson portaient sur un homme du nom de Thornton et nous n'avons jamais rien entendu sur lui. Mais pourrait-il avoir eu vent de notre arrivée ?

— Il n'a jamais su mon vrai nom, fit remarquer Suling en tirant un fil de sa manche en soie turquoise. Donc, il ne me reconnaîtrait qu'en me voyant, et encore. Et il ne m'a pas vue.

Alice renchérit :

— Il n'a jamais été au courant de ma présence dans la serre, ce jour-là. Donc, s'il a collectionné des plantes rares au cours de ces cinq dernières années et qu'il est tombé sur mon nom, il n'y aura pas fait attention. Et maintenant, vous chantez sous votre nom de femme mariée, Gemma, je crois ?

Grâce au ciel, se dit-elle.

— Oui, depuis bientôt cinq ans. Mais s'il a vu un tableau de Reggie ? Il a un très bon œil. Il connaît son style.

Suling et Reggie échangèrent un long regard. Puis, tandis que sa compagne semblait vouloir rentrer sous terre, la jeune Chinoise annonça sans ambages :

— Reggie n'a pas peint sérieusement depuis San Francisco.

Un silence suivit la douloureuse révélation. Alice, comprenant que Reggie n'apprécierait pas les questions, ne tarda pas à le briser.

— Je pense que nous avons au moins une certitude : Thornton ignore que nous le cherchons. Donc…

— Donc, nous attendons Clarkson, finit Gemma. Et Clarkson a jusqu'à la fin juillet pour procéder à une arrestation en bonne et due forme.

Gagnées par un sentiment d'abattement, elles continuèrent à siroter leur vin dans la poussière blanche de l'été parisien. *C'est tout*, se dit Gemma. Elle savait ce que pensaient les autres. Il n'y avait qu'un mince espoir de faire arrêter l'homme qui les avait abandonnées aux flammes, au cœur des incendies de San Francisco, et qui pouvait acheter les juges comme les enfants achetaient des pastilles acidulées.

Reggie prit la parole :

— Et sa fiancée ?

— Voyons, dit Gemma en feuilletant sa collection de coupures de presse. Aristocratie viennoise. Elle est venue à Paris pour son trousseau, bien sûr. Son père est le baron August Friedrich Arenburg von Loxon. Un ancien maréchal de l'empereur François-Joseph. L'un de ces vieux militaires raides comme des piquets, avec une cicatrice de duel sur la joue. Apparemment, il trempe dans les chinoiseries et les antiquités.

— C'est sans doute comme ça qu'il a rencontré Thornton, avança Suling.

D'un ton cassant, Reggie reprit :

— Vous parlez du père. Mais la fille ? La future femme de Thornton ?

— Mlle Cecilia Arenburg von Loxon. Ou peut-être baronne. Je ne connais pas les titres autrichiens. Dix-huit ans, éduquée en Suisse, parle un anglais parfait. Elle sera très à l'aise à New York.

Suling coupa un dernier fil et souleva le chapeau noir et plat d'Alice, qui arborait maintenant d'exquises fleurs de soie ornées de perles disséminées sur le ruban.

— Voilà, Alice ! C'est beaucoup mieux.

La botaniste reprit son chapeau et le retourna, avec un sourire satisfait.

— Je suppose donc qu'il ne nous reste plus qu'à attendre, reprit Gemma. Quand Clarkson arrivera, est-ce que nous…

Elle s'interrompit.

Sans crier gare, Reggie avait repoussé sa chaise avec fracas et quitté le café d'un pas furieux, sans ajouter un mot.

Chapitre 30

Reggie se dirigeait vers la station de métro. Suling se leva d'un bond et lui emboîta le pas. Les signes de détresse de son amante lui étaient aussi familiers que les battements de son propre cœur : l'imperceptible tremblement des mains, l'affaissement des épaules, comme si elle essayait de passer inaperçue et, pire que tout, ses yeux verts qui perdaient leur éclat. Les autres pouvaient croire que Reggie était fâchée. Seule Suling savait que la raison était tout autre.

— Je sais, je sais, lui dit la peintre quand elle la rattrapa. Je me comporte de façon abominable.

Rouges comme son foulard, ses joues trahissaient son embarras.

— Elles comprennent, la rassura Suling. Et moi aussi.

Reggie lui prit la main et la passa au creux de son bras.

— Je ne supporte pas d'entendre son nom. Je préfère tirer un trait sur son existence.

— Il ne faut pas nous leurrer, mon amour. Certes, il serait plus facile de nous voiler la face. Mais, s'il est vivant, nous ne nous sentirons en sécurité que le jour où il sera jugé pour meurtre.

Pour le meurtre de Madame Ning. Pour le meurtre du jeune détective de l'*Agence Pinkerton*. Machinalement, Suling effleura l'anneau de jade pendu à une chaîne d'or, à son cou. Les deux bijoux avaient appartenu à sa Tatie. Ils remplaçaient la bague de Reggie, qu'elle portait désormais à son doigt.

Le visage fendu d'un sourire, la fleuriste de l'entrée du métro Simplon leur tendit un petit bouquet, que Suling refusa d'un signe de tête. Si elles achetaient souvent des fleurs à la jeune femme, aujourd'hui, elles n'en avaient pas le cœur. Dans le couloir qui menait au métro, un accordéoniste jouait une version passable de *La Marche de Radetzky*. En général, quand sa musique était entraînante, elles dansaient devant lui, avant de laisser tomber quelques centimes dans son chapeau. Mais aujourd'hui, Reggie se contenta de lui donner une pièce. Elles remontèrent le quai d'un pas vif et, sans prononcer une parole, prirent le métro jusqu'à Barbès-Rochechouart. De là, elles n'avaient qu'une courte distance à parcourir jusqu'à leur appartement, rue Cazotte.

Chez elles.

Suling se demandait quand elle s'y sentirait vraiment chez elle. *Allons ! C'est notre maison*, se rabroua-t-elle. Leur studio commençait à se faire une réputation dans leur petit cercle d'artistes et d'écrivains, car chaque réunion donnait lieu à d'intéressantes conversations, ponctuées d'éclats de rire, avec, le plus souvent, des plats chinois. Quelquefois, ces dîners lui donnaient la nostalgie de la cuisine de sa mère et de l'impressionnante variété de mets qu'offrait Chinatown. Mais elle avait été tellement occupée à apprendre le français, à découvrir Paris, tellement accaparée par sa nouvelle carrière qu'elle n'avait pas assimilé cette nostalgie au mal du pays. Jusqu'au jour où Marie Callot lui avait parlé d'un magasin d'antiquités du nom de *La Pagode*.

— Un choix infini d'exquises porcelaines, de meubles magnifiques, lui avait-elle dit. Le propriétaire, un certain M. Louis Deng, est de Shanghai. Un homme charmant. Ses antiquités ont été une source d'inspiration pour moi. Elles m'ont donné de nouvelles idées pour mes créations.

J'aimerais que vous alliez y faire un tour, Suling, et que vous me disiez ce que vous en pensez.

Dès l'instant où elle avait pénétré dans la boutique, elle avait été submergée par une vague de souvenirs. Ce n'étaient ni les élégants meubles incrustés ni les jades sculptés, qui lui rappelaient San Francisco. C'était le parfum qui flottait dans l'air. Elle avait inspiré l'odeur d'encens, imprégnée de rose et de bois de santal, la même qui embaumait *Le Palais des Plaisirs Infinis* de Madame Ning.

Et soudain, la communauté grégaire, chaotique, de Chinatown lui avait manqué. Elle avait souvent déploré la curiosité de ses voisins de Chinatown, regretté qu'ils ne s'occupent pas de leurs propres affaires en la laissant tranquille. Elle comprenait maintenant la bonté que dissimulait ce qui pouvait passer pour de l'indiscrétion, le soin que les Chinois prenaient les uns des autres, leur façon de se protéger mutuellement, permettant ainsi à leur communauté de vivre dans une relative sécurité. Suling s'était rendu compte qu'à Paris, en dépit de Reggie, de leurs dîners animés et des nombreux amis de leur cercle, elle se sentait seule comme elle ne l'aurait jamais cru possible.

Les rires cristallins des enfants qui regardaient les acrobates au nouvel an, les voisins bavards qui échangeaient des potins sur des gens et des familles qu'elle avait connus toute sa vie : tout lui avait manqué, soudain. L'odeur d'iode de la baie de San Francisco dans la chaleur lourde d'un après-midi orageux, le fumet alléchant du porc rôti à l'ail dans l'huile chaude, les effluves d'encens s'échappant des temples, les cris sonores, insistants, des vendeurs des rues. Où pouvait-elle trouver tout cela à Paris ? À peine trois cents Chinois vivaient en France. Elle ne pouvait se procurer les herbes et les ingrédients de la cuisine chinoise que dans un seul magasin, à proximité de la gare de Lyon.

Elle ne regrettait pas seulement la nourriture de son enfance. Elle avait été submergée par une vague de nostalgie si violente qu'elle s'était sentie vaciller. Elle avait eu envie de pleurer.

— Est-ce de l'encens imprégné de rose ? avait-elle demandé au propriétaire de *La Pagode*.

Ils avaient passé presque une heure à évoquer la nourriture qu'ils aimaient, puis Louis Deng l'avait présentée à son fils et à sa nièce, Theo et Pauline. Il lui avait offert un pot en grès contenant des feuilles de moutarde marinées, et un paquet de bâtons d'encens. Quand elle était arrivée chez elle, elle avait fait brûler de l'encens pour sa Tatie. Puis pour Troisième Oncle, pour les cousines qu'elle n'avait jamais rencontrées, et pour Vieux Kow. Peut-être avaient-ils survécu au tremblement de terre, mais cela ne coûtait rien de faire des offrandes aux dieux pour leur bien-être, que ce soit dans ce monde ou dans l'autre.

Elle savait au moins que les filles de Madame Ning prospéraient. Deux d'entre elles étaient retournées en Chine avec leur part des économies de leur patronne. Quatre autres s'étaient mariées, leur âge, leur beauté – et leur argent – faisant d'elles des partis très recherchés par les hommes chinois. Quant à Butterfly et Hyacinth, elles tenaient une pension de famille à la périphérie de Chinatown, à Oakland.

Pour remercier le propriétaire du magasin d'antiquités de sa bonté, Suling lui avait confectionné un bouquet de magnolias en soie. Et quand Reggie avait goûté l'onctueux porc aux feuilles de moutarde marinées offertes par Louis Deng, Suling avait éclaté de rire devant son expression extasiée.

Conquise par le plat délicieux, Reggie lui avait demandé de lui apprendre la cuisine chinoise. Elle savait maintenant mitonner quelques recettes simples.

— Tu n'es pas encore Amah Chung, la taquinait Suling. Mais c'est agréable de rentrer et de manger des crevettes sautées aux petits pois. Bien que tu ne sois pas assez généreuse avec le gingembre.

— Je sais que San Francisco te manque, lui avait répondu son amie. Alors, si je n'arrive pas à peindre, autant que je cuisine pour toi. Avec suffisamment d'entraînement, je pourrai peut-être ouvrir un restaurant chinois à Paris.

Même si c'était une plaisanterie, Suling avait senti son cœur se briser à ces paroles. Sans son art, Reggie dérivait. Et sa compagne craignait souvent que le contraste entre leurs trajectoires professionnelles finisse par la déprimer.

Maintenant qu'elle était brodeuse principale chez Callot Sœurs, Paul Poiret essayait de la débaucher. Les modèles du couturier se caractérisaient par de simples drapés en tissu somptueusement brodés. Il affirmait tirer son inspiration de l'Orient. Il l'avait même invitée à son bal costumé, convaincu qu'elle ne pourrait résister à ses motifs orientaux et finirait par accepter son offre de la nommer responsable de l'atelier de broderie de la maison Poiret.

— Ce qu'il appelle « oriental » est arabe ou perse, avait expliqué Suling à Reggie, après avoir visité la maison de couture de Poiret. Des sarouels. J'ai même vu quelques manteaux coupés dans le style des kimonos japonais.

— Il propose plus d'argent que Callot Sœurs, avait fait remarquer Reggie. N'es-tu pas un peu tentée ?

— Nous avons assez pour vivre, non ?

Sa compagne avait fait un signe d'assentiment. Le salaire de Suling suffisait amplement à couvrir leurs modestes besoins.

— Les sœurs Callot ont été très bonnes pour moi. Si elles ne m'avaient pas donné ma chance, Poiret ne connaîtrait même pas mon existence.

Reggie l'avait attirée dans une violente étreinte.

— Je suis tellement fière de toi, *bao bei*. Tu as pris des risques pour réaliser ton rêve, et tu y es arrivée.

— Uniquement parce que tu es venue avec moi, avait répondu Suling en lui rendant son étreinte.

Elle ne lui avait rien dit de l'inquiétude qui la rongeait. Elle avait espéré qu'avec le temps, elles pourraient être fières l'une de l'autre. Hélas, Reggie luttait toujours pour oublier les atrocités que Thornton lui avait fait subir. Et, en dépit de la compagnie d'autres artistes, des incroyables richesses culturelles de Paris, elle n'avait mené à bien aucun projet sérieux. En réalité, Suling ne vivait que pour le jour où son amie reprendrait ses pinceaux et recommencerait à peindre, à peindre vraiment. Ce jour lui avait paru imminent.

Jusqu'à l'arrivée du télégramme d'Alice.

À partir de ce jour, Reggie avait commencé à boire. Elle était généralement très raisonnable. Pourtant, dans les semaines qui avaient suivi le premier message de la botaniste, elle s'était mise à acheter plus de vin.

Elle se versait de plus en plus souvent un deuxième verre.

— Quoi ? avait-elle lancé, devant l'expression de sa compagne. On ne peut même pas boire sous son propre toit ?

— C'est la troisième fois, cette semaine, Reggie, avait dit Suling. Ça ne te ressemble pas.

— Oh, ça me ressemble tout à fait ! avait-elle répondu d'un ton agressif. Ou ce serait le cas si je ne me pliais pas à tes inquiétudes absurdes. Franchement, Suling ! Tous ceux qui boivent ne sont pas alcooliques.

Aussi surprise que blessée par l'hostilité de sa réponse, Suling s'était rétractée.

Tout changerait-il pour Reggie une fois que Thornton serait derrière les barreaux ? Elle l'espérait.

— Je voudrais assassiner ce salaud de Thornton. Van Doren. Quel que soit son nom, était en train de rager Reggie en ouvrant la porte de leur appartement.

Elle suspendit son manteau et son foulard rouge et passa une main dans ses boucles.

— Il faut absolument que quelqu'un avertisse sa fiancée viennoise. Il faut qu'elle sache quel genre d'homme elle est sur le point d'épouser !

— Une fois que Clarkson l'aura arrêté, sa fiancée n'entendra plus parler de lui, répondit Suling. Nous, ne bougeons pas. C'est le travail de Clarkson de ramener Thornton à San Francisco pour le faire traduire en justice.

— Les hommes comme Thornton ne répondent jamais de leurs crimes devant la justice. Même s'il y a un procès, il paiera pour ne jamais être condamné. Il achètera les juges, soudoiera les témoins.

Suling rangea son manteau.

— Soudoyer les témoins ? C'est tout simplement impossible. C'est nous qui sommes les témoins. Toi, moi, Gemma et Alice. Il ne peut pas nous soudoyer. Il aura le procès qu'il mérite.

En entendant les ressorts du matelas grincer derrière le paravent, Suling comprit que Reggie s'était jetée sur le lit. Tous ses démons étaient liés à Thornton. Il les avait toutes fait souffrir, mais Reggie avait été la plus touchée. Elle l'avait vu assassiner le détective de l'*Agence Pinkerton*, l'avait regardé abattre Madame Ning de sang-froid. Il les avait quasiment fait brûler vives. Pire que tout, elle s'était réveillée internée, sans le moindre espoir de fuite, enfermée dans une cellule pour le restant de ses jours, les sœurs ignorant ses cris de protestation car elles la prenaient pour une démente.

Suling s'arrêta à côté de la petite table sur laquelle était posée leur reine de la nuit. Une tige unique, couverte de bourgeons, penchait vers le pot de faïence. Demain, elle la montrerait à Alice. La botaniste pourrait peut-être prédire le jour de leur floraison. Consciente que Reggie avait besoin de se retrouver seule un moment, elle décida de ressortir.

— Je descends à l'épicerie, mon amour, dit-elle en renfilant son manteau. Nous n'avons plus d'œufs.

Le silence lui répondit. Étouffant un soupir, elle quitta l'appartement et descendit à l'épicerie du coin, où elle acheta six œufs et une livre de haricots verts. Elle fut retenue un moment par l'épicière et ses filles, qui s'extasièrent sur son manteau bleu turquoise, examinèrent sa coupe, son montage. À Paris, la mode était toujours au premier plan. Sa situation chez Callot Sœurs lui conférait un certain prestige dans le quartier.

En rentrant à l'appartement, elle trouva Reggie assise sous la verrière, un bloc de papier à dessin sur les genoux, un fusain à la main. Un verre de vin était posé sur la table, à proximité. Si Thornton était mis hors d'état de nuire, pourrait-elle enfin achever un tableau ? Suling savait à quel point Reggie aspirait à peindre la beauté qu'elle recélait au plus profond de son âme. Le seul moyen pour elle de panser ses plaies était de recommencer à créer. Certes, elle ne se berçait pas d'illusions : la Reggie qu'elle avait connue à San Francisco avait disparu. Mais tout ce qu'elle voulait, c'était qu'elles retrouvent toutes les deux le goût du bonheur.

Pour le moment, elle n'avait d'autre choix que de feindre que tout allait bien. Ce n'était pas la meilleure option, mais elle ne savait quelle autre stratégie adopter. Tout en rangeant les œufs dans le cellier, elle lança de sa voix la plus enjouée :

— Alice n'a pas du tout changé, je trouve. Elle dépenserait toute sa fortune pour récolter un échantillon de plante inconnue, mais jamais un centime pour sa garde-robe. J'aimerais qu'elle vienne commander quelques vêtements chez Callot Sœurs. Juste quelques pièces de base, essentielles.

N'obtenant pas de réponse, elle poursuivit :

— Gemma a l'air en forme, elle aussi. Visiblement, elle est aussi comblée par son mariage que par sa carrière.

Levant enfin la tête, Reggie lui demanda :

— N'as-tu pas reçu une invitation pour ce bal costumé, près de Versailles ?

— Si. Et je me félicite d'avoir décidé de ne pas y assister.

Elle jeta un coup d'œil au carton épinglé sur le panneau de liège, à côté des croquis de robes aux broderies recherchées. Une robe du matin créée pour Hortense Acton, une toilette d'après-midi pour Rita Lydig, une étole de soirée pour Nancy Cunard. L'invitation de Paul Poiret y était accrochée comme un trophée, un symbole de la fulgurante progression de sa carrière.

— Il paraît que Poiret veut que chacun de ses invités soit costumé, reprit Suling, avec une gaieté un peu forcée. Il a donc fait faire des tenues qui seront prêtées à ceux qui arriveront dans des vêtements ordinaires. Des caftans et autres déguisements.

Reggie se leva et vint se placer derrière elle. Elle posa son menton sur son épaule et enlaça sa taille de ses longs bras.

— Je suis désolée pour ma mauvaise humeur, *bao bei*. Invitons-les tous. Nous pourrons faire la connaissance du mari de Gemma. Et je présenterai des excuses pour avoir quitté le café si brusquement.

Heureuse que son amie se soit calmée, Suling se tourna vers elle et lui offrit ses lèvres pour un baiser.

— Nous pouvons inviter tout le *Moulin-Rouge* si c'est ce que tu souhaites.

— C'est savoir que Thornton a trouvé une nouvelle victime qui me rend furieuse. Qu'il peut s'en tirer comme ça, ajouta-t-elle en resserrant son étreinte. Sa fiancée n'a pas la moindre idée de l'homme qu'il est.

— Essaie de ne pas penser à lui, mon amour. Pensons à ce dîner avec nos amies.

Reggie garda sa bonne humeur toute la soirée, et pas une fois elle ne mentionna le nom de Thornton. Elle ne but pas une goutte de vin et prépara le dîner : une omelette au fromage et une salade. Quand, plus tard, elle repensa à leur soirée, Suling s'en voulut de ne pas avoir compris que son amie l'avait leurrée en endormant sa méfiance.

En effet, quand elle se réveilla le lendemain matin, Reggie avait disparu. Tout comme l'invitation au bal de Poiret.

Chapitre 31

— Bon, elles sont sur le point de craquer, annonça Gemma à son mari.

Elle défit les épingles de son grand chapeau noir et le jeta sur le lit.

— De quoi s'agit-il, *cariña* ? appela-t-il depuis son bureau, d'un air absent.

Il s'entraînait. Leur chambre d'hôtel ne comportait pas de piano, aussi jouait-il de mémoire sur le bureau à cylindre. À voir comme il transpirait sous sa chemise en lin, la vitesse vertigineuse à laquelle sa main droite tapait des triolets sur le bord du bureau, Gemma devina qu'il jouait *Erlkönig* de Schubert. L'automne prochain, elle donnait un récital de *Lieder* à Manaus. Elle aimait choisir un répertoire qui mettait le jeu de George en valeur autant que sa propre voix. Un pianiste du talent de son mari méritait mieux que seulement dérouler des arpèges pour accompagner l'envol de la voix d'une soprano. Il plaqua les derniers accords et fit volte-face, repoussant d'une main ses cheveux bruns humides.

— Franz Schubert peut rôtir en enfer pour ses triolets *moto perpetuo*, plaisanta-t-il en l'attirant sur ses genoux. Et pourquoi dis-tu cela de tes amies ?

— Alice ne peut pas se résoudre à rentrer à San Francisco pour retrouver son ancien département de botanique. Reggie ne peint plus. Quant à Suling, en dépit de l'image de réussite qu'elle projette, de son élégance, je la sens un peu perdue. Ou bien c'est moi qui me fais des idées, finit-elle dans un soupir.

— Vous avez toutes survécu à un enfer. Tu dois leur laisser le temps.

— Nous avons eu cinq ans. Pourquoi sont-elles encore tellement…

Elle blottit sa tête au creux de son cou, cherchant le mot exact.

— Figées dans le passé ?

L'image de Henry Thornton s'imposa à sa mémoire. Même elle devait admettre que leur bourreau la hantait toujours, que chacune d'entre elles était prisonnière de son propre cauchemar, comme des insectes piégés dans l'ambre.

Nous n'aurions pas dû nous quitter à San Francisco. Nous aurions dû nous serrer les coudes.

George lui caressa les cheveux.

— La prochaine fois que vous vous réunirez toutes les quatre, laisse-moi t'accompagner.

J'avais besoin de prouver que je pouvais y arriver seule, répondit-elle silencieusement. Elle ne pouvait pas le lui dire. George était en adoration devant elle. Il n'était que trop heureux d'être son pilier. Il lui avait apporté un soutien infaillible, constant : il l'avait aidée à se remettre du traumatisme de l'incendie de la maison octogonale, à reconstruire sa carrière, à lutter pour maintenir l'équilibre entre son travail et ses migraines. Néanmoins, elle prendrait une très mauvaise décision en continuant à s'appuyer sur lui, à se laisser porter comme le piano portait sa voix lors de toutes les séances de vocalises, les répétitions, les récitals.

— Ce n'est pas vraiment ainsi que nous avions imaginé voir Paris, je suppose, reprit-elle sur un ton délibérément enjoué.

Ils louaient une petite chambre au deuxième étage d'une pension de famille de la Rive Gauche. Une trouvaille d'Alice, qui était logée dans la chambre du coin, deux portes plus loin. Gemma était contente d'être descendue dans un endroit que Thornton (ou Van Doren, quel que soit le nom qu'il utilisait aujourd'hui) n'aurait jamais l'idée de fouler de ses chaussures de luxe.

— L'année prochaine, quand tu seras de retour pour chanter Marguerite dans *Faust*, nous descendrons au *Ritz* et, tous les jours, nous boirons du champagne.

— Tu sais bien que je ne peux pas prendre ce rôle, George.

Elle glissa de ses genoux et vint se placer derrière lui. Puis, en experte, elle enfonça ses pouces dans les muscles de ses larges épaules. Il était toujours noué après avoir joué trop longtemps. Tout particulièrement Schubert et ces triolets *moto perpetuo*.

— Tu pourrais chanter Marguerite en dormant.

— Ce n'est pas ce que je veux dire, et tu le sais. Il est de notoriété publique que la direction de l'Opéra de Paris est impitoyable avec ses chanteurs. Si j'ai une migraine pendant une série de représentations de *Faust* et que je ne peux pas continuer, ils mettront un terme à ma carrière.

— Tes migraines vont mieux. Le nouveau médicament…

— Composé à moitié de laudanum. Je n'aime pas en être dépendante.

Elle ne l'avait pas avoué à ses amies, mais ses migraines avaient empiré depuis les événements de San Francisco. Aujourd'hui, au café, elle avait présenté son meilleur profil, l'élégante diva dans la fleur de l'âge. Elle s'était bien gardée de leur dire : « Maintenant, je chante des bons rôles uniquement parce que j'ai un chef d'orchestre compréhensif, qui accepte volontiers de me faire remplacer par ma doublure pendant que je suis allongée dans une pièce obscure, un linge froid sur la tête. » Et ses amies n'avaient pas eu l'idée de lui demander si elle chantait ailleurs parce que, dans ses lettres, elle avait toujours décrit le Teatro *Colón* en termes élogieux, comme l'un des meilleurs opéras au monde. Pour elles, elle n'avait donc aucune raison d'accepter des rôles dans d'autres troupes. Pourtant, elle commençait à recevoir des propositions. Que seule la peur la poussait à refuser : elle ne voulait pas prendre le risque de chanter à l'Opéra de Paris ou au Staatsoper. Depuis San Francisco, elle avait trouvé sa place, une place qu'elle était à peine capable de garder. Elle n'osait pas s'aventurer ailleurs. Certes, elle avait honte. Mais s'être fait quasiment brûler vive laissait des stigmates. Elle avait sa vie, ses amis, sa voix. Elle avait George. Si elle avait perdu un peu de son courage, c'était peut-être le prix à payer.

George poussa un grognement. De son pouce, elle massait un nœud particulièrement récalcitrant sous l'omoplate.

— Combien de temps allons-nous encore rester à Paris, à ton avis ? demanda-t-il.

— Quelques semaines, peut-être ? Nous en saurons plus à l'arrivée de Clarkson. Son bateau accoste au Havre demain, en fin de matinée. Penses-tu que tu pourrais…

— Oui, j'irai l'accueillir quand il débarquera. Je serais surpris qu'il parle un mot de français. Ensuite, je vous l'amènerai, mesdames, et vous pourrez vous en donner à cœur joie, intriguer et comploter avec lui…

Il pencha la tête en arrière et attira la sienne pour un baiser, puis un autre.

— Je sens une migraine arriver, murmura-t-elle contre sa bouche.

Les tout premiers symptômes : la légère raideur des muscles de sa nuque annonçant le battement à ses tempes, le besoin de bâiller alors qu'elle n'était pas fatiguée le moins du monde.

— Une rapide ?

Il connaissait leurs différentes formes aussi bien qu'elle : celles qui grondaient comme un train de marchandises. Les plus lentes, celles qui s'infiltraient plus en profondeur et semblaient ne jamais devoir finir.

— J'ai l'impression qu'elle prend son temps. Donc…

Elle lui retira sa chemise froissée. De ses doigts habiles, il défit les boutons de son tailleur noir et blanc, dénoua les lacets de son corset, ses jarretières. Ses mains de virtuose savaient la faire vibrer de toutes les fibres de son corps, lui insuffler un rythme rapide ou langoureux, la faire voguer sur une lente vague de volupté, jusqu'à son dernier cri d'extase. Languide, apaisant, leur après-midi s'écoula comme s'écoule la cascade de perles d'une nocturne de Chopin. Comme si, de ses seules mains, il pouvait chasser le mal qui lui vrillait le crâne. Et quand, au crépuscule, la migraine atteignit son summum, les rideaux étaient tirés, les compresses froides prêtes, tout comme la quantité minutieusement dosée de laudanum qui pouvait atténuer les plus violentes attaques. Recroquevillée en boule sur le lit, elle rageait. *Je déteste ces migraines, je les déteste, je les déteste.* Pourquoi Henry Thornton et sa tentative d'assassinat les avaient-ils accrues ? Quel était le rapport entre cet homme et cette douleur qui pouvait la terrasser à tout moment ? Elle avait tourné la page. Elle avait survécu, était même parvenue à prospérer. Alors pourquoi n'arrivait-elle pas à dominer ce mal ?

Tout en lui frottant délicatement le crâne, George essayait de la distraire en lui murmurant de douces paroles.

— Si tout va bien, nous serons rentrés à Buenos Aires à la fin du mois de juillet, à temps pour assister à la première de l'opéra de Puccini. Même si nous n'y voyons pas Caruso, comme à la première de New York.

—Caruso, répéta-t-elle, flottant dans une brume de souffrance. Je me demande si nous chanterons de nouveau ensemble un jour. Je persiste à penser que j'ai obtenu le rôle de la Reine de la Nuit au Teatro *Colón* grâce à son intervention.

—Qui sait ? Mais tout ce qui est arrivé après, tu ne le dois qu'à toi-même, *cariña*, affirma George.

—Peut-être.

Quoi qu'il en dise, elle avait eu beaucoup de chance. Beaucoup. Pourtant, tandis qu'elle était pelotonnée au creux du lit, dans la chambre plongée dans la pénombre, sursautant au moindre bruit de tuyauterie, l'image d'Henry Thornton ne la quittait pas. Le temps de payer pour toute cette bonne fortune était-il venu pour elle ?

Aussi ne fut-elle pas vraiment surprise, au matin, d'entendre tambouriner à leur porte. Les yeux hagards, essoufflée d'avoir couru sans arrêt depuis leur appartement de Montmartre, Suling lui annonça que Reggie avait disparu.

Ensommeillée, Gemma cligna des yeux. George avait quitté Paris à la première heure pour aller accueillir Clarkson au Havre.

—Seigneur !

Elle se sentait encore fragile, comme toujours le lendemain d'une migraine.

Alice à côté d'elle, Suling expliqua, désespérée :

—Elle a volé mon invitation pour le bal de Poiret à côté de Versailles. Thornton y sera. Il ne faut pas qu'il la voie. Il ne faut surtout pas…

D'une main, Gemma rassembla ses cheveux, qui avaient retrouvé leur longueur d'avant l'incendie. Elle prit une profonde inspiration, essaya de refouler sa peur, puis, une main sur l'épaule de Suling, l'autre sur celle d'Alice, elle demanda :

— Comment pouvons-nous aller là-bas ?

Chapitre 32

— Trois billets en direction de Versailles, dit Alice.

Elle parlait français couramment, avec un accent clairement américain.

C'était à la gare Montparnasse que, vraisemblablement, Reggie avait pris le train pour la ville royale. Ses trois amies avaient inspecté les quais et les toilettes publiques dans l'espoir qu'elle y serait encore. Puis un porteur avait affirmé à Gemma que, une heure plus tôt, il avait vu sur le quai une jeune femme de haute taille, brune, un foulard rouge noué sur ses cheveux bouclés. Quand elle lui avait demandé si elle s'apprêtait à prendre le bon train, il avait reconnu son accent américain. Et, en effet, l'Américaine avait pris la direction de Versailles.

Leur wagon était plein à craquer. Serrées sur la même banquette, elles partageaient la voiture avec des familles chargées de paniers de pique-nique et des couples habillés pour un après-midi de promenade champêtre. Silencieux, un vieil homme et sa femme regardaient le paysage défiler derrière la vitre. À voir l'expression de leurs visages, ils étaient manifestement soulagés de quitter Paris. Suling avait déjà fait ce voyage avec Reggie pour aller visiter le palais et ses jardins. Elle en gardait le souvenir d'une journée de pur bonheur. Mais, aujourd'hui, elle redoutait ce qui les attendait.

Le train fonçait à travers la banlieue de Paris. Les maisons et les jardins faisaient place à des champs, à des cultures, à des routes de campagne bordées de peupliers. Tout le long du trajet, elle se fit violence pour ne pas imaginer le pire. Elle refusait de se mordiller les ongles, de pleurer. L'air fascinée, Alice regardait à l'extérieur. Placide, Gemma paraissait parfaitement calme. Pourtant, le mouchoir qu'elle tordait entre ses mains trahissait sa nervosité.

Suling, quant à elle, agrippait de ses deux mains le sac contenant la robe de dragon. Juste avant de se ruer hors de l'appartement, elle avait eu une idée. La robe bleue lui avait ouvert les portes de Callot Sœurs. C'était son porte-bonheur. Elle pourrait lui permettre de s'introduire dans le bal sans invitation. Elle avait besoin de la robe. Et d'une bonne dose d'audace.

— Il n'y a que dix minutes de marche entre la gare et le château, annonça Alice, qui lisait maintenant son guide.

Bien entendu, la botaniste n'avait pas oublié de se munir d'un guide.

— Malheureusement, la distance jusqu'au pavillon du Butard est beaucoup plus longue. Il se trouve en dehors du parc. C'est un ancien pavillon de chasse royal.

Un pavillon de chasse rendu célèbre par Paul Poiret, qui l'avait loué et fait rénover pour ses célèbres fêtes. Des fêtes d'un tel faste que toute la haute société parisienne se battait pour y assister.

— Je ramperai tout le long du chemin, s'il le faut, déclara Gemma.

La voix rauque de Reggie, vibrante de haine revint en mémoire de Suling : « Je veux tuer cet homme. » Elles devaient à tout prix l'en empêcher. Leur amie courait à sa perte.

En descendant du train, elles comprirent pourquoi leur voiture était bondée. Six wagons arboraient le panneau

« Réservé pour un groupe privé ». Leurs passagers en descendirent sous les regards médusés des autres voyageurs. Des musiciens aux cheveux brillantinés, chargés des étuis de leurs instruments et de sacs de vêtements, en émergèrent. Leurs propres instruments sous le bras, un groupe de femmes aux yeux noirs et à la peau mate sortirent d'une autre voiture. Elles portaient d'élégantes tuniques blanches, des ceintures et des turbans rouges. Un deuxième groupe de femmes, toutes coiffées de carrés courts, paradaient sur le quai, sans cesser de houspiller les porteurs en anglais. Ne comprenant pas un mot, ils les suivaient en traînant leurs malles, parfaitement indifférents à leurs invectives.

— Bon sang, ils viennent du Queens ! fit remarquer Gemma. Ce sont les artistes et l'orchestre des spectacles du bal. Voyons un peu quel est leur moyen de transport pour se rendre au pavillon du Butard.

Devant la gare attendait une longue file de chars à bancs, attelés de chevaux. Tous affichaient le même panneau : « Réservé pour un groupe privé ». Le groupe des femmes bruyantes grimpa dans l'un d'eux.

— Ne perdons pas de temps ! lança Alice.

Elles s'avancèrent d'un pas rapide vers le plus proche des véhicules. Le cocher les arrêta d'un air soupçonneux.

— C'est une soirée privée. Vous avez des invitations ?

Suling ouvrit son sac en tapisserie pour lui faire entrevoir la robe de dragon et ses riches broderies.

— Non. Mais je dois aller au pavillon. Ma patronne, la duchesse de Clermont-Tonnerre, a oublié une partie de son costume.

En prévision du bal costumé, la duchesse avait commandé sa robe chez Callot Sœurs. Or, Suling était prête à parier que le personnel de la réception de Paul Poiret connaissait la liste des invités. Tout au moins, des plus éminents.

Il hocha la tête et lui fit signe de monter. Elle s'installa à côté des femmes à la peau sombre, qui s'écartèrent silencieusement pour lui faire de la place.

Avec son sourire le plus éblouissant, Gemma expliqua à ton tour :

— J'ai été engagée pour chanter pendant la soirée.

Le cocher parut dubitatif. Sans prendre la peine de s'éclaircir la voix, elle entonna les premières vocalises de « L'Air des clochettes » de *Lakmé* de sa voix puissante, saisissante, les notes jaillissant aisément. Après avoir, à son tour, reçu le feu vert du conducteur, elle s'assit à côté de la jeune Chinoise.

D'autorité, Alice grimpa elle aussi dans la voiture et s'installa en face de ses amies. D'un geste, elle montra le char à bancs dans lequel les femmes du groupe bruyant se bousculaient avec des rires stridents.

— Je suis leur chaperon.

— Dans ce cas, pourquoi n'allez-vous pas avec elles ? s'étonna l'homme.

— Vous iriez, vous ? répliqua-t-elle, glaciale.

Sans répondre, il rejoignit son siège, fit claquer sa langue, et son attelage s'ébranla.

Les chevaux trottaient le long de la route, qui se prolongea en une allée privée, à travers des étendues boisées. Ils arrivèrent devant des grilles en fer forgé décorées de feuilles d'acanthe dorées. Le soleil déclinait derrière les hautes frondaisons qui entouraient le pavillon. Mais, au-delà du portail, sur la longue pelouse ovale, des tentes ouvertes sur les côtés étaient éclairées. Des torches s'alignaient le long des sentiers gravillonnés qui sinuaient entre les massifs. À l'extrémité de l'allée principale, ses portes et ses fenêtres illuminées par la lumière de milliers de bougies, le pavillon brillait de tous ses feux.

Les musiciens et les danseuses descendirent des chars à bancs et furent dirigés vers une immense tente. Des automobiles privées, aux carrosseries rutilantes, s'arrêtaient devant le perron de pierre sur lequel un homme et une femme, somptueusement vêtus de costumes tout droit sortis de *Schéhérazade*, accueillaient leurs invités : Paul et Denise Poiret. Des valets de pied en livrée vérifiaient les cartons avant de mener les invités aux maîtres de maison. Deux d'entre eux, à forte carrure, congédièrent un jeune couple en tenue de soirée et leur firent dévaler les marches sans ménagement.

Consternée, Alice murmura :

— Juste ciel ! Je suppose que nous devrions essayer l'entrée de service.

— Pour trouver Reggie, il faut que nous ayons officiellement accès à tout le pavillon, rétorqua Suling. Nous devons entrer en tant qu'invitées.

Avec soin, elle déplia la robe de dragon et l'enfila.

La robe était habituellement suspendue au fond de l'armoire de leur studio. Suling l'en sortait de temps à autre, en général pour l'exhiber devant des collègues, chez Callot Sœurs. Elle leur désignait les divers points et nœuds, leur décrivait les grandes cérémonies à l'occasion desquelles une impératrice consort s'en parait. Chaque fois qu'elle la portait, elle s'interrogeait sur sa première propriétaire, sur ses espoirs, ses peines, se demandait si, comme elle, elle avait aimé le somptueux vêtement. Combien de fois cette femme, disparue depuis longtemps, avait-t-elle revêtu la robe de dragon avant qu'elle soit volée dans le pillage du palais ?

Gemma l'aida à faire tomber les plis.

— Elle vous va bien, la complimenta-t-elle. Je peux porter la housse, si vous voulez. Une femme vêtue d'une telle robe ne porte pas ses sacs.

Suling la remercia d'un signe de tête et prit une profonde inspiration.

— Allons-y !

Dans sa robe de dragon, elle parvint à tromper la vigilance des domestiques. Mais quand elle vit les deux valets à forte carrure s'avancer vers elle, elle appela du bas des marches :

— Monsieur Poiret !

Paul Poiret poussa un cri de ravissement. Les mains tendues vers elle, il se précipita au bas du perron.

— Mademoiselle Feng. *Ma chère* Suling ! Quelle robe spectaculaire ! Elle éclipse toutes les autres. Voilà pourquoi, ma très chère, je tiens tellement à vous voir diriger mon atelier de broderie.

— Monsieur Poiret, je vous présente mes amies. La soprano Gemma Serrano, coqueluche du Teatro *Colón* à Buenos Aires. Et voici Alice Eastwood, de San Francisco, la plus éminente botaniste d'Amérique, également conservatrice à l'Académie des sciences de Californie.

— Bienvenue ! Bienvenue ! s'exclama Paul Poiret. Toutes les amies de Suling Feng sont les bienvenues.

Les deux domestiques menaçants disparurent à l'arrière-plan.

— Hélas, voici une nouvelle automobile, reprit le couturier après leur avoir baisé la main. Mesdames, je dois saluer mes autres invités. Mais, je vous en prie, le boudoir se trouve à droite du vestibule. Choisissez les costumes et les robes qui vous plairont. Ma seule requête est que vous soyez déguisées. Et, mademoiselle Feng, j'espère bien vous voir dans mon bureau demain ou après-demain, afin que nous puissions nous entretenir des termes de votre contrat.

Après avoir pressé une dernière fois les mains de Suling, qui murmura une vague réponse affirmative, il se hâta vers le nouveau groupe d'arrivants. La brodeuse n'avait toutefois nulle intention de discuter les termes d'un contrat avec Poiret.

Une fois à l'intérieur du pavillon, elles entrèrent dans le salon indiqué. Sur les portants qui occupaient un mur entier s'alignaient des déguisements et des créations de Poiret. En face pendaient des vêtements de femmes, les robes du soir que les invitées avaient troquées pour des costumes du couturier. Plusieurs d'entre elles étaient affairées à se changer, assistées par des caméristes qui attendaient patiemment pour mettre les tenues dont elles se débarrassaient sur des portemanteaux.

— Je ne pense vraiment pas que ce pantalon soit mon genre, dit Alice en examinant, dubitative, un sarouel en lourd satin doré.

Elle finit par choisir un caftan noir et argent qu'elle passa sur sa jupe et son corsage de ville. Gemma échangea son tailleur de voyage contre un sarouel bleu turquoise et une veste à sequins et rassembla ses cheveux blonds sous un foulard également pailleté. Puis une femme de chambre leur tendit trois masques, le premier orné de pierres précieuses et de plumes pour Gemma, le second noir, bordé de perles dorées, pour Alice, et un loup de satin bleu pour Suling.

— Prêtes ? lança la botaniste. Allons-y !

Une ambiance aussi chaotique que festive régnait à l'intérieur du pavillon et dans les jardins. Des valets de pied circulaient, chargés de plateaux. Chaque niche était décorée de grands vases débordants de fleurs. Des cris d'oiseaux tropicaux au plumage bariolé, dont les cages étaient accrochées aux murs, couvraient la musique. Les jeunes femmes minces à la peau sombre s'étaient changées pour danser dans des tenues qui les faisaient ressembler à des léopards aux taches dorées, peintes à même leur peau. Chacune des tentes offrait une variété de musiques et de spectacles. Des danseuses du *Moulin-Rouge* dansaient le french cancan devant un public principalement masculin. Les bruyantes Américaines du Queens se révélaient être une troupe de jongleuses et d'acrobates. Dans leurs tuniques vaguement turques, les barmans, coiffés de tarbouches rouges, préparaient des cocktails d'où jaillissaient des flammes vertes et bleues, avant de les servir aux invités qui les applaudissaient.

Hélas, au bout d'une heure, après que chacune l'eut cherchée de son côté, faisant quatre fois le tour des lieux, Reggie restait toujours introuvable. Entre-temps, plusieurs baignoires en cuivre garnies de bouteilles de champagne sur leur lit de glace avaient été vidées pour être remplies de nouveau. Suling balaya l'assistance du regard. Il y avait bien déjà trois cents personnes. Pourtant, d'autres automobiles continuaient à franchir le portail.

Quand elle retrouva Alice et Gemma, elle murmura, désespérée :

— Il devient de plus en plus difficile de chercher. Il fait nuit noire dans le parc, maintenant, et de nouveaux invités ne cessent d'affluer. Sans compter qu'ils sont presque tous masqués.

— Ne faudrait-il pas essayer de repérer Thornton ? suggéra Gemma. L'une de vous l'a-t-elle vu ? Si Reggie le trouve la première…

Alice poussa un soupir résigné.

— Espérons que nous n'en arriverons pas là. Mais vous avez raison, il faut le chercher, lui aussi.

— Et si Reggie le guettait ? s'inquiéta Gemma. Si elle avait trouvé une cachette d'où observer les nouveaux arrivants ? Ne font-ils pas tous halte sur le perron pour saluer les Poiret ?

Suling réagit au quart de tour.

— Je vais me poster à l'entrée du pavillon, annonça-t-elle. Vous deux pouvez peut-être surveiller d'un peu plus loin, de deux endroits stratégiques ?

Quand elle se mit en place, trois automobiles rutilantes remontaient l'allée. Elles s'arrêtèrent devant le perron et les chauffeurs en descendirent d'un bond pour ouvrir les portières. Ce n'était pas une arrivée, c'était une entrée en fanfare. À l'ombre d'un cyprès, Suling enfonça ses ongles dans la paume de sa main. Une haute silhouette venait d'émerger de la première automobile. Thornton, désormais Van Doren, se pencha vers l'habitacle, une main tendue. Une jeune femme apparut : Cecilia Arenburg von Loxon portait une robe abat-jour de Poiret, d'un bleu profond, irisé. Des sandales dorées brillaient à ses pieds. Ses cheveux d'un blond argenté, nattés, étaient artistiquement disposés en boucles sur sa nuque. Un homme plus âgé la suivait ; mince, imposant, le crâne couronné d'une crinière grise, il était en frac. Il n'était pas du genre à daigner porter un déguisement, ni même un masque pour dissimuler ses balafres de duel. C'était le père de la fiancée, le baron. Deux hommes plus jeunes, vêtus de costumes d'Arabes, descendirent du véhicule suivant et montèrent les marches sur les pas du baron.

Tandis que les deux autres véhicules déversaient leurs invités, Thornton demanda à un valet de sortir une boîte de la malle de sa voiture. À voir sa taille et sa forme, Suling devina qu'elle contenait la couronne du phénix. Enfin, il monta l'escalier d'un pas lent. Quand, avec sa fiancée, ils saluèrent les Poiret, les invités des deux autres automobiles s'étaient dispersés. Thornton et sa fiancée avaient donc toute l'attention de leurs hôtes.

À deux pas derrière eux, l'un des valets en livrée portait la boîte avec mille précautions. D'un geste, Poiret signifia son impatience de l'ouvrir pour en révéler le contenu. Laissant

Denise Poiret prendre Cecilia par le bras pour la guider vers l'intérieur, le couturier et Thornton pénétrèrent ensemble dans le pavillon. Soudain, Suling se figea. Un homme mince grimpait prestement les marches à leur suite.

Ce n'était pas un homme. C'était Reggie.

Elle portait un long caftan rouge et un gilet de brocart vert sur un pantalon large. Néanmoins, Suling reconnut la démarche souple, désinvolte, les boucles brunes qui s'échappaient d'un foulard imprimé dont elle s'était coiffée comme d'un chèche. Elle se garda bien de l'appeler. Il ne fallait surtout pas signaler leur présence à Thornton. Rapide comme l'éclair, elle traversa la pelouse, gravit les marches du perron à son tour. Le plus grand désordre régnait dans le vestibule et la salle de bal : le bruit était assourdissant, les invités de plus en plus ivres, l'air de plus en plus irrespirable, envahi par l'épaisse fumée des cigarettes. Le caftan rouge se fondit dans une bande de joyeux lurons qui criaient des encouragements à l'un d'entre eux, un homme en costume turc qui avait rejoint la file des danseuses de cancan. Suling se glissa derrière un autre groupe.

Une salve d'applaudissements s'éleva de l'entourage de Thornton. Elle ne s'adressait pas aux danseurs. Denise Poiret venait de sortir du boudoir en compagnie de Cecilia, dont le cou de cygne semblait trop fragile pour supporter le poids de la couronne du phénix. Les rangs de perles frôlaient ses épaules et le bleu iridescent de sa robe était presque le même que celui des plumes de martin-pêcheur. Avec un sourire de triomphe, Thornton regardait Paul Poiret qui, le regard brillant de convoitise, semblait incapable de retenir ses cris d'admiration.

Cecilia porta une longue main fine à la couronne. Elle s'adressa à son fiancé, qui lui sourit avec bienveillance, puis regarda son père, qui l'encouragea d'un signe. Elle posa alors une question à Denise Poiret, qui pointa son index vers l'escalier. Le salon des dames. C'était l'endroit où Suling avait commencé ses recherches.

Les deux jeunes hommes en costume arabe s'avancèrent vers le bord de la piste de danse avec le père de Cecilia. En dépit de leur accoutrement, leur démarche militaire tout comme leur déférence envers le baron étaient évidentes. Peut-être était-il leur officier supérieur ? Thornton et sa suite s'étaient dirigés vers la porte-fenêtre ouverte, à la suite de la file des danseuses qui sortaient dans le parc en dansant le cancan. Essayant de passer inaperçue, Suling se réfugia sous la cage de deux aras écarlates.

Soudain, elle fut prise de panique. Le caftan rouge avait disparu.

Elle fit volte-face juste à temps pour voir Reggie disparaître dans le salon des dames, à l'étage. Qu'est-ce qui pouvait bien la pousser à s'éloigner de Thornton ? Après avoir tant bien que mal fendu la foule, elle prit l'escalier pour la suivre. Elle reconnut la voix familière qui filtrait par la porte entrebâillée du salon. Sans trahir le moindre signe de colère, Reggie s'exprimait avec douceur et patience. Une autre voix, stridente, indignée, lui faisait écho.

Elle était sur le point de pousser la porte quand elle s'ouvrit à la volée.

— *Nein, nein, das kann nicht wahr sein*[1] ! cria Cecilia Arenburg von Loxon.

Et, sans laisser à Suling le temps de réagir, la frêle jeune femme blonde dévala l'escalier dans un cliquetis de talons.

Effondrée sur une méridienne du salon, Reggie semblait résignée.

1. *Non, non, ce ne peut pas être vrai !* (NdT)

Chapitre 33

Suivant la robe de dragon bleue, Gemma et Alice étaient parvenues à fendre la foule qui encombrait l'escalier. Et trouvèrent Reggie, dans son caftan rouge, écroulée sur une méridienne du salon des dames. Debout devant elle, Suling fulminait :

— Quelle mouche t'a piquée ? Qu'es-tu allée raconter à cette Viennoise ? Pourquoi… ?

— Je… Je voulais juste la mettre en garde. L'avertir que l'homme qu'elle veut épouser est un assassin. Je ne voulais pas…

Gemma la regarda. Elle paraissait si frêle. Terrifiée. Comme si, toujours prisonnière des flammes orangées, elle luttait encore pour s'échapper de la maison octogonale.

Une femme portant un kimono et cinq rangs de perles entra d'un pas mal assuré, en riant aux éclats. Elle était accompagnée d'une des danseuses de cancan. Alice fit volte-face et la foudroya du regard. Avec un glapissement, l'intruse battit en retraite. Gemma claqua la porte du salon et la ferma à clé. Sursautant, Reggie leva les yeux. Et parut enfin remarquer la présence de ses autres amies.

— Cette Cecilia va prévenir Thornton, explosa Gemma. Il a essayé de nous assassiner et maintenant il sait que nous sommes vivantes.

— Je ne lui ai pas donné nos noms.

— Ça ne l'empêchera pas de faire le rapprochement quand elle te décrira ! Où avais-tu la tête ?

Reggie semblait vouloir rentrer sous terre.

— Je voulais la sauver. J'ai essayé de te sauver, Sal… à San Francisco. J'ai essayé. Mais tu n'en as pas eu besoin. C'est même toi qui nous as toutes sauvées. Et Suling m'a arrachée à l'asile. Mais moi, je n'ai jamais aidé… personne. Alors j'ai voulu…

Elle s'interrompit, puis releva le menton. Des larmes brillaient dans ses yeux.

— Vous êtes toutes si déterminées à faire payer Thornton que vous êtes prêtes à ignorer cette femme. Sa fiancée. Eh bien, je ne peux pas. Elle compte aussi.

— Et tu n'as fait que la mettre en danger, rétorqua Suling sans prendre de gants. À San Francisco, Thornton était prêt à tout pour camoufler ses crimes. Que lui fera-t-il s'il sait…

Haussant la voix, Reggie protesta :

— Mais elle n'est pas comme nous. Son père est un homme puissant. J'espérais simplement éveiller sa méfiance pour lui faire rompre ses fiançailles.

— Mesdames…

Dans son caftan noir et or, Alice les toisait d'un regard furieux.

Le bruit de la réception, au rez-de-chaussée, filtrait sous la porte. On entendait les rires aigus des invités, les cithares et les pipeaux jouant ce que les musiciens avaient probablement présenté à M. Poiret comme de l'« authentique musique orientale de harem ».

— Ce qui est fait est fait, déclara la botaniste. Au moins, M. Thornton n'a encore vu aucune de nous quatre. Je suggère donc de continuer de la même façon. Remettez vos masques et sortons d'ici.

Elles se précipitèrent hors du salon et passèrent devant un socle doré sur lequel un ibis rose et un ara écarlate, en colère, tiraient sur les chaînes attachées à leurs pattes, et descendirent l'escalier encombré sur les pas de la silhouette noir et or d'Alice. Au moins, dans ce sarouel, elle était plus libre de ses mouvements, se dit Gemma tandis qu'elles se faufilaient dans la foule rassemblée autour d'une trapéziste qui tournoyait langoureusement en l'air à travers un cerceau enrubanné. Soudain, elle trébucha. La botaniste venait de s'arrêter net.

De l'autre côté de la piste sur laquelle virevoltaient les danseurs, le bleu hypnotique des plumes de martin-pêcheur de la couronne étincelait. Dans son habit, un cigare à la main, Thornton, Van Doren, se détourna d'un groupe d'hommes qui regardaient une équilibriste indienne se contorsionner. Sa seule concession au bal costumé était son masque noir. Néanmoins, il était parfaitement reconnaissable. Il se pencha vers celle qui portait la tiare.

N'ayant pas assisté à son arrivée avec sa fiancée, Gemma ne l'avait jamais revu depuis le jour où il les avait abandonnées aux flammes, dans la grande serre de la maison octogonale. « Je suis désolé. » Elle entendait aussi clairement sa voix que s'il avait été en train de lui chuchoter à l'oreille, le feu rugissant aux portes de la serre, alors que, hurlant, elle cognait la vitre de ses poings. « Je suis désolé, Gemma. »

Sa blonde fiancée le tirait par la manche, les fils de perles de sa couronne oscillant dangereusement. Avec un sourire, Thornton recouvrit sa main de la sienne, mais elle la retira vivement en lui disant quelque chose que Gemma n'entendit pas. Une ombre de contrariété passant sur son visage, il jeta un coup d'œil vers ses amis, qui lui lançaient des regards curieux… Montrant l'escalier d'un geste, la jeune Viennoise lui posait une question.

Ce fut alors que Thornton leva les yeux.

Gemma et Alice étaient cachées derrière la trapéziste. Les cheveux de Reggie dissimulés par son chèche, son visage par son masque, il la survola du regard sans montrer la moindre réaction. Toujours vêtue de la somptueuse robe de dragon, masquée de son loup, Suling se tenait encore sur la dernière marche. Le remarquable vêtement à la soie scintillante était unique, reconnaissable entre mille. Gemma vit les yeux de Thornton s'immobiliser sur la robe et la regarder fixement.

En un instant, Suling disparut derrière un groupe de femmes qui faisaient tinter leurs coupes de cristal remplies d'une liqueur jaune citron, avec des cris de joie. Abasourdi, livide, il la cherchait des yeux. Attrapant Reggie par le poignet, Gemma l'obligea à se baisser.

Une nouvelle fois, Thornton balaya frénétiquement la pièce du regard. Sa fiancée, coiffée de la couronne volée, le tirait par la manche. Semblant soudain se décider, il la prit par le coude et l'entraîna à travers la foule, en direction du vestibule du pavillon et des jardins odorants. Gemma le vit enfoncer ses doigts dans la peau que découvrait le gant en dentelle, crut entendre la jeune femme pousser un cri. Puis le son s'évanouit dans la nuit.

Quand elles rejoignirent Suling, la jeune Chinoise était tremblante.

— Il m'a vue, leur chuchota-t-elle. Il m'a vue.

Autour d'elles, la fête battait son plein.

— Il n'a vu que la robe, répliqua Alice. Nous pouvons encore sortir d'ici.

Gemma savait qu'elle disait vrai. Il leur suffisait de s'éclipser par les cuisines et de gagner la route. De rentrer à Paris pour retrouver George et Clarkson qui, maintenant, devait être arrivé du Havre avec son insigne, son mandat d'arrêt, son bouclier juridique.

Muette, Reggie scrutait le parc dans lequel Thornton avait entraîné sa fiancée. Cette jeune fille de dix-huit aux yeux de biche.

— Je n'aime pas la façon dont il la traînait, finit-elle par dire.

Et je n'aime pas avoir peur, songea Gemma. Cela faisait cinq ans qu'elle avait peur. Qu'elle avait peur de cet homme dont l'ombre planait au-dessus d'elle. Et maintenant, il était ici.

Soudain, Suling déclara :

— Je suis fatiguée. Fatiguée de vivre dans la peur.

— Moi aussi, acquiesça Gemma.

Elle s'élança pour descendre les marches du perron et fonça dans le parc. Toutes la suivirent.

Les jardins, embaumés par les parfums nocturnes de l'été, étaient maintenant envahis par des hommes en caftan, éméchés, qui buvaient et flirtaient au clair de lune avec des femmes en costume brodé de joyaux. Gemma traversa la pelouse obscure, Suling et Reggie sur ses pas. Elles longèrent une rangée de tentes en soie de Perse aux sols couverts de tapis orientaux. Passèrent entre une paire de torches sortant de gueules de dragons. Un décorateur avait dû les juger plus exotiques que de simples bougies.

De derrière un myrte en pot et un brasero rougeoyant encore des braises d'un avaleur de feu, la voix anxieuse de Cecilia Arenburg von Loxon s'éleva :

— Je ne comprends pas. Ce que racontait cette femme, je ne comprends pas du tout. Vous disiez n'être jamais allé à San Francisco !

— C'est la vérité, répondit-il, feignant l'amusement.

Mais, en percevant la pointe de tension dans sa voix, Gemma sentit ses cheveux se dresser sur sa tête.

— Ma chère, rejoignons les invités de l'autre côté de la fontaine. M. Poiret a promis que Régina Badet allait danser sur la pelouse. C'est la danseuse étoile du Grand Théâtre de Bordeaux.

— Je me moque bien de voir danser une ballerine ! Je veux que vous me répondiez ! Une maison octogonale à San Francisco. Votre dernière maîtresse ! Vous connaissez l'opinion de mon père sur les hommes qui fréquentent des femmes de petite vertu. Vous lui avez promis que vous n'aviez jamais...

— Qui vous a raconté ça, exactement, petite oie ? Ne soyez pas aussi crédule.

Avec un rire taquin, il retira son demi-masque d'un geste désinvolte et ses traits se figèrent. Sous ses yeux stupéfaits, des femmes, silencieuses, émergeaient de la pénombre pour se rassembler autour du brasero, dans la lumière des torches.

Ivre de rage, Gemma l'observait. Et quand le visage de Thornton se vida de toute couleur, elle fut submergée par un sentiment d'une indicible satisfaction.

Retirant son propre masque, elle le salua d'une voix posée :

— Bonsoir, Henry !

Une salve d'applaudissements s'éleva de la grande pelouse circulaire, devant le pavillon. Ignorant tout de ce qui se passait, la foule des invités costumés se rassemblait pour voir la grande danseuse de Bordeaux. Pendant ce temps, derrière le myrte en pot, dans un silence abasourdi, Thornton les regardait tour à tour : Suling dans sa robe de dragon, Reggie, hagarde, dans son caftan brodé et Gemma, dans le sarouel de Poiret.

Alice ? s'interrogea soudain Gemma. *Où est Alice ?* Inexplicablement, la botaniste avait disparu, les laissant seules face à leur ennemi. Tant pis. Elle n'avait pas le temps de s'en inquiéter.

Brisant le silence, la voix de Thornton s'éleva :

— Je n'ai pas la moindre idée de qui sont ces femmes.

Il parvint à feindre une stupéfaction polie, mais ses yeux incrédules continuaient à aller de l'une à l'autre. Trois femmes intactes, sans la moindre cicatrice, alors qu'elles auraient dû brûler vives. Elles firent un pas vers lui.

Malgré lui, il recula.

D'une voix faible, la jeune Viennoise demanda :

— William, pourquoi vous a-t-elle appelé Henry ?

— Je ne connais aucune d'entre elles, répéta-t-il d'un ton plus ferme. Que diriez-vous de rentrer, ma chère ? Votre père va vouloir vous ramener, maintenant que la soirée prend une tournure un peu endiablée.

— Vous aimiez les soirées endiablées, autrefois, l'interrompit Reggie. Vous rappelez-vous les soirées d'artistes auxquelles vous m'emmeniez quand je partageais votre lit ?

— Ou le bal de minuit, quand c'était moi qui le partageais, renchérit Gemma. À cette époque, c'était moi qui portais la couronne du phénix. Je suppose que vous vous êtes bien gardé de le raconter à votre fiancée.

D'une voix sourde, Suling finit :

— Ou quand vous nous avez toutes enfermées dans une maison en flammes, nous condamnant à mort, après avoir tiré de sang-froid sur une femme innocente.

— C'est absurde.

Il se composa une expression exaspérée, assez convaincante. Pourtant, il paraissait incapable d'avancer vers les trois femmes qui lui barraient le chemin. Gemma les sentait galvanisées par une même colère, plus ardente encore que les torches embrasées dans leurs supports en gueules de dragons.

— Nous devrions informer M. Poiret que nous avons des visiteuses indésirables, déclara-t-il alors.

Il fit un pas de côté et, de sa manche, effleura le fer brûlant du brasero rempli de charbon. Il ne pouvait pas s'être brûlé. Pourtant, il eut un geste de recul.

Il est terrifié par le feu. Gemma se souvint de sa réaction apeurée devant la crêpe flambée au *Palace Grill*. De sa façon de plier sa main brûlée. « C'est arrivé dans l'incendie du *Park Avenue Hotel*, à New York, en 1902. » Se gardant bien d'ajouter qu'il avait lui-même déclenché cet incendie qui avait fait tant de victimes, uniquement dans le but de se remplir les poches.

Elle se souvint de son visage terrifié, livide, lorsqu'il avait mis le feu à la maison octogonale.

Quand elle croisa le regard de Suling, elle sut qu'elles avaient eu la même idée.

Leste comme un chat, la Chinoise s'avança vers les supports des torches et en arracha une. D'un geste vif, Reggie attrapa la jeune Viennoise stupéfaite par le bras pour l'entraîner loin de Thornton, qui la tirait par l'autre bras pour l'emmener au pavillon. S'interposant, Gemma laissa enfin libre cours à la fureur qui l'étouffait. Elle posa ses deux mains sur son plastron de chemise et le poussa avec une telle force qu'il lâcha Cecilia. Une nouvelle poussée et il trébucha et tomba sur un genou. Quand elle leva les yeux, elle vit Suling, souriante, lui tendre le deuxième flambeau.

Lui rendant son sourire, Gemma le saisit.

D'un côté de la grande pelouse ovale, ornée de plates-bandes fleuries, une danseuse drapée de mousseline voletait et exécutait ses arabesques devant un public fasciné. De l'autre côté, un cercle d'invités écoutait attentivement un comédien français déclamer des extraits des *Mille et Une Nuits*. Et, devant une rangée de tentes en soie de Perse,

Henry Thornton se relevait péniblement, entre deux femmes qui, le regard impitoyable, le bras tendu, s'avançaient vers lui en brandissant des torches comme des sabres, l'obligeant à reculer vers le brasero incandescent.

D'une voix rauque, Gemma lui intima :

— Avouez à votre fiancée ce que vous avez fait.

— Immédiatement ! gronda Suling.

Tenant toujours le bras de la jeune Viennoise abasourdie, Reggie ajouta :

— Sinon, nous vous brûlerons comme vous avez essayé de nous brûler.

— Bon sang ! Que se passe-t-il ici ? s'exclama une voix masculine, horrifiée.

Distraite par l'accent inconnu, Gemma se demanda à qui elle appartenait. Mais elle ne pouvait se permettre de baisser sa garde, ne serait-ce qu'une seconde. Thornton, qui les regardait, comme hypnotisé, ne paraissait pas l'avoir entendue. Après avoir essayé de l'enjôler, en vain, il tenta d'amadouer Suling. Il jeta alors un coup d'œil à sa fiancée qui, pétrifiée, se tenait à coté de Reggie. Il tenta ensuite de bousculer Suling pour lui arracher sa torche. De son flambeau, Gemma le frappa jusqu'à ce que sa manchette prenne feu. Avec un cri, il retomba en arrière et étouffa les flammèches dans l'herbe.

— Espèces de garces ! hurla-t-il, presque suppliant.

— Parlez !

L'encourageant d'un petit coup de torche, Suling montra du menton sa future épouse, épouvantée.

— Elle ne vous croit pas encore. Parlez.

Dans sa robe de dragon brodée, ses yeux noirs flamboyant de fureur, Suling aurait pu être une impératrice du palais saccagé de Pékin, affrontant les envahisseurs et leurs torches.

À ceci près que c'était elle qui avançait, brandissant son flambeau.

Thornton passa la langue sur ses lèvres, les yeux braqués sur la flamme qui dansait.

— Je n'en avais pas l'intention, s'empressa-t-il de dire, les mains levées en signe de reddition. C'était un accident. Je ne voulais pas que vous me poursuiviez. Plus tard, j'ai envoyé quelqu'un pour vous libérer, vous faire sortir de la serre. Je n'avais pas l'intention de vous laisser brûler vives. Je ne suis pas un monstre.

— Et la femme que vous avez abattue sur votre seuil, c'était un accident ? lança Gemma en le menaçant à son tour. Racontez comment vous l'avez abattue de sang-froid.

Si Suling était une impératrice en furie, ce soir elle était la Reine de la Nuit, lançant des éclairs et de la glace.

Il essayait de s'éloigner du brasero.

— C'était juste une maquerelle chinoise. Une voleuse et une putain.

— Pa… pardon ? cria l'héritière viennoise.

Reggie la tenait fermement, aussi protectrice qu'une lionne. L'autre voix s'éleva de nouveau, grave, appelant dans une langue inconnue. Pourtant, Gemma refusait toujours de se retourner. Une seconde d'inattention et Thornton pouvait lui sauter dessus comme un chien enragé.

Mais il restait fasciné par les torches qui frôlaient son visage décomposé. Il avança sa main brûlée et se mit à parler à un débit précipité. Sans doute pensait-il pouvoir encore tout arranger, devina Gemma. Il devait s'imaginer qu'en échappant au feu, à ces femmes tout droit sorties de son passé, il pourrait tout expliquer à son héritière aux yeux de biche. Aussi, s'adressant tour à tour à Gemma, à Suling, à Reggie et à sa fiancée, il se répandit en explications. « Je n'en avais pas l'intention. » « Ce n'est pas vrai. » « J'avais une bonne raison. » Il continua à se justifier, encore et encore. Jusqu'à ce qu'un cri jaillissant de la gorge de Cecilia Arenburg von Loxon le réduise au silence.

— Assez ! s'écria-t-elle. Arrêtez, tous ! Arrêtez !

La couronne impériale chinoise scintillante glissa sur son front, lui obstruant la vue. D'un geste désespéré, elle l'arracha de sa tête et, titubant à l'aveuglette, la jeta dans le brasero.

Tout alla très vite. En un clin d'œil, elle partit en fumée. Comme le phénix dont elle portait le nom. Les fils d'or, les cordons reliant la multitude de perles, les plumes de martin-pêcheur étincelantes s'embrasèrent dans les flammes bleues, avides. Ahuries, elles la regardèrent se réduire en cendres. Et Gemma se souvint de la si belle ville de San Francisco qui s'était consumée presque aussi rapidement.

Thornton regardait s'envoler en fumée le trésor qu'il avait arraché à la maison octogonale en flammes. Une bâtisse dont les huit côtés ne lui avaient pas apporté autant de chance qu'il l'avait espéré. Et Gemma le vit perdre le contrôle. Comme il était étrange de constater que si ni les meurtres ni l'incendie n'étaient parvenus à l'émouvoir, une couronne détruite l'anéantissait.

D'un geste brusque, il frappa sa fiancée, qui tomba à terre.

— Espèce de sale garce !

— C'est assez ! rugit la voix grave derrière Gemma.

Un homme de haute taille, à la crinière grisonnante, son visage aristocratique portant une balafre de duel, se rua sur lui. Sur ses talons se dressait Alice Eastwood, ange de la vengeance au regard étincelant.

— Vous voyez, *Freiherr* ? lança-t-elle d'une voix tonitruante. Vous voyez comment cet homme traite votre fille ?

Mais déjà, l'auguste père de Cecilia, *Freiherr* August Friedrich Arenburg von Loxon, avait pris Henry Thornton à la gorge et s'était mis à le secouer comme un rat. À la seconde même, le ciel au-dessus d'eux s'illumina de la première fusée du somptueux feu d'artifice de M. Poiret, qui se déploya en une gerbe d'éblouissantes étincelles couleur rubis.

Reggie lâcha Cecilia qui, en pleurs, rejoignit son père. Après avoir reposé sa torche, elle se laissa tomber dans l'herbe humide. À son tour, Suling replaça la sienne dans son support et trébucha sur l'ourlet de sa robe. Alice la rattrapa.

— *Rosa Alba*, annonça la botaniste en admirant le feu d'artifice qui se déployait pour former des roses blanches, suivies d'une série d'explosions dorées, comme de flamboyants coquelicots de Californie. *Eschscholzia californica*… Je pense que les hommes vont arriver en trombe maintenant et prendre les choses en main. Êtes-vous d'accord pour les laisser prendre le relais ?

Quand, un peu plus tard, elles eurent repris leur souffle, Alice s'expliqua : « Nous avions besoin d'un témoin respectable. Les aveux, c'est très bien, mais il faut qu'ils soient entendus par les personnes adéquates. » Aussi, quand Suling et Gemma avaient acculé Thornton, forte de son bon sens, la botaniste s'était précipitée au pavillon pour trouver le baron, l'homme qui s'était battu en duel pour l'honneur impérial, l'ancien maréchal des armées de l'empire austro-hongrois. L'homme dont la parole ne serait pas dédaignée comme pourrait l'être celle d'une couturière chinoise, d'une artiste au chômage et d'une cantatrice à la morale douteuse.

— Alice, vous êtes un génie ! s'exclama Reggie, transportée d'admiration. Je veux vous peindre exactement comme vous étiez ! Auréolée par un flot de lumière, la main levée comme l'ange de la vengeance.

— D'abord l'arrestation. Ensuite les portraits.

Lorsque les gendarmes arrivèrent, Gemma leur déclara :

— M. Clarkson, de l'*Agence de Détectives Pinkerton*, devrait être à Paris. Il a beaucoup d'informations qui vous intéresseront.

Ainsi que l'avait prédit Alice, les hommes prenaient effectivement les choses en main. Ce, dans la plus grande discrétion, à la requête du *Freiherr*. Il avait fait appel à de nombreux subalternes, qui n'étaient pas en uniforme mais dont la déférence à son égard prouvait qu'ils avaient été longtemps dans l'armée. Et, soudain, tout alla très vite : une automobile vint chercher Cecilia, qui pleurait toujours, pour la ramener au *Ritz*, à Paris. En dépit des protestations de Thornton, les gendarmes reçurent l'ordre de le garder pendant que la soirée se poursuivait. M. Poiret, convoqué, se montra très soucieux d'éviter un scandale. Il renvoya du fond du jardin les invités trop curieux, avec des excuses désinvoltes, expliquant que les gendarmes avaient trouvé des fêtards éméchés, qu'il n'y avait aucun souci à se faire ! La promesse de nouvelles bouteilles de champagne et d'un spectacle improvisé de french cancan avait ramené tout le monde au pavillon. Ainsi, Thornton avait pu être emmené, menottes aux poignets, vers un véhicule qui attendait à l'extrémité de l'allée.

Assises dans l'herbe, les quatre amies n'avaient pas perdu une miette des événements.

D'un signe, le baron congédia le gendarme avec qui il s'était entretenu et s'inclina avec une courtoisie toute continentale devant Alice.

— *Gnadige Frau.* Je ne sais même pas qui vous êtes. Ni ce qui se passe. Je ne sais rien, s'exclama-t-il, l'air agité, comme un militaire peut l'être sur un champ de bataille inconnu.

Gemma était désolée pour lui. Mais elle était bien trop épuisée pour se lancer dans des explications sur les faits de la soirée.

Le prenant en pitié, Alice fit le tour de la pelouse avec lui et, le temps d'une courte promenade, lui raconta toute l'histoire depuis San Francisco. Lorsqu'ils revinrent, le baron, l'air abasourdi, marmonnait en allemand.

— Inutile de poursuivre cette discussion avant l'arrivée de M. Clarkson, lui dit Alice en lui tapotant le bras. Il procédera à toutes les vérifications. Sinon, j'ai cru comprendre que vous possédiez un chalet d'été, dans la montagne, près de Kitzbühel, monsieur. Auriez-vous par hasard un jardin alpin ?

Chapitre 34

Après le dîner, avec chaque nouveau verre de vin, Michael Clarkson devint de plus en plus sentimental. Il déambulait dans l'appartement de Reggie et de Suling, examinant tous les tableaux des murs. Finalement, il s'effondra devant le paravent sur lequel Reggie avait peint des scènes des rues de Chinatown. L'une d'elles représentait *Le Palais des Plaisirs Infinis*.

— Justice. Justice enfin pour la seule femme que j'ai jamais aimée, sanglota-t-il. Justice pour ma Nina que j'aurais épousée, que j'aurais dû épouser. Ma pauvre Nina.

— Ne pleurez pas, lui dit Suling. Tatie aurait détesté entendre « ma pauvre Nina ». Elle ne s'est jamais apitoyée sur son sort. Et vous n'auriez pas pu l'épouser, puisque les mariages mixtes sont illégaux en Californie.

— Eh bien, je l'aurais emmenée dans l'État de Washington, rétorqua-t-il. Je l'aurais épousée, là-bas. J'aurais fait d'elle une honnête femme.

Il s'écroula sur la table jonchée des restes du repas et enfouit son visage dans ses bras repliés.

Avec un soupir, Suling lui tapota doucement la main. Madame Ning n'éprouvait pas le moindre intérêt pour le statut de femme mariée. Quant à être une honnête femme, elle avait tenu sa maison close en observant une éthique aussi stricte que la profession et les bénéfices le permettaient. Ce qui, selon elle, était une preuve d'honnêteté suffisante.

George lui sourit.

— Il est temps pour lui d'aller dormir. Allons-y, mon ami, ajouta-t-il en aidant gentiment Clarkson à se lever.

Le détective se redressa en titubant. Arrivé sur le seuil de la porte, lourdement appuyé contre George, il agita la main.

— Bonne nuit, mesdames, bafouilla-t-il. George, qui est un homme bien, m'emmène continuer à faire la fête.

— George ramène Michael à son hôtel, le corrigea le pianiste. Après une promenade à l'air frais de la nuit, il va retrouver son bon lit confortable. Bonsoir, mesdames. Gemma, tu peux rester aussi longtemps que tu le souhaites.

La porte de l'appartement se referma et les quatre amies s'autorisèrent enfin à rire gentiment.

Elles auraient pu choisir de dîner dans l'un des innombrables cafés ou bistrots de Paris. Mais aucune d'elles n'avait eu envie de se retrouver dans le bruit des cliquetis de vaisselle et le brouhaha des conversations. Elles étaient arrivées, ensemble, au bout d'un étrange et troublant voyage et, en cet instant, ne souhaitaient qu'être toutes les quatre. Elles étaient les seules à connaître leurs blessures, leurs deuils. Le studio de Reggie et de Suling était le seul endroit qui, ce soir, pouvait les apaiser.

Gemma se servit un nouveau verre de vin. Ils avaient fini le champagne une heure auparavant.

— N'avez-vous pas trouvé que le poste de police n'avait rien de spectaculaire ? demanda-t-elle.

— Il était difficile de faire plus spectaculaire que la manière dont vous avez coincé Thornton avec des torches embrasées, répliqua Alice.

De ses baguettes, elle désigna une assiette de porcelaine bleu et blanc.

— Qui veut les deux dernières crevettes ?

La botaniste s'était mise aux baguettes comme si elle en avait utilisé toute sa vie. C'était plus facile que de se servir de pinces pour ramasser de fragiles échantillons de plantes, avait-elle déclaré.

— Un peu de spectaculaire ne peut pas faire de mal, fit remarquer Gemma. Maintenant que tout est fini, je vais dormir pendant une semaine.

Quand il s'était agi de venger l'un des leurs, l'*Agence de Détectives Pinkerton* avait fait en sorte que la preuve de la culpabilité de l'assassin soit irréfutable. Après que Clarkson avait fait le lien entre Henry Thornton et William Van Doren, les enquêteurs de l'*Agence* avaient eu tôt fait d'établir que la fortune de Van Doren venait du patrimoine de Thornton.

Clarkson avait pris le bateau pour Le Havre avec cette preuve. Et ce matin, devant Louis Lépine, le préfet de police de Paris, et un magistrat, le détective avait exposé cette preuve de façon aussi précise que concise. George faisant office d'interprète, Clarkson avait établi que Thornton, dans son testament, avait légué toute sa fortune à un certain William Van Doren, un parent éloigné et associé en affaires, censé habiter l'Italie. Après le décès présumé de Henry Thornton à San Francisco, ses avocats avaient transféré tous ses fonds à la banque de William Van Doren, à New York.

— C'était un plan que William Van Doren avait mis en place depuis longtemps, avait expliqué le détective. Il avait projeté la mort supposée de Thornton et le retour de William Van Doren à New York, après dix années à l'étranger. Un homme qui avait investi dans les chemins de fer, les mines, les lignes maritimes et l'immobilier. Le tout aussi propre qu'irréprochable.

Elles avaient alors toutes les quatre signé une déclaration attestant que Thornton et Van Doren n'étaient qu'un seul et même homme. L'une d'entre elles l'avait vu assassiner le détective de l'*Agence Pinkerton*, Daniel Langford. Les trois autres l'avaient vu abattre une femme de sang-froid. Et toutes les quatre avaient failli périr dans les flammes quand il les avait enfermées et avait mis le feu à sa propre maison.

Van Doren, qui était derrière les barreaux, n'avait pas assisté à la réunion. Dans quelques jours, escorté par Clarkson et par un autre détective, il retournerait à San Francisco, où il serait jugé.

— Je persistais à me demander s'il réussirait encore à se dérober, dit Reggie. Si nos déclarations sur l'honneur attestant que nous avons été témoins de ses meurtres seraient suffisantes pour le faire juger.

Elle se leva pour débarrasser la table. Suling emporta à son tour des assiettes dans l'évier et renchérit.

— Je m'inquiétais aussi, *bao bei*. Sans la présence de Clarkson et du baron, Thornton aurait sans doute essayé de convaincre la police que nous n'étions que des ex-conquêtes, cherchant à nous venger d'avoir été abandonnées.

Autour de la table, la conversation continua, arrosée de vin. Un rire fusa soudain.

— Alice, vous êtes incorrigible ! s'esclaffait Gemma. La fille du baron fait une crise de nerfs, son futur gendre se révèle être un assassin, et vous cherchez à vous faire inviter pour visiter son jardin alpin ?

— Mais le *Freiherr* possède une orchidée des Alpes rarissime, répliqua la botaniste. Une *Gymnadenia rhellicani* qui fait des fleurs d'un rouge marron intense. Je pourrais peut-être le convaincre de m'en donner un échantillon.

Suling ouvrit grand les fenêtres pour laisser entrer l'air tiède de la nuit. Attirée par les lumières de Paris, Gemma s'en approcha pour admirer la vue. Soudain, la jeune Chinoise fut prise d'un sentiment de déjà-vu si violent que, vacillante, elle dut s'appuyer au mur. Quand avait-elle déjà vécu cette scène ? Gemma contemplant la ville de la fenêtre ouverte. Alice d'une autre fenêtre. Reggie debout devant l'évier. Ce soir, pourtant, elle sentait quelque chose de différent : le sentiment confortable que, désormais, elles étaient une famille.

Elle disposa une part de tarte au citron sur une assiette qu'elle apporta à Gemma, qui secoua la tête en souriant.

— J'ai très bien dîné, ce soir, Suling. Tout était délicieux. La panse de porc braisée, les pousses de pois sautées, les crevettes. Cette tarte. J'ai de la peine à croire que Reggie et vous avez préparé tous ces plats en un après-midi.

— Pas exactement, répondit Suling en plantant une fourchette dans le gâteau. La tarte au citron vient de la pâtisserie voisine. Vous êtes sûre de ne pas vouloir la goûter ?

— Si je mange encore, mon pantalon va éclater. Et je veux le garder pour le cas où j'interpréterais un jour Constance dans *L'Enlèvement au Sérail*.

Elle portait toujours le sarouel scintillant de chez Poiret.

Debout devant la fenêtre, leurs deux silhouettes se découpaient sur la nuit. En bas, les réverbères luisaient, éclairant les devantures des magasins et les piétons. Au loin, des cloches tintaient. Une brise chaude soufflait.

— Gemma, vous comptez tellement pour Reggie, déclara Suling à brûle-pourpoint. Faisons plus d'efforts pour rester en contact.

— Vous avez raison. Et vous, vous faites du bien à Reggie, c'est tellement évident. Elle a perdu sa fébrilité, cette avidité, à toujours vouloir plus ou trouver une nouvelle conquête.

Suling esquissa un sourire plein de tendresse. Puis elle reprit :

— George m'a parlé de vos migraines. Seriez-vous intéressée par un autre type de traitement ? Un traitement chinois millénaire, appelé acupuncture. Je connais un médecin chinois très compétent, à Paris. Il me soigne pour mes maux de tête, dus à mes yeux fatigués et à ma nuque endolorie à force de travailler toujours penchée sur un cadre de broderie.

— Je suis prête à tout essayer, déclara Gemma avec ferveur. Vous pensez que cela pourrait marcher ?

— Même si ce n'était pas le cas, ces migraines pourraient-elles vous faire arrêter de chanter ?

— Jamais. Il faut juste apprendre à vivre avec la douleur. La gérer aussi bien que possible.

— Je parie que l'acupuncture pourrait vous soulager un peu, au moins. Elle aide Reggie à dormir, ajouta-t-elle avec un nouveau sourire.

Elles se tournèrent vers Alice et Reggie, qui riaient doucement. Gemma poursuivit :

— Reggie m'a parlé de ses cauchemars. Maintenant que tout est fini, que Thornton a été arrêté, ils vont peut-être disparaître.

— Je l'espère, murmura Suling. Je l'espère. Quelquefois, je me dis qu'il faudra qu'elle le voie condamné et pendu pour retrouver un sommeil paisible, et peindre de nouveau. Assisterez-vous au procès ?

Gemma secoua la tête.

— Pas si je peux l'éviter. J'ai déjà suffisamment imposé toute cette saga à George. Et vous, allez-vous retourner à San Francisco ?

San Francisco. On avait construit un nouveau Chinatown. Mais, si elle rentrait, allait-elle éprouver pour Paris la nostalgie que lui inspirait San Francisco, actuellement ? Elle était tiraillée.

S'adressant alors à la botaniste, Gemma demanda :

— Alice, allez-vous retourner à l'Académie des sciences de Californie ? Ils en sont encore au stade des discussions informelles, mais vous savez qu'ils vont vous proposer de nouveau le poste de conservatrice.

Après un court silence, Alice répondit :

— Figurez-vous que je crois bien que j'accepterai.

L'air pensif, Gemma suggéra soudain :

— Peut-être devrions-nous toutes y retourner. Pas pour le procès de Thornton. Pour nous. Pour chacune d'entre nous.

Suling cligna des yeux, surprise.

— Y retourner ?

— Pourquoi pas ? Nous sommes toutes orphelines. Vous, Reggie, moi. Même Alice. C'est un fardeau lourd à porter, mais cela signifie que nous pouvons décider de nous installer où nous voulons. De choisir les gens qui seront notre famille.

Avec un sourire, elle continua à l'intention de la jeune Chinoise :

— Vous pourriez démarrer votre propre atelier, au cœur de Chinatown. Vous avez vos références parisiennes, désormais. L'élite de San Francisco affluera chez vous pour se faire confectionner des modèles uniques.

Les pensées de Suling bouillonnaient. Une maison de couture à Chinatown, où elle pourrait engager des femmes qu'elle connaissait, leur enseigner ce qu'elle avait appris chez Callot Sœurs. Un atelier de peintre pour Reggie au-dessus de sa boutique. Et si jamais Gemma décrochait un jour le rôle de Madame Butterfly, elle lui broderait un merveilleux kimono japonais. Ce serait une œuvre d'art plus éblouissante encore qu'une rivière de diamants au cou d'une dame de la haute société de San Francisco.

— Mais qu'est-ce que San Francisco aurait à vous offrir ? s'enquit-elle avec curiosité. Ont-ils reconstruit les opéras ? Vous aurez besoin d'un endroit où chanter. Et George…

— Je peux chanter n'importe où. Les troupes d'opéra sont tout le temps en tournée. Je pense que j'ai besoin de montrer un peu plus d'audace en acceptant des rôles ailleurs qu'à Buenos Aires. Entre les tournées, San Francisco peut être mon port d'attache. Et quand je serai trop âgée pour la scène, je pourrai donner des leçons de chant. Quant à George, il aimait San Francisco et il évoque toujours avec nostalgie le temps qu'il y a passé.

— Reggie ? Qu'en pensez-vous ? demanda Alice.

— Je peux peindre partout, répondit-elle immédiatement. J'aime notre vie à Paris et, à bien des égards, vivre ici est plus facile pour Suling. Mais si elle souhaite rentrer, je la suis. Je suis chez moi là où elle est.

Avec un sourire éblouissant, Suling lui tendit une main et Reggie la rejoignit à la fenêtre.

Le silence heureux fut brisé par un petit cri plein d'enthousiasme. Alice se précipita vers le guéridon.

— Regardez, votre reine de la nuit est sur le point d'éclore !

Elles se rassemblèrent autour de la table et, l'espace d'un instant, Suling fut submergée par les souvenirs. Elle les revoyait toutes les quatre, dans la pension de famille de San Francisco, quatre femmes qui avaient survécu au tremblement de terre et aux flammes, savourant un moment de paix. Sous leurs yeux éblouis, la fleur blanche s'était déployée, l'air enfumé adouci par son parfum de miel, une fragrance plus riche, plus pénétrante, plus enivrante, que celle de la plus belle des roses, du plus beau des jasmins.

Épilogue

Extrait de *Femmes artistes peintres de l'âge d'or: une rétrospective* (William Morrow, 2000)
12 : Regina Reynolds, née Nellie Doyle (1877-1971)

Alice Eastwood
Huile sur toile, 75×100 cm
Lieu de conservation : Académie des sciences de Californie, San Francisco

Description/Notes :
Cette œuvre a été peinte en 1912 quand la botaniste Alice Eastwood a repris son rôle de conservatrice du département de botanique, à l'Académie des sciences de Californie, après la roconstruction du musée, détruit par le tremblement de terre de 1906. Le modèle (une amie de longue date de l'artiste) qui porte une robe noire désuète, pose, assise à son bureau, devant une *Amsinckia eastwoodiae à pétales orange*, une espèce vivante de fleur de pavot de Californie. Elle regarde droit devant elle avec une expression ironique, pleine d'humour, et porte pour seuls accessoires une loupe pendue à son cou par une longue chaîne et un chapeau à fleurs pour

la touche de fantaisie. Dans le cahier ouvert à côté de son coude, on peut lire une citation de Shakespeare : « Je sais lire un peu dans le livre immense des secrets de la nature », *Antoine et Cléopatre*, acte premier, scène ii.

Gemma Serrano en Violetta
Huile sur toile, 75×100 cm
Lieu de conservation : de Young Museum, San Francisco

Description/Notes :
Un portrait exceptionnellement intime de la diva Gemma Serrano, une autre amie de longue date de Reynolds, représentant la soprano, non sur scène, mais dans sa loge. Bien que son nom soit associé à l'Opéra de San Francisco où elle finit sa carrière à la fin des années 1920, elle est représentée ici se préparant pour la célèbre production de *La Traviata* au Teatro *Colón*, en 1917, où elle donne la réplique à Enrico Caruso. Vêtue de la somptueuse robe de bal blanche de la courtisane, la soprano semble fredonner ses vocalises tout en fixant une reine de la nuit en soie dans ses cheveux (un clin d'œil à son rôle le plus célèbre). Le joyeux désordre de boîtes à fard, de flacons de parfum, de partitions d'opéras, ajoute une touche chaleureuse et il se dégage de ce tableau une impression non pas de prestige, mais de plénitude. La grande artiste ne se pavane pas sous les projecteurs, mais elle est concentrée et heureuse au travail.

Suling
Huile sur toile, 25×50 cm
Lieu de conservation : de Young Museum, San Francisco

Description/Notes :
Une exquise scène d'intérieur qui montre la couturière Feng Suling (qui fut la compagne à vie de l'artiste) travaillant chez elle. Assise devant son cadre à broder, la tête baissée sur son aiguille, elle coud des fils d'or et d'argent en forme de phénix. L'un des motifs de broderie complexes qui devaient un jour inspirer les créateurs modernes comme Guo Pei, rendu populaire à l'origine par la maison Callot Sœurs à Paris, avant que Feng n'ouvre sa propre maison à San Francisco, juste avant la Première Guerre mondiale. Les cheveux coupés au carré de la couturière sont ébouriffés, elle porte une robe de chambre brodée, un anneau de jade pend à une chaîne à son cou, et il se dégage de sa peau baignée de soleil une chaleur intimiste, typique du travail de Reynolds. Malicieuse, l'artiste se peint dans ce tableau douillet. Derrière le cadre à broder, le miroir au mur reflète le dos d'un chevalet d'où émergent le sommet d'une tête à boucles brunes et un bras taché de peinture.

Le Procès de William Van Doren
Fusain sur papier, 20×25 cm
Lieu de conservation : collection privée

Description/Notes :
Une esquisse pour un tableau, montrant le magnat des chemins de fer William Van Doren dans la

salle d'audience avant qu'il soit jugé pour meurtre. La minutie des détails, si caractéristique de l'artiste, peut être remarquée dans la représentation précise du juge, des spectateurs et des jurés. Van Doren lui-même, par contraste, est semblable à une coquille froissée, croqué en quelques traits féroces. Reynolds, qui avait été appelée comme témoin, n'a jamais témoigné car Van Doren s'est pendu quelques jours avant le procès. Le portait à l'huile auquel était destinée cette esquisse n'a jamais été peint, ou a été détruit par l'artiste.

Phénix
Huile sur canevas, 75×100 cm
Lieu de conservation : de Young Museum, San Francisco

Description/Notes :
Reynolds est particulièrement connue pour ses portraits, qu'il s'agisse de compositions intimistes d'amis et de membres de sa famille ou de commandes de la haute société, comme le somptueux portait de Mme Gilbert Gould, née Mlle Cecilia Arenburg von Loxon, en robe de mariée. Cependant, le portfolio de l'artiste inclut plusieurs paysages notoires. Le principal étant indubitablement la représentation pittoresque de Chinatown, à San Francisco, peinte quand l'artiste est revenue s'installer dans la ville californienne où elle a ouvert un atelier dans lequel elle devait peindre jusqu'à la fin de sa vie. L'amour qui se dégage de son œuvre quand elle peint en détail les toits des pagodes ou les réverbères en

forme de dragons reflète la fascination de l'artiste pour tout ce qui touche à la Chine. Et chaque visage de la rue animée, du petit livreur de blanchisserie à une femme somptueusement vêtue, sur le pas de sa porte, est vivant, vibrant, unique. Chinatown a peut-être brûlé à la suite du tremblement de terre de 1906. Mais la ville semble ici avoir défié les éléments pour se reconstruire. Comme San Francisco même, et comme tous les hommes et toutes les femmes qui ont survécu à ce jour funeste, Chinatown s'est relevé, tel un phénix qui renaît de ses cendres.

Notes des autrices

SAN FRANCISCO

Le matin du 18 avril 1906, San Francisco était encore le joyau de la Côte Ouest une ville bouillonnante, animée, grouillant d'autodidactes millionnaires, pourvue de nombreux théâtres offrant toutes sortes de divertissements, résonnant du vacarme d'une multitude d'amusements tapageurs. Trois jours plus tard, rasée par l'une des plus grandes catastrophes naturelles des États-Unis, elle n'était plus qu'une montagne de ruines fumantes, à la très grande satisfaction des *Flying Rollers* de Benton Harbor, Michigan, qui avaient envoyé leurs missionnaires et annoncé la destruction du cloaque de l'Ouest si les habitants de San Francisco ne se repentaient pas de leurs péchés. Le séisme à lui seul a été estimé à une magnitude de 7.9 sur l'échelle de Richter, détruisant un nombre incalculable de bâtiments et provoquant des dégâts incommensurables. Mais ce furent les incendies qu'il provoqua qui scellèrent le destin de la ville. San Francisco se vantait de posséder un excellent système anti-incendie. Or, le séisme détruisit les conduites d'eau et quand, immédiatement après, la ville prit feu, embrasée par la multitude de bougies, l'éclatement des fours dans les cuisines, les cheminées bloquées, les pompiers trouvèrent très peu de conduites d'eau en état de fonctionner auxquelles brancher leurs tuyaux.

En dépit de la bataille héroïque des pompiers et des civils, San Francisco brûla trois jours et trois nuits durant.

Quasiment trente mille bâtiments furent perdus, y compris les grands hôtels particuliers de Nob Hill, le Grand Opera House qui avait accueilli Caruso la veille au soir, Chinatown dans son intégralité, et d'innombrables maisons et commerces. Les réfugiés fuirent les flammes pour gagner le Golden Gate Park ou Oakland, en ferry, où des camps de fortune avaient été dressés. L'anarchie s'empara de la ville. L'armée reçut l'ordre de tirer à vue sur les pilleurs et de nombreux bâtiments encore intacts furent dynamités pour créer des coupe-feu des efforts qui se soldèrent par des échecs. En dépit de ces précautions, six cents vies au moins furent perdues. Mais le véritable nombre de victimes se compte probablement en milliers. Pourtant, San Francisco sut renaître de ses cendres pour se reconstruire en un temps record. Au point qu'elle put accueillir l'exposition universelle de 1915.

Kate Quinn : L'idée d'écrire un livre sur le tremblement de terre de San Francisco avec une héroïne qui chante dans le célèbre opéra avant sa destruction me fascine depuis toujours. Mais je savais qu'il fallait aussi au roman une héroïne de Chinatown.

Janie Chang : Ma première réponse à Kate a été : « Nous venons toutes les deux d'écrire des romans qui se passent pendant les guerres mondiales. Serait-il vraiment traumatisant d'écrire sur un tremblement de terre ? » Même après quelques recherches préliminaires sur la vie des femmes de Chinatown à cette époque, je savais que mon personnage serait aussi délicat que complexe à créer. Mais je voulais le créer !

CHINATOWN

Les journaux et les politiciens de l'époque décrivent Chinatown comme sale et sinistre. Ce qui prouvait donc que les Chinois étaient une race maléfique, décadente. Ils ignoraient le fait que, à San Francisco, Chinatown n'était pas une communauté chinoise typique. Sa réputation était faussée par des lois injustes et du racisme. Quinze mille habitants vivaient et travaillaient sur une surface occupée par vingt pâtés de maisons, par nécessité de protection mutuelle. Une situation qui obligeait à vivre dans un environnement surpeuplé, sordide. Une carte de 1885 des bâtiments de Chinatown et de leur usage accompagnait un rapport commandé par le conseil des superviseurs de San Francisco, dans le seul but de prouver la prétendue immoralité des Chinois. La carte mettait donc en évidence les maisons closes (occidentales et chinoises), les casinos et les fumeries d'opium, qui tous contribuaient à la mauvaise réputation de Chinatown. Pourtant, la grande majorité des habitations sur la carte abritait des familles et des commerces. Il y avait des usines, un opéra, des temples, des missions chrétiennes et des églises, une grande herboristerie qui représentait ce que Chinatown avait de plus proche d'un hôpital et, bien entendu, des blanchisseries.

Une citoyenne de Chinatown comme Suling comprend parfaitement comment le jeu, l'opium et la prostitution peuvent détruire une vie. Lucide, elle ne juge pas, car elle connaît aussi les raisons qui poussent tant de ses concitoyens à devenir victimes de leurs vices. L'une d'entre elles étant la loi d'Exclusion des Chinois de 1882, qui avait totalement bloqué l'immigration, n'exemptant que quelques catégories professionnelles. Après 1882, la plupart des hommes ne pouvaient plus faire venir leurs femmes et enfants. Ils étaient venus pendant la ruée vers l'or et pour construire les chemins de fer. La seule chose qu'ils pouvaient alors faire pour leurs familles était travailler et leur envoyer de l'argent. Leurs vies de célibataires poussèrent nombre d'entre eux à trouver le réconfort dans la drogue, le jeu, les prostituées, dans tout ce qui les aidait à oublier leur solitude. Ceux qui en avaient les moyens trouvaient une épouse ou prenaient une deuxième femme.

En 1890, la population de Chinatown était à quatre-vingt-dix pour cent masculine, un déséquilibre des genres qui favorisait le trafic humain. Les trafiquants, blancs ou chinois, faisaient venir illégalement des femmes de Chine, les vendaient à des bordels ou comme servantes. Le tragique engrenage commençait dans les familles des fillettes (et certaines n'étaient que des enfants). Traditionnellement, les parents chinois accordaient plus de valeur à leurs fils qu'à leurs filles et, quand la famine frappait, elles pouvaient être vendues. Certains étaient peut-être assez naïfs pour croire qu'elles étaient destinées à devenir domestiques aux États-Unis. D'autres n'avaient pas de doutes sur ce qui les attendait, mais les vendaient malgré tout. Dans les bordels les plus sordides de Chinatown, les femmes étaient traitées avec brutalité. Entre la maladie, les mauvais traitements, les suicides, leur espérance de vie dépassait rarement trois à cinq ans.

La missionnaire Donaldina Cameron consacra sa vie à sauver des jeunes femmes en les recueillant pour les mettre en sécurité dans sa mission. Certaines parvenaient quelquefois à s'échapper pour venir s'y réfugier. Cameron aidait certaines des femmes recueillies à trouver des maris, généralement des Chinois chrétiens. Les Chinoises étaient si rares que les hommes, désespérant de trouver une épouse et de fonder une famille, n'avaient cure de leur passé malheureux. C'est le passé que nous avons imaginé pour la mère de Suling.

Néanmoins, comme le fait remarquer Suling à Reggie, Chinatown n'était pas que vices et bordels exotiques. Des familles tout à fait ordinaires y menaient des vies ordinaires. Des photos de Chinatown avant le tremblement de terre montrent des enfants marchant dans la rue, main dans la main. Des femmes allant ensemble assister aux festivités du nouvel an chinois. Un marchand vendant des pots de narcisses. Un épicier devant son commerce, entouré de cageots de légumes. Tout fut détruit par les flammes après le tremblement de terre. Le quartier de Chinatown d'aujourd'hui a été dessiné en tenant compte sciemment des notions occidentales de l'architecture orientale. Les commerçants et les dirigeants ont pris la décision délibérée de reconstruire dans le but d'attirer les non-Chinois dans des rues et des boutiques d'aspect exotique, d'en faire une destination touristique qui pourrait promouvoir non seulement les affaires mais peut-être les échanges culturels. Depuis, partout dans le monde, les quartiers chinois se sont calqués sur ce modèle.

Kate : Aujourd'hui, à San Francisco, Chinatown est un endroit merveilleux mais ne ressemble en rien à ce qu'il devait être en 1906. Nous avons toutes les deux regretté de ne pas le connaître.

Janie : Une chose que j'ai apprise au cours de mes recherches, c'est que les spectaculaires parades du jour de l'an de Chinatown, si joyeuses, si bruyantes, n'étaient pas une tradition chinoise. La première d'entre elles a eu lieu en 1953. Nous étions en pleine Guerre Froide et la Chine, un pays communiste, était l'ennemi. Craignant de voir les discriminations s'amplifier, les dirigeants de la communauté de Chinatown ont senti qu'ils avaient besoin d'un tremplin pour mettre en avant les contributions positives des Américains chinois. Ils ont donc organisé une parade qui a accru le nombre de touristes à Chinatown et à San Francisco et qui est devenue le point culminant de l'année pour toute la ville.

SULING FENG

Suling est un personnage de fiction né en Californie, une enfant d'immigrants, qui vit dans une communauté qui, en dépit du racisme et de l'exclusion, travaille dur pour réussir. En 1906, certains Chinois vivaient aux États-Unis depuis suffisamment longtemps pour devenir occidentaux et pour que leurs enfants se considèrent comme sino-américains plutôt que chinois. Certains de ces immigrants possédaient des commerces qui servaient à la fois les clients blancs et les Chinois, habitaient en dehors de Chinatown et envoyaient leurs enfants dans des écoles publiques. Suling appartient à une couche démographique en transition. Elle ne rejette pas les valeurs traditionnelles dans leur ensemble, mais se demande comment elle peut, sans les renier, se forger une vie diamétralement opposée aux espérances de sa communauté. À l'aube du XXe siècle, si, pour les hommes chinois, les choix professionnels étaient limités, ils l'étaient encore plus pour les femmes. La couture et la broderie, travaux à la pièce qui pouvaient se faire chez soi, représentaient un artisanat courant. Il semblait logique que Suling possède de telles compétences. Mais après nos recherches sur l'art de la broderie chinoise, il fallait que le récit y fasse référence. C'est ainsi que le don de Suling pour les plus délicats travaux de broderie va lui ouvrir une carrière dans une maison de mode parisienne.

Janie : Je me suis toujours émerveillée devant le courage des pionniers et des premiers immigrants et j'ai décidé que le courage de Suling venait du fait qu'elle avait grandi entourée de gens qui avaient pris d'énormes risques pour changer complètement de vie.

Kate : Dès le début, nous avons choisi le nom de famille de Suling, Feng (phœnix), en hommage direct non seulement au titre mais à son propre courage, qui lui permet de renaître des cendres de son ancienne vie pour s'en créer une nouvelle.

GEMMA GARLAND

Notre chanteuse d'opéra Gemma/Sally Gunderson est un personnage de fiction. Mais il est parfaitement exact que la troupe du Metropolitan Opera était à San Francisco le jour du séisme fatal. Quelques heures avant le tremblement de terre, le grand Enrico Caruso (qui avait refusé une proposition de chanter à Naples parce qu'il craignait une éruption du Vésuve) avait chanté dans une représentation de *Carmen*. La meilleure société de la ville – toutes ses femmes endiamantées – était venue écouter le célèbre ténor, qui avait eu droit à des critiques exaltées dans les journaux qui sortaient tout juste des presses quand les premières secousses ont frappé. En revanche, Bessie Abott, qui chantait Micaela, et Olive Fremstad, dans le rôle de Carmen, ne reçurent pas de bonnes critiques. Ce qui n'a pas empêché Olive, qui a vraiment fait un concours de cris avec sa collègue pendant la répétition du jour, de faire une splendide carrière. Et l'anecdote selon laquelle elle entraînait sa respiration en courant pour compter les réverbères en retenant son souffle est parfaitement exacte.

Kate : Tout comme Gemma, j'ai reçu une formation de soprano lyrique à l'université. Aussi mes bourses universitaires me remercient-elles de pouvoir enfin faire bon usage de mes diplômes. Le personnage et la carrière de Gemma sont en partie inspirés de ma merveilleuse professeure de chant, Sally Arneson, une blonde aux yeux bleus, très déterminée, qui a vraiment grandi dans une ferme du Nebraska et a fait une belle carrière dans les opéras d'Europe avec ses sensationnels fa *suraigus, dans le rôle de la Reine de la Nuit de Mozart. Et a épousé un pianiste de grand talent, du nom de George, qui l'a accompagnée dans d'innombrables concerts et récitals. Ils restent pour moi de grands amis.*

Janie : L'air de la Reine de la Nuit est le morceau grâce auquel je suis devenue fan d'opéra. Je n'oublierai jamais mon émerveillement en entendant ces fa *suraigus résonnant comme une cloche. Kate et moi sommes en discussion sur le choix de la soprano qui chantera l'air sur notre page Internet de bonus.*

Kate : Edita Gruberova.

Janie : Non. Diana Damarau.

ALICE EASTWOOD

La botaniste Alice Eastwood a vécu une vie tellement prodigieuse qu'elle a failli dominer tout le récit. C'était une extraordinaire scientifique autodidacte, qui sillonnait le globe pour sa carrière, une exploratrice intrépide qui se lançait dans des excursions difficiles et dangereuses en quête de nouveaux spécimens de plantes, et une universitaire méticuleuse qui a publié des centaines d'articles scientifiques. À trente-cinq ans, elle a été nommée responsable du département de botanique de l'Académie des sciences de Californie, un poste qu'elle a occupé jusqu'à l'âge de quatre-vingt-dix ans.

Quand le tremblement de terre de 1906 a frappé et que l'Académie a failli être détruite par le feu, Alice, pragmatique, a accroché son sac de déjeuner à une défense de mammouth et a escaladé six étages de l'escalier fracassé pour gagner son bureau, où elle a réussi à sauver mille cinq cents spécimens botaniques de l'herbier qui représentait le travail de sa vie. Puis, fuyant San Francisco avec pour seules possessions les vêtements qu'elle portait et ses jumelles Zeiss favorites, elle a déclaré à propos de son travail perdu « Mon travail m'a procuré une immense joie. Je peux revivre la même joie en recommençant. » Et elle a tenu parole. Une fois retournée à l'Académie de Californie, reconstruite dans Golden Gate Park, elle est repartie de zéro. Plus d'une dizaine d'espèces ont été nommées en son honneur et son portrait orne toujours le département de botanique de l'Académie.

Kate : Nous avons inventé les aventures d'Alice avec Gemma dans la maison octogonale, mais Alice était amoureuse de l'opéra depuis toujours et avait un vaste et éclectique cercle d'amis. Pourquoi pas une chanteuse d'opéra ?

Janie : Quand nous avons vu son portrait encadré à l'Académie des sciences de Californie, où elle est photographiée coiffée d'un extravagant chapeau à fleurs, nous nous sommes exclamées en chœur : « Suling a fait les fleurs de ce chapeau ! »

REGGIE REYNOLDS/NELLIE DOYLE

Reggie Reynolds/Nellie Doyle est un personnage de fiction, tout comme le livre d'art de l'épilogue détaillant son legs artistique est imaginé. Mais, au début du XXe siècle, les femmes artistes se faisaient un nom à San Francisco et à Paris. La Rive gauche en particulier regorgeait de femmes artistes expatriées (y compris l'écrivaine américaine Natalie Barney) qui vivaient pour leur art, affichaient des relations amoureuses avec d'autres femmes et étaient acceptées dans la société sans aucun jugement des Français. L'asile psychiatrique dans lequel Reggie est injustement enfermée est fictionnel, mais inspiré du très réel asile psychiatrique de l'État, à Agnews, près de San José. Il s'est effondré en 1906, libérant des centaines d'internés de leurs cellules, qui, lâchés dans la nature, ont arpenté la ville en toute liberté.

HENRY THORNTON/WILLIAM VAN DOREN

Notre méchant est un personnage de fiction. Nous avons trouvé le nom H. Thornton sur de vieilles cartes, enregistré comme propriétaire de milliers d'hectares de terres en Californie. Pour créer son personnage et son passé, nous nous sommes inspirées du grand nombre d'impitoyables magnats du XIXe siècle qui ont amassé d'immenses fortunes (souvent par des moyens louches) avant de se faire une réputation de philanthropes et de mécènes des arts. Sa maison octogonale est également fictionnelle. Il est intéressant de savoir que le XIXe siècle a connu une vogue de maisons octogonales, qui étaient censées porter chance et être plus saines que les architectures banales. Aujourd'hui, plusieurs maisons octogonales existent encore à San Francisco. Les collections de chinoiseries étaient très populaires chez les Occidentaux aisés. L'engouement pour les antiquités chinoises s'est développé. Beaucoup d'entre elles provenaient du pillage de l'ancien palais d'Été de Pékin en 1860 ; puis de la Cité interdite en 1900. L'incendie de l'hôtel de Park Avenue pour lequel Thornton obtient l'argent sur lequel il va bâtir sa fortune est une célèbre catastrophe qui remonte à 1902. Au moins dix-huit personnes périrent. Il est néanmoins peu probable qu'il soit la conséquence d'un acte criminel.

Janie : Nous avons fait des recherches sur d'innombrables catastrophes de New York, avant d'en trouver une qui puisse s'accorder au passé de Thornton.

Kate : Et nous avons le tableur de Google pour le prouver.

LES MAISONS DE COUTURE FRANÇAISES

À l'aube du XXe siècle, la maison Callot (ou Callot Sœurs) chez qui nous plaçons Suling comme brodeuse était une véritable maison de couture parisienne. Les créations de la maison Callot, dirigée par les quatre sœurs Callot, étaient réputées pour leurs exquises broderies et passementeries. Simultanément, Paul Poiret prenait d'assaut le monde de la mode. Il se faisait une réputation pour ses jupes entravées et ses robes sans corset, ses créations orientales et ses fastueuses réceptions. Il fut célèbre aussi pour l'une des fêtes les plus sensationnelles du siècle, en 1911, au pavillon de Butard, près de Versailles, qu'il fit décorer d'oiseaux exotiques, de meubles surchargés de dorures, et où le champagne, par centaine de bouteilles, coula à flots. Les invités se firent remettre des costumes perses, des danseuses françaises et des danseuses africaines nues dansèrent sur la musique de musiciens égyptiens et indiens et des cocktails aux couleurs de joyaux furent créés au bar/laboratoire pour la foule éblouie.

L'ÉCRITURE DE LA COURONNE DU PHÉNIX

Notre objectif premier en nous associant pour écrire ce livre était de créer une fiction dont nous pourrions être fières, *sans* gâcher une long et merveilleuse amitié. Nous sommes enchantées d'y être parvenues et nous attribuons la réussite de notre collaboration à trois éléments Google Docs, une éthique de travail compatible, et la certitude inébranlable qu'un tableur peut tout résoudre ! Sans oublier notre passion pour l'Histoire, qui est le socle sur lequel nous écrivons – nos cœurs de passionnées d'Histoire regrettent toutes les merveilleuses anecdotes historiques qui n'ont pu qu'être effleurées au fil de ce récit.

Kate : Je regrette que nous n'ayons pas pu davantage creuser le personnage de Donaldina Cameron à la Mission de Chinatown. Une dure à cuire, et pour cause, crainte par tous les maquereaux de San Francisco.

Janie : Et je n'ai pu mentionner Tye Leung qu'en passant, une femme remarquable qui a fui un mariage arrangé pour devenir une activiste des droits civiques. Elle a été la première Chinoise employée par le gouvernement fédéral des États-Unis, pour lequel elle travaillait au poste d'immigration d'Angel Island, et la première Chinoise à voter dans une élection fédérale. Mais son mariage avec son collègue de travail Charles Schulze lui a coûté son poste, tout comme à son mari, les mariages entre les Asiatiques et les Blancs étant interdits en Californie.

Nous avons pris quelques libertés historiques mineures pour servir l'intrigue. Nos héroïnes sont fictionnelles, mais vivent ce qui a été de véritables événements historiques Alice Eastwood a sauvé ses spécimens botaniques avec l'aide de plusieurs collègues, au nombre desquels ne comptait pas Gemma, qui est un personnage de fiction. Bessie Abott n'a pas été renvoyée de son rôle de Micaela dans la représentation de *Carmen* qui a précédé le tremblement de terre et Enrico Caruso a fui San Francisco quelques heures plus tôt que dans notre version.

À Paris, Suling se rend à *La Pagode*, un magasin d'antiquités chinoises. Un magasin du même nom était tenu par C.T. Loo, un antiquaire pittoresque et controversé. Le bâtiment existe toujours et accueille des événements culturels. Néanmoins, la vraie *Pagode* n'a ouvert qu'en 1926. Aussi, le magasin cité ici est *La Pagode* du roman de Janie, *The Porcelain Moon*. Et les enfants qu'elle rencontre vont grandir pour devenir deux des personnages de ce roman.

Alice Eastwood a effectué plusieurs voyages en Europe. Nous connaissons ces dates car elle les notait dans des carnets dans lesquels elle tenait un compte méticuleux de ses dépenses nourriture, logement, transport. Nous l'avons fait venir de Londres à Paris lors de ses séjours botaniques en Europe afin qu'elle puisse assister au célèbre bal oriental de Poiret.

Remerciements

Nous remercions du fond du cœur tous ceux qui ont contribué à la documentation et à l'écriture de ce livre, et ils sont nombreux. Roy Levin et Jan Thomson, qui nous ont gentiment logées dans leur appartement lors de notre voyage de recherche à San Francisco. Emily Magnaghi et Seth Cotterell, qui nous ont fait visiter l'Académie des sciences de Californie, ont sorti des archives des chariots remplis de livres et de documents et ont répondu à nos innombrables questions sur la botanique et sur Alice Eastwood (et à qui nous rendons hommage en les faisant apparaître comme collègues d'Alice pendant les scènes du tremblement de terre !).

Paul Price et Julie DeVere, remarquables conservateurs et experts qui nous ont organisé des visites privées respectivement au château Caroloands et au Filoli Mansion and Gardens et qui ont répondu à nos nombreuses questions sur les usages en vigueur entre maîtres et domestiques dans les hôtels particuliers de l'âge d'or en Californie. Christina Moretta, la conservatrice photo du San Francisco History Center à la San Francisco Public Library. *The Chinese Historical Society of America* et The Legion of Honor Museum dont la fabuleuse exposition de vêtements brodés par Guo Pei a donné au personnage de Suling une tout autre dimension. Nos amis et nos collègues autrices de fiction historique, Stephanie Dray et Stephanie Thornton qui, armées de leur stylo rouge, ont relu le premier jet décousu de ce livre.

Nos maris si patients : Stephen, qui, pendant deux jours, nous a fébrilement alimentées en tableurs et en nouilles (ramen) maison. Geoff, qui a pris en charge la logistique d'un déménagement dans une nouvelle ville et une nouvelle maison afin que Janie puisse honorer ses deadlines. Enfin, notre merveilleux agent, Kevan Lyon, notre éditrice si patiente, Tessa Woodward, et les équipes des départements RP et marketing de William Morrow pour leur enthousiasme indéfectible. Sans vous tous, *La Couronne du phénix* n'aurait jamais vu le jour.

Achevé d'imprimer en mai 2025
Par CPI Brodard & Taupin à La Flèche
N° d'impression : 3060529
Dépôt légal : juin 2025
Imprimé en France
38122851-1